Zum Buch
Die Lust an der Bestrafung, die Lust an der Unterwerfung, die Lust am Beherrschen, die Lust an der Lust: Keine deutsche Autorin kann die Faszination der puren Ekstase sinnlicher beschreiben als Cosette. Mit *Gefügig* erscheint endlich eine Auswahl ihrer besten Erzählungen aus den Erfolgsbänden *Demütig*, *Devot* und *Lust*. Die Titel sind Programm, aber Vorsicht ist geboten: Cosette macht süchtig.

»Cosette gelingt es, mit leichter Hand zu fesseln. Und was der Titel ihres Buches verspricht, das hält er auch.«
Schlagzeilen (Zu Lust*)*

Zum Autor
Cosette schreibt über Sex – direkt und unverblümt. Sie bettet ihre Geschichten in außergewöhnliche Rahmenhandlungen ein und erzählt äußerst anregend von Hemmungslosigkeit, Hingabe bis zur Unterwerfung und einer Lust, die furchteinflößend sein kann, aber eine Befriedigung bringt, die Geist und Körper befreit.

Cosette

Gefügig

Die besten erotischen Storys

WILHELM HEYNE VERLAG
MÜNCHEN

FSC
Mix
Produktgruppe aus vorbildlich
bewirtschafteten Wäldern und
anderen kontrollierten Herkünften

Zert.-Nr. SGS-COC-1940
www.fsc.org
© 1996 Forest Stewardship Council

Verlagsgruppe Random House FSC-DEU-0100
Das für dieses Buch verwendete
FSC-zertifizierte Papier *Holmen Book Cream*
liefert Holmen Paper, Hallstavik, Schweden.

Vollständige deutsche Taschenbuchausgabe 11/2009
Scarlett © 2009 by Cosette
Die anderen Geschichten sind folgenden Bänden entnommen:
Aus Devot © 2005 by Cosette: Läuterung in der Abtei Saint Hidden,
Der Herr der Meere, Jasmin & der Marquis Obscur
Aus Lust © 2007 by Cosette: Erforschung der Lust
Aus Demütig © 2008 by Cosette: Jahrmarkt der Masochisten, Heilige Hure,
Sünderin! – Die Bekehrung der Prudence N.
Alle Bücher sind im Ubooks-Verlag, Diedorf, erschienen
Copyright © 2009 dieser Ausgabe
by Wilhelm Heyne Verlag, München,
in der Verlagsgruppe Random House GmbH
Printed in Germany 2009
Umschlaggestaltung: Nele Schütz Design unter Verwendung eines Fotos von
© shutterstock / Serg Zastarkin
Satz: KompetenzCenter, Mönchengladbach
Druck und Bindung: GGP Media GmbH, Pößneck
ISBN: 978-3-453-54530-4

www.heyne.de

Inhalt

Scarlett   7

Läuterung in der Abtei Saint Hidden   33

Jahrmarkt der Masochisten   49

Der Herr der Meere –
Die strenge Hand des Piraten Mort   85

Heilige Hure   139

Jasmin & der Marquis Obscur   159

Sünderin! –
Die Bekehrung der Prudence N.   181

Erforschung der Lust   213

Scarlett

Scarlett wartete auf ihren nächsten Kunden. Den einzigen an diesem Tag. Es war nicht so, dass sie zu wenige Anfragen bekam. Das Gegenteil war der Fall. Sie konnte sich vor Buchungswünschen kaum retten. Durch ihr finanzielles Polster hatte sie das Privileg, wählerisch zu sein. Und eben diese Freiheit, die sie sich herausnahm, hatte ihr in der SM-Szene einen gewissen Ruf eingebracht.

Sie schaute aus dem Fenster und verfolgte mit ihrem Blick die Schneeflocken, die vom Himmel schwebten. Die Uferpromenade des Rheins war bereits weiß – ein kleines Wunder, denn in Düsseldorf schneite es selten und wenn, dann blieb der Schnee nie lange liegen.

Es grenzte ebenfalls an ein Wunder, dass sie in dieses Haus hatte einziehen dürfen. Nur selten wurde eine der exklusiven Wohnungen mit Blick auf den Rhein frei. Falls doch, war sie entweder schnell weg oder selbst für Scarlett zu teuer gewesen. Aber in diesem Fall hatte einer ihrer Kunden ein gutes Wort für sie eingelegt und nun wohnte sie seit sechs Wochen in ihrem kleinen, aber feinen Domizil. Es bestand aus einem Wohn-Schlafbereich, einer offenen Küche und dem separaten Bad. Scarlett liebte die hohen Stuckdecken der Altbauwohnung und den Ausblick auf die flanierenden City-Besucher, die Fährschiffe und das gegenüberliegende Ufer, das im Sommer grün und jetzt vom Schnee bedeckt ganz weiß war.

Vielleicht war sie endlich angekommen, endlich zuhause.

Nach dem Unfalltod ihrer Eltern hatte sie deren Großdruckerei verkauft und lange von dem Erlös gelebt. Die Trauer hatte sie fast entzweigerissen, bis sie wusste, dass es nur eine einzige Möglichkeit gab, nicht von den Depressionen überwältigt zu werden.

Sie traf eine folgenschwere Entscheidung und schlug zwei Fliegen mit einer Klappe: sie schaffte es endlich, die morbide Trauer abzustreifen und sich zu ihrer bizarren Lust zu bekennen. Bald darauf löste sie sich von allen Konventionen, tönte ihre schwarzen Haare rot und nannte sich fortan *Scarlett*. Anja Spiegel, ihr altes Ich, war mit ihrer Mutter und ihrem Vater im Auto verbrannt.

Sie war nun jemand anderes. Eine Domina.

Bis zu der tragischen Wende in ihrem Leben war sie ihrer Leidenschaft, Männer zu unterwerfen und zu quälen, nur sporadisch und dazu noch heimlich nachgegangen. Anja hatte sich gelegentlich in der Szene herumgetrieben. Sie hatte viele Gespräche geführt, erste harmlose Sessions geleitet und dabei stets eine Maske getragen.

Doch diese Zeit war lange vorbei. Ihr neues Ich, Scarlett, konnte sich dem Faible für SM nicht länger entziehen und brauchte zudem nicht mehr zu befürchten, dass ihre Eltern davon erfuhren. Sie verdiente sogar gutes Geld damit.

Scarlett war frei. Warum fühlte sie sich dann anfangs nicht so?

Zuerst hatte sie gedacht, dass es an ihrer alten Heimat und den damit verbundenen Erinnerungen lag. Also war sie von Duisburg nach Essen gezogen. Dort hatte sie sich jedoch nicht wohlgefühlt und war nach Köln umgesiedelt, bis die Wohnung in Düsseldorf frei geworden war. Für den Moment war sie zufrieden, dennoch nagte etwas in ihrer Brust, das sie nicht zu deuten wusste.

Es klingelte an der Tür. Das musste der neue Kunde sein. Sein Foto und die Sklavenbewerbung, die er ihr online zugeschickt hatte, hatten ihr gefallen. Er war anders gewesen als die anderen Bewerber, hatte nicht gebettelt und war nicht zu Kreuze gekrochen, sondern hatte klar seine Vorzüge herausgearbeitet. Scarlett war neugierig auf ihn geworden und hatte ihn zu sich bestellt.

Als sie zur Tür ging, prüfte sie kurz, ob das Elektroschockgerät an seinem Platz in der Schublade des Sideboards lag. Kein Sextoy, sondern eine Sicherheitsmaßnahme. In der ganzen Wohnung waren zu ihrem Schutz Waffen versteckt.

Scarlett drehte sich genüsslich vor dem Ganzkörperspiegel am Eingang, nur um den Neuen zappeln zu lassen, und war zufrieden mit dem, was sie sah. Die dunkelgrüne Brokatcorsage unterstrich ihre schlanke Taille und drückte ihre schweren Brüste hoch. Liebevoll strich sie über die in Form von Handschellen angeordneten Strasssteine auf ihrem schwarzen Slip und entfernte mit etwas Spucke einen Fleck auf ihren Lack-Stiefeln, die ihr bis über die Knie reichten.

Dann endlich war sie so gnädig und meldete sich über die Gegensprechanlage.

Nachdem sie sich versichert hatte, dass Marlon vor der Tür stand – so nannte sich der Kunde, es war selbstverständlich nur sein Sklavenname, echte Namen wurden nie benutzt – bat sie ihn hochzukommen. Da der Altbau keinen Aufzug besaß, dauerte es etwas, bis er im obersten Geschoss ankam. Er war nicht einmal außer Atem.

Über seinen dunklen Anzug trug er einen langen schwarzen Mantel. Manche Kunden hüllten sich in Mäntel, um darunter ihr Leder- oder Latex-Outfit zu verstecken, aber Marlon musste geradewegs von einem wichtigen Termin kommen.

Möglicherweise hatte er einen Vertragsabschluss zu feiern und gönnte sich deshalb die teure Session bei ihr.

»Komm herein«, sagte Scarlett gebieterisch und trat beiseite.

»Danke.«

Als er in der Diele stand, wirkte er einen Moment unsicher.

Überlegt er, ob er auf die Knie fallen sollte? Scarlett hätte beinahe gekichert. Er war ein kerniger Mann. Diese Unsicherheit wirkte bei ihm fehl, doch sie machte ihn sympathisch. Aber sie war genauso schnell verschwunden, wie sie erschienen war.

Scarlett deutete auf die lebensgroße nackte Frauenskulptur aus Bronze, die neben der Garderobe stand und einen Arm, Handfläche nach oben, ausgestreckt hatte. »Leg das Geld darauf.«

Ohne zu zögern, holte er den 500-Euro-Schein aus seinem Portemonnaie und platzierte ihn auf die Hand der Skulptur. Er musterte die Figur, dann Scarlett. »Ist das eine Nachbildung von Ihnen?«

Sie schmunzelte. »Hat ein äußerst zufriedener Kunde von mir anfertigen lassen. Ein Geschenk.«

»Sehr großzügig.«

»Ich bin es wert«, sagte sie mit fester Stimme und sah ihm direkt in die Augen. Sie hatte erwartet, dass er verlegen wegschauen würde, wie es die meisten Kunden taten, aber Marlon hielt ihrem Blick stand. Wollte er sich mit ihr messen? Nein, das glaubte sie nicht. Sie konnte keine Aggressivität an ihm entdecken. »Folge mir.«

Sie gingen in den Wohn-Schlafbereich.

»Sie wohnen auch hier?«, fragte er erstaunt. »Entschuldigen Sie meine Verwunderung. Ich hatte mit einem Domina-Studio gerechnet.«

»Ich lebe SM. Für mich ist das kein Job.«

»Aber Sie verdienen doch Geld damit«, wandte er ein.

Scarlett blieb stehen und wandte sich zu ihm um. »Es ist Teil der Erniedrigung, dass meine Kunden für meine Dienste zahlen müssen. Damit führe ich ihnen vor Augen, dass sie mich nur haben können, wenn sie dafür bezahlen, darüber hinaus bin ich unerreichbar für sie.«

»Und wählerisch, wie ich gehört habe«, er senkte kurz demütig seinen Blick, es war eine Geste, eine Aufforderung, das Spiel zu beginnen. »Ich möchte Ihnen dafür danken, dass Sie mich erwählt haben.« Als er sie wieder anschaute, blitzte Geilheit in seinen Augen auf.

Scarletts Instinkt hatte sie nicht getäuscht. Dieser Sklave war tatsächlich anders. Selbst als er zu Boden geschaut hatte, hatte er nicht unterwürfig ausgesehen. Er hatte seine gerade Haltung bewahrt, seine Schultern waren immer noch gestrafft und seine selbstsichere Erscheinung war geblieben.

»Ich bin mir nicht sicher, ob du mich nicht belogen hast«, sagte sie scharf und ging um ihn herum, um ihn eingehend zu betrachten. Er war wirklich ein Prachtexemplar von einem Mann. Groß, breitschultrig, gut gebaut. Bestimmt fand er viel Anklang in der Frauenwelt. Aber ein devotes Weibchen, das war nicht das, was er begehrte.

Er schaute sie fragend an. »Ich habe nicht gelogen.«

»Hast du wirklich schon Erfahrungen mit anderen Dominas gesammelt?«

»Was ich geschrieben habe, ist wahr. Sie haben mich nicht wirklich befriedigt. Man merkt ihnen an, dass sie es nur für Geld tun. Sie bringen ihre Kunden dazu abzuspritzen, doch die Session lässt sie selbst kalt. Viele Studios sehen inszeniert aus. Viele Dominas sind in Wahrheit emotionslos, sie spielen ihre Strenge nur. Aber ich sehne mich nach echter Dominanz.«

»Du machst nicht den Eindruck eines Sklaven.« Wahrlich nicht. Er sackte nicht in sich zusammen, wie die anderen Männer, die zu ihr kamen, seine Stimme wurde nicht eine Oktave höher, um ihr seine Demut zu zeigen, sondern er stand weiterhin vor ihr wie der Fels in der Brandung. Genau das gefiel Scarlett. »Wirst du dich meinen Anweisungen fügen?«

»Das werde ich. Lassen Sie es mich bitte beweisen.«

»Ich werde nicht zimperlich mit dir umgehen, auch wenn ich einen Kopf kleiner als du bin.« Er stellte eine Herausforderung für sie dar. Würde sie ihn zum Wimmern bringen? Sie freute sich auf den Moment, an dem sein Blick vom Schatten der Angst getrübt werden würde. Was gab es Reizvolleres als einen starken Mann zu unterwerfen?

Er führte seine Hände hinter den Rücken, verschränkte seine Unterarme und neigte sich nach vorne. »Anders würde ich es auch nicht wollen, Herrin.«

Scarlett schmunzelte. Er stand vor ihr wie ein Kapitän, der normalerweise eine große Flotte befehligte, und seiner Königin seine Ehre erwies. Ein Mann, der gewohnt war zu herrschen, und sich nun freiwillig beugte, ohne seine Würde dabei zu verlieren. Doch bald würde seine selbstsichere Fassade bröckeln. Sie würde ihn zum Schreien bringen und ihn so geil machen wie keine Domina zuvor.

Schon lange hatte sie sich nicht mehr derart auf eine Session gefreut!

»Zieh dich aus«, befahl sie. Da er zum Bad schaute, fügte sie hinzu: »Vor meinen Augen.« Sie wollte sehen, welche Unterwäsche er trug, wollte das Spiel seiner Muskeln betrachten, während er sich entkleidete – aus purem Genuss, aber auch um seinen Körper näher kennen zu lernen.

Natürlich hatten sie per E-Mail über Tabus gesprochen. Mehr jedoch gestand sie ihren Sklaven nicht zu. Sie war keine Domina, der man am Anfang eines Spiels sagte, was man von ihr erwartete. Von jedem Kunden verlangte sie eine Favoriten- (grün) und Tabu-Liste (rot), dazu eine Auflistung der Praktiken, die er mit etwas Nachdruck eventuell machen würde oder gerne mal ausprobieren wollte (gelb). Scarlett nannte dies die Ampeldurchleuchtung.

Marlon entkleidete sich. Er schälte sich aus seiner Winterkleidung und schaute immer wieder kurz zu Scarlett, aber er würde ihren Blick nicht deuten können, denn sie beherrschte es perfekt, ihre Gefühle hinter einer kühlen Miene zu verstecken.

Er trug schwarze Hippster. Darüber freute sie sich. Sie mochte diese engsitzenden Hüftpants, weil sich Schwänze darunter sehr gut abzeichneten.

Die Pants fielen als letztes. Nun stand Marlon nackt vor ihr. Sein Schwanz war halb erigiert. Sollte sie das als Beleidigung auffassen oder froh sein, dass er sich nicht als notgeiler Geschäftsmann entpuppte?

»Knie dich hin«, sagte sie scharf. Sie hatte den Befehl absichtlich vage formuliert, um ihn zu prüfen.

Tatsächlich ließ er sich auf seine Knie nieder, spreizte die Beine und hielt seine Hände hinter dem Rücken. Das tat er so selbstverständlich, dass sie sich nun sicher war, keinen Frischling zu ihren Füßen zu haben. Er kniete mit aufrechtem Körper auf dem harten Laminat, streckte seinen Brustkorb heraus und vermied es, Scarlett anzusehen. Aus Scham oder als Zeichen seiner Demut?

Sie ärgerte sich über sich selbst, weil sie ihn schon viel zu lange anstarrte, doch sie konnte sich seiner Attraktivität nicht entziehen. Sein Körper war durchtrainiert. Er machte nicht den Anschein, als würde er Kraftsport, sondern irgendeine Art von Ausdauertraining machen. Achseln, Brust und Geschlecht waren frisch rasiert, das gefiel Scarlett.

Sie schritt um ihn herum, betrachtete ihn von allen Seiten und ließ schließlich von hinten ihre Hand über seine Schulter nach vorne gleiten, doch kurz vor seinem Nippel stoppte sie. Sein Atem beschleunigte sich. Sie spürte, wie sein Brustkorb sich unter ihrer Hand hob und senkte.

Langsam kreisten ihre Fingerspitzen um seinen Nippel, ohne ihn zu berühren. Sie stachelte seine Geilheit an, indem sie seinem Wunsch nicht nachgab. Dass er an seiner Brustwarze angefasst werden wollte, wusste sie, denn er reckte sich ihrer Hand entgegen.

»Ich leite die Session«, flüsterte sie ihm von hinten grollend ins Ohr. Es war eine sanfte Drohung. Sie brauchte nicht herumschreien und wilde Drohungen ausstoßen, um ihren Sklaven das Fürchten zu lehren. Solch ein Verhalten war nicht echt. Es wirkte aufgesetzt und verdarb ihrer Meinung nach die Stimmung. Scarlett hatte andere Methoden.

Sie nahm ihre Hand weg und ging zum Schrank, indem sie die Spielsachen aufbewahrte. Übersichtlich geordnet hingen Peitschen, Gerten und Rohrstöcke aus verschiedenen Materialien und Stärken nebeneinander an Haken. In den Schubladen lagen Handschellen, Seile und Ketten jeder Art, ebenfalls Analplugs, Cockringe, Penispumpen und andere Utensilien, die Scarlett hegte und pflegte, weil sie ein Teil von ihr waren.

An diesem Tag entschied sie sich für Hand- und Halsfesseln, die an einer Stahlstange befestigt waren. Sie legte sie Marlon um und verschloss die Elemente mit Imbuss-Schrauben. Nun sah er aus wie ein Gefangener auf einer Galeere. Hübsch! Seine Hände waren auf gleicher Höhe wie seine Schultern, somit hatte sie zusätzlich freien Zugriff auf seine Achseln, eine sensible Körperstelle, die viele Dominante vergaßen.

»Nun wollen wir dich ein wenig aufwärmen«, kündigte sie mit einem diabolischen Grinsen an. Sie nahm einen Flogger aus dem Schrank und streichelte mit den Softriemen über seine Nippel. Erigiert standen sie ab. Scarlett konnte sich kaum zurückhalten, denn am liebsten hätte sie die Brustwarzen mit ihren Fingernägeln bearbeitet, aber das musste warten. Sklaven hatten keine Ahnung, wie viel Selbstkasteiung eine Session für eine Domina bedeutete.

Mit der weichen Peitsche begann sie seinen Brustkorb zu bearbeiten. Die ersten Schläge waren mehr ein Tätscheln, doch schon bald schlug Scarlett fester zu. Die Nippel ragten mittlerweile hart ab und Marlons Haut war wundervoll gerötet. Er atmete immer schneller, schaute zu Scarlett auf, die ihm daraufhin mit dem Riemen ins Gesicht schlug, jedoch so sanft, dass es kaum wehgetan hatte.

»Wag es nicht, mich anzusehen«, schimpfte sie, obwohl sie der scheue Blick dieses gut gebauten Mannes erregte.

Nun, da der Flogger seinen Oberkörper hart peitschte und immer tiefer glitt, wurde Marlon unruhig. Er begann leicht zu zittern. Es war kaum zu sehen, aber Scarletts geübtes Auge bemerkte es sehr wohl. Und sie erfreute sich daran.

Um seine Angst zu schüren, schlug sie hart auf seinen Unterbauch. Einige Softriemen verirrten sich zu seinem Schwanz, der daraufhin lustvoll zuckte. Marlon selbst jedoch verlagerte sein Gewicht immer wieder. Er hatte Angst, das spürte Scarlett, wodurch das Prickeln in ihrer Möse zunahm.

Was war nur heute los mit ihr? Die Sessions machten ihr natürlich Spaß. Wenn sie keine Freude an SM hätte, wäre sie keine Domina geworden. Aber diesmal war es anders. Wurde sie normalerweise erst am Ende eines Spiels geil, so war sie jetzt schon so heiß, dass sie sich danach sehnte, Marlons Schwanz in sich zu spüren.

Als sie den Flogger auf sein Glied niedersausen ließ, erschrak Marlon. Er atmete erschrocken ein, hielt einige Sekunden die Luft an und stieß sie dann geräuschvoll aus seinen Lungen.

»Reiß dich zusammen!«, befahl Scarlett mit deutlichem Spott in der Stimme. »Ich habe den Schlag nicht einmal durchgezogen. Wie willst du dann erst die nächsten zwei Schläge überstehen, die wirklich wehtun werden?«

Durch die Ankündigung wurde sein Schwanz noch härter. Er war versucht sie erneut anzusehen, senkte den Blick jedoch wieder, kurz bevor er ihr ins Gesicht sah. Schweiß perlte von seiner Stirn. Er fürchtete sich, schwieg jedoch und bemühte sich sichtlich, seine Gefühlswelt wieder unter Kontrolle zu bekommen.

Scarlett griff seinen Nippel. »Versuche nicht stark zu sein, Sklave! Du wirst es eh nicht schaffen. Bald wirst du Wimmern und Jammern wie ein Waschlappen.«

Wütend schaute er sie an.

Sie lächelte amüsiert und zwirbelte seine Brustwarze beinahe liebevoll. »Ah, habe ich einen wunden Punkt getroffen? War unschwer zu erraten. Ein Kerl wie du möchte ein richtiger Mann sein, nicht wahr?«

»Ja, Herrin«, brachte Marlon gepresst heraus.

Scarlett glaubte, dass er nicht mit dieser Art von Demütigung gerechnet hatte. Er hatte Lustschmerz und Erniedrigung im Sinne von Knien und Pet-Spiele erwartet. Aber zu einem Weichei degradiert zu werden, kränkte ihn offensichtlich. Scarlett war auf der Hut. Sie wollte seine Seele nicht verletzten! Doch einer Wunde, die sich ihr so offensichtlich darbot, konnte sie nicht widerstehen.

»Du hältst dich für einen richtigen Kerl, habe ich recht?«, fragte sie provokant.

Marlon sah ihr misstrauisch in die Augen. »Ja, Herrin.«

»Und warum kniest du dann vor mir? Warum lässt du dich von mir auspeitschen, sogar deinen Schwanz?«

»Trotzdem bin ich ein richtiger Mann«, verteidigte er sich zerknirscht.

»Nein, nein, du spielst allen im Alltag den harten Kerl vor, aber bei mir zeigst du dein wahres Gesicht. Warum sonst solltest du dich von mir quälen lassen, anstatt es mir zu besorgen?«

Seine Wangen röteten sich vor Zorn. »Ich weiß es nicht.«

»Du lässt all das zu, weil du ein Waschlappen bist.«

Sie sah, dass er sich in einem Wechselbad der Gefühle befand. Seine Hände ballten sich zu Fäusten. Er wehrte sich gegen die unbequeme Fesselung, weil er sich in diesem Moment seiner Hilflosigkeit wieder bewusst wurde, doch dadurch bohrte sich der Stachel nur tiefer ins Fleisch.

Scarlett stach mit ihrem spitzen Daumennagel in seinen Nippel. Gequält verzog er sein Gesicht. Er neigte sich nach vorne, um dem Schmerz zu entgehen.

Doch Scarlett griff in seine Haare und zog seinen Kopf nach

hinten, so dass Marlon wieder gerade saß. »Wenn du ein richtiger Kerl bist, wirst du das bisschen Schmerz wohl ertragen können.«

Marlon stöhnte. Seine Muskeln zitterten, weil er sie stark anspannte.

»Gibt zu, dass du ein Softie bist«, forderte sie ihn auf.

»Nein.«

»Das Wörtchen *nein* existiert im Wortschatz eines Sklaven nicht.« Sie bohrte ihren Nagel tiefer in seine Brustwarze.

Für einige Sekunden schloss er seine Augen. Sein Gesicht war schmerzverzerrt. Keuchend bemühte er sich darum, die Qual zu ertragen. »Ich bin kein Weichei, nur weil ich mich unterwerfe.«

»Weshalb solltest du es denn sonst tun?«

Er riss die Augen auf. »Weil es mich geil macht, verdammt!«

Sie ließ seinen Nippel los und er entspannte sich erleichtert. Mit dem Daumen zeichnete sie seine Lippen nach. »Man muss stark sein, um Schwäche zulassen zu können. Merke dir das!«

»Ja, Herrin.« In seinem Blick lag Anerkennung und fast so etwas wie Bewunderung. »Bei den anderen Dominas ging es immer nur um Sex, nicht um die Philosophie von BDSM.«

»Wie kann man einer bizarren Lust nachgehen, wenn man sich nicht damit auseinandersetzt?« Ihr Daumen glitt in seine Mundhöhle. »Es ist gefährlich, nicht zu wissen, auf was man sich einlässt.«

»Danke, Herrin«, nuschelte er. Dann presste er seine Lippen um ihren Finger und lutschte enthusiastisch daran. Leidenschaftlich saugte er, leckte über die Daumenkuppe und küsste ihren schwarz lackierten Fingernagel.

Schnell zog Scarlett sich zurück, denn in diesen wenigen Augenblicken hatte Marlon und sie eine Sinnlichkeit eingehüllt, wie es nur bei zwei Geliebten der Fall war. Sie durfte ihren Sklaven nicht so nah an sich herankommen lassen!

Absichtlich erhob sie ihre Stimme: »Du hast einen Augenblick gewankt. Wahrscheinlich nimmst du dir jetzt gerade vor, dich nie wieder aus der Fassung bringen zu lassen, aber das wirst du nicht schaffen. Ich bin dir überlegen, vergiss das niemals.«

Scarlett schwenkte den Flogger. »Nun wirst du die zwei versprochenen schmerzhaften Schläge auf deinen Schwanz und deine Hoden kriegen. Du willst sie doch bekommen, oder?«

Marlon schüttelte den Kopf, sagte jedoch: »Ja, Herrin«, weil er sich in letzter Sekunde besonnen hatte, dass es besser war, sie nicht zu erzürnen.

Obwohl sie sich bei Schlägen auf die Genitalien anfänglich immer zurückhielt, um die Empfindlichkeit des Kunden zu testen, schlug sie bei Marlon hart zu. Es war so, als wollte sie sich selbst beweisen, dass sie noch die Alte war. Eine schwache, gefühlsduselige Domina war nichts wert! Kein Sklave sehnte sich nach solch einer Domatrix, auch Marlon nicht.

Er gab einen undefinierbaren Laut von sich, schrie jedoch nicht. Sein Körper spannte sich an, seine Muskeln sahen hart und männlich aus. Sein Teint rötete sich. Sein Schwanz schnellte in die Höhe. Nachdem der Schmerzschub vorüber war, wollte Marlon schon entspannen, aber dann schloss er schnell wieder die Beine, da er sah, dass Scarlett die Peitsche erneut schwang.

Sie schlug gegen seine Oberschenkel, erst rechts, dann links, nicht fest, es war nur eine Geste. »Auseinander! Noch weiter! Und diese beiden Peitschenhiebe gerade zählen nicht.«

Seine Knie schabten über das Laminat, als er seine Beine weiter spreizte. Sein Schwanz reckte sich empor.

Darunter hingen seine Hoden, die Scarlett magisch anzogen. Hatte sie eben von oben auf den Penis geschlagen, so zog sie nun die Peitsche von unten über das Geschlecht, so dass die weichen Riemen zuerst auf die Hoden trafen und der Schwanz nur den restlichen Schwung abbekam.

Damit hatte Marlon nicht gerechnet. »Ah«, machte er und

biss dann die Zähne zusammen. Schließlich keuchte er. Er beugte den Oberkörper vor, als würde ihm das helfen, den Schmerz besser wegzustecken. Stöhnend richtete er sich wieder auf und seufzte, nachdem der Schmerz abgeebbt war. Rote Flecken zeigten sich auf seinem Gesicht.

Seine Hoden waren prall und gerötet. Für Scarlett ein wunderschöner Anblick. Sie ging zu ihrem Schrank, legte einige Dinge auf ein Tablett und kehrte zu Marlon zurück. Sie stellte das Tablett vor ihn auf den Boden, damit er genau sehen konnte, was sie für ihn geholt hatte.

Als er den Dilatator entdeckte, riss er seine Augen auf und schüttelte den Kopf. »Bitte, nein, alles, nur nicht die Harnröhre, bitte keine Dehnung der Harnröhre. Das ... das halte ich nicht aus.«

»Aber es steht in deiner gelben Liste«, erinnerte sie ihn. Sie ließ sich auf ein Knie nieder, wog seine Hoden in den Händen und verspürte ein Prickeln, das durch sie hindurchrieselte.

»Bitte, Herrin.« Seine Stimme zitterte. »Es war ein Fehler. Ich will es doch nicht.«

»Hast du es schon einmal erlebt?« Um seine Angst noch ein wenig zu steigern, fasste sie seine Eichel mit Daumen und Zeigefinger und bohrte vorsichtig den Fingernagel ihres kleinen Fingers in die Öffnung.

Sofort versteifte er sich. Er spannte seine Lenden an und verlagerte sein Gewicht, um ihr seinen Schwanz zu entziehen.

»Tsts«, machte sie tadelnd und packte das Glied so fest sie konnte, indem sie Daumen und Zeigefinger knapp unter der Eichel um den Penis legte und zudrückte. Die Schwanzspitze wurde noch praller und das Loch ein wenig größer, so dass sie ihren Fingernagel noch tiefer hineinbohren konnte.

»Nicht doch«, sagte er atemlos.

Sie hatte ihn fast so weit. Er war kurz davor zu winseln. Dabei hielt sie den Dilatator noch nicht einmal in der Hand. Sollte sie es bei der Androhung belassen? Vielleicht war er wirklich noch nicht so weit.

Nein, sagte die teuflische Seite in ihr, sie musste ihn nur gut genug vorbereiten. Dann würde er es schon ertragen. »Man kann nur entscheiden, ob man Praktiken mag oder nicht, wenn man sie ausprobiert.«

Marlon starrte nervös auf seinen Schwanz, dessen Harnröhrenöffnung von Scarlett bearbeitet wurde. Sein Unterleib zuckte ängstlich. »Nicht heute.«

Er hatte nicht »Niemals!« geschrien, sondern besaß nur heute einfach nicht den Mut dazu. Daher musste sie für ihn mutig sein. »Ich werde dich dazu zwingen.«

»Das ist nicht fair.« Er verzog wieder vor Schmerz sein Gesicht, weil sie nun über die Eichel kratzte. Seine Finger waren unruhig. Marlon schloss seine Hände und öffnete sie wieder.

Scarlett wusste, dass er in diesem Augenblick seine Fesselung hasste. Aber er sprang nicht auf und tobte, sondern blieb artig sitzen und überließ ihr die Führung. »Nicht fair, aber notwendig, um dir neue Sphären zu eröffnen.«

Während er sie weiter anflehte, seine Harnröhre nicht zu dehnen, band sie in Seelenruhe mit einer feingliedrigen Kette seine Hoden ab. Scarlett liebte den Anblick der an der Wurzel zusammengequetschten Hoden, die aus der Fesselung herausquollen und durch das gestaute Blut in einem der schönsten Rottöne leuchteten, den sie sich vorstellen konnte, und schließlich sogar bläulich schimmerten. Marlons verzweifelte Gnadengesuche klangen wie die wundervollste Musik in ihren Ohren. Sie spürte, dass ihr Slip nass war.

Liebevoll legte sie die Hand an seine erhitzte Wange. »Scht, alles Jammern wird dir nichts nutzen.«

»Du bist grausam.« Er schüttelte ihre Hand ab.

»Genau so willst du mich haben«, sagte sie lächelnd. Ihr Blick glitt über die neue Fesselung. Wie wundervoll sich jedes einzelne Kettenglied schmerzhaft in seine empfindlichen Hodensäcke drückte!

Seine Stimme klang rau vor Erregung. »Und deine liebevolle Art macht es nur noch schlimmer.«

»Danke, das nehme ich als Kompliment.« Sie nahm etwas vom Tablett und hielt es hoch. »Das ist ein Harnröhrenvibrator. Er wird nicht tief eingeführt, keine Sorge. Danach wirst du entspannt und bereit sein.«

Marlon lehnte sich zurück, bevor sie seinen Schwanz packen konnte. Doch Scarletts Hand schnellte vor, griff das Glied und zog fest daran. Marlon gab nach.

Scarlett gab einen Tropfen Gleitgel auf die Eichel. Ohne zu zögern, damit keine Panik in Marlon hochwallen konnte, setzte sie die abgerundete Spitze an die Öffnung in der Schwanzspitze und drückte sie einige wenige Millimeter hinein.

Sofort verspannte sich Marlon.

Sie gab ihm Zeit, sich an den Eindringling zu gewöhnen. »Er besteht aus Edelstahl und hat keine Nähte. Die Verletzungsgefahr ist gleich null, wenn du stillhältst. Ich habe das schon unzählige Male gemacht.«

»Was bringt Ihnen das?«, fragte er zwischen zusammengepressten Lippen.

»Es macht mich geil, dir Schmerzen zuzufügen«, gab sie bereitwillig zu. »Meine Möse wird pitschnass, wenn ich dich leiden sehe. Deine Verzweiflung, dein inneres Ringen, das Keuchen und als Höhepunkt die Tränen – ich kann mir kein schöneres Vorspiel vorstellen.«

Voller Bewunderung sah er sie an. »Nie zuvor bin ich einer Domina begegnet, die so leidenschaftlich und doch so liebevoll herrscht. Ich bin bereit fortzufahren.«

Eigentlich hätte sie ihm für diese Dreistigkeit den Vibrator ohne weitere Umstände in die Harnröhre rammen sollen. Es war nicht an ihm, ihr irgendeine Erlaubnis zu erteilen. Doch auf der anderen Seite vertraute er ihr nun. Dieses Vertrauen wollte sie nicht missbrauchen oder gar zerstören.

Langsam und behutsam drückte sie das Ende tiefer in das Loch hinein. Immer wieder machte sie eine Pause, damit Marlon sich an den Eindringling gewöhnen konnte. Er kam besser damit zurecht, als sie gedacht hatte. Dafür, dass er dieses Erlebnis nicht hatte machen wollen, ertrug er die schmerzhafte Dehnung sehr gut. Er verkrampfte sich zwar zwischendurch immer wieder, er biss die Zähne zusammen und schloss seine Augen, bis der Schmerz nur noch ein Druck war, dann verlangsamte sich sein Atem jedoch und er öffnete seine Augen wieder.

Schließlich steckte die vierzig Millimeter lange Edelmetallspitze in seiner Eichel.

»Brav«, lobte Scarlett ihn. Sie drehte den Schalter am Ende des Vibrators, der nun leise zu surren anfing.

Sofort erbebte Marlon. Seine Beine zitterten und er reckte sich gen Decke, als wäre die Luft am Boden zu dünn für ihn geworden. Sein Schwanz wurde hart und schimmerte rotviolett.

Damit er nicht zu früh kam, stellte Scarlett den Vibrator aus, nur um ihn sofort wieder anzumachen, nachdem Marlon sich für wenige Sekunden entspannt hatte. Diesmal drehte sie den Regler weiter auf, das Summen wurde lauter.

Marlon neigte seinen Oberkörper nach vorne, als hätte er Magenkrämpfe, doch es war ein Lustkrampf, der sich augenblicklich in seinem Schwanz ankündigte. Deshalb stellte Scarlett den Vibrator auf die niedrigste Stufe. Das Surren war kaum mehr zu hören, aber die sanfte Vibration bewirkte, dass Marlons Erregung erhalten blieb.

Er seufzte, doch dieser Seufzer klang, als würde er die Last der Welt auf seinen Schultern tragen. »Darf ich bitte kommen, Herrin?«

Seine Stimme klang so männlich, selbst wenn er bettelte. Scarlett machte es unglaublich heiß, dass dieser gut gebaute Kerl sich ihr unterwarf. Sie wählte ihre Kunden nicht nach dem Aussehen aus, bei einem Sklaven waren andere Qualitäten wichtiger. Es war nur dieser Widerspruch: über einen Mann zu herrschen, der sie ohne weiteres aufs Bett schmeißen und sie vögeln könnte, weil er ihr körperlich überlegen war. Stattdessen ließ er sich von ihr foltern.

Scarletts Körper wurde von einem Prickeln erfasst, das sie schon lange nicht mehr erlebt hatte. Sie war berauscht, als hätte sie eine Flasche Champagner getrunken. »So weit sind wir noch lange nicht. Reiß dich gefälligst zusammen!«

»Ich könnte Sie verwöhnen, das kann ich sehr gut«, flehte er. »Meine Zunge ist flink.«

Sie legte ihren Kopf in den Nacken und lachte. »Sehr clever, mir einen Tausch anzubieten, Sklave. Manchmal gehe ich auch darauf ein, manchmal nicht. Jetzt möchte ich dich allerdings noch ein wenig quälen. Wir haben doch noch gar nicht den Dilatator ausprobiert.«

Er keuchte. »Bitte nicht.«

Sie bekam eine Gänsehaut, weil sie seine Verzweiflung spürte. »Der Vibrator hat nur ein leichtes Brennen verursacht, aber durch den Dilatator wirst du wahren Schmerz spüren«, säuselte sie, neigte sich vor und leckte einmal über die Eichel, um seinen maskulinen Geschmack in sich aufzunehmen. Andere Dominas hätten sich niemals dazu herabgelassen, das Geschlecht ihres Sklaven mit ihrem Mund zu berühren – dafür hatten sie ihre Zofen –, aber Scarlett war anders. Sie tat, was ihr gefiel, und arbeitete immer alleine.

Marlon verblüffte diese intime Geste so sehr, dass er sich kaum regte, als sie den Vibrator entfernte, ausstellte und weglegte.

»Sie sind unglaublich«, sagte er leise und voller Verlangen.

Scarlett nahm den Dilatator und tippte damit gegen seine Nasenspitze. »Wir wollen die Session doch nicht zu einem Liebesspiel verkommen lassen«, rügte sie ihn. »Dagegen weiß ich ein Mittel: Schmerz.«

»Ich denke nicht, dass ich das aushalten werde.« Sein Atem beschleunigte sich.

»Tu es für mich«, säuselte Scarlett und lächelte ihn gleichsam verführerisch und diabolisch an. Sie spritzte einen Strang Gleitgel in das Schwanzloch, setzte den Harnröhrendehner an die Öffnung und erfreute sich noch einmal an Marlons panischem Gesichtsausdruck.

»Du kannst jederzeit das Safeword aussprechen«, erinnerte sie ihn.

Obwohl seine hübschen braunen Augen weit aufgerissen waren, schüttelte er den Kopf.

So behutsam, wie sie konnte, schob sie die dünne Edelstahlstange ein Stück weit in das Loch hinein. Dann machte sie eine Pause.

Marlon hechelte und keuchte, er bemühte sich sichtlich verzweifelt um Haltung.

Scarlett wusste, dass die Panik in diesem Moment schlimmer war als der Schmerz. »Stell dich nicht so an«, mahnte sie ihn spielerisch. »Der Vibrator war acht Millimeter dick, der Dilatator hat nur drei Millimeter Durchmesser. Auch wenn der Dilatator um einiges länger ist, solltest du mir danken, denn ich habe den Dünnsten ausgesucht. Ich hätte dich auch mit fünfundzwanzig foltern können. Meine Großzügigkeit weißt du gar nicht zu schätzen.«

»Entschuldigen Sie, Herrin«, begann er. Das Sprechen bereitete ihm Mühe. »Ich bedanke mich … wirklich … ich … mir fehlen die Worte. Ich kann nicht klar denken. Entschuldigung.«

»Du wiederholst dich. Dein Gestottere kannst du dir sparen.« Sie drückte den Edelstahldehner weiter in die Harnröhre hinein und konnte ihre Aufregung kaum unterdrücken. Alle erwarteten immer von einer Domina, dass sie kühl und abgebrüht wirkte.

Wenn Scarlett unbeteiligt war und nur ihre Show abzog, der Show wegen, stellte das kein Problem für sie dar. Doch nun, da sie einen Sklaven bearbeitete, der ihr gefiel, waren ihre Handflächen feucht, ihre Hände zitterten leicht und sie musste dem Drang widerstehen, Marlon einfach zu wichsen, ihm einen zu blasen und ihn dann noch zu ficken, bis ihm Hören und Sehen verging.

Scarlett verspürte eine Gier, die ihre Professionalität ins Wanken brachte. Sie wollte diesen Schwanz, er gehörte ihr! Aber sie musste sich zusammennehmen.

Um ihre Macht auszukosten, drehte sie den Dilatator in der Harnröhre immer wieder. Marlon brachte das aus der Fassung. Er wimmerte, beugte sich vor, um sich gleich wieder aufzurichten. Sein Kiefer mahlte und er versuchte den Schmerz zu ertragen, in der Hoffnung, dass die Qual bald abebben würde, aber das lag einzig und allein in Scarletts Hand. Das wusste er genau. Und dieser Umstand machte Scarlett unglaublich nass. So lange sie den Dehner drehte, würde das feurige Brennen Marlon unaufhörlich von innen heraus verzehren und nur sie hatte seine Erlösung in der Hand.

Sie gab ihm eine Minute Zeit, wieder zur Ruhe zu kommen. Während er sich sammelte, machte sie sich lustig über ihn. Sie fuhr ihm durch die braunen Haare, wie bei einem kleinen Jungen. Genau so sprach sie auch mit ihm, um ihn zu erniedrigen, als würde sie ihn als Mann nicht ernst nehmen, denn seine Männlichkeit war sein wunder Punkt. »Der kleine Marlon kann nicht viel aushalten, nicht wahr? Er heult jeden Moment wie ein Jüngelchen, das hingefallen ist und sich die Knie aufgeschürft hat, dabei ist es gar nichts. Aber sieh nur, wie geil der kleine Marlon durch den Schmerz wird. Er braucht die Folter, um so richtig heiß zu werden und abzuspritzen. Perverser kleiner Marlon!«

Marlon sah sie an. Es blitzte Wut in seinen Augen auf. Wut war hilfreich, fand Scarlett, denn sie brachte ihm die nötige Stärke zurück, die er für die weitere Prozedur benötigte. Aber es lag auch eine Verletzlichkeit und Scham in seinem Blick, die sie berührten.

Deshalb fügte sie hinzu: »Darum ist der kleine Marlon genau richtig bei mir.« Erneut schob sie den Harnröhrendehner tiefer in seine Öffnung hinein.

Er krümmte sich vor Schmerz, aber seine Geilheit ließ eine violette Ader an seinem Schwanz hervortreten. Die abgebundenen Hoden waren so prall, als wollten sie jeden Moment platzen und das Sperma auf Scarlett verteilen. Marlon stöhnte, sowohl vor Pein als auch vor Erregung. Sein Oberkörper schaukelte vor und zurück. Die Muskeln seiner Oberschenkel traten hart hervor, so angespannt waren sie.

Zärtlich begann Scarlett ihn zu streicheln. Ihre Hände glitten über seine Schenkel zu seinem Bauch und dann wieder hinunter zu seinem Schwanz, der steil nach oben stand. Ob er jemals zuvor so hart gewesen war? Gefühlvoll berührte Scarlett seinen Penis, er zuckte vor Lust, und Marlon keuchte, weil der Schmerz nicht ausblieb, denn durch das Zucken spürte er den Dilatator intensiver.

»Das macht mich rasend«, murmelte er.

»Gut so.« Scarlett band seine Hoden los. Sie massierte die Säckchen, um die Blutzirkulation anzuregen und stachelte gleichzeitig seinen Schmerz an, der ihm wiederum Lust brachte. Oder war es umgekehrt?

Denn mittlerweile befand er sich in einem wahren Taumel aus schmerzhafter Geilheit und geilem Schmerz. Sein Blick war entrückt. Er wirkte in einem Moment glückselig, im anderen verzweifelt. Scarlett selbst hatte das Gefühl, gleich zu kommen.

Es war nicht nötig, den Harnröhrendehner vollkommen hineinzupressen. Marlon hatte bereits das Luststadium erreicht, das sie für ihn geplant hatte, außerdem wollte sie ihn nicht überfordern. Langsam zog sie den Dilatator heraus und knetete dabei Marlons Hoden. Bevor der Dehner ganz aus der Öffnung hinausglitt, fickte sie ihn einige Male äußerst vorsichtig damit.

Das brachte Marlon fast um den Verstand. Er winselte und lehnte sich gegen Scarlett, als hätte er nicht die Kraft, seinen Oberkörper aufrecht zu halten. Seine Stirn war feucht, seine Wangen ebenfalls.

Scarlett zog den Dilatator heraus und legte ihn weg. Tröstend legte sie die Hand auf Marlons Rücken und spürte, wie er sich langsam beruhigte. Einige Male holte er tief Luft. Jedesmal wenn er ausatmete, klang sein Atem wie Wimmern.

»Du warst tapfer. Dafür werde ich dich nun belohnen.« Sie stand auf und zeigte auf ihr Bett. »Knie dich davor und leg dich mit dem Oberkörper darauf.«

Während er die Position einnahm, die sie ihm befohlen hatte, holte sie eine Urinflasche, die sie bei einem Händler für Krankenhausbedarfsartikel bestellt und mit einem Gurt versehen hatte, und einen Strap-On-Dildo ohne Umschnallriemen.

Sie legte Marlon die Urinflasche um, damit er sich in den Behälter und nicht auf ihr Bett oder das Laminat ergoss. Ein einfaches Kondom hätte auch seinen Zweck erfüllt, aber Scarlett bevorzugte die Urinflasche als zusätzliche Demütigung.

»Nur Männer, die nicht einhalten können, brauchen so etwas«, flüsterte sie ihm von hinten ins Ohr, »Männer, die keine Kontrolle mehr über ihren Körper haben.«

Er versuchte sie über die Schulter hinweg anzusehen, doch sie vergrub ihre Finger in seinen Haaren und drückte seinen Kopf auf das Bett.

»Beine weiter auseinanderspreizen!«, harschte sie ihn an, damit er nicht annahm, sie würde von jetzt an nett zu ihm sein. Nett war sie nur, wenn er am wenigsten damit rechnete.

Sie kniete sich zwischen seine weit geöffneten Schenkel, gab Gleitgel auf ihre rechte Hand und seine Rosette und begann, ihn mit ihren Fingern zu ficken. Zuerst drang sie nur mit einem

Finger ein und strich mit der anderen Hand über seinen faltigen Ring. Der After war rasch bereit, sie aufzunehmen und so schob sie einen zweiten und bald einen dritten Finger in ihn hinein. Sie vögelte Marlon immer heftiger mit ihrer Hand, hörte plötzlich damit auf und zog sich zurück, weil er sich zu gierig ihr entgegenstreckte, und beobachtete, wie sich die Rosette immer wieder von alleine öffnete und schloss.

Er war bereit.

Scarlett schob ihren Slip beiseite und führte das eiförmige Ende des Strap-Ons ein. Sie hielt den Dildo allein durch ihre Vaginamuskulatur, die sie regelmäßig trainierte, weil es nicht nur zum Job dazu gehörte, sondern ihr auch Spaß machte, und stieß mit dem anderen Ende des Dildos sanft gegen Marlons Rosette.

Er stöhnte ängstlich.

Scarlett ließ ihn noch etwas zappeln und gab in Seelenruhe etwas Gel auf die Spitze. Mehrmals stupste sie den Anus an, als würde sie an eine Pforte anklopfen. Sachte, aber mit Nachdruck presste sie die Eichel des Dildos in Marlons After hinein.

Der Sklave bäumte sich auf und ließ sich wieder aufs Bett fallen. Er hechelte, seine Hände krallten sich in den Überwurf des Betts. Seine Arschbacken waren angespannt, ebenso seine Oberschenkel, aber er gewöhnte sich langsam an den Eindringling und ließ locker.

Scarlett genoss ihre Macht über diesen starken Mann. Sie drückte den Dildo weiter in das enge Loch hinein, zog ihn wieder ein Stück heraus und presste erneut, wobei sie nicht nur Marlon anmachte, sondern auch sich selbst, denn auch dafür waren Strap-Ons da: über die Möse der Trägerin zu reiben. Scarletts Schamlippen waren geschwollen, ihr Saft verteilte sich auf dem Dildo und ihr Kitzler reagierte höchst empfindlich. Obwohl Marlon sie weder geleckt noch gestoßen hatte, war sie geil.

Auch Scarlett war bereit, bereit für Marlon, bereit ihn zu ficken.

Langsam begann sie ihren Sklaven zu vögeln. Sie drückte den Dildo ganz bis zum Ansatz in ihn hinein, erfreute sich an dem unruhigen Spiel seiner Schultern, dem Anspannen seines Nackens und dem Lustschweiß, der aus seinen Achseln perlte. Auch seine Pofalte war feucht, feucht von ihrem Mösensaft, der sich auf Marlons Kehrseite übertrug.

Sie spannte ihre vaginalen Muskeln an und hielt ihre Beine geschlossen, um den Strap-On zu halten, doch das sanfte Reiben über ihr Fötzchen reichte schon, um ihre Geilheit anzustacheln. Mühsam unterdrückte sie ihr Stöhnen. Der Sklave sollte nicht wissen, dass auch er Macht über sie besaß. Wenn er erst merkte, wie sehr auch sie ihn ficken wollte, konnte er diese Schwäche ausnutzen und Scarlett hätte ihrem Beruf Schande bereitet.

Nein, es war nicht nur ein Beruf, es war vielmehr Berufung, das spürte sie durch Marlon mehr denn je. Sie wollte ihn quälen, konnte nicht genug davon bekommen, seine Geilheit auszureizen, und zu bestimmen, ob er leiden oder abspritzen durfte.

Mehrmals schlug sie ihm hart auf die Arschbacken. Er versuchte seinen Schwanz in den Bettüberwurf zu rammen, um schneller zu kommen, schaffte es jedoch nicht – noch ein Vorteil der Urinflasche, sie schützte sein Glied. Er musste warten, bis Scarlett ihn hart genug rannahm, damit er endlich abspritzte. Nicht alle Männer kamen durch den reinen Arschfick. Sollte Marlon zu dieser Sorte Männer gehören, würde sie ihn natürlich von der Flasche befreien und ihn durch andere Art und Weise zum Kommen bringen. Vielleicht würde sie mit dem Rohrstock auf seinen Schwanz schlagen, bis das Sperma aus ihm herausschoss. Oder ihn vor ihren Augen wichsen lassen. Als Strafe würde sie es ihm nicht besorgen, sondern er musste es sich selbst machen. Das war bestimmt nicht das, was er sich wünschte. Leider sie auch nicht. Nein, sie wollte beteiligt sein.

Erst jetzt merkte sie, wie wild sie Marlon mittlerweile ritt. Sie hatte sich ihren Fantasien hingegeben und gar nicht bemerkt, dass sie den Dildo immer heftiger in Marlons Rosette rammte.

Marlon stöhnte laut. Mal klang er wie ein röhrender Hirsch, mal kickste er und sein Stöhnen brach ab. Es dauerte nicht lange und sein ganzer Körper verkrampfte sich unter ihr. Das hielt sie aber nicht davon ab, ihn weiter zu ficken, schließlich war sie noch nicht gekommen und im Gegensatz zu Dominas, die nur einen Job ausübten, gehörte der eigene Orgasmus für sie zu jeder Session dazu.

Das Spiel der Muskeln seiner Kehrseite war herrlich zu beobachten, während endlich der Höhepunkt Besitz von ihm ergriff. Er wirkte, als würde ein Ruck durch ihn hindurchgehen, sein Körper wurde von der Geilheit erschüttert. Seine Pobacken spannten sich immer wieder kurz an, während das Sperma aus ihm herausspritzte.

Schließlich blieb er unter ihr liegen. Während er nach Luft rang, vögelte Scarlett ihn weiter. Sie rammte den Strap-On rücksichtslos in seinen Anus, bis auch sie kam und erzitterte. Obwohl ihr Körper schon vor Lust bebte, stieß sie noch einige Male in Marlons Loch, um ihre Geilheit noch weiter auszukosten, vollkommen auszukosten. Dann stützte sie sich auf dem Bett ab und musste überraschend gegen den Drang ankämpfen, sich an Marlons Rücken zu schmiegen, nur kurz, nur für einen Moment.

Was war nur los mit ihr? Normalerweise war sie keine Schmusekatze. Seit dem Tod ihrer Eltern hatte sie keinen Mann mehr emotional an sich herangelassen. Sie hatte Sex als Barriere benutzt, sich dahinter versteckt und geglaubt, sich wohlzufühlen. Aber nun erkannte sie, dass sie ihre sexuelle Vorliebe als Schutzschild benutzt hatte.

»Geh ins Bad und dusch dich«, wies sie Marlon an und löste seine Fesseln.

»Führen wir die Session dort weiter?« Er stand auf, band die Urinflasche los und schaute erstaunt auf die Menge Samenflüssigkeit. »Ich würde für eine weitere Stunde bezahlen.«

Sie trat einen Schritt zurück, als müsste sie Abstand zwischen sich und ihn bringen, denn nun war das Spiel vorbei und er nicht länger ihr Sklave, sondern ihr Kunde.

Auf einmal fühlte sie sich verletzlich, das war nicht gut. Sie hatte zu viel Gefühl zugelassen.

Scarlett sah auf die Uhr in der offenen Küche. Die Session hatte sowieso schon länger als die vereinbarte Zeit gedauert. »Geh jetzt«, sagte sie reserviert.

Betrübt nickte er und suchte das Badezimmer auf.

Während er duschte, wischte Scarlett sich mit ein paar Küchentüchern trocken und räumte auf.

Nach einer Weile kam Marlon aus dem Bad und zog sich an. Nun wirkte er nicht länger wie ein geiler Sexsklave, sondern wie ein gestandener Geschäftsmann, der wusste, was er wollte.

Er legt seine Visitenkarte auf die Hand der Skulptur in der Diele. »Wenn ich etwas begehre, möchte ich es nicht teilen. Ich biete Ihnen an, Ihr exklusiver Sklave zu werden. Ich würde alles für Sie tun, Scarlett.«

Es war das erste Mal, dass er ihren Namen aussprach. Sie erschauerte wohlig. Beiläufig blickte sie auf die Visitenkarte. Es stand tatsächlich sein richtiger Name samt Adresse und diverser Telefonnummern darauf. Das zeugte von Vertrauen und es machte ihren Kontakt persönlicher. Jaron Händele, Rechtsanwalt für Presse- und Medienrecht. »Aber du würdest erwarten, dass ich meinen Kundenstamm aufgebe, nicht wahr?«

Er verneigte sich leicht. »Ich bitte darum.«

Sie packte ihm in den Schritt. Das tat sie normalerweise nie. Die Session war vorbei, sie hatte kein Recht mehr, noch weiter über den Kunden zu herrschen. Wenn Kunden kamen und gingen, begegnete Scarlett ihnen immer auf gleicher Ebene. Aber in diesem Moment überschritt sie ihre Grenzen, dessen war sie sich bewusst.

»Ist es nicht vermessen zu denken, du könntest mir alles bieten, was ich brauche?«, fragte sie mit rauer Stimme. Darin lag eine Arroganz, die unüberhörbar war.

»Nein, ich biete dir alles, finanziell und körperlich.« Er stöhnte und sein Schwanz richtete sich erneut auf.

»Ich werde es mir überlegen«, antwortete sie. Sie zog ihre Hand zurück. »Nun geh.«

Er schenkte ihr einen letzten Blick, der voller Verlangen war, dann verließ er sie.

Scarlett schloss die Haustür hinter ihm, schritt zum Fenster und schaute heraus. Es hatte aufgehört zu schneien. Sogar ein Stück blauer Himmel war zu sehen. Ihr Herz pochte wie verrückt. Sie hatte kurz davor gestanden, das erste Mal die Kontrolle über sich zu verlieren – und mehr Frau als Domina zu sein.

»Wie dreist, zu glauben, er könnte alles für mich sein!« Sie schnaubte und legte ihre Handfläche an die Fensterscheibe, um die Kälte zu spüren, doch die Scheibe war warm von der Heizung, die direkt darunterstand.

Möglicherweise war sie tatsächlich endlich angekommen und hatte in Düsseldorf ein neues Zuhause gefunden. Die Stadt war ihr sympathisch.

Nein, korrigierte sie sich, es lag nicht an der Stadt, sondern an den Menschen, die hier wohnten, an einem Menschen. Jaron.

Scarlett hatte ihm die Antwort auf seine dreiste Frage längst gegeben, ohne auch nur ein einziges Wort gesagt zu haben. Denn sobald er seinen Wagen aufschloss, würde er in seiner Manteltasche nicht nur seinen Autoschlüssel, sondern auch seinen 500-Euro-Schein finden.

Läuterung in der Abtei Saint Hidden

England, 1665 nach Christus

»Du sollst jetzt zu ihm kommen, Caroline«, raunte Pater Marcus. Das Tuscheln der Mädchen verstummte. Mit einem Mal war es still im Schlafsaal. Caroline rückte den groben Leinenstoff zurecht, den sie als Kleid trug, wie alle Mädchen, die von ihren Eltern an die Abtei Saint Hidden als Hilfen verkauft wurden. Die Abtei lag fernab von London, eigentlich idyllisch, doch was hinter ihren Mauern geschah, war grauenhafter als Pest und Inquisition zusammen.

Louise stieß Caroline unauffällig an. »Soll ich deine Pobacken vorher mit Fett einreiben? Dann rutscht der Rohrstock ab und es tut nicht ganz so weh.«

Caroline schüttelte den Kopf. Sie biss die Zähne zusammen und ging erhobenen Hauptes zwischen den Betten hindurch. Immerhin hatten sie Betten und mussten nicht auf Heu schlafen.

»Dafür habt ihr dem Abt ewiglich dankbar zu sein«, ranzte Nicoletta, die dicke Aufsicht und einzige Frau in Saint Hidden die Mädchen täglich an, »auch für die Mahlzeiten und die strenge Erziehung. Gehorsam und Gottesgläubigkeit sind eine Tugend!«

Am Anfang hatte Caroline die Schläge gehasst! Doch mit dem Interesse an dem, was unter den Kutten war, erwachte ebenso die Lust an der Züchtigung; eine Lust, die sie nicht verstand. Mit niemandem durfte sie darüber reden. Unter keinen Umständen! Pater Marcus würde ihren Rücken mit blutroten Striemen überziehen, bis sie das Bewusstsein verlor. Nicht einmal ihre beste Freundin Louise wusste von ihrem Geheimnis. Caroline wollte sie nicht einweihen, um sie vor Sünde zu bewahren. Wieso geriet sie nur immer in Schwierigkeiten? Nun hatte sie die Aufmerksamkeit des Abts auf sich gezogen und war verloren.

Mit nackten Fußsohlen ging sie über den kalten Boden. Sie folgte Pater Marcus mit gesenktem Haupt und vor dem Bauch gefalteten Händen, denn andächtig auszusehen war nie falsch. Ihre Knie wurden immer weicher. Allein wenn sie an den Abt dachte, blieb ihr die Luft weg und sie musste sich die Innenseiten ihrer Schenkel mit dem Leinenkleid abwischen. Dieser harte Blick! Diese strenge Stimme! Pater Marcus konnte noch so finster dreinschauen, Caroline lachte innerlich darüber. Aber stand der Abt auch nur vor ihr, ohne etwas zu sagen oder den kleinen Finger zu rühren, so erschauderte das Mädchen. Es erschien ihr, als würde seine Präsenz den gesamten Raum ausfüllen.

»Du wartest hier«, sagte Pater Marcus barsch. Er klopfte beim Abt an, trat ein und schloss die Tür hinter sich.

Caroline wagte es, durch den langen Pony einen Blick auf den Eingang zu werfen. Das Portal zum Reich des Prälats war aus dickem, rotem Mahagoni und hatte ein großes Silberschloss mit Ornamenten darauf. Konnten Schreie durch dieses massive Holz nach außen dringen? Vermochte jemand, das Schloss aufzubrechen?

Die schwere Tür wurde aufgestoßen. Pater Marcus schritt forsch zu ihr, mit einem breiten, abfälligen Grinsen. »Du bist es nicht wert, dich dem Abt aufrecht zu nähern. Auf alle viere!«

Caroline blicke ihn unsicher an. Er schien es ernst zu meinen. Also wischte sie sich die schweißnassen Hände am Kleid ab und kniete nieder. Pater Marcus packte ihre hüftlangen, fettigen Haare, aber nur die, die am Hinterkopf wuchsen, und führte sie wie einen Köter in das Zimmer hinein. Caroline wagte nicht den Blick zu heben. Ihr Haaransatz im Nacken brannte, als würde der Pater heiße Nadeln hineinstoßen. Unvermittelt hielt er an. Caroline sah die polierten Schuhe des Abts, nur eine Handbreit von ihr entfernt. Sie keuchte und biss sich auf die Lippe.

Pater Marcus verließ das Zimmer. Lange Zeit geschah nichts. Caroline lauschte dem ruhigen Atmen des Abts. Dieses kaum vernehmbare Geräusch klang wie eine Drohung. Saint Hidden war sein Reich, sein Zimmer das Zentrum und Caroline hatte gegen seine Regeln verstoßen.

Sie erschrak, als er sprach: »Wie lange habe ich dir schon meine Großzügigkeit gewährt, Caroline?« Seine Stimme klang hart, fordernd, unnachgiebig.

»Ein Jahr und fünf Monate, Herr Prälat«, flüsterte das Mädchen. Stille. Schließlich sagte er lauter: »Willst du mir nicht dafür danken?«

»D ... do ... doch«, stotterte Caroline mit einem Mal. Am liebsten hätte sie sich geohrfeigt. Auch wenn sie sich fühlte wie die Maus, die schon halb im Maul eines Katers steckte, so wollte sie ihre Angst dennoch nicht zeigen. Schnell fügte sie hinzu: »Von ganzem Herzen danke ich dem Vater Abt für seine Großzügigkeit und Konsequenz. Ohne seine Hilfe würde ich nie ein guter Mensch werden ...«

Er unterbrach sie: »Bis dahin ist noch ein langer, schmerzhafter Weg!« Er legte Zeigefinger und Daumen unter ihr Kinn und zog dieses mit einem kräftigen Ruck hoch.

Caroline erstarrte. Er war groß, breitschultrig und flößte ihr Angst ein. Ein großes Silberkreuz baumelte an einer Kette um seinen Hals. Seine Augen waren so schwarz wie die Kutte, die er trug. Sein Blick schien sie zu durchdringen. Konnte er tatsächlich in ihr Inneres sehen? Erkannte er die Freude, die sie empfand, wenn Nicolettas Hand auf ihre Pobacke klatschte? Natürlich! Der Abt wusste alles. Beschämt senkte Caroline den Blick.

»Schau mich an«, schrie er.

Das Mädchen zuckte zusammen. Sofort sah sie ihm wieder in die Augen. Diese funkelten wütend und schienen gleichzeitig vor Güte zu leuchten.

Noch immer hielt er ihr Kinn fest und drückte ihren Kopf in den Nacken. »Berichte aufrichtig und in allen Einzelheiten von deiner Sünde, als ich dir erlaubte, dich zu waschen!«, befahl er.

Es hatte keinen Sinn zu lügen. Bestimmt wusste er bereits mehr als das, was Nicoletta beobachtet und ihm berichtet hatte. Und so bemühte sich Caroline, ehrlich alles wiederzugeben. »Ich habe mir das Wasser über meine Arme laufen lassen. Es war sehr kalt. Dann hob ich mein Kleid ein Stück und schaufelte Wasser über meine Schenkel. Als niemand schaute, wusch ich auch meinen Unterleib. Ich habe mich angefasst, obwohl ich weiß, dass das verboten ist. Es tut mir sehr leid.«

Der Abt zog die Augenbrauen hoch. »Das nennst du eine genaue Beschreibung?« Plötzlich ließ er ihr Kinn los. Er griff in ihren Nacken und riss sie grob nach vorne, so, dass ihre Stirn den Boden berührte. Nun zeigte ihr Hintern nach oben. Mit wenigen Schritten ging der Abt um sie herum, ohne den Griff zu lockern. Er stellte sich hinter sie zwischen ihre Schenkel, dann spreizte er seine Beine und damit gleichzeitig auch ihre. Schon stülpte er das Leinenkleid bis zu ihrem Hals. Ihre Pobacken boten sich ihm an und ihre kleinen Brüste hingen demütigend hinab.

Caroline musste sich sehr anstrengen, um nicht zu schluchzen. Noch nie hatte sie sich jemandem so präsentiert! Das Blut schoss ihr ins Gesicht – aber auch in ihre Scham. Natürlich! Der Abt wusste von ihrer seltsamen, verbotenen Lust und wollte sie bloßstellen. Er forderte den Beweis. Und je mehr sie versuchte, ihre Erregung zu unterdrücken, desto eher würde der Saft aus ihr herauslaufen.

»Ich hatte dir befohlen, mir Details zu berichten, und du hast erneut meine Befehle missachtet!«, sagte er langsam mit tiefer, drohender Stimme. »Unzüchtiges Verhalten wird in diesem christlichen Haus nicht geduldet. Es bleibt noch festzustellen, wie weit du mit deinem sündigen Waschvorgang gegangen bist. Du hüllst dich in Schweigen, also kitzele ich die Wahrheit Stück für Stück aus dir heraus. Hast du dies gemacht?« Er fuhr mit dem Handrücken die äußeren Schamlippen entlang.

»Ja, Herr Prälat«, bibberte Caroline. »Ich gestehe.«

»Bist du dessen schuldig geworden?« Nun drückte er den Handballen zwischen die kleinen und großen Schamlippen.

Das Mädchen stöhnte leise. »Ja, Herr Prälat. Schuldig.«

»Bist du zum Äußersten gegangen?«, blaffte er, presste seine Hand zwischen die kleinen Schamlippen und zog sie langsam mit Druck durch die Spalte.

Caroline hatte Mühe zu sprechen. Ihre Gedanken schwirrten wirr im Kopf herum. Dieses Gefühl, das ihr Flügel schenkte, sie könnte es nicht beiseiteschieben. »Ja ... Vater Abt. Ja ... auch dieses Vergehen habe ich begangen ... mich schuldig gemacht, ja.«

Ohne Vorwarnung drang er mit zwei Fingern in sie ein. Schmatzend füllten sein Zeige- und Mittelfinger das Mädchen aus. »Hast du deine Hand auch in deiner Möse vergraben?«

»Ja«, brachte sie nur noch vor Scham und Lust heraus. Sie wusste, das war zu wenig. Kein Wort des Dankes. Nur ein Zugeständnis der schlimmsten Sünde. Caroline machte alles nur schlimmer. Aber sie konnte sich der Lust nicht erwehren. Sie übermannte sie.

Der Abt zog die Finger heraus, nur um sie sofort wieder in sie hineinzubohren. Tiefer, Platz fordernder, leicht gespreizt und die Nässe aus ihr herauspressend. »Wie der erste warme Frühlingsregen – so naiv, solch ein Erguss, so machtlos ...«, flüsterte er. »Nur ein Vorbote? Schlummert da noch viel mehr?« Plötzlich zog er sich aus ihr zurück und riss sie an den Haaren. Drohend flüsterte er ihr ins Ohr: »Das muss verhindert werden!«

Er ließ ihre Haare los, ging um sie herum und schlug ihr mit der flachen Hand ins Gesicht. Carolines Wange glühte. Gleichzeitig spürte sie, wie der Saft ihre Schenkel entlangfloss. Bestimmt sammelte er sich auf dem Boden, als Beweis ihrer sündigen Lust. Ihr eigener Duft schwebte im Zimmer, benebelnd wie Weihrauch.

Auf einmal lächelte der Abt sie gütig an. Er streichelte ihre hochrote Wange, in der das Blut pulsierte. »Ich werde dich auf den Pfad der Tugend zurückführen, Caroline. Du bist noch nicht verloren. Vieles wirst du erdulden müssen, um mir zu zeigen, dass du dich redlich bemühst der Sünde abzuschwören. Alles, was ich dir antue oder Pater Marcus und Nicoletta befehle, dir zuzumuten, wirst du demütig ertragen. Erst wenn ich sehe, dass du wieder würdig bist, meine Großzügigkeit zu erfahren, werde ich dir vergeben.«

Carolines Herz schmolz bei der Sanftheit in seiner Stimme, der zärtlichen Berührung. »Danke, Herr Prälat«, hauchte sie und meinte es auch. Er gab sie nicht auf. Das war ihr so unendlich wichtig! Natürlich würde sie hart bestraft werden, aber der Vater Abt half ihr damit, der Hölle fernzubleiben. Wenn sie nur nicht immer diese Lust empfinden würde! Diese zeigte sich in den unmöglichsten Situationen – wenn Nicoletta Caroline mit dem Kochlöffel auf die Handflächen schlug, weil sie eine Kartoffelschale gegessen hatte, anstatt sie den Schweinen zu geben, wenn Pater Marcus ihren Körper mit Brennnesseln streichelte, da sie zu viele Möhren aus dem Garten geholt hatte, und selbst wenn sie sich nur im Wald hinhockte, das Leinenkleid lüftete und der Urin aus ihr herausfloss. Was war nur los mit ihr?

Der Abt ging zu einem schweren, burgunderroten Samtvorhang und schwang ihn zur Seite. Caroline weitete ängstlich die Augen. Hinter dem Vorhang kam eine Ebenholzwand zum Vorschein mit zahlreichen Halterungen, an denen Peitschen, Gerten, Rohrstöcke, Ketten, Zangen und Folterwerkzeuge hingen, die das Mädchen nicht kannte. Dort waren auch Regale mit Schachteln darauf – mal aus Holz, mal aus Silber. Auf dem Boden stand eine Truhe, daneben irgendwelche Gebilde, die mit Tüchern abgedeckt waren.

Welches Werkzeug würde er für die erste Teufelsaustreibung wählen? Carolines Lust wich der Furcht. Den Rohrstock war sie gewöhnt, aber die Peitsche nicht. War die Kette auch ein Schlagsinstrument oder nur zum Fesseln gedacht? Ihre Fantasie spielte verrückt. Wie grausam war der Vater Abt wirklich?

Der Abt öffnete eine Holztruhe und entnahm ihr eine Silberschatulle. Zufrieden lächelnd kehrte er zu Caroline zurück. »Diese beiden hilfreichen Utensilien wirst du bei der nun folgenden Behandlung tragen. Wir wollen ja nicht, dass du ausläufst und ganz Saint Hidden zusammenschreist.« Er holte einen hölzernen Nähpilz aus der Schatulle. Seine Augen funkelten geheimnisvoll, als er den Pilz, dessen Hut mit dickem Stoff überzogen und der normalerweise mit Nähnadeln gespickt war, Caroline vors Gesicht hielt. »Das werde ich dir in deine Scham stecken, wie einen Stöpsel. Steh auf!«

Der Stiel sollte in sie hineinpassen? Das Mädchen konnte das nicht glauben. Sie schämte sich, weil es aus ihr herausfloss. Das durfte nicht sein. Es war Sünde! Aber für dieses Holzstück war sie viel zu eng.

»Du weigerst dich?«, fragte er sie. Er trat an sie heran und drückte den Nähpilz gegen ihre Wange.

Hastig antwortete sie: »Nein, Herr Prälat. Das würde ich nie wagen. Ihr wisst, was das Richtige für mich ist.«

»Oh ja«, murmelte er und grinste. Caroline atmete auf. Doch mit einem Mal verfinsterte sich sein Gesicht und er schrie: »Stell dich an den Tisch, leg den Oberkörper darauf und spreize deine Schenkel weit, sehr weit!«

Nie hätte sie gewagt, ihm zu widersprechen oder seinem Befehl nicht Folge zu leisten. Auf wackeligen Beinen ging sie zum Tisch und nahm die Position ein.

»Wenn du dich nicht mehr bemühst, mich zufriedenzustellen, muss ich härter durchgreifen«, ermahnte er sie und spreizte ihre Schenkel weiter. Dann fuhr er mit dem Pilz mehrmals durch ihre Spalte. Er schob das Holz nach unten und nach oben, rieb es über die großen und presste es zwischen die kleinen Schamlippen.

Wieder schaffte es Caroline kaum, ihr Stöhnen zu unterdrücken. Ihr Herz schlug ihr bis in die Scham. Dort unten war alles nur Nässe, sündiger Duft, Pulsieren, Verlangen …

»Hilf mir!«, befahl der Abt. »Reib dich an dem Holz. Ist der Stiel nicht feucht genug, wirst du reißen, wenn ich ihn dir gleich hineinbohre.« Reißen? Nein, das wollte Caroline natürlich nicht! Gehorsam bewegte sie ihren Unterleib hoch und runter. Sie suchte den hölzernen Pilz, drückte ihre heiße Scham dagegen und rieb sich daran. Dadurch floss der sündige Saft nur schneller aus ihr heraus und immer wieder entfloh ein Stöhnen ihrem Mund, egal wie sehr sie die Lippen aufeinanderpresste.

Carolines Unterleib begann zu zittern; sie konnte ihn einfach nicht ruhig halten. Hastig griff sie nach den Tischkanten, um mehr Halt zu bekommen. Was geschah nur mit ihr? Bemühte sie sich nicht genug, der Sünde abzuschwören? Ja, die Sünde, sie war immer noch in ihr. Das zeigte sich nun. Es würde schwerer sein, sie loszuwerden, als Caroline gedacht hatte.

Caroline erschrak, denn der Abt legte auf einmal seine Hand auf ihren Rücken und drückte sie sanft auf die Tischplatte.

»Schschscht«, säuselte er. Seine Fingerkuppen streichelten den unteren Rücken des Mädchens und auch ihre Pobacken ein wenig.

Erschöpft schloss Caroline die Augen. Ihr Atem beruhigte sich. Sie gab sich ganz den Zärtlichkeiten hin. Noch immer vibrierte ihr Unterleib. Ihre Scham pochte stetig weiter. Langsam entspannte sich das Mädchen. Plötzlich setzte der Abt den Holzgriff des Nähpilzes an ihre Möse und presste ihn hinein; zumindest versuchte er das, aber er kam nicht tief.

Caroline schrie auf. »Er passt nicht«, jammerte sie. »Nein, nein, er geht da nicht rein. Ich bin zu eng. Das Holz ist zu dick.«

Der Abt schlug ihr unvermittelt mit der flachen Hand auf den Hintern, ein-, zwei-, dreimal, hart und schmerzhaft. »Er wird dich ganz ausfüllen. Er wird den Saft in deinem sündigen Körper einsperren, damit er sich dort sammelt und kein Platz mehr für die Sünde bleibt.« Erneut knallte seine Handfläche auf dieselbe Stelle. Caroline schluchzte leise. »Wer hat behauptet, der Weg zur Tugend wäre leicht? Bist du bereit, die Pein zu ertragen oder muss ich dich fesseln?«

»Ich tue alles, was Sie verlangen, Herr Prälat, nur bitte nicht die Fesseln!« Ängstlich wischte Caroline sich die Tränen aus den Augen und zog den Rotz hoch.

»Je mehr du dich verkrampfst, desto schmerzhafter wird es«, mahnte er. »Den Holzzapfen wirst du bald in dir stecken haben, ob du willst oder nicht! Also, ich rate dir, willig zu sein.«

Caroline bemühte sich sehr, den Unterleib locker zu lassen. Doch je mehr sie sich anstrengte, desto verkrampfter wurde sie.

Er riss ihren Kopf an den Haaren nach hinten und steckte ihr den Griff des zweiten Nähpilzes in den Mund. »Damit deine Schreie nicht deine Sünde durch die gesamte Abtei tragen!« Seine dunklen Augen blitzten sie kalt an.

Erneut führte er den Griff in sie ein, nur ein kleines Stück, dann steckte er fest. Das Mädchen kniff die Augen zusammen. Das Holz war so hart und unnachgiebig; es wollte einfach nicht in sie hineingleiten.

Der Abt griff ihr brutal an die linke Pobacke und zog sie nach außen. Das Mädchen sog hörbar Luft ein, denn es fürchtete, ihre gesamte Spalte würde nun reißen. Sogar der Anus tat an einer Stelle weh, als würden dort Nadeln hineingepiekst.

Kaum war sie abgelenkt, stemmte sich der Abt gegen den

Pilzhut. Wieder rutschte der Griff ein Stück tiefer in ihre Möse. Schmatzend machte die Feuchtigkeit dem Stiel Platz. Caroline wimmerte leise. Sie hatte Angst. Das Holz war so groß und furchtbar hart; es wollte nicht hinein und musste dennoch. Sie fürchtete, sie könnte reißen. Doch die Vorstellung, es zu mögen, wenn das Ding sie erst ausfüllte, bereitete ihr ebenso Unbehagen, denn eigentlich war es doch eine Maßnahme, sie von der Sünde abzubringen.

Mit leichtem Stöhnen presste der Abt den Griff weiter hinein. Dabei drehte er ihn im Kreis, wie eine Schraube, die in eine störrische Holzwand gebohrt wurde.

Caroline war hin und her gerissen zwischen den Schmerzen und ihrem schlechten Gewissen. Wie musste sich der Herr Prälat anstrengen, um sie auf den rechten Pfad zurückzuführen? Er mühte sich ab – körperlich, weil er diesen Stöpsel in sie hineinbringen musste, und seelisch, da er sie nicht bis aufs Blut auspeitschte und nackt auf die Straße schickte. Er gab sie nicht auf, sah keine verlorene Seele in ihr. Er war wirklich großzügig, wenn auch streng und konsequent.

Sie spreizte die Schenkel weiter. Durch den Druck war es schwer, sich zu entspannen. Ihre Möse war überreizt. Caroline konnte das Gefühl nicht genau bestimmen. War es Schmerz? War es Anspannung? War es Druck? Doch eins erkannte sie mit Schrecken: Es erregte sie! Anstatt zu verschwinden, bäumte sich die Sünde auf und überschwemmte Carolines Körper noch intensiver. Das erste Mal spürte sie etwas außer einem Finger in sich. Es war überwältigend!

Der Abt drückte weiter gegen den Pilzhut. Er drehte und stöhnte – immer wieder wischte er mit den Händen die Lustbäche von Carolines Oberschenkeln. Ihre Feuchtigkeit breitete sich auf dem ganzen Tisch aus. Es war fürchterlich beschämend für das Mädchen. Nie hätte sie sich vorstellen könnten, dass ihre Möse so feucht sein konnte!

Dann endlich saß der Stopfen! Der komplette Holzgriff des Nähpilzes steckte in ihr: breit, hart, nass. Caroline genoss den Schmerz der Überdehnung. Zu aller Schande fragte sie sich, ob sich so wohl ein Männerschwanz anfühlte. Diese sündigen Gedanken, sie durften nicht sein!

Der Abt hielt ihr seine Hände vors Gesicht. Sie glänzten und dufteten nach Carolines Mösensaft. »Schau! Darf ein anständiges Mädchen so geil sein?«

Caroline riss die Augen auf. Schnell schüttelte sie den Kopf. Da schmierte er ihr die Nässe an die Wangen. Sie erstarrte. Sie wollte das nicht! Jetzt musste sie ihre Erregung auch noch im Gesicht tragen. Und dieser Geruch – er durchflutete das gesamte Zimmer! Beschämt schaute sie auf die Tischplatte, um dem wütenden Blick des Abts auszuweichen.

Bedächtig öffnete er den Knoten an seinem Gürtel und nahm ihn in die Hände. Der Gürtel war aus mehreren Lederbändern geflochten. Der Abt faltete ihn zusammen, so dass eine Schlaufe entstand. Mit aller Wucht knallte er die Schlaufe auf den Tisch, genau neben Carolines Gesicht. Das Mädchen fuhr zusammen. Damit wollte er sie schlagen? Das durfte er nicht tun. Ängstlich sah sie zu ihm hoch.

»Mich mit diesem Rehblick anzuschauen, wird dir nicht helfen«, brummte der Abt und lachte abfällig. Langsam spazierte er um sie herum. Caroline dachte für einen Augenblick daran zu flüchten. Aber sie fürchtete sich zu sehr, als dass sie diesem Wunsch nachgegeben hätte. Ihr Körper bebte. Sie biss auf den Holzgriff, der ihre Mundhöhle ausfüllte. Wieder einmal hielt sie sich an der Tischkante fest und redete sich ein, dass sie diese Hölle schon überstehen würde. Wegrennen würde es nur schlimmer machen. Vielleicht sollte sie betteln oder …?

Da schlug der Abt mit dem doppelten Gürtel auf ihren Hintern. Caroline schrie auf vor Schmerz. Panisch bewegte sie ihren Unterleib nach links. Da traf sie der zweite Hieb, gleich danach der dritte und der vierte. Ihre Pobacken mussten leuchten. Bestimmt zeichnete sich die Form des Gürtels auf der weißen Haut ab. Nummer fünf und sechs folgten, sauber nebeneinander gesetzt. Dann ging es Schlag auf Schlag. Immer wieder und wieder knallte der Gürtel auf ihr Hinterteil. Carolines Schädel explodierte. Sie konnte nicht mehr klar denken. Alles, was sie empfand, war Schmerz. Nicht einmal der Druck in ihrer Möse existierte mehr, nur das Feuer auf ihrem Hintern. Es loderte, es wuchs, es breitete sich aus. Zuerst jammerte sie, dann liefen ihr die Tränen in Strömen die Wangen hinab, bis sie schließlich winselnd zusammenbrach.

Der Abt hörte auf. Sie hatte es überstanden. Nun weinte sie vor Freude. Ein eigenartiges Gefühl von Glück breitete sich in ihr aus, eine Zufriedenheit, die sie vorher nie empfunden hatte. Ob Louise so etwas schon einmal erlebt hatte? Nein, sie durfte ihre Freundin nicht darauf ansprechen. Louise hätte solch eine Tortur auch nie und nimmer ertragen. Caroline seufzte.

Da drosch der Abt mit der Schlaufe auf ihren Anus.

Das Mädchen jaulte vor Qual. Sie verlor den Nähpilz aus dem Mund. Sabber spritzte über den Tisch. Der Schmerz raubte ihr die Luft zum Atmen. Dann ebbte er langsam ab. Caroline war zu kraftlos, um zu zittern. Sie lag einfach nur mit dem Oberkörper auf der Tischplatte, völlig geschafft.

Der Abt lachte leise. »Der letzte Schlag war eine Ermahnung, die Behandlung ja nicht zu genießen. Hast du verstanden?«

»Ja, Herr Prälat«, brachte Caroline unter größter Mühe hervor.

Sie erschrak leicht, als er den Holzgriff aus ihrer Möse zog. Er ging weitaus besser heraus, als er hineingegangen war. Alles schwamm in ihrem Saft.

»Folge mir!«, befahl er und stellte eine Schüssel mit Wasser auf den Boden. »Knie dich darüber!« Caroline ging mit zittrigen Beinen zur Schüssel und kniete sich hin.

»Halt dein Kleid hoch!«, ordnete er an. Er nahm ein Stück Seife, tauchte es ins Wasser und rieb es zwischen den Händen. Dann wusch er Carolines Unterleib und Schenkel. »Ab jetzt wirst du dich nicht mehr da unten anfassen. Nicoletta wird dich waschen oder Pater Marcus.«

»Pater Marcus?«, schoss es aus ihr heraus. Sofort lief sie hochrot an. War sie zu weit gegangen? Sie wusste, dem Abt widersprach man nicht.

Er schaute sie durchdringend an. Eine Zornesfalte bildete sich auf seiner Stirn. Mit einem Mal hielt er ihre Klit zwischen Daumen und Zeigefinger und drückte mit den Fingernägeln leicht zu. Caroline verzog das Gesicht, weniger vor Schmerz als aus Furcht vor dem, was jetzt folgen würde.

»Hast du etwas gegen den ehrenwerten Pater Marcus?«, fragte er. Das Mädchen bemerkte den herausfordernden, gefährlichen Unterton in seiner Stimme. Jetzt durfte sie nur nichts Falsches antworten.

»Es wird mich waschen, wen immer Ihr dazu bestimmt.«

Er drückte seine Nägel ein wenig fester hinein. »Natürlich ist es an mir. Aber du hast meine Frage nicht beantwortet.«

»Der Pater, nun, er ...«, stotterte sie, denn sie wollte nicht sagen, dass sie ihn nicht leiden konnte. Er war herablassend. Er war grob und schmierig. Seine Finger an ihrer Scham zu spüren, wäre für sie ekeliger, als mit den Schweinen aus einem Trog zu essen. Bestimmt wusste der Prälat dies, genauso, wie er auch sonst immer alles wusste. »Nein, ich habe nichts gegen den ehrenwerten Pater Marcus.«

»Du kannst ihn auf den Tod nicht leiden«, sagte der Abt und tat die Schamlippen beiseite. Nun lag die Klit frei. Er umfasste sie sanft mit Daumen und Zeigefinger. »Weshalb lügst du mich an?« Caroline erschauderte. Ihre Klit war unheimlich empfindlich. Sie spürte, dass die Berührung leicht wehtat, gleichermaßen aber auch Wohlbehagen verursachte. Die Gefühle flossen zusammen – alles verschmolz. Ihr fiel keine Antwort ein, die den Abt hätte befriedigen und sie befreien können. Also sprach sie ehrlich: »Ich mag ihn nicht, aber ich fürchtete mich, es Euch zu sagen, weil ich heute nicht noch mehr Qual ertrage.«

Da ließ der Abt ihren Kitzler los und legte seine Hand an ihre Wange. Mit den Fingern trocknete er ihr Gesicht, das immer noch feucht von den Tränenflüssen glänzte. »Ehrlichkeit wird belohnt. Merke dir das«, flüsterte er und schenkte ihr ein Lächeln.

Das machte sie unendlich glücklich. Sie schmiegte ihre Wange in seine Hand und genoss die zärtliche Berührung.

Dann schmierte er seine Hände erneut mit Seife ein. Er hockte sich neben sie. Mit der rechten Hand wusch er von hinten über ihren Anus, die linke glitt glitschig von vorne über ihre Klitoris. Vor und zurück. Vor und zurück. Gleichmäßig. Rhythmisch. Wie zuvor war ihr ganzer Unterleib nass. Alles war entspannt, wurde nun weich massiert, und die Glut glomm erneut auf und wuchs zu einem Feuer. Die Hitze nahm zu. Caroline wusste nicht, wie ihr geschah. Ein übermächtiges Gefühl stieg plötzlich in ihr empor. So etwas hatte sie noch nie erlebt. Sie musste sich nach vorne beugen und mit den Händen auf dem Boden abstützen, um nicht das Gleichgewicht zu verlieren. Alles in ihrem Kopf schwirrte durcheinander. Das Zimmer verschwand, der Abt verschwand, sogar das peinliche schmatzende Geräusch, das die seifenverschmierten Hände an ihrer Scham erzeugten. Sie fühlte sich losgelöst. Heftig pumpten ihre Lungen Luft. Stöhnte sie? Sie war sich nicht sicher. Auf einmal hob sie ab! Sie verkrampfte sich und brach zuckend zusammen.

Lange Zeit kauerte sie auf dem Boden. Sie öffnete ihre Augen erst, als der Abt ihren Unterleib mit einem Tuch trocknete.

»Geh nun schlafen, wie alle rechtschaffenen Menschen, wenn es Nacht ist«, sagte er. Er erhob sich und blieb fordernd direkt vor ihr stehen. Müde neigte Caroline sich nach vorne und küsste erst den rechten Schuh, dann den linken. »Danke, Herr Prälat, dass Sie mich Ihre Großzügigkeit haben spüren lassen.«

»Freu dich nicht zu früh«, sprach er barsch. »Das war erst der Anfang. Du wirst noch viel mehr Leid über dich ergehen lassen müssen!«

Der Abt band sich den Gürtel wieder um den Bauch und ging mit stolzem Gang zur Wand mit den Folterwerkzeugen. Dort nahm er ein Lederhalsband vom Haken. Einen kurzen Moment lang grübelte er und betrachtete das nietenbesetzte Band von allen Seiten. Dann kam er zurück zu Caroline und legte es ihr um und verschloss es im Nacken.

»Dieses Band wirst du tragen, bis du geläutert bist. Alle werden wissen, dass du den Rang eines Köters hast und erst durch Schmerz und Erniedrigung in die Mitte der Menschen zurückgeführt werden kannst. Und nun geh!«

Erschöpft krabbelte das Mädchen auf allen vieren aus dem Zimmer. Erst vor der Tür stand sie auf und schleppte sich durch den Gang und über den Hof in den Schlafraum zurück. Tatsächlich war es bereits dunkel, die Nacht rabenschwarz. Caroline schlüpfte unter ihre Decke und schloss die Augen.

Louise, die im Nachbarbett lag, fragte so leise wie möglich: »Hat der Abt dich sehr gequält?«

»Ja«, antwortete Caroline kurz und freute sich schon auf die nächste Phase der Erziehung. Lächelnd schlief sie ein.

Jahrmarkt der Masochisten

Im Jahre 1906 setzte der Sommer Irland zu wie schon lange nicht mehr. Auch die Menschen des Städtchens Glimrock, das im Südwesten in der Nähe der Stadt Cork lag, litten enorm unter der Hitze. Doch Siobhán hatte Cork nie gesehen und auch nicht die Küste, obwohl sie nur wenige Stunden Kutschfahrt entfernt war. Ihre Eltern besaßen keine Kutsche, nur eine Schmiede, in der Siobhán helfen musste. Es machte ihr nichts aus, tagein, tagaus Wasser zum Kühlen des Schmiedeeisens und der trockenen Kehlen der Reisenden heranzuschleppen. Es langweilte sie nur! Ihre Eltern wünschten sich eine bessere Zukunft für ihre heranwachsende Tochter und hatten schon einen Bräutigam ausgewählt: Kenrick Smorph.

»Warum ausgerechnet Smorph?«, hatte sie sich entrüstet. Er hatte diesen schmierig lüsternen Blick, der sie anwiderte.

Aber Mutters Argumente schienen überzeugend, zumindest für sie selbst. »Er ist stolzer Besitzer eines Wirtshauses. Es liegt an der Hauptstraße und jeder Reisende, der von Norden in die Stadt kommt, muss daran vorbei.«

»Und er wird einen weiteren Gasthof bauen lassen«, fügte ihr Vater enthusiastisch hinzu, »am anderen Ende von Glimrock, so dass jeder, der von Süden aus in die Stadt fährt, die Herberge sieht, denn es werden Zimmer über der Schenke eingerichtet werden.«

Siobhán hatte die Stirn gerunzelt. »Zwei Wirtshäuser? Ist das nicht ein wenig viel für unsere kleine Stadt?«

Das Gerücht, bei der neuen Herberge würde es sich um ein

Freudenhaus handeln, ignorierten ihre Eltern schlichtweg. Doch Siobhán war das Ganze nicht geheuer, sie wollte lieber weiter von der Hand in den Mund leben, als die Gattin von Smorph werden. Die Eheschließung war angeblich schon beschlossene Sache, alles geklärt, nur der Termin fehlte noch. Dabei kümmerte es niemand, ob Siobhán einwilligte oder nicht.

Nach einem der vielen Streitgespräche mit ihren Eltern war Siobhán in ihr Zimmer geflohen. Die Nacht brach herein. Sie legte sich ins Bett, konnte aber nicht einschlafen. Unruhig wälzte sie sich hin und her. Doch es war nicht Smorph, an den sie dachte, sondern die Gaukler, Jongleure und Zauberer, die am Tag durch Glimrock gezogen waren, um die Bewohner auf einen Jahrmarkt aufmerksam zu machen. Es waren seltsame Artisten gewesen. Anstelle von exotischen Tieren hatten sie nackte Frauen und Männer hinter sich auf der Straße hergezogen. Diese hatten einen Stahlring um den Hals getragen. Auch ihre Hände waren vor der Brust mit einem Stahlring gefesselt und beide Ringe durch eine Stange verbunden gewesen.

Ein Akrobat war auf die Schultern eines Mannes gesprungen, der demütig den Blick gesenkt hielt. Lautstark rief er: »Kommt her, liebe Leut'. Hört mir zu, wenn ich euch vom außergewöhnlichen, spektakulären Jahrmarkt der Masochisten erzähle. Willig sind sie, unsere Lustsklaven, begierig darauf, von euch erniedrigt zu werden. Sie erwarten den Schmerz, den nur ihr ihnen geben könnt. Sie schenken euch ihren Körper. Schenkt ihr ihnen Lust.«

Entsetzt hatte die Mutter vor der Schmiede aufgeschrien und Siobhán ins Haus geschickt. Diese war auch folgsam hineingegangen, aber hatte sich schnell hinter der Gardine ans Fenster gestellt. Um nichts in der Welt wollte sie diesen ungewöhnlichen Auftritt verpassen.

Der Artist hatte die Arme ausgebreitet und sich umgeschaut. »Wir alle laden jeden Einzelnen von euch ein, den einzigartigen, sensationellen Jahrmarkt der Masochisten zu besuchen. Seht ihn mit eigenen Augen, eine Erfahrung, die ihr nur jetzt machen könnt, denn bald schon ziehen wir weiter. Der Markt öffnet seine Pforten, sobald es dämmert, denn die Nacht gehört den Gelüsten. Die Moral geht mit der Sonne unter. In der Finsternis verschwimmen die Grenzen.«

Fasziniert verfolgte Siobhán das Spektakel. Ihre Muschi prickelte und sie ertappte sich dabei, wie sie ihren Busen streichelte. Ob sie auch eingeladen war? Der Fremde hatte es gesagt. Aber ihre Eltern würden sie bestimmt nicht gehen lassen.

»Die Masochisten liegen euch zu Füßen. Sie warten auf euch. Willig. Demütig. Nackt und unersättlich.« Mit einem Mal zauberte er eine schwarze Maske mit Pfauenfedern aus dem Nichts und hielt sie vors Gesicht. Seine Stimme klang nun geheimnisvoll und verschwörerisch. »Niemand wird euch sehen. Obwohl ihr den Jahrmarkt besucht habt, wart ihr offiziell nicht dort. Wie Schattenwesen, die die Nacht versteckt. Ihr könnt tun, was ihr wollt. Die Masochisten warten auf euch, euch und euch.«

Als der Akrobat auf einige Passanten zeigte, rannten diese empört weg. Grinsend schob Siobhán den Vorhang ein Stück zur Seite. Plötzlich sah der Fremde sie direkt an. Siobhán taumelte erschrocken nach hinten. Hatte er sie wirklich durch das Fenster gesehen? Es war, als hätte er ihr direkt in die Augen geschaut, doch das war auf die Distanz unmöglich. Neugierig schlich sie wieder hinter die Gardine und spähte hinaus. Doch der Tross war bereits weitergezogen. Sie konnte niemanden des bizarren fahrenden Volkes mehr sehen. Nur die Ankündigung des Artisten konnte sie noch hören, aber auch die wurde immer leiser.

»Merkt es euch genau! Wenn es dämmert, macht der Jahrmarkt der Masochisten eure Wünsche wahr. Träumt nicht davon. Kommt auf die Lichtung am Fluss und seht ihn euch an. Genießt die Attraktionen. Lasst euch gehen. Es könnte das letzte Mal sein, dass die Masochisten euer Städtchen mit ihrem

Besuch beehren. Denn es ist eine Ehre. Die Lustsklaven sind alle freiwillig dabei. Sie sind Aussteller ihres eigenen Körpers. Sie präsentieren ihre Lust und ihr Leiden öffentlich. Wollt ihr sehen, wie sie ...«

Siobhán war enttäuscht gewesen. Mehr hatte sie nicht verstehen können. Aber die Worte ließen sie erschauern, selbst jetzt noch, da sie bereits im Bett lag. Sie stellte sich vor, wie die Leute über den Jahrmarkt flanierten, ihre Gesichter hinter Masken versteckt, und die Masochisten lustvoll quälten. Sie wusste, was Masochisten waren, seit sie ihre beste Freundin Brianna vor einigen Jahren dabei erwischt hatte, wie sie in der Scheune von Farmer O'Brien, dem sie bei der Heuernte geholfen und sich ein paar Pence dazuverdient hatte, gelegen und masturbiert hatte. Brianna hatte nicht einfach nur ihre Möse gestreichelt, sondern sie hatte eine Handvoll Stroh genommen und ihr Fötzchen damit abgerieben. Vor Schmerz verzog sie das Gesicht, aber am Ende stöhnte sie lasziv. Siobhán sah damals die hochroten Schamlippen und war nicht minder erregt. Und als Brianna ihre Nippel mit einem harten Strohhalm traktierte, indem sie immer und immer wieder mit dem scharfen Ende in die Brustwarzen stach, und vor Qual wimmerte, streichelte sich auch Siobhán. Doch sie kam eher als ihre Freundin, konnte sich vor Ekstase nicht länger auf den Beinen halten und fiel aus ihrem Versteck ins Heu, so dass Brianna sie entdeckte. Sie sprachen lange miteinander. Brianna erklärte Siobhán, dass es sie geil machte, wenn sie sich wehtat – selbst wenn O'Brien sie demütigte, weil sie nicht schnell genug das Heu mit der Mistgabel auf den Karren hob, dabei war sie viel schwächer als die Jungs, die mithalfen. Sie bezeichnete sich selbst als Masochistin. Schade, dass sie bald darauf von den Eltern zu einem entfernten Onkel nach Killarney geschickt wurde, nachdem sie mit dem Schlachter dabei erwischt worden war, wie sie dessen ›Wurst‹ in den Mund schob. Mit ihr wäre Siobhán sofort zur Lichtung gelaufen.

Warum nicht alleine? Es fraß an Siobhán, dass sie in ihrem Bett lag, während sich unweit etwas Absonderliches abspielte.

Immer wieder musste sie an Brianna denken. Sie versetzte sich in ihre Freundin hinein, verschmolz mit ihr und wurde zur Masochistin. In ihren Phantasien malte sie sich seitdem aus, wie es wohl wäre, wenn man sie erniedrige und ihr wehtat. Aber im Gegensatz zu Brianna hatte Siobhán nicht selbst Hand an sich gelegt. Und nun, da sie vom Jahrmarkt der Masochisten gehört hatte, wurde ihr mit einem Mal auch bewusst wieso. Sie wollte, dass andere ihr Schmerzen und Demütigungen zufügten. Es war nicht dasselbe, wenn man es selbst tat. Dieser Gedanke faszinierte sie nicht, sondern die Phantasie, ›benutzt‹ zu werden.

Aber was wusste sie schon von diesen Dingen? Sie hatte im Grunde keine Ahnung und gab sich bislang lediglich irgendwelchen Tagträumen hin. Doch nun war die Chance, mehr über lustvolle Unterwerfung zu erfahren, zum Greifen nah. Hellwach lag sie im Bett und starrte an die Decke, ganz in diesen Gedanken gefangen.

Plötzlich stand sie schwungvoll auf. Nervös knabberte sie an ihrer Unterlippe und kleidete sich an. Ihre Hände zitterten. Sie tat etwas Unrechtes, indem sie heimlich aus dem Elternhaus verschwand. Aber sie beruhigte sich damit, dass sie bei Tagesanbruch längst wieder zurück sein und durch die Maske sie niemand erkennen würde. Bewusst wählte sie eine Garderobe, die nicht so einfach wiedererkannt werden konnte: eine einfache weiße Bluse und einen glatten braunen Rock, wie ihn viele junge Frauen trugen.

Während sie aus dem Fenster auf die uralte Eiche kletterte, redete sie sich ein, dass es die Neugier einer heranwachsenden Frau und nicht Lust war, die sie antrieb. Sie hangelte sich über die Äste zum Stamm und sprang hinunter. Ängstlich schaute sie zum Haus, aber nichts rührte sich, keine Stimmen, kein Licht. Es lag eine gespenstische Stille über Glimrock, und Siobhán fragte sich, ob am Ende alle Bewohner auf dem Jahrmarkt waren.

Ohne weiter Zeit zu verschwenden, lief sie in den Wald, den kleinen Trampelpfad entlang bis zu der verheißungsvollen Lichtung. Aus dem sicheren Schutz des Dickichts heraus spähte sie zum hell erleuchteten Markt. Unzählige große Kerzen hatte man entflammt. Betörende Musik erklang. Eine nackte Frau saß auf einem Podest am Eingang und spielte Harfe. Ihre blasse Haut war über und über von Striemen gezeichnet, die sogar aus der Entfernung zu sehen waren. Sie sah wunderschön aus, fand Siobhán.

»Welches Vögelchen ist denn da zu uns geflogen?«, erklang plötzlich eine Stimme neben ihr. »Es muss gerade erst aus dem Nest gefallen sein.«

Siobhán flog herum. Vor ihr stand eine bizarre Gestalt. Es war ein Mann, aber sie erkannte dies nur an seinen harten Gesichtszügen, die auch die starke Schminke nicht hatte kaschieren können. Er trug eine Dienstmädchenuniform, deren Rock gerade mal zwei Hand breit über die Hüften reichte – ein Skandal! – und vorne von seinem erigierten Schwanz hochgehalten wurde. Hätte er zwei Schwänze gehabt, hätte er ... sie ein Tablett darauf abstellen können.

»Ich bin das Empfangskomitee, die Eingangskontrolle, nun ... irgendetwas in der Art halt.« Siobhán hob pikiert die Augenbrauen. »Schau mich nicht so an, Täubchen. Ich bin ein Mann, der einen Steifen bekommt, wenn er Frauenkleider trägt. So was wie mich hast du wohl noch nie gesehen, was?«

Schüchtern schüttelte sie den Kopf.

«Lady Gwen, so nenne ich mich. Solltest du meine Dienste wünschen –»

»Ich wollte eigentlich dorthin.« Sie zeigte auf den Jahrmarkt.

Gwen seufzte. »Da wollen sie alle hin und doch nicht, zumindest nicht offiziell.« Kaum hatte sie das ausgesprochen, holte sie eine weiße Augenmaske aus ihrer Ledertasche hervor.

Siobhán hatte die Tasche gar nicht bemerkt, weil die schillernde Gestalt ihre ganze Aufmerksamkeit beansprucht hatte.

»Die ist für dich.«

Siobhán wollte gerade nach der Maske greifen, als Gwen sie unvermittelt zurückzog.

«Nicht so eilig, junges Ding. Erst muss ich prüfen, ob du alt genug bist, um den Jahrmarkt zu betreten. Kinder sind strengstens verboten, auch frühreife Früchtchen.«

Ohne Umschweife fasste Lady Gwen an Siobháns Busen. Die schreckte zurück, aber Gwen hielt sie an der Brust fest. Sie betastete das Tittchen, rieb mit dem Daumen über den Nippel, der sich sofort steil aufrichtete, und kniff sanft hinein. Akribisch widmete sie sich dem anderen Busen. Sie massierte ihn, knetete kräftig und streichelte behutsam die harte Brustwarze.

»Lüfte deinen Rock!«

»Wie bitte?« Siobhán war entsetzt und doch heiß durch die frivole Eingangskontrolle. »Das kann ich nicht.«

Genervt verdrehte Gwen die Augen. »Ich guck auch nicht hin, doch es ist meine Aufgabe festzustellen, ob du schon Schambehaarung hast oder nicht.«

Wenn Siobhán ehrlich war, wünschte sie sich sogar, an ihrer Muschi berührt zu werden. Das Fötzchen kribbelte herrlich durch die Brustmassage. Hatte sie nicht schon lange davon geträumt, von jemandem intim angefasst zu werden, unsittlich und schamlos? Nun war die Gelegenheit dazu. Sie stand alleine mit diesem seltsamen Dienstmädchen im Wald. Niemand würde sie sehen, niemand davon erfahren.

Als Siobhán ihren Rock dann doch etwas zu forsch hob, musste Lady Gwen schmunzeln. Sie bemerkte Siobháns gerötete Wangen und zwinkerte. Dann tastete sie sich beherzt unter den Rock vor. Sie rieb einige Male mit der flachen Hand über das

Leinenhöschen, und Siobhán, die erschrocken feststellte, dass ihre Erregung schnell anschwoll, fragte sich, wie Gwen auf diese Weise etwas über ihre Behaarung herausfinden wollte. Doch sie hatte diesen Gedanken kaum gedacht, da glitten einige Finger unter ihr Höschen. Gwen streichelte über die großen Schamlippen, tauchte zwischen die kleinen ab und verteilte den Lustsaft, der bereits den Schlüpfer benetzte, auf der ganzen Scham. Erst dann tastete sie sich zum Venushügel vor, wickelte einige Locken um den Zeigefinger und zog leicht daran.

»Du darfst passieren.« Bevor sie die Hand aus dem Höschen zog, streifte sie neckend den Kitzler, so dass Siobhán zusammenzuckte und das Rot in ihrem Gesicht noch eine Nuance dunkler wurde.

Gwen reichte ihr die Maske und auch eine Perücke mit schneeweißen Locken. Nachdem Siobhán beides angezogen hatte, knöpfte Gwen ihre Bluse bis zum Brustansatz auf und schlug den Kragen nach innen. Nun sah man ihren Busen, wie man es nur von Bardamen oder Freudenmädchen her kannte. Siobhán kam sich so verwerflich vor, so verdorben und spitz.

»Dies ist eine frivole Veranstaltung. Hochgeschlossen zu erscheinen, ist unschicklich. Nun wünsche ich viel Spaß, kleine Elfe«, sprach Lady Gwen und schlug ihr auf den Hintern.

Siobháns Beine zitterten, als sie aus dem Wald trat. Sie knabberte an der Innenseite ihrer Wange, während sie die Lichtung überquerte und zum Eingang ging. Noch immer spielte die mit Striemen übersäte, blasse Frau auf der Harfe – ein betörendes Spiel, berauschend und himmlisch. Siobhán kam sich vor wie in einem Traum. Von nahem sah sie, dass die Musikantin Kratzer auf dem Busen hatte. Ob die Wächter des Marktes sie mit dornigen Zweigen geschlagen hatten? Ihre Phantasie schlug Purzelbäume.

Aber sie hatte wenig Zeit, darüber nachzugrübeln, denn unweit von ihr stand ein Käfig, in dem eine Frau saß mit einer

Haut, wie Siobhán sie noch nie gesehen hatte. Braun, fast schwarz war sie, geheimnisvoll wie die Nacht, und in der Tat hätte man die Schönheit in der Dunkelheit übersehen können, wäre der Käfig nicht voller Kerzen gewesen. Die Frau kniete mit gespreizten Beinen. Man hatte ihr die Unterschenkel mit dicken Seilen an die Gitter am Käfigboden gebunden. Ihre Hände hatte sie durch die Gitter an den Seiten nach draußen gestreckt. Auch sie waren mit Seilen fixiert.

Eine dicke Kerze stand hellleuchtend gleich unter ihrer Muschi, die nur in der Mitte einen Streifen dunkler Locken hatte. Der Rest war blank geschoren. Ihre Schamlippen standen weit heraus. Siobhán sah, dass eine Flüssigkeit heruntertropfte, und vermutete, dass es sich um Schweiß handelte. Die farbige Masochistin trug ein eigenartiges Geflecht aus Ledergurten. Die Riemen umschlossen in gewissen Abständen waagerecht und senkrecht ihre Rundungen. Sie lagen eng an ihrem Körper an, quetschten die Brüste zusammen und umrahmten ihre Möse. An einigen Stellen waren Kerzenhalter angebracht, in denen brennende Tropfkerzen steckten. Das Wachs floss an ihnen herunter und tropfte auf die Haut der Masochistin, sogar direkt auf ihre Nippel. Schweißüberströmt verzog sie vor Anstrengung und Schmerz das Gesicht, riss aber weder an ihren Fesseln noch bettelte sie, losgemacht zu werden.

Ein Mann trat neben Siobhán. Er hatte graue Haare und einen ebenso grauen Bart. Trotz nächtlicher Schwüle trug er einen roten Mantel aus poliertem Leder und schwarze Hosen und Stiefel. Lächelnd zeigte er auf die leidende Schönheit. »Sie ist eine Genießerin.«

»Genießt sie diese Folter denn wirklich?«, fragte Siobhán zweifelnd.

Er zeigte auf ihre Muschi. »Schau nur, wie ihr Mösensaft fließt.«

»Ich nahm an, es wäre Schweiß.«

»Natürlich schwitzt sie durch die Flammen, besonders durch die, die direkt unter ihrem Fötzchen flackert«, entgegnete er und nickte, »aber der Saft, der von ihren Falten tropft, ist zähflüssig. Unsere Exotin hat eine exotische Leidenschaft. Wir nennen sie die ›Herrin des Feuers‹.«

»Ist sie nicht eine Sklavin? Sie ist doch eine Gefangene.«

»Das ist sie in der Tat, eine Sklavin ihrer Begierde.« Er lächelte sie wie ein Lehrer an. »Aber sie bezwingt das Feuer, indem sie die Qualen der Hitze und sogar von Verbrennungen aushält.«

»Verbrennungen?« Siobhán war entsetzt.

»Wir achten darauf, dass sie nicht zu viel verlangt, auch wenn es ihr ausdrücklicher Wunsch ist, diese Torturen zu durchleiden. Nichts macht sie mehr an. Brandings bringen sie zum Höhepunkt innerhalb von Sekunden. Doch dabei achten wir stets auf ihre Gesundheit. Dazu sind wir schließlich da.«

»Seid ihr nicht Sadisten?«

Er hob den Zeigefinger. »O nein! Nein, nein, nein. Wir sind die Hüter des Jahrmarktes. Wir kümmern uns um die Verpflegung, die Unterkünfte und die Spiele, immer besorgt um die Masochisten, die sich vertrauensvoll in unsere Hände begeben. Manchmal arrangieren wir Szenarien, wie die unserer Exotin und die des Kuriositäten-Kabinetts, aber eigentlich sind wir nur treu ergebene Diener der Masochisten. Die wahren Sadisten verstecken ihre Freude an der lustvollen Grausamkeit hinter Masken.«

Siobhán rückte nervös ihre Augenmaske zurecht. »Ihr hattet ein Kuriositäten-Kabinett erwähnt.«

»Ich führe dich hin, aber bärtige Frauen wirst du bei uns nicht finden. Die meisten sind am ganzen Körper rasiert.« Er zwinkerte und hielt ihr den Arm hin. »Ich bin Direktor Finian.«

Verlegen nahm sie seinen Arm. »Ich heiße –«

»Pst!«, machte er und legte den Zeigefinger an seine Lippen, während er sie geleitete. »Gib dir einen neuen Namen. Auf dem

Markt kannst du sein, wer immer du willst. Hier spielt dein normales Leben keine Rolle. Wer möchtest du sein?«

Über die Schulter schaute sie zu der leidenden Exotin zurück und schwieg.

Finian brachte sie zu einer alten Scheune, die sicherlich bei den ersten Herbstschauern zusammenbrechen würde. Sie war bereits halb eingefallen und das Dach abgebrannt, aber die Wände standen noch und waren nun Kulisse für Abnormitäten, die mit Kleinwuchs und faulem Zauber nichts zu tun hatten, dafür jedoch mit Spielarten von Lust und Leid. Einige maskierte Frauen und Männer standen am Eingang an, aber Finian schleuste Siobhán an ihnen vorbei. Sie musste nicht einmal Eintritt zahlen. Die junge Frau erkannte trotz der Masken einige in der Schlange. Da war zum Beispiel der hoch angesehene Arzt O'Connor, aber die Frau an seiner Seite war nicht seine Gattin. Die war nämlich so rund wie ein Fass und die Dame, der er nun den Vortritt ließ, besaß eine Taille, die man mit zwei Händen umfassen konnte. Sogar der Müller aus dem Nachbarstädtchen befand sich unter den Wartenden. Siobhán hatte das Mehl auf seinen Schuhen bemerkt.

Dicht drängten sich die Bewohner Glimrocks, um das zu sehen, was normalerweise nur hinter verschlossenen Gardinen vor sich ging.

Fasziniert betrachtete Siobhán einen jungen Mann, der so verschnürt worden war, dass er wie ein Tisch anmutete. Es war ihm völlig unmöglich, sich zu bewegen. Starr musste er so lange ausharren, bis die Hüter ihn losbanden. Wie lange das sein würde, wusste er wahrscheinlich gar nicht. Er war der Willkür der Hüter ausgeliefert. Auf ihm stand eine Tropfkerze, die unentwegt heißes Kerzenwachs über ihn ergoss. Erst bei näherem Hinschauen bemerkte Siobhán, dass der Mann leicht zitterte, denn die Flamme zuckte. Schweißbäche rannen seine Arme und Beine hinab. Jeder Muskel musste ihm wehtun. Ein ›Muskel‹

war jedenfalls sehr angespannt, und das, obwohl er nicht mit Seilen fixiert war. Sein Schwanz stand wie eine Lanze von seinen Lenden ab. Irgendein Scherzbold hatte einige Schilfhalme vom Fluss über das Glied, das wie eine Halterung, wie eine Stange zwischen den Seilen herausragte, gehängt, wenngleich die Eingangskontrollen unentwegt darauf hinwiesen, dass das Berühren der ausgestellten Masochisten verboten sei. Jeder, der Hand an einen Lustsklaven legte, wurde sofort vom Jahrmarkt entfernt und würde ihn auch nie wieder betreten dürfen. Da hatte sich wohl jemand darüber hinweggesetzt.

Gleich neben dem gezähmten Mann stand eine Kiste ohne Deckel. Sie sah aus wie ein Kindersarg und jagte Siobhán Schauer über den Rücken. Ihre Neugier war entfacht. Hastig schob sie sich an einer Dame mit Rüschenkleid und kürbisgroßen Brüsten vorbei. Sie neigte sich über die Kiste und erkannte eine Frau mit runzeliger Haut und schlohweißem Haar. Gekrümmt lag sie in der Box, die, wie Siobhán nun erst bemerkte, sehr wohl einen Deckel besaß, allerdings einen durchsichtigen.

Finian flüsterte von hinten in Siobháns Ohr: »Dieser kleine Kasten ist ihr Wohnzimmer und ihre Küche, ihr Bad und ihr Schlafraum – ihr Heim. Sie braucht nicht mehr, um glücklich zu sein, unsere alte Kathleen.«

»Ist der Behälter nicht zu klein für sie?«

»Für Kathleen kann es nicht klein genug sein«, erklärte er. »Sie braucht es beengt.«

Siobhán hob die Augenbrauen. »Wie ...?«

»Die Erniedrigung, in eine Kiste gesteckt zu werden, macht sie heiß. Alles an ihrem Körper tut ihr weh. Sie muss im Liegen pissen und bekommt nur hin und wieder Wasser gereicht. Wenn sie gerade erst hineingestiegen ist, weint sie manchmal. Aber bald schon weicht die Schmach und Anstrengung der Lust. Sie wächst über sich selbst hinaus, während sie dort regungslos liegt. Es ist ihre persönliche Herausforderung. Immer und immer wieder.«

Eine Herausforderung, das wünschte sich Siobhán auch, aber die einzige in ihrem Leben war, Smorph heiraten zu müssen, und das hatte wenig mit Lustgewinn zu tun.

Als Nächstes trat sie an ein großes Aquarium heran, das auf einem Wagen stand, den man in die Scheune gerollt hatte. Auf dem Becken lag eine durchlöcherte Holzplatte und der Wasserstand reichte fast bis zu ihr herauf. Im Wasser schwamm eine entblößte Frau mit Fischschwanz und legte in regelmäßigen Abständen ihren Kopf in den Nacken, damit ihr Mund die Wasseroberfläche durchstieß und sie Luft holen konnte. Dann tauchte sie wieder unter, ständig blinzelnd. Ihre Haut sah schon ganz aufgeweicht aus. So stellte sich Siobhán eine Meerjungfrau vor.

Finian wisperte: »Der Schwanz ist natürlich nicht echt.« Er räusperte sich. »Wir zwingen sie, Fischabfälle zu essen, die wir ins Wasser werfen. Sie muss in ihren Lebensraum pinkeln und das Wasser, das sie umgibt, trinken. Das ist nun mal ihre Welt.«

Siobhán sah in der Scheune binnen kürzester Zeit so viel, dass sie einerseits schnell herauswollte, um alles zu verarbeiten, andererseits den Blick jedoch nicht abwenden konnte.

Da war eine vollbusige Frau, deren Brustansätze mit Tauen zusammengequetscht wurden. Die Enden der Taue hatte man über eine Scheunenwand nach draußen geworfen, von wo aus die Frau immer wieder für einige Minuten an der Wand hochgezogen wurde. Natürlich waren ihre Hände hinter dem Rücken gefesselt, damit sie sich nicht wehren konnte.

Nadeln schmückten einen Mann, der auf einem Fakirbrett lag. Die Nadelspitzen steckten nicht nur in den Hoden, dem Schwanz und den Achselhöhlen. Man hatte sie auch durch die Nippel gestochen. Die Wunden waren frisch, denn feuchtes Blut schimmerte auf den Warzenvorhöfen. Vor dem Traktierten sickerte gerade eine weißliche Flüssigkeit in den Boden.

Der Direktor musste Siobháns Blick gefolgt sein, denn er sagte: »Er hat wohl gerade abgespritzt.« Zufrieden seufzte er. »Riechst du es?«

»Was?« Siobhán schnupperte.

»Den Duft der Wollust«. Tief atmete er ein und aus. »Er liegt schwül in der Luft und erregt die Besucher. Ist es nicht bemerkenswert?«

Siobhán sah ihn an und wartete.

»Es sind nur die Masochisten, die die wundervollsten Orgasmen haben. Sie leiden. Das ist schon schlimm genug. Aber wir stellen ihr Leiden sogar noch zur Schau. Das ist viel schlimmer.« Er deutete mit dem Finger auf verschiedene Szenarien. »Und all die Besucher ergötzen sich an den Qualen, erregen sich an dem Augenschmaus der geschundenen, nackten Leiber und der beschämten Gesichter. Doch es sind die Masochisten, die ihre Lust ausleben und jede Nacht mehrere Höhepunkte haben, nicht die Zuschauer.«

»Dann sind alle Jahrmarktsbesucher Masochisten?«, fragte Siobhán schüchtern.

Der Direktor hob erstaunt eine Augenbraue. »Wie kommst du darauf?«

»Weil die Besucher heiß sind, während sie beobachten, wie andere sich freiwillig quälen.«

»Erregt es dich, die Frauen und Männer leiden zu sehen?«

Sie nickte beschämt.

»Was genau erregt dich?«, wollte er interessiert wissen.

»Ich stelle mir vor, an ihrer Stelle zu sein und die Scham und den Schmerz ertragen zu müssen.«

Zärtlich streichelte er ihre Wange. »Die Jahrmarktsbesucher sehen das anders. Ihnen bereitet es eine sadistische Freude, andere leiden zu lassen. Sie freuen sich, eben nicht an deren Platz zu sein. Du bist anders als sie. Du identifizierst dich mit den Leidenden.«

»Ist das schlimm?«

»Nein.« Er lächelte milde. »Es lässt mein Herz höher schlagen.«
Finian führte sie aus der Scheune. Nun standen sie direkt am Fluss. Aber das Rauschen des Wassers war kaum zu vernehmen, weil die Männer und Frauen um sie herum laut grölten. Siobhán wollte sich die Ohren zuhalten, aber in Wahrheit bereiteten ihr deren abfällige Kommentare eine wohlige Gänsehaut. Oft sah sie sich in Tagträumen nackt auf dem schmutzigen Boden hocken, umkreist von bekleideten Frauen und Männern, die sie aufs Übelste beschimpften und sie sogar mit Kuhmist bewarfen.

»Schau dir nur seinen steifen Schwanz an. Er wedelt damit wie ein Hund, dem die Luft ausgeht.«

»Dieser Lasterknabe! Es macht ihn spitz. Das muss ihm ausgetrieben werden. Schlagt ihn zusätzlich mit einem Rohrstock.«

»Taucht ihn tiefer ein, länger. Seine Lippen sollen so blau sein, als hätte er Blaubeeren genascht, wenn er wieder aus dem Wasser gezogen wird. Nur so verliert er seine Unsittlichkeit.«

»Wahrscheinlich kommt er dadurch nur früher.«

»Dieser Hurensohn! Taucht ihn wieder in den Fluss. Er soll sich erst gar nicht erholen.«

Siobháns Herz pochte schneller, als sie verstand, was vor sich ging. Die Hüter hatten ein starkes Seil über den Fluss von einem Baum zum anderen gespannt. In der Mitte hing kopfüber ein Mann, dessen Oberkörper mehrfach von einem Strick umschlungen war, so dass seine Arme fest an den Brustkorb gepresst wurden. Das allein und die Tatsache, dass ihm das Blut in den Kopf lief, musste ihm schon den Atem rauben. Doch die Hüter ließen das Seil, an dem er hing, von Zeit zu Zeit locker. Und so wurde sein Kopf unter Wasser getaucht. Sekundenlang. Die Menge zählte mit. Sie amüsierten sich prächtig, wenn der Mann zappelte, weil er keine Luft mehr bekam. Wäre er kein Masochist gewesen, hätte Siobhán Mitleid mit ihm gehabt. Aber immer, wenn die Atemnot ihn quälte, versteifte sich sein Schwanz und zuckte lustvoll.

Siobhán ließ ihren Blick schweifen und bemerkte eine Zielscheibe auf der gegenüberliegenden Flussseite. Ein Besucher des Jahrmarkts, ein schmächtiger Jüngling mit enormer Wölbung in der Hose, zahlte für einen Schuss. Unter Beifall ging er am diesseitigen Ufer in Position, legte eine Armbrust, die man ihm gereicht hatte, an und schoss. Der Pfeil traf in die Mitte der Zielscheibe und die Menge jubelte.

Der Hüter auf der anderen Seite rief: »Das Maximum: zwei Minuten.«

»Der Arme«, hauchte Siobhán.

Finian knuffte sie sanft. »Warte ab.«

Der Masochist wurde mit dem Kopf ins Wasser gehalten und zwar so tief, dass er es selbst durch die größte Anstrengung nicht schaffen würde, den Kopf aus dem Wasser zu heben, indem er den Körper anspannte und krümmte. Die Menge zählte mit. Die Sekunden verstrichen quälend langsam. Unruhig verlagerte Siobhán ihr Gewicht von einem Fuß auf den anderen. Sie stellte sich vor, wie es war, nicht atmen zu können. Unmöglich! Solch eine durchdringende Erfahrung hatte sie noch nie gemacht. Alles, was sie wusste, war, dass ihr Höschen mittlerweile richtig nass war. Das Blut rauschte immer stärker durch ihre Schamlippen, je länger der Kopf des Mannes unter Wasser war. Er zappelte, kämpfte, quälte sich und erheiterte die Gäste. Doch Siobhán war nicht belustigt. Ihr Puls raste. Innerlich kämpfte sie mit dem Fremden. Ihre Kehle war wie zugeschnürt. Sie atmete schwer. Der Schweiß perlte zwischen ihren Brüsten. Die Szene bannte sie! Als Finian sie ansprach, schreckte sie zusammen.

»Was hältst du davon?«, fragte er leise.

»Ein wahrhaft intensives Erlebnis für den Mann«, ihre Stimme klang dünn, »und intensiv ist gut.«

Mit ernster Miene wollte er wissen: »Möchtest du mit ihm tauschen?«

»Das wäre zu früh.« Was redete sie da? Sie verbesserte sich hastig: »Ich meine, das wäre zu intensiv für mich. Außerdem bin ich nur eine Besucherin des Jahrmarkts, keine Attraktion.«

Kaum hatte sie das gesagt, fühlte sie sich schwermütig. Tatsächlich war sie nur eine Außenstehende, eine Zuschauerin, wie all die anderen Bewohner Glimrocks, die morgen behaupten würden, in der letzten Nacht nie auch nur einen Fuß auf die Lichtung gesetzt zu haben. Bald schon würde der Jahrmarkt weiterziehen und erst im nächsten Jahr zurückkehren – wenn überhaupt. Mit Schrecken begriff sie, dass dies vielleicht die einzige, erste und letzte Chance war, Gleichgesinnte zu treffen. Gleichgesinnte, jawohl! Sie erkannte sich in den demütigen Geschöpfen wieder. Die Masochisten lebten Siobháns Tagträume.

Der Mann wurde hochgezogen. Sein Kopf war nun über Wasser. Er japste nach Luft und stöhnte, und als ein Schwall Sperma aus seinem Schwanz förmlich geschossen kam, applaudierten die Zuschauer. Die Hüter zogen den Mann an Land. Sie legten ihn auf den Boden, wickelten das Seil ab und streichelten seine Wangen. Jemand brachte eine Decke, mit der er trockengerubbelt wurde. Man setzte eine Flasche an seine Lippen und er trank gierig. Siobhán vermutete, dass es etwas Härteres war, wahrscheinlich Schnaps. Der Masochist war viel zu erschöpft, um sich zu bewegen. Schließlich trug man ihn fort.

»Wir kümmern uns um ihn«, sagte Finian, »Wie wir uns um alle Masochisten kümmern. Wir zwingen niemanden, sondern unterstützen die sich Hingebenden.«

Siobhán lachte zaghaft. »Wie gute Feen.« In diesem Moment wurde ihr klar, dass der Jahrmarkt nur stattfand, um den Masochisten zu geben, was sie brauchten. Die Besucher waren nur Statisten, die auch noch so naiv waren, Eintritt zu zahlen. Die Masochisten waren die Überlegenen. Sie hatten herrliche Orgasmen, wovon das Stöhnen vor Schmerz und Lust und die glücklich erschöpften Mienen nur allzu deutlich zeugten.

«Komm!« Direktor Finian geleitete sie vom Flussufer zur

Lichtung zurück. »Bisher hast du nur zugeschaut. Vielleicht magst du aktiv werden.«

Siobháns Herz schlug höher. »Mitmachen?«

Lächelnd nickt Finian. »Hier gibt es zahlreiche Spielbuden, aber nicht solche, wie du sie kennst.«

»Hm«, machte sie nervös und sah sich in Gedanken schon in Ketten liegen, geschnürt wie ein Paket, damit man ihr ungehindert Gegenstände in ihren Anus schieben konnte. Dann erregte ein abgegrenzter Bereich ihre Aufmerksamkeit. Für wenig Geld durften die Besucher dort auf Lustsklaven reiten. Die männlichen Sklaven packten sie auf ihre Schultern, während die weiblichen auf allen vieren kriechen und ihre Reiter mühsam auf dem Rücken tragen mussten – nackt waren allerdings alle ›Reittiere‹. Gegen Aufpreis bekamen die Reiter Gerten, die sie fleißig auf die Körper der vermeintlichen Stuten und Hengste knallen ließen.

»Möchtest du einen Ball werfen?«, fragte Finian. »Kostenlos natürlich.«

Sie standen vor einem Bottich, aus dem ekelerregende Dämpfe aufstiegen. Siobhán vermutete, dass sich Jauche darin befand. Auf einem Gerüst darüber saß eine Frau. Die Masochistin drehte angewidert das Gesicht weg, aber das half ihr nicht, dem Gestank zu entgehen. Ihr Sitz, der mit einer Zielscheibe verbunden war, wippte leicht. Offensichtlich würde sie in die Gülle fallen, wenn man die Scheibe hart genug traf.

Siobhán schüttelte den Kopf. »Nein danke.«

»Ich lade dich ein.«

»Wirklich nicht. Danke.«

»Warum nicht? Möchtest du nicht sehen, wie sie in den Bottich fällt?«, wollte Finian wissen. »Es ist bestimmt amüsant. Vielleicht würgt sie vor Ekel oder übergibt sich sogar. Das macht es zweifelsohne noch schlimmer.«

»Ich überlasse das lieber den anderen aus Glimrock«, antwortete sie und trat zur Seite, um eine Dame vorzulassen.

Der Direktor zog sie weiter. »Wie wäre es hiermit?«

Siobhán stand vor einem Dreieck aus leeren Flaschen.

»Du musst nur die Steine in die Flaschen werfen. Solltest du treffen, wird dem Sklaven dort drüben eine entsprechende Anzahl an Wunden zugefügt: kleine Kratzer mit einem Nagel in die Brust. Er steht drauf. Mach dir keine Sorgen. Es ist ohnehin nicht einfach, die Flaschen zu treffen.«

»Ich möchte nicht.«

Bekümmert kratzte sich Finian an der Stirn. Auf einmal lächelte er wieder. »Jetzt habe ich das Richtige für dich«, sagte er und geleitete sie zu einem weiteren Stand.

Dort lag eine Frau mit weit gespreizten Schenkeln und präsentierte ihre Möse dem Publikum. Vor ihr graste eine Ziege.

»Hier nimm die Pfeile. Je mehr mit Wasser gefüllte Schweinedärme du zum Platzen bringst, desto länger wird die Ziege der Frau die Muschi lecken. Wir zählen gemeinsam die Minuten.«

Finian drückte Siobhán die Pfeile in die Hand, doch sie legte sie einfach auf den Boden. »Das macht mir keinen Spaß.«

»Keinen Spaß?« Ungläubig riss er die Augen auf. »Aber alle anderen haben Vergnügen dabei.«

»Dann sollen die Sadisten sie auch quälen«, sagte Siobhán.

»Und du bist kein Sadist, nicht wahr?«

Nun errötete sie. Was hatte sie aber auch für ein Plappermaul! Er hatte sie durchschaut, weil sie sich ihm zu sehr offenbart hatte.

»Möchtest du das kleine Theaterstück sehen, das wir stündlich aufführen?«

Sie nickte.

»Es heißt ›Die inszenierte Vergewaltigung der Maid Rose‹. Du wirst es lieben!« Begeistert klatschte er in die Hände und zeigte ihr, wo die Vorstellung stattfinden würde.

Sie nahm auf der Wiese hinter der Scheune Platz, wie alle Zuschauer, und spürte ein erregendes Kribbeln. Erwartungsvoll beobachtete sie die Bühne, ein Podest, auf dem zwei Schauspieler standen.

»Ich kann mich Euch nicht hingeben«, sprach die Schauspielerin, die Rose verkörperte, theatralisch. Offensichtlich mimte sie ein Dienstmädchen.

Ihr männlicher Gegenpart, ein älterer distinguierter Herr, legte die Hand unter ihr Kinn und schaute ihr tief in die Augen. »Aber ich sehe doch die Begierde in deinen Augen.«

»Ihr seid der Hausherr, zudem verheiratet.« Sie riss sich von ihm los und rannte schluchzend davon.

Szenenwechsel.

Es war wohl tief in der Nacht, denn Rose schlich im Nachthemd zum Toilettenhäuschen hinter dem Haus. Als sie in ihr Bett zurückkehren wollte, legte sich plötzlich eine Hand auf ihren Mund. Ein Mann schmiegte sich an ihren Rücken.

Als er flüsterte: »Und bist du nicht willig, so zwing ich dich«, wusste Rose, dass es der Hausherr war, der sich ihres Körpers bemächtigte. Grob riss er ihr das Hemd vom Leib, bis sie nackt in seinen Armen lag. Er hielt ihre Hüften fest und verschloss noch immer ihren Mund mit der Hand, so dass alles Zappeln und Zetern nichts half. Sie musste sich schrecklich hilflos vorkommen, dachte Siobhán, ausgeliefert einem Mann, der mit ihr tun und lassen konnte, was er wollte. Alle Hausbewohner schliefen. Niemand würde das lustvolle Verbrechen sehen. Seine Hand glitt zwischen ihre Beine. Rose wehrte sich, woraufhin er nur umso fester zupackte. Sie verzog das Gesicht. Siobhán war nicht sicher, ob es vor Lust, Scham oder Schmerz war. So sehr Rose auch das Handgelenk des Herrn umschlang und daran zerrte, er ließ nicht los, sondern knetete kräftig ihre Schamlippen. Dann begann er, ihren Busen zu massieren. Er war so grob, dass das Publikum sekundenlang die Fingerabdrücke auf der blassen Haut sehen konnte. Rose hatte jungfräuliche Brüste, klein, aber rund und voll. Sie stöhnte in die Hand hinein, die sie knebelte. Das erste Mal schrie sie auf, als er ihren Nippel zwischen Daumen und Zeigefinger nahm. Er drehte ihn hin und her, zog den Busen lang und zwirbelte weiter. Rose trat gegen seine Unterschenkel. Vergeblich.

Siobhán erregte der Anblick. Sie war angewidert von sich selbst. Wie konnte sie Freude an einer Vergewaltigung haben? Sie beruhigte sich mit dem Gedanken, dass Rose den Hausherrn begehrte, ihrer Lust aber nicht nachgeben durfte, da sie nur eine Hausangestellte und auf die Anstellung angewiesen war. Tatsächlich wünschte sie sich sogar, an Rose' Stelle zu sein. Sie träumte von einem Mann, der sie grob nahm, der über sie herfiel wie ein wildes Tier und ihr nicht ständig Liebesschwüre ins Ohr säuselte. War das krank?

Plötzlich riss der Hausherr Rose zu Boden und spreizte erbarmungslos ihre Schenkel. Die Magd lag nun auf dem Bauch, strampelnd und jammernd, mit dem Unterleib zum Publikum gewandt, das nun einen ausgezeichneten Blick auf ihre Muschi hatte. Siobhán sah unzweifelhaft, dass die Schauspielerin feucht war. Nässe bedeckte ihre Schamlippen und auch ihre Oberschenkel. Das Spiel machte Rose an!

Nein, sagte sich Siobhán, *du bist nicht krank*. Sie war nicht die einzige Zuschauerin, die erregt war. Die Anwesenden saßen dort, starrten fasziniert auf die freizügige Darbietung und staunten. Jeder Mann hatte eine Wölbung im Schritt und so manche Frau streichelte ihren Busen fest, während der Hausherr Rose' Brüste durchknetete. Ein Paar mit identischen blutroten Masken zog sich sogar in den Wald zurück. Sicherlich hielten sie dort nicht nur Händchen. Siobhán war nicht allein mit ihren Gefühlen. Die inszenierte Vergewaltigung machte halb Glimrock heiß. Und selbst wenn die Zuschauer allesamt Sadisten waren, so gab es dennoch die Masochisten, die den außergewöhnlichen Jahrmarkt überhaupt erst möglich machten. Die

Lustsklaven hatten die gleiche Sehnsucht nach Unterwerfung wie Siobhán. Nur lebten sie ihre Träume aus.

Traurig, außen vor zu sein, beobachtete sie das Schauspiel weiter. Der Hausherr öffnete seine Hose, holte seinen steifen Schwanz hervor und drang unsanft in Rose ein. Diese stöhnte auf. Während der Herr sie stieß, als wäre der Teufel in ihn gefahren, krallte die Magd ihre Finger in den Boden. Sie wehrte sich nicht länger, sondern streckte dem Mann ihren Arsch entgegen. Der rammelte sie von hinten, hart und unnachgiebig, wie Siobhán das bisher nur bei Hunden gesehen hatte, aber es war Rose, die als Erste einen Orgasmus hatte. Sie stöhnte in den Knebel hinein, denn die Hand ihres Peinigers verschloss nach wie vor ihre Lippen. Zuckend lag ihr zarter Körper unter dem des Hausherrn, der sich weiter an ihr verging, bis auch er schließlich kam und seinen kostbaren Samen in sie ergoss.

Siobhán traute sich kaum zu atmen. Ihr Höschen war durchtränkt mit ihrem Lustsaft. Verlangen brannte in ihrer Möse und Sehnsucht in ihrem Brustkorb. Was würde sie dafür geben, solch eine außergewöhnliche und einschneidende Erfahrung zu machen! Sie ahnte, dass solch eine inszenierte Vergewaltigung sie nicht nur körperlich erregen würde. Dieses Erlebnis würde durchdringend sein und bis in ihre Seele reichen.

Der Hausherr drehte Rose herum, so dass sie mit dem Rücken auf dem Boden lag, schaute ihr tief in die Augen und küsste sie leidenschaftlich. Die Magd schloss die Arme um ihn. So lagen sie dort, erschöpft, zwei Schauspieler, die vollkommen in ihren Rollen aufgingen, und genossen die Wollust, die in ihnen nachglühte.

Siobhán erhob sich seufzend. Sie konnte den Anblick nicht länger ertragen. Tränen füllten ihre Augen. Sie wollte all das, was sie auf dem Jahrmarkt gesehen hatte, so gerne selbst erleben, dass es schmerzte. Der Wunsch war aussichtslos. Oder doch nicht?

Zu ihrem Erstaunen sah sie Kenrick Smorph vor einer Art Ring stehen. Es war ein abgezäunter Bereich, der mit Morast gefüllt war. Auf diesem Kampfplatz rangen zwei nackte Frauen miteinander, die einen Gürtel trugen, an dem ein riesiger Schwanz aus Leder befestigt war. Dieses künstliche Glied war so groß, dass der Anblick Siobhán eine Gänsehaut bereitete. Die Frauen versuchten sich gegenseitig niederzuringen und den Penis in die Möse oder das Arschloch der anderen hineinzustoßen. Siobhán vermutete, dass es der Unterlegenen das Loch, egal welches, zerreißen würde, wenn der Lederschwanz in sie eindrang.

Smorph war leicht zu erkennen an seinen lächerlichen Galoschen, wie Siobhán fand. Außerdem war er schlaksig. Nackt musste er wie ein Skelett aussehen, mit Rippen, die man durch die Haut sehen konnte, und Ärmchen, die unter der kleinsten Last brechen würden. Wahrscheinlich ließ er deshalb lieber andere für sich arbeiten. Nur seine weite Kleidung gab ihm einen gewissen Umfang. Sein Gesicht, das Siobhán an einen Windhund erinnerte, steckte nun unter einer schwarzen Henkersmaske. Nicht einmal sein dünner Hühnerhals war zu sehen.

Das war der Mann, den sie heiraten sollte. Wahrlich nicht ihr Traummann, aber falls er ein Sadist sein sollte, fand sie den Gedanken, seine demütige Ehefrau zu werden, mit einem Mal gar nicht mehr so abwegig. Vielleicht würde sie so ihrem Wunsch, Schmerz und Erniedrigung zu erfahren, näher kommen. Macht war anziehender als Äußerlichkeiten.

Siobhán ging zu ihm und knuffte ihn in die Seite. »Ich bin's«, flüsterte sie.

Er drehte sich zu ihr und zuckte mit den Achseln.

Ängstlich schaute sie in alle Richtungen und lüftete kurz ihre schneeweiße Maske.

»Siobhán, du bist es, Kind«, sagte er und widmete sich wieder den kämpfenden Frauen.

Für das ›Kind‹ hätte sie ihm am liebsten einen Zahn ausgeschlagen. Sie war eine junge Frau, kein Mädchen mehr. Trotzdem bemühte sie sich, nett zu klingen.

»Ist das nicht alles aufregend hier?«

Plötzlich fuhr er zu ihr herum, packte schmerzhaft ihre Oberarme und schüttelte sie. »Wehe du erzählst irgendwem, dass du mich gesehen hast!«, ranzte er sie an.

Sie verdrehte die Augen. »Dann würde ich doch verraten, dass ich selbst hier war.«

Das sah er wohl ein und ließ sie los. Als wäre sie nicht mehr da, begann er lauthals die Kämpferinnen anzufeuern, weil die mit den runderen Hüften gerade auf dem Rücken der schmächtigeren lag und die Eichel des Lederschwanzes an deren faltigen Ring ansetzte. Sie stieß zu. Die Unterlegene schrie auf wie ein verwundetes Tier und warf die andere Sklavin ab. Enttäuscht ließ Smorph die Schultern hängen.

Siobhán sagte so leise wie möglich: »Ist das Ringen nicht erregend?«

»O ja, ich wünschte, ich hätte eine Peitsche und könnte sie auf meine Art und Weise anfeuern.« Gehässig lachend rieb er die Handflächen aneinander.

»Um sie noch heißer zu machen.« Siobhán nickte.

Er winkte ab. »Damit sie noch mehr leiden.« Dann lachte er laut und fasste sich in den Schritt.

»Hast du kein Mitleid mit ihnen?«, fragte sie.

»Die sollen nur eine gute Schau abliefern«, spie er aus.

Ernüchtert ging Siobhán fort. Kenrick Smorph ekelte sie nur noch an. Hatte sie für einen Moment gehofft, er könnte ihr das geben, was sie braucht, wurde sie nun auf den Boden der Tatsachen zurückgeholt. Sie hätte sogar über seine Unzulänglichkeiten hinweggesehen, doch er war nicht der Richtige, sondern nur ein eiskalter Sadist. Er quälte zu seinem eigenen Vergnügen. Die Masochistin interessierte ihn nicht im Geringsten. Das war nicht das, was Siobhán wollte, und auch nicht das, wovon Direktor Finian ihr berichtet hatte. Die Hüter des Jahrmarkts kümmerten sich um die Lustsklaven – um derentwillen. Und genau das war Siobháns Wunsch. Gehörte sie am Ende hierher, zum fahrenden Volk? Alles mündete in diese Erkenntnis. Bei den Leuten vom Jahrmarkt würde sie exakt das bekommen, was sie suchte.

Als sie sich gerade über die Konsequenzen klarwurde, stellte sich ein Gaukler mitten auf die Lichtung und trommelte laut. Alle Besucher verstummten. Sie versammelten sich um ihn. In diesem Moment bliesen die Hüter die Kerzen aus und ließen nur die weiterbrennen, die um ein großes Andreaskreuz standen. Eine gespenstische Atmosphäre breitete sich aus. Mucksmäuschenstill beobachteten die Anwesenden, was in ihrer Mitte geschah. Während der Gaukler weitertrommelte, rhythmisch und sonor, führte Direktor Finian eine nackte Sklavin heran. Es war eine exotische Schönheit, doch diesmal keine Farbige, sondern eine Asiatin mit katzenhaften Augen, kleinen Brüsten und schmalem Becken.

Finian hielt seinen Hut vor sich, mit der offenen Seite nach oben. »Wir haben Mitternacht. Nun ist es Zeit für die Tombola. Die Ziehung kann beginnen.« Er zog fünf Kärtchen heraus, faltete das erste auseinander und – stutzte. Anstatt den Namen, der darauf stand, laut vorzulesen, steckte er den Zettel wieder weg und zwinkerte. Die Menge raunte enttäuscht.

»Der Gewinn wird diese Sklavin sein. Fünf Männer oder Frauen dürfen sie benutzen vor unser aller Augen. Aber vorher muss sie erst gefügig gemacht werden.« Er gab ein Zeichen. »Fesselt sie.«

Die Asiatin wehrte sich halbherzig und Siobhán betrachtete ihre rosig hervorstehenden Nippel.

Kaum hatte man sie mit dem Gesicht zum Kreuz angebunden, holte Finian schon mit seiner Peitsche aus. Der Lederriemen surrte durch die Luft und traf auf den Rücken der zierlichen Frau, die sich verkrampfte und laut aufschrie. Zurück blieb ein tiefroter Striemen auf der Schulter. Unerbittlich schlug Finian ein zweites Mal zu. Er zeichnete einen Querstriemen zum vorherigen. Dies vollzog er wieder und wieder, bis die Haut übersät war mit roten Kreuzen. Die Frau heulte mittlerweile, aber sie bettelte nicht um Gnade. Siobhán konnte sehen, warum. Der Lustsaft der Schönen rann genauso an ihren Schenkeln herab wie die Tränen auf ihren Wangen. Sie schwitzte vor Anstrengung, verzog gequält das Gesicht und bis auf ein leises Winseln gab sie keinen Laut von sich.

Als sie nur noch erschöpft in den Fesseln hing und die Menge so laut grölte, dass weder das Surren der Peitsche noch das Wimmern der Frau zu vernehmen war, hörte Finian auf.

»Bindet sie auf den Block!«, befahl er seinen Hütern. Diese lösten die Fesseln und legten die Asiatin mit dem Rücken auf einen Holzblock, der vor dem Andreaskreuz stand. Man winkelte ihre Beine an und band die Fußgelenke an eine Spreizstange, damit die Sklavin, die alles ohne Gegenwehr geschehen ließ, die Schenkel nicht schließen konnte. Die Knie umwickelte man mehrere Male mit einem Seil.

Direktor Finian befahl dem Trommler, einen Tusch zu spielen. »Ich lese nun den ersten Decknamen vor. Sollten sich zwei melden, weil sie denselben Namen gewählt haben oder einer betrügerisch behauptet, der Auserwählte zu sein, scheiden beide aus.« Dann las er den Namen vor.

Jubelnd lief ein Mann herbei, der ohne zu zögern den Schwanz aus der Hose holte. Steif reckte sich das Glied aus dem Hosenstall. Der Mann beugte sich über die Asiatin und stieß in sie hinein. Er rammelte die fremde Schönheit, wobei ihm vor Anstrengung die Zunge aus dem Mund hing. Speichel tropfte auf ihren Unterbauch. Bevor er kam, zog er sich aus ihr zurück und spritzte auf ihrem Bauch ab. Auch der nächste Mann ließ seinen Trieben freien Lauf. Er benutzte die gefesselte, gefügig gemachte Exotin, um die durch die Attraktionen des Jahrmarktes aufgestaute Geilheit abzubauen. Unbarmherzig stieß er sie, rammte seine gefüllten Hoden gegen ihre Schamlippen und ergoss sein Sperma auf ihrem Bauch. Siobhán grübelte, ob Letzteres Teil der Abmachung war. Vielleicht hatte Finian die Gewinner angehalten, auf diese Weise abzuspritzen, um die Masochistin durch die Besudelung zusätzlich zu demütigen, denn auch der dritte Glückliche tat es seinen Vorgängern gleich. Ein Teil der Samenflüssigkeit sammelte sich im Bauchnabel der Asiatin, der andere tropfte zähflüssig von ihrem Körper. Während Nummer drei seinen Schwanz in ihre Möse rammte, verteilte er mit der Handfläche das Sperma seiner Vorgänger. Er cremte ihren Busen damit ein und sogar ihr Gesicht. In diesem Augenblick hatte die Sklavin einen Orgasmus. Schreiend kam sie, zuckte in ihren Fesseln, ohne sich wirklich bewegen zu können.

Für einen Moment schien der Mann, der sie ritt, irritiert zu sein.

Ja, was hast du geglaubt, rief ihm Siobhán in Gedanken zu und schmunzelte, *dass die Masochistin das alles nur für dich macht und still leidet? O nein, sie benutzt gerade dich und nicht du sie.*

Er fickte sie hastiger und irgendwann riss er sein Glied aus ihr heraus, um ekstatisch auf ihren Bauch zu spritzen. Der vierte Kerl war ein Riese mit einem großen, dicken Schwanz. Siobhán befürchtete, dass er die Asiatin mit seinem Schwengel innerlich zerreißen würde. Tatsächlich stöhnte sie wegen des Drucks, mit dem das prachtvolle Glied ihr Fötzchen weitete. Es dehnte ihr Loch auf schmerzhafte Weise, doch genau das erregte sie erneut und sie zuckte ein zweites Mal lustvoll. Wieder hatte der Mann erst nach ihr seinen Orgasmus. Zitternd lag sie unter ihm, ließ alles über sich ergehen und lächelte glücklich.

Der fünfte Gewinner der Tombola war zum Erstaunen der Anwesenden eine Frau. Sie hob selbstbewusst ihren Rock, stellte sich breitbeinig über das Gesicht der erschöpften Asiatin und befahl ihr, sie zu lecken. Gehorsam schleckte die Sklavin über die Schamlippen der Dame. Sie drang mit der Zunge in die Möse ein und saugte kräftig am Kitzler, so dass die Gewinnerin bald kam. Das Gesicht der Sklavin glänzte vor Feuchtigkeit, ihr Körper war besudelt mit Sperma und sie war zu mitgenommen, um ihre Augen offen zu halten.

Die Schau war vorbei und die Besucher widmeten sich wieder den Attraktionen des Jahrmarktes. Nur Siobhán blieb noch stehen und beobachtete, wie die Lustsklavin liebevoll abgewaschen wurde. Einer der Hüter trug sie behutsam zu einem der klapprigen Wohnwagen.

»Wie hat dir die kleine Vorstellung gefallen?« Direktor Finian war neben Siobhán aufgetaucht.

»Das will ich auch«, schoss es aus ihr heraus, bevor sie darüber nachdenken konnte. Als ihr bewusst wurde, was sie gesagt hatte, lief sie hochrot an. »Ich meinte ... also ... ich ...«

Zärtlich legte er die Hand an ihre Wange. »Es ist gut zu wissen, was man will. Aber manchmal schwemmen die Gefühle unseren Verstand hinweg und man bereut im Nachhinein eine Entscheidung. Deswegen möchte ich, dass du darüber nachdenkst. Solltest du morgen Nacht wieder auf den Jahrmarkt kommen, werden wir darüber abstimmen, ob wir dich aufnehmen oder nicht.«

»Dann kriege ich eine Chance?«, fragte Siobhán aufgeregt.

Er zwinkerte. »Natürlich musst du dich erst beweisen. Wir werden dich einer Prüfung unterziehen, die erniedrigend und schmerzhaft ausfallen wird. Denk gut nach, ob du wirklich eine Masochistin bist oder deine Phantasien dir doch genügen. Die Phantasie ist etwas Wertvolles. Sie kann erregend sein. Aber wird sie Realität, ist sie manchmal erschreckend. Das, was wir hier machen, berührt nicht nur die Körper der Lustsklaven, sondern auch ihre Seelen. Die Empfindungen dringen bis in jede Faser, bis in die Herzen.«

Das hatte Siobhán schon beim Zusehen gespürt.

»Ihre Art der Wollust ist die anstrengendste, die es gibt.« Finian deutete gen Himmel. »Aber sie führt sie in Sphären der Leidenschaft, die den Menschen, die nur in der Dunkelheit miteinander schlafen – rein, raus, fertig –, für immer verborgen bleiben werden. Nur wer tief empfindet, kann hoch fliegen.«

»Ekstase bis in die Zehenspitzen«, hauchte sie. »Ich glaube, ich wäre dazu fähig.«

»Denk darüber nach. Denke gut darüber nach. Es wäre eine Entscheidung fürs Leben.« Er verneigte sich vor ihr und ging.

Schnell rannte Siobhán nach Hause, nicht nur, weil es bereits nach Mitternacht war, sondern auch, um sich in ihr Bett zu verkriechen und über Finians Worte nachzugrübeln. Er hatte Recht. Sollte sie sich dazu entschließen, mit dem fahrenden Volk mitzuziehen und sich jede Nacht benutzen zu lassen, würde sie nie wieder in ihr altes Leben zurückkehren können. Ihre Eltern würden sie verstoßen. Kein Mann würde sie ehelichen wollen, nicht einmal Kenrick Smorph. War es das wert? Und was war mit der Prüfung, der man sie unterziehen würde? Sie fürchtete sich davor, weil es das erste Mal sein würde, dass sie sich auslieferte. Bisher hatte sie nur von Schmerz und Demütigung geträumt. Waren Träume nicht stets schöner als die Realität? Zumindest hielt sie in ihren Tagträumen die Fäden in der Hand. Niemand tat ihr wirklich weh. Wurde eine Situation zu schlimm, brauchte sie nur die Augen zu öffnen und alles war gut. So leicht würde es als Masochistin auf dem Jahrmarkt nicht werden. Leicht sowieso nicht.

Sie lief durch den Wald nach Glimrock, kletterte die uralte Eiche hoch und stieg in ihr Fenster. Erleichtert, dass niemand sie gehört hatte, entkleidete sie sich und legte sich ins Bett. Lange konnte sie nicht einschlafen. Zu viel hatte sie gesehen. Zu viele Gefühle waren in ihr, die sie kribbelig machten. Sie schlief nur eine Stunde in dieser Nacht und ›schlafwandelte‹ geradezu am nächsten Tag durchs Haus, nachdem ihre Mutter sie gebeten hatte, im Haushalt zu helfen. Auch am Nachmittag in der Schmiede war sie kaum in der Lage, die Augen offen zu halten. Das Feuer im Ofen erinnerte sie an die Exotin mit der wunderschönen braunen Haut. Die Herrin des Feuers hatte Direktor Finian sie genannt. Auf der Straße begegnete sie einem Dienstmädchen. Der verkleidete Mann im Wald, der Empfang und Kontrolle zugleich gewesen war, und Rose kamen ihr in den Sinn. Wo Siobhán ging und stand, dachte sie nur an den Jahrmarkt. Die Peitschen und Gerten der Reiter, die in die Schmiede kamen, um ihre Pferde neu beschlagen zu lassen, ließen sie wohlig erschauern.

Als es dämmerte, wusste Siobhán, dass sie diesen Schritt machen musste. Es gab keine andere Möglichkeit. Sollten die Hüter sie ruhig testen – was hatte sie schon zu verlieren? Falls sie doch wieder nach Hause geschickt würde, weil man sie für ungeeignet hielt, dann war es eben Fügung. Aber vielleicht war es auch Schicksal, dass der Jahrmarkt genau in diesem Jahr nach Glimrock gekommen war, noch bevor Siobhán von ihren Eltern gezwungen werden würde, Kenrick Smorph zu heiraten. Siobhán befand sich an einem Scheidepunkt. Der Jahrmarkt war die einzige Möglichkeit, etwas über sich selbst zu erfahren, herauszufinden, wer sie wirklich war.

Und so zog sie sich nicht aus, sondern kletterte über die Eiche in den Garten, sobald die Dunkelheit ihr genug Schutz bot. Geduckt hastete sie durch den Wald. Es war schrecklich finster. Sie sah nicht einmal die Kerzenlichter des Jahrmarkts. Als sie an der Lichtung ankam, erkannte sie auch, weshalb.

Der Jahrmarkt der Masochisten war fort! Die Lichtung leer und verlassen. Das Gras lag noch umgeknickt am Boden, wegen der unzähligen Schuhe, die in der vergangenen Nacht über die Wiese getrampelt waren. Getrocknete Wachspfützen waren hier und dort zu sehen.

Entsetzt schlug Siobhán die Hände vor den Mund und fiel auf die Knie. Ihr Magen krampfte sich zusammen. Sie fühlte Panik, Traurigkeit und Wut, vermischt mit unbeschreiblicher Enttäuschung. Direktor Finian hatte sie an der Nase herumgeführt. Hatte er sie beschützen wollen? Falls er sie als untauglich oder zu jung angesehen hatte, hätte er das doch sofort sagen können.

Sie schluchzte. Tränen liefen ihre Wangen hinab. Ihr war, als hätte Brianna sie ein zweites Mal verlassen. Genau die gleiche Leere empfand sie in diesem Moment. Etwas Liebgewonnenes war entschwunden. Siobhán hatte sich für den Jahrmarkt entschieden. Vergeblich.

Da sah sie einen Mann, der Kerzenstummel aufsammelte. Er trug ein weißes Leinenhemd, eine dunkle Hose und eine Filzkappe, obwohl es dafür selbst in der Nacht noch viel zu heiß war.

Schnell stand sie auf und lief zu ihm. »Entschuldigt, bitte.«

Er hob den Blick – und kam ihr bekannt vor. Aber sie konnte sich beim besten Willen nicht daran erinnern, wo sie ihn schon einmal gesehen hatte.

Sie räusperte sich, denn vor Aufregung war ihre Stimme belegt. »Wisst Ihr, wo der Jahrmarkt hingezogen ist?«

»Warum wollt Ihr das wissen?« Abfällig schaute er sie von oben bis unten an. »Wollt ihr dem fahrenden Volk etwa hinterherreisen?«

»Ja«, antwortete sie erstaunt, obwohl der Fremde sie erst auf diese Idee gebracht hatte. Weit konnten die Lustsklaven und ihre Hüter noch nicht sein.

»Weshalb wollt ihr ein Wagnis wie dieses eingehen? Eine junge Frau, allein unterwegs, ist eine leichte Beute.«

»Ich muss einfach zu ihnen. Ich gehöre zu ihnen. Ach, ich weiß nicht, was es ist. Bei ihnen ist es, wo ich sein sollte, bei den Masochisten.«

Er hob eine Augenbraue. »Was wollt ihr bei diesem Pack?«

»Ich bin auch eine Masochistin«, sagte sie mit vor Stolz geschwellter Brust, aber fügte ein wenig kleinlauter hinzu: »Zumindest möchte ich herausfinden, ob ich eine bin – und das kann ich nur bei ihnen.«

Er murmelte etwas Unverständliches, lüftete seine Kappe, nur um sie sofort wieder aufzusetzen. »Nun gut, wenn das so ist, dann solltest du nach Killamey reisen. Folge einfach den Wagenspuren. Aber entkleide dich vorher.«

»Wie bitte?« Siobhán glaubte, sich verhört zu haben.

»Man bat mich, hier aufzuräumen und jedem, der sich dem Jahrmarkt anschließen möchte, auszurichten, dass nur entblößte Anwärter überhaupt eine Chance hätten. Wenn du wirklich, wirklich zu ihnen willst, dann nur nackt!« Snobistisch hob er das Kinn.

»Dann gibt es noch andere Bewerber?«

»Bisher bist du die Einzige, Schätzchen«, näselte der Mann, drehte sich um und ging zum Fluss, um dort einige Pfeile aufzuheben.

Siobháns Mund stand offen. Hatte er ›Schätzchen‹ gesagt? Ihr fiel es wie Schuppen von den Augen. Jetzt wusste sie wieder, woher sie den Mann kannte. Doch als sie sich das erste Mal trafen, hatte er ihr nicht als Kerl gegenübergestanden, sondern in einer Dienstmädchenuniform.

»Lady Gwen!«, hauchte sie schmunzelnd. Sie vermutete, dass Direktor Finian ihn nicht nur zum Klar-Schiff-Machen zurückgelassen hatte, sondern auch als Wegweiser für sie – und andere. Wenn sie sich beweisen musste, wollte sie das gerne tun. Enthusiastisch zog sie sich aus. Aber als sie nackt auf der Lichtung stand, fühlte sie sich doch unwohl. Verletzlich. Allein. Niemals würde sie unbehelligt nach Killarney gelangen, wenn sie entblößt reiste. Aber sie konnte sich nicht vorstellen, dass er Lady Gwen wirklich zurückgelassen hatte. Wahrscheinlich wartete der Jahrmarkt im Nachbarort, denn immerhin hatte Finian erzählt, dass sie sich umeinander kümmerten.

Zaghaft setzte Siobhán einen Fuß vor den anderen. Sie schlang die Arme um den Körper, aber das Zittern wurde nicht schwächer. Dann begann sie mit wippenden Brüsten in den Wald zu hasten, weil sie hoffte, die Bäume würden ihr Schutz bieten. Gleichzeitig jedoch sah sie hinter jedem Busch einen Wegelagerer und irgendwelche Phantome, die gar nicht da waren. Der Weg durch den Wald, den das fahrende Volk eingeschlagen hatte, war finster und gruselig.

Ist es das wert?, fragte sie sich. Erst musste sie sich abmühen, um heil an ihr Ziel zu gelangen – wer wusste schon, ob sie den Jahrmarkt überhaupt finden würde? –, und dann bekam sie als Lohn Schmerz und Demütigung. Der Weg allein war eine Strapaze, aber was sie erwartete, würde weitaus schlimmer sein. Erst ganz am Ende wartete der Gipfel der Lust, zu weit entfernt, um Siobhán zu motivieren. Momentan war ihr einfach nur angst und bange. Sie schluchzte leise. Langsam ging sie vorwärts, schaute mal zurück, mal in die Dunkelheit des Waldes hinein.

Plötzlich traten Gestalten zwischen den Bäumen hervor. Im ersten Augenblick sahen sie wie finstere Burschen aus, aber als sie näher kamen, erkannte Siobhán die Schausteller des Jahrmarktes. Sie kreisten die junge Frau ein. Direktor Finian in seinem roten Ledermantel trat auf sie zu. Er begutachtete sie von oben bis unten. Dann kam er zu ihr, legte ihr die Arme an die Seiten, damit Busen und Scham gut zu sehen waren, und nickte zufrieden.

»Du würdest wirklich alleine und nackt durch Irland reisen, um uns zu finden?«, fragte er mit düsterer Stimme.

Siobhán nickte schüchtern.

»Das ist sehr gefährlich. Man könnte über dich herfallen.«
Sie blinzelte unsicher.

Da strich er ihr einige Haarsträhnen hinters Ohr. »Deine Bemühungen sind sehr löblich. Aber hatte ich dir nicht erzählt, dass wir zum Schutz der Masochistinnen da sind? Hatte ich dir nicht berichtet, dass wir uns gegenseitig um uns kümmern?« Er machte eine Pause, blickte ihr tief in die Augen und fuhr fort: »Dann wäre es doch widersprüchlich, dich als Freiwild auf die Straße zu schicken.«

»Aber ich hätte es getan«, sprach sie leise, »Ich wäre euch im Kleid der Sklavin gefolgt, denn ich möchte wirklich zu euch gehören. Bitte.«

»Wir werden dich aufnehmen, aber erst musst du eine Probezeit überstehen.«

»Ich werde alles tun!«

Finian schüttelte den Kopf. »Wir werden dich einweisen, bis du deine Grenzen herausgefunden hast. Du wirst lernen, stark zu sein und deine Schranken zu überschreiten. Erst wenn du innerlich gefestigt bist, führen wir dich den Besuchern vor. Schritt für Schritt. Wir wollen ja nicht deine Seele verletzen.«

Er gab ein Zeichen und einer der Hüter reichte ihm ein Seil. Behutsam schlang Finian es um Siobháns Hals, dann kreuzte er ihre Arme auf dem Rücken und fesselte mit dem Ende des Seils die Hände so hoch, dass es unbequem für sie war. Wenn sie die Arme locker ließ, würgte sie sich selbst. Als Nächstes setzte er ihr Klammern mit Glöckchen an die Nippel. Die Zähnchen bissen in die Brustwarzen und erregten Siobhán, und ihre Brüste reckten sich jedem entgegen, der sie benutzen wollte, ohne dass sie etwas dagegen zu tun vermochte.

Direktor Finian zwang sie mit den Füßen, die Beine zu spreizen. Noch immer beobachteten die Hüter sie. Wie ein schützender Kreis standen sie um sie herum. Finians Hand glitt zwischen Siobháns Schenkel. Er begann, sie kräftig zu reiben. Ihre

Möse war nach kurzer Zeit bedeckt mit ihrem Lustsaft. Siobhán konnte sich selbst riechen. Sie seufzte und stöhnte, würgte sich dann und wann selbst, weil sie unachtsam die Arme fallen ließ. Finians Finger drangen in ihr Loch ein. Er fickte sie mit der Hand, dehnte ihre Muschi und rieb über den G-Punkt. Nach kurzer Zeit schwemmte die Lust Siobháns Scham hinfort. Sie war nur noch Gefühl, nur noch Wollust. Und als Finian vor aller Augen den Kitzler zwischen Zeigefinger und Daumen nahm und zwirbelte, explodierte sie unter der intensiven Berührung. Zuckend stand sie vor den Männern und Frauen, als würde sie auf einem trabenden Pferd sitzen. Sie konnte sich kaum noch auf den Beinen halten. Die Glöckchen an den Nippelklammern klingelten begeistert. Zitternd vor Ekstase röchelte Siobhán, als ob sie krank wäre. Sie war auch fiebrig, aber vor Erregung. Noch immer ließ Finian die empfindsame Klitoris nicht los. Er drehte sie weiter zwischen den beiden Fingern und brachte Siobhán an den Rand des Wahnsinns. Sie war atemlos, würgte sich immer wieder selbst, hechelte und fiel schließlich, als Finian Erbarmen mit ihr hatte, in seine Arme.

Der Direktor fing sie auf und streichelte beruhigend ihren Nacken. Seine Stimme klang warm. »Willkommen in der Familie«, wisperte er und küsste Siobhán auf die Haare.

Der Herr der Meere –
Die strenge Hand des Piraten Mort

Topaz l'Esclave rieb sich verschlafen die Augen. Was waren das für Geräusche? Sie reckte sich und schaute zum Fenster, dessen schwere Samtvorhänge nur halb zugezogen waren. »Es ist ja noch stockdunkel«, murmelte sie. Da hörte sie einen Schrei! Sie fuhr hoch und lauschte. Ein Krachen! Etwas schien zu Bruch gegangen zu sein. Schritte im Erdgeschoss. Schritte auf der Treppe. Jemand stieß Flüche aus. Topaz wurde angst und bange. Niemand im Hause La Croix hätte jemals zu fluchen gewagt. Die junge Frau traute sich nicht aufzustehen. Die Geräusche schwollen zu einem Tumult an. Im Erdgeschoss schien die Hölle loszubrechen und das Schlimme war: sie breitete sich langsam aufs ganze Haus aus. Wie gut, dass ihre Eltern auf Reisen waren. Nur, was würde aus ihr werden?

Klingen trafen aufeinander – ganz offensichtlich fanden Kämpfe statt. Im Nebenzimmer ging Porzellan zu Bruch. Topaz zog die Bettdecke bis zum Kinn. Sie schaute sich um. Durch die Tür, die ins Treppenhaus führte, konnte sie nicht fliehen. Wer auch immer ins Haus eingebrochen war, hatte diesen Teil bereits eingenommen. Ihr Blick fiel aufs Fenster. Blitzschnell sprang sie aus dem Bett. Sie zog den Samtvorhang beiseite und schaute hinaus. Ob sie es schaffen könnte, auf den Dachvorsprung zu klettern? Oder sollte sie versuchen, sich an der Dachrinne hochzuziehen?

Plötzlich flog die Tür auf. Ängstlich sah sich Topaz um. »Piraten!«, entfuhr es ihr. Zwei Männer füllten den Türrahmen aus.

Einer von ihnen zog seine Augenklappe hoch. Zum Vorschein kam ein gesundes Auge. Lachend sagte er: »Was haben wir denn da?«

»Wir werden einen extra Batzen von der Beute bekommen«, grollte der andere und schwang seinen Säbel durch die Luft, »Wenn wir das Vögelchen zu Capitaine Mort bringen.«

»Dazu müsst ihr das Vögelchen erst einmal fangen«, fauchte Topaz und öffnete das Fenster. Sie setzte den Fuß auf den Nachttisch, um hinauszusteigen, doch da waren sie schon bei ihr. Der mit dem Säbel legte den Arm um ihre Hüfte. Der andere packte ihre Hände. Aber so leicht würde Topaz nicht aufgeben. Sie hob ihr Bein an und trat mit aller Kraft ins Gesicht des Piraten.

Taumelnd wich er zurück. Er fiel aufs Bett und rieb sich die Nase. »Ich blute«, sagte er erstaunt. Dem Erstaunen folgte Zorn. Wütend nahm er den Saum ihres Nachthemdes und wischte sich das Blut ab. Sie versuchte zappelnd, ihn fortzudrücken. Da klatschte seine Handfläche in ihr Gesicht.

Topaz schluckte. Mühevoll hielt sie ihre Tränen zurück, aber sie wollte sich unter keinen Umständen kampflos ergeben.

»Dich hat wohl in deinem jungen Leben noch nie jemand geschlagen.« Der Pirat rückte grinsend seine Augenklappe zurecht. »Aber Capitaine Mort wird dich bald das Fürchten lehren.«

»Ihr könnt mich nicht einschüchtern«, blaffte sie.

Da drückte er sich an ihren Körper. Er sah ihr tief in die Augen. Angewidert drehte sie den Kopf fort, denn sein Atem stank nach Tabak und Rum. Sie verdrängte den Gedanken, dass sie eingeklemmt zwischen zwei Piraten stand.

»Wir vielleicht nicht«, hauchte der mit der Augenklappe, »aber Capitaine Mort.«

Topaz erschauderte. Was war das nur für ein Mann, dieser Capitaine Mort? Unter keinen Umständen wollte sie ihm begegnen, denn er schien zu allem fähig zu sein. Verzweifelt blickte sie sich um.

»Es gibt kein Entrinnen«, sagte ihr Gegenüber und deutete mit dem Kopf auf die Truhe neben dem Kleiderschrank. Der andere Pirat schien zu verstehen. Schon riss er Topaz vom Fenster weg. Sie wehrte sich mit Händen und Füßen, versuchte nach dem Säbel zu greifen und schnitt sich, hatte aber keine Chance.

Die Piraten öffneten die Truhe und rissen die Kleider und Tücher heraus. Lachend pressten sie die junge Frau in die Kiste und schlossen den Deckel. Topaz hörte, wie sie den Riegel ins Schloss schoben. Sie war gefangen! Dunkelheit umgab sie. Wie ein Fötus kauerte sie in der Truhe. Ihre Knie schmerzten und so versuchte sie, die Position zu ändern. Doch ihre langen schwarzen Haare hatten sich im Schloss verfangen. Den Tränen nahe biss sie sich auf den Zeigefinger, um nicht loszuheulen.

Die Piraten hoben die Truhe an. »Welch hübsches Vögelchen!«, grölten sie. »So gut duftend, mit wenigen Federn.«

Topaz hielt kurz die Luft an. Erst jetzt fiel ihr wieder ein, dass sie ein Nachthemd trug mit nichts darunter. »Nein, so weit werden die Piraten nicht gehen«, versuchte sie sich einzureden. Und wenn doch? Sie war schwach, besaß keine Waffe. Außerdem wusste niemand, wo sie sich befand.

Die Luft in der Kiste wurde stickig. »Wie ein Sarg«, schoss es ihr in den Sinn. Ob die Piraten sie zu ihrem Begräbnis brachten? Sie schüttelte den Kopf und stieß an den Deckel. Vielleicht war dieser Capitaine Mort gar nicht so grausam, wie die Piraten sie glauben machen wollten.

»Ich darf die Hoffnung nicht aufgeben«, flüsterte sie. Alles würde gut werden – daran musste sie glauben, denn sonst war sie bereits verloren. Aufmerksam lauschte Topaz den Geräuschen. Sie spürte, wie man sie die Treppe hinunter und aus dem Haus trug. Die Kampfgeräusche wurden schwächer. Grillen zirpten in der Ferne. Das Rauschen des Meeres drang an ihre

Ohren. Es klang beruhigend. Die Ruhe vor dem Sturm? Das war alles kaum zu fassen. Die Luft in der Truhe wurde immer knapper. Benommen legte Topaz den Kopf auf ihren Unterarm. Ihre Glieder fühlten sich so unendlich schwer an. Ihre Gedanken waren müde, wie gelähmt. In diesem Moment fühlte sie fast so etwas wie Abenteuerlust. Piraten, eine Entführung – davon hatte sie als Kind geträumt und auch als Heranwachsende. Ein Prickeln durchströmte sie. Gänsehaut überzog ihren Körper und sie erschauderte leicht. Dann quälte sie das schlechte Gewissen. Dies war kein Traum, keine Phantasie, die sie selbst lenkte und immer ein gutes Ende fand. Sie war ausgeliefert, schmierigen, stinkenden Piraten und einer Höllenbrut namens Capitaine Mort.

Topaz erschrak, als die Piraten die Truhe hart aufsetzten. Noch immer konnte sie nicht klar denken. Die Luft – man hätte sie in Scheiben schneiden können. Zu wenig, um durchzuatmen, zu viel, um zu ... Sie wischte sich über die schweißnasse Stirn. Sie fühlte sich, als ob sie im fiebrigen Delirium liegen würde. Ja, das musste ein Fiebertraum sein. Ihr ganzer Körper war schweißgebadet. Zwischen ihren Brüsten liefen Tropfen hinab, um sich in ihrem Schoß zu sammeln. Warum erregte es sie nur? Sie lag zusammengekauert in einer Kiste und rang mit jeder Pore nach Luft. Aber sie schien ein spährisches Stadium erlangt zu haben. Topaz hatte die Welt losgelassen, sich gelöst von allen Pflichten und Lasten. Nicht einmal der Gedanke an die Piraten konnte Angst in ihr heraufbeschwören. Dazu war ihr Inneres zu friedlich, wie in Watte eingepackt. Obwohl ihre Glieder sich schwer anfühlten, schwebte ihr Verstand. Er wiegte hin und her und erinnerte sie an die Schiffschaukel, auf der sie als Kind Stunden verbracht hatte, wenn der Wanderzirkus im Ort war. Schaukeln? Sie befand sich auf einem Schiff!

Plötzlich wurde der Deckel hochgerissen. Nur langsam war Topaz in der Lage, sich zu sammeln. Sie blinzelte, weil man ihr eine Öllampe vors Gesicht hielt. Unzählige Piraten drängten sich um die Kiste und gafften. Keine Hand, die ihr helfen wollte auszusteigen. Ein schlechtes Zeichen. Aber konnte sie von Seeräubern tatsächlich so etwas wie Umgangsformen erwarten?

Sie erhob sich und trat mit wackeligen Beinen aus der Truhe. Durch die unbequeme Haltung in der Kiste waren ihre Füße eingeschlafen. Beschämt schlang sie die Arme um den Körper, denn ihr Nachthemd klebte an der feuchten Haut. Nur langsam nahm sie ihre Umgebung wahr.

Jemand packte ihr Kinn, hob es in die Höhe und drehte es mal zur einen, mal zur anderen Seite, als wäre sie Vieh. Es fehlte nur noch, dass man ihr ins Maul sah. Wütend schlug Topaz die Hand fort und wäre beinahe umgekippt. Sie hatte ihre Balance noch nicht gefunden.

»Die Kleine hat wohl keine gute Erziehung genossen«, raunte der Mann, der sie angefasst hatte.

»Du weißt doch nicht, wie man eine Dame behandelt!«, schrie sie.

Er schlug ihr ins Gesicht. Aber nicht im Entferntesten so zaghaft wie der Pirat mit der Augenklappe. Ihre Wange brannte wie Feuer. Zornig funkelten ihre Augen ihr Gegenüber an. Capitaine Mort – das musste er sein! Sein Gesicht war geprägt von einer schmale Nase und hohen Wangenknochen. Ein kurzer Bart weichte die Züge etwas auf, doch er lenkte nicht von Morts hartem Blick ab. Der Dreispitz auf seinem Kopf war genauso kantig wie sein Gesicht. Topaz bekam auf einmal furchtbare Angst. Der Capitaine sah nicht so aus, als würde er Worte wie Barmherzigkeit und Mitgefühl kennen.

Er nahm die Gerte, die er in der Rechten hielt, in beide Hände und präsentierte sie vor seinem Körper. »Du wirst uns gegenüber eine angemessene Anrede benutzen!« Provozierend schritt er um sie herum. Als er hinter ihr stand, säuselte er ihr ins Ohr: »Eine Dame wird wie eine Dame behandelt, wenn sie eine ist. Du möchtest eine sein? Gut, ich werde dich entsprechend erziehen.« Erhaben grinsend tauchte er zu ihrer Linken auf. Seine Stimme klang nun hart. »Du wirst lernen, zu gehorchen, Respekt zu zollen und demütig zu sein, wie eine Dame zu sein hat.«

»Niemals«, entfloh es ihr. Erneut schlug er ihr ins Gesicht. Doch diesmal brannte ihre Wange so sehr, dass ihr Tränen in die Augen schossen. Sie haderte einen Moment. Sollte sie lieber still sein, um seine Wut nicht noch mehr zu schüren? Das entsprach nicht ihrem Naturell. Sie nahm allen Mut zusammen und sagte leise: »Das entspricht nicht meiner Vorstellung einer Grande Dame. Außerdem haben meine Eltern mir bereits eine ausgesprochen gute Erziehung angedeihen lassen.«

Capitaine Mort ließ die Gerte durch die Luft sausen, nur Zentimeter von ihrem Gesicht entfernt.

Der Pirat mit der Augenklappe sprang herbei. Er zückte einen Dolch und legte ihn an Topaz' Hals. »Lasst mich das Vögelchen dazu bringen, Euch respektvoll zu behandeln, wie Ihr es verdient, mon Capitaine, als Vorbehandlung sozusagen.«

Plötzlich holte Mort mit der Gerte aus und schlug dem Piraten gegen die Kehle. Röchelnd brach dieser zusammen. Wie ein Aal lag er zuckend auf dem Schiffsboden und rang nach Luft. Der Capitaine spuckte auf ihn und blickte mürrisch in die Runde. »Niemand wird ihr zu nahe kommen oder gar Hand an sie legen. Sie gehört mir! Widersetzt sich jemand meinem Befehl, hängt er noch am selben Tag.«

Die Piraten traten zurück. Topaz war schwindelig. Sie fühlte sich ein wenig geborgen, da nun jemand aufpasste, dass nicht jeder dieser verdammten Freibeuter – einer nach dem anderen – über sie herfiel. Doch dann erinnerte sie sich an die Gerte, die brutal auf die Kehle herabfuhr und einen Mann niederstreckte. Ihr grauste vor Capitaine Mort, weil sie ihn nicht einschätzen konnte. Spielte er nur mit ihr? Jagte er ihr lediglich Angst ein, um sich daran zu erfreuen? Oder würde er sie genau so behandeln wie seine Mannschaft?

«Assez, bring sie in meine Kajüte», rief Mort und ging voraus.

Ein stämmiger Mann, der Topaz um vieles überragte, kam zu ihr, fasste ihren Arm und zog sie fort. Hatte sie unter seinem weißen Bart so etwas wie ein Lächeln gesehen, oder war das reine Wunschvorstellung? Fast galant schob er sie vor sich her unter Deck. Nur die Narbe am Auge gab ihm etwas Gefährliches.

Als sie alleine im Korridor waren, flüsterte er: »Ich wäre vorsichtig an deiner Stelle. Capitaine Mort ist leicht zu erzürnen. Aber du wirst seine Erziehung genießen, wenn du nicht zu aufmüpfig bist.«

Sie wollte etwas erwidern, doch er drückte ihren Arm und schüttelte den Kopf. Schon betraten sie Morts Quartier. Es war nicht groß. Zur Linken stand ein Bett, vor der Fensterfront ein Tisch, auf dem Landkarten und Messgeräte lagen, und auf der rechten Seite ein massiver Schrank.

Capitaine Mort trat aus dem Waschzimmer. Eine schmale Tür neben dem Bett führte in den separaten Raum. Er trocknete sich die Hände ab und schmiss das Tuch auf den Tisch. Dann stellte er seinen Fuß auf den Stuhl und stützte seinen Ellbogen auf dem Oberschenkel ab. Abfällig betrachtete er sie. Topaz schlang die Arme um ihren Körper. Sie zitterte. Der Schweiß auf ihrem Körper kühlte durch die Frische der Nacht ab. Beschämt spürte sie, wie ihre Brustwarzen sich verhärteten und durch das Schlafgewand hervorstachen.

»Halte ihre Arme!«, befahl Mort.

Assez fasste sie bei den Handgelenken und zog ihr die Arme hinter den Rücken. Topaz versuchte sich loszureißen, bekam ihre Hände aber keinen Millimeter frei.

»Hübsch, wie deine Brüste schaukeln«, sagte der Capitaine grinsend. Erschrocken hielt Topaz inne.

Mort setzte seinen Dreispitz ab und kam auf sie zu. »Aber schöner wäre es, sie richtig sehen zu können.«

»Nein«, keuchte sie. »Bitte nicht.«

Er hob ihr Kinn mit Zeigefinger und Daumen an. »Du willst deinem neuen Herrn einen Blick auf sein Eigentum verwehren?« Das Grinsen verschwand aus seinem Gesicht. Zurück blieb ein neckisches Funkeln in seinen braunen Augen.

»Eigentum?« Topaz schluckte. Sein stechender Blick ließ sie erbeben und doch fand sie seine Unverschämtheit sogar ein wenig aphrodisierend. Niemand in der französischen Gesellschaft hätte gewagt, solche Anzüglichkeiten zu äußern.

Da sah sie durch das Fenster hinter seinem Rücken, dass das Schiff ablegte. Schlimme Befürchtungen ergriffen Besitz von ihr. »Ich gehöre nicht an Bord.«

Der Capitaine zog plötzlich einen Dolch und legte ihn ihr an die Kehle. »Ich weiß genau, dass du versuchst, eine Anrede zu umgehen. Wage es nicht noch einmal!«

Topaz' Herz pochte heftig. Die Klinge drückte gegen ihre Haut. Er hatte sie durchschaut. Nun wählte sie ihre Worte mit Bedacht. »Ich möchte mich bei Euch entschuldigen. Bitte bringt mich zurück an Land.«

Er nahm den Dolch weg, doch hielt ihn nah an ihr Gesicht. »Deine unschuldigen, himmelblauen Augen können mich nicht bezirzen. Merk dir das! Merke dir auch, dass du nun mir gehörst, mit Haut und Haaren und deiner Seele. Ich bestimmte über dein Glück und dein Leid.«

Sie wagte kaum zu atmen. Welch ein Alptraum! Das konnte alles nicht wirklich passieren.

Mort senkte den Dolch und begann ihr Nachthemd aufzuschneiden, langsam, immer wieder innehaltend.

»Bitte, Capitaine«, flüsterte sie und bemühte sich, die Tränen zurückzuhalten. »Das könnt Ihr doch nicht tun. Das verstößt gegen alles, was ... was recht ist.«

»Ich bin hier das Recht.«

»Ihr könnt mich doch nicht so bloßstellen«, keuchte sie und schaute kurz über ihre Schulter zu Assez auf. Verglichen mit ihr war er ein Riese.

Mort lachte leise. »Ich kann mit dir machen, was ich will.«

Fassungslos sah sie an sich herab. Ihre Brüste kamen immer mehr zum Vorschein. Selbst ihre Scham war zu sehen, obwohl er das Nachthemd nur bis zum Venushügel aufschlitzte. Topaz dachte daran, dass er das auch mit ihrem Körper tun könnte und schluchzte.

Der Capitaine streichelte beruhigend ihre Wange. Erstaunt blickte sie ihn an: diese plötzliche Zärtlichkeit.

»Wie heißt du?«, fragte er.

»Topaz.« Er rollte den aufgeschlitzten Stoff zur Seite, so dass ihr Busen hervorlugte und die Brustwarzen sich ihm auf köstliche Weise präsentierten. »Topaz, du wirst nun meinen Dolch küssen und mir für diese Demütigung danken.«

»Ich soll was?« Sie schrie fast.

Da schnellte seine Hand nach vorne. Er umfasste ihren linken Nippel und drehte ihn um.

Ein höllischer Schmerz stach ihr in den Oberkörper. Bittersüße Pein durchströmte sie. Gleichzeitig schämte sie sich dermaßen, dass sie hochrot im Gesicht anlief. Sie spürte es deutlich. Hitze schoss in ihren Kopf, doch seltsamerweise antwortete ihre Scham mit einem Pochen. Sie kribbelte, während ihre Brustwarze aufzuschreien schien.

Topaz versuchte sich loszureißen, aber Assez hielt ihre Hände fest. Schnaubend drehte Mort den Nippel weiter herum. Sie krümmte sich vor Schmerzen. Noch nie hatte ihr jemand wehgetan. Nicht einmal den Po hatte Vater ihr als Kind versohlt. Sie war verwirrt, wusste mit der Qual nicht umzugehen und schloss die Augen. Ihr Kopf begann zu rauschen. Alle Sinne konzentrierten sich auf den Schmerz. Warum nur fühlte sie sich berauscht? Sie riss die Augen auf, wand sich wie im Fieberkrampf.

Mort hielt ihr den Dolch hin. Unter Tränen küsste sie die Klinge und verfluchte den Capitaine.

»Ich hab doch getan, was Ihr verlangt habt«, presste sie heraus. »Weshalb malträtiert Ihr mich weiter?«

Er steckte den Dolch weg, vergrub seine Hände in ihren Haaren und riss ihren Kopf hoch, so dass sie ihm in die Augen schauen musste. »Du hast mir noch nicht gedankt.«

»Niemals!« Wie hätte sie ihm jemals für solch eine Schmach Dank aussprechen können?

»Du hast es so gewollt«, zischte er und drehte den Nippel weiter. Topaz schrie auf. »Ihr reißt ihn ab!«

»Ich habe Erfahrung«, antwortete er ruhig. »Du solltest dir besser Sorgen um meine Laune machen. Die sinkt gerade ins Bodenlose.«

Sie biss sich auf die Zähne. Tränen flossen ihre Wangen hinab und tropften auf ihr Dekolleté. Lange würde sie den Schmerz nicht mehr aushalten. Zu gerne hätte sie ihm den Triumph verwehrt, aber sie hielt die Qual nicht mehr aus. Stotternd brachte sie heraus: »Ich da ... danke Euch für diese ... De ... Demütigung.«

»Das kannst du aber besser«, hauchte er ihr ins Ohr. »Sag, dass du sie verdient hast.« Er schaute ihr tief in die Augen. »Ich weiß, dass du ein Nein auf der Zunge liegen hast. Bedenke jedoch die Konsequenzen, Topaz.«

Ein heißkalter Schauer lief ihr den Rücken hinunter, als er ihren Namen aussprach. Gar sinnlich hörte es sich an. Seine gehauchten Worte und die lüsterne Kälte seines Blickes – dieser Gegensatz brachte sie fast dazu, den Schmerz zu vergessen.

Erschöpft flüsterte sie: »Ich habe diese Demütigung verdient.«

»... und die Schmerzen.«

»Und die Schmerzen«, sprach sie artig nach. Sie hatte keine Kraft mehr, ihm etwas entgegenzusetzen.

Er ließ ihre Brustwarze los und streichelte ihr Kinn. »An deiner Dankesrede werden wir noch feilen müssen, aber deine Einsicht ist ein Anfang.« Mort lächelte sie an. »Immerhin hast du heftig reagiert, was mir Freude bereitet.« Mit dem Kopf deutete er gen Boden. Topaz schaute zuerst auf ihren Nippel; er stand weit vor, war blutrot und größer als der andere. Und er pochte. Am liebsten hätte sie ihn umfasst und liebkost, in der Hoffnung, der Schmerz und das Nachglühen würden so schneller vergehen. Aber Assez hielt noch immer ihre Hände. Dann blickte Topaz tiefer und sah es! Tropfen rannen ihre Schenkel hinab, sammelten sich zu ihren Füßen und sickerten in die Ritzen des Schiffsparketts. Tropfen, die aus der Quelle ihrer Scham entsprangen.

»Ein herrlicher Duft.« Mort lächelte und trotzdem hatte dieses Lächeln etwas Erniedrigendes, Triumphierendes. »Fessel sie ans Bett!«

Assez führte Topaz zum Bett, doch anstatt sie darauf zu setzen, drückte der Riese sie auf den Boden und band sie mit einem Strick an den unteren Pfosten. Nun war sie gezwungen, auf dem Parkett zu sitzen, zu knien, gar zu schlafen.

Ungläubig sah sie den Capitaine an. Topaz wagte nicht etwas zu sagen, doch das war nicht schlimm, da sie sicher war, dass er wusste, was in ihr vorging.

»Du wirst dich mir auf lustvolle Weise präsentieren«, begann er. »Ich will zu jeder Zeit deine prallen Brüste sehen.«

Sie zuckte zusammen, als Assez ihr Nachthemd an den Seiten mit Nadeln zurückband, damit ihr Busen immer entblößt war. Der Weißbärtige hatte ihre Hände vor dem Körper zusammengebunden. Nun schoben ihre Oberarme die Brüste zusammen, ja quetschten sie fast und boten sich Mort lasziv an.

Assez verabschiedete sich, drehte sich an der Tür aber noch

einmal um. Gierig betrachtete er Topaz. Die Narbe über seinem Auge glänzte vor Schweiß. Dann rieb er sich mit der Handfläche über den Mund und verschwand.

»Halt den Mund, während ich arbeite!«, befahl der Capitaine und setzte sich an den Tisch mit den Landkarten.

Topaz rang nach Worten, fand aber keine passenden, keine, die nicht erneuten Ärger heraufbeschworen hätten. Stumm saß sie halbnackt auf dem Boden und war fassungslos. Wie konnte ein Mann sie derart behandeln? Gleichzeitig beschützte er sie vor dem Rest der Piraten, die ohne zu zögern über sie herfallen würden. Aber Capitaine Mort ließ dies nicht zu, noch nicht. Was würde er mit ihr anstellen, sollte sie seinen Befehlen nicht Folge leisten? Sie war versucht etwas zu sagen, behielt jedoch all ihre Ängste und ihren Zorn für sich.

Sie schlug ihre Beine übereinander, damit der Stoff ihre Oberschenkel trocknete. Dabei wippten ihre Brüste neckisch auf und ab, was Mort mit einem Lächeln kommentierte. Dann widmete er sich wieder seiner Arbeit.

Eigentlich sah der Capitaine ganz gut aus. Gerade weil seine Gesichtszüge so scharfkantig waren, erschien jedes noch so kleine Lächeln wie ein Gefühlsausbruch. Der kurze Bart gab ihm etwas durch und durch Männliches, aber Mort war kein Raubein wie die anderen Seeräuber. Er besaß tatsächlich so etwas wie Kultiviertheit. Lag es an seinem dunkelblonden Haarschopf, den er am Hinterkopf zusammengebunden hatte, an der Uniform, die er trug? Sie war vergilbt und schmutzig, einige goldene Knöpfe fehlten, und dennoch verlieh sie ihm ein majestätisches Aussehen. Mit geradem Rücken saß er am Tisch, führte den Zirkel über die Landkarte und machte sich immer wieder Notizen.

»Wohin fahren wir?«, fragte Topaz. Er schaute auf. Sein Blick verdunkelte sich. »Ich hatte dir befohlen, mich bei der Arbeit nicht zu stören.« Sie wollte sich entschuldigen. Doch bereits im nächsten Moment empfand sie die Idee als schlecht, da sie eigentlich nicht sprechen durfte. Also sagte sie nichts.

»Du bittest deinen Herrn nicht einmal um Verzeihung für dein Vergehen? Wie unartig!« Schwungvoll stand er auf. »Einsicht ist eine Tugend. Bei dir sehe ich nicht einmal die Bereitschaft zu lernen, aber das werde ich ändern.«

Ängstlich drückte sie sich gegen das Bett. »Ich wollte, aber tat es nicht, da Ihr ein Sprechverbot verhängt hattet.«

»Du hattest es bereits gebrochen. Eine Entschuldigung wäre das Minimum an Respekt!«

Topaz' Gedanken schwirrten durcheinander. Ihr fiel es schwer, die Konzentration zurückzugewinnen. Mort verwirrte sie. Akribisch suchte sie nach der besten Möglichkeit, wie sie hätte reagieren können, um es beim nächsten Mal besser zu machen. Unterwürfig wollte sie nicht sein, doch zumindest einige Strafen umgehen. Aber je mehr sie grübelte, desto konfuser wurde sie. »Egal, was ich mache, es ist falsch«

Capitaine Mort hob den Zeigefinger. »Ah, der erste Schritt zur Besserung.«

Topaz verstand ihn nicht.

»Du wirst noch viele Züchtigungen, Erniedrigungen und Torturen über dich ergehen lassen müssen, bis du zu einer Grande Dame geworden bist.« Aus der Ecke neben dem Schrank holte er einen Schemel und setzte sich vor sie. »Damen sind die Dienerinnen ihrer Herren. Erst wenn du das begriffen hast, wird dir wahre Glückseligkeit zuteil.«

Seine Nähe empfand Topaz als gefährlich. Er wollte bestimmt kein Plauderstündchen mit ihr halten.

Liebevoll begann Mort die Brustwarze zu zwirbeln, die er bisher verschont hatte. »Du wirst dich jetzt über meine Knie legen und dankbar deine Bestrafung empfangen.«

»Ich soll wie ein kleines Kind den Hintern versohlt kriegen?«, schoss es aus ihr heraus.

Er drückte seine Fingernägel in ihren Nippel.

Topaz biss sich auf die Unterlippe und schaute ihn schnippisch an. »Es wird dir nichts bringen, dich gegen mich aufzulehnen. Ich werde dich nur härter maßregeln, und am Ende wirst du mir die Zehen lecken.«

»Niemals!«

Der Capitaine lachte. »Das hast du schon mal gesagt. Bisher hat es mich amüsiert, doch ab sofort verbiete ich dir diesen Ausdruck.« Er drückte seinen Nagel fester in die hochrote Brustwarze. Tränen standen in Topaz' Augen, aber sie wollte einfach nicht nachgeben. Mort hatte sie in eine Falle gelockt. Sie traf keine Schuld. Egal, was sie sagte oder tat, es war falsch und würde Pein nach sich ziehen.

Plötzlich ließ er den Nippel los und hielt Daumen und Zeigefinger an den anderen.

»Bitte, nicht diese«, sprach sie leise.

»Wieso nicht?« Abfällig schaute er auf sie herunter. »Die ist so gut wie die rechte.«

«Aber sie tut immer noch von vorhin weh.«

Mort drückte schwach seinen Fingernagel in das rosige Fleisch. »Es liegt an dir, Topaz. Den Hintern werde ich dir so oder so versohlen. Du kannst einen schmerzhaften Umweg machen oder mir sofort deine Pobacken entgegenstrecken.«

Sie nickte und hob die Arme, soweit es ging. »Würdet Ihr mich bitte losmachen?«

»Das kannst du sicher demütiger formulieren. Eine Frau deines Standes kennt sich doch gut mit Worten aus.«

Fragend hob sie die Augenbrauen, aber er schien ihr keine Hilfestellung leisten zu wollen. Sie dachte einen Moment nach und sagte: »Würdet Ihr mir bitte die Gnade erweisen und mich losmachen?«

Während seine rechte Hand ihren Busen streifte, kraulte er ihren Nacken, als wäre sie ein Hund, der bettelte, von der Leine gelassen zu werden. »Einen letzten Versuch, Topaz.« Ruckartig zog er ihren Kopf am Haarschopf nach hinten. »Du wirst deinen Herrn erfreuen, wenn du ihn auch als solchen anredest.«

Ihr fiel es schwer, ihre Wut zu unterdrücken, aber sie riss sich am Riemen. Sie befand sich nicht in der Position, aufmüpfig zu sein. »Würdet Ihr mir bitte die Gnade erweisen und mich losmachen, mein Herr?«

»Für den Anfang ganz gut, aber wir werden daran arbeiten. Ich binde dich nicht los. Dafür gibt es keinen Grund.« Auffordernd klopfte er sich auf die Oberschenkel.

Es war Zeit für die Strafe. Mühsam erhob sich Topaz und sah mit Schrecken ihre herabhängen Brüste, die sich noch nie einem Mann in solch einer lüsternen Pose gezeigt hatten. Sie legte sich schnell über Morts Schoß, auch um seinem Blick auszuweichen.

Der Capitaine schob ihr Nachthemd hoch bis zum Rücken, so dass ihr Hintern entblößt war. Dann geschah lange nichts. Diese Pause machte Topaz schrecklich nervös. Er sollte endlich diese dämliche Sanktion durchführen und sie wieder in Ruhe lassen. Außerdem wuchs ihre Furcht. Dessen war sie sich nur allzu sehr bewusst. Würde es wehtun? Wie lange würde er sie schlagen? Wie würde sie sich dabei fühlen? Zum Glück waren keine Beobachter zugegen. Durch Assez' Gegenwart bei der ersten Tortur hatte sie sich bereits geschämt wie nie zuvor. Nichts war ihr jemals so peinlich gewesen, wie nackt und hilflos diese Schmach über sich ergehen lassen zu müssen.

Mit einem Mal klatschte Morts Hand auf ihren Hintern. Topaz schreckte zusammen. Es schmerzte nicht. Sie hatte nur nicht damit gerechnet. Ihre Gedanken hatten sie abgelenkt.

»Locker, Mädchen.« Sanft tätschelte er ihre Pobacke. »Verkrampf dich nicht, sonst wird das, was dich erwartet, schlimm für dich werden.«

Sie hielt sich am Bettpfosten fest. Die letzten Worte des Capitaines hallten in ihr wider und lösten einen Wirbelsturm aus. Was würde sie erwarten? Was? Was? Nein, sie durfte nicht fragen! Immer wenn sie den Mund auftat, zog dies schlimme Konsequenzen nach sich. Sie musste die Schläge stillschweigend ertragen und vielleicht, ja, vielleicht tat er ihr dann weniger weh.

Topaz gab sich Mühe, die Anspannung aus ihren Muskeln entweichen zu lassen. Es gelang ihr nur bedingt.

»Du bemühst dich nicht«, schimpfte Mort. »Das solltest du aber!« Sechsmal schlug er fest auf ein und dieselbe Stelle.

Topaz bäumte sich auf. Sie zappelte auf seinem Schoß. Auch wenn es nur eine kleine Chance gab, herunterzufallen und seiner Unbarmherzigkeit zu entkommen, wollte Topaz sie nutzen.

Doch er hielt sie und ließ seine Handfläche auch auf die andere Pobacke sechsmal niedersausen. »Das war dafür, dass du dich deiner Strafe entziehen willst, indem du zappelst wie ein Aal.« Blitzschnell spreizte er ihre Oberschenkel und fuhr mit der Hand durch ihre Spalte. »Und du bist genauso schleimig.«

Entsetzt blieb sie still liegen. Hatte er tatsächlich …? Ja, er hatte … sie an ihrer Intimität berührt. Ihr Hintern glühte. Durch den Schock spürte sie es kaum. »Wie könnt Ihr nur?« Mehr brachte sie nicht heraus.

Sie spürte seinen heißen Atem auf ihrer Rückseite kreisen. Dann sagte er: »Ich werde dir noch ganz andere Dinge antun.«

Wie absurd diese Situation aussehen musste. Als wäre sie ein Kind, lag Topaz auf seinen Beinen, mit blankem Hinterteil, die Hände an den untersten Bettpfosten gefesselt. Entwürdigend! Das Blut schoss ihr in den Kopf.

Bevor sie weiter nachdenken konnte, klatschte die Hand des Capitaine erneut auf ihr Fleisch. Diesmal stöhnte sie leise. Die folgenden fünf Schläge schmerzten weitaus mehr als die vorangegangenen. Ihr Po brannte. Sie bemühte sich, still zu liegen, um ihn nicht zu erzürnen. Vorsichtig zog sie an ihren Fesseln. Er durfte es nicht bemerken, doch sie musste sich irgendwo festhalten. Ihr Körper zuckte.

Seine Fingerspitzen berührten ihren feuerroten Hintern. Topaz konnte nicht mehr unterscheiden, ob ihr diese Berührung wehtat oder wohl. Alles verschmolz. Liebkosungen wurden zu Schmerzen und Schmerzen zu Liebkosungen. Sie nahm sich vor, nicht zu weinen. Diesmal nicht!

Mort hob ein Knie und presste es zwischen ihre Oberschenkel. »Du wirst lernen, mehr zu ertragen! Du wirst lernen, den Schmerz zu lieben!«

Ihr brannte ein »Niemals!« auf der Zunge, doch sie wagte nicht, ihm zu widersprechen.

Sinnlich streichelte er ihren Anus. »Hierhin erfolgen die nächsten fünf Schläge.«

»Wie bitte?«, entfuhr es Topaz. »Das könnt Ihr doch nicht tun.«

»Kann ich nicht?«, fragte er provozierend und wartete auf ihre Antwort.

Gedanken rasten durch ihren Kopf. Emotionen peitschten durch ihren Körper. Gab es denn nichts, was diesen teuflischen Piraten stoppen konnte? Er durfte sie doch nicht auf solch eine empfindliche Stelle hauen. Da kam ihr eine Idee. »Bitte, Herr, verschont mich. Tut mir das nicht an.«

Der Capitaine lachte leise. »Welch jämmerlicher Versuch! Du glaubst nicht wirklich, dass ich mir eine andere Stelle aussuche, oder?«

Topaz wollte überhaupt nicht geschlagen werden. Was sollte sie erwidern? Verzweifelt überlegte sie, doch ihr fiel nichts ein. Mit jedem Wort konnte sie eine weitere Bestrafung heraufbeschwören.

»Ich biete dir als Tausch drei Schläge auf jeden Busen an.«

Drohend umkreiste er mit dem Zeigefinger ihre Rosette. »Das ist äußerst großzügig von deinem Herrn.«

Auf den Oberkörper? Sie traute ihren Ohren kaum. »Nein, Herr, dann lieber meinen Hintern«, antwortete sie zaghaft und genoss mit einem Mal das herrliche Kribbeln an ihrem Anus.

Er klatschte ihr hart auf jede Pobacke, dass sie aufschrie. »Du hast vergessen, ›bitte‹ zu sagen.« Es folgten zwei weitere feste Schläge. »Gedankt für meine Großzügigkeit hast du mir auch nicht. Daher werde ich deine Brüste und deinen Po zu meiner Zielscheibe machen.«

Topaz konnte sich nicht mehr zurückhalten. »Das ist unglaublich! Ich habe nichts getan. Eine derartige Sanktion ist nicht gerechtfertigt.«

Im nächsten Moment schlug er ihr auf den Anus. Sie erschrak. Es tat nicht weh, er hatte wohl nicht viel Kraft eingesetzt. Ihre Gefühle überschlugen sich. Es folgte der nächste Hieb, schon etwas fester. Die empfindliche Stelle erwärmte sich. Ein Prickeln durchzog ihre Rückseite. Erneut klatschte es. Diesmal flammte Schmerz auf, doch er verschwand sofort wieder. Zurück blieb das Kribbeln. Es flutete ihre Scham. Mort schlug zweimal hintereinander zu: kurz, präzise, hart. Sie stöhnte, vor Schmerz, vor Lust. Beschämt verharrte sie regungslos.

»Du erhältst drei weitere Schläge auf dieselbe Stelle«, sagte er kühl.

Topaz protestierte: »Ihr hattet fünf angekündigt. Fünf habe ich erhalten. Ihr seid doch ein Mann, der sein Wort hält? Ich meine, Ihr als Capitaine eines großen Schiffs ...«

»Vier!«

»Wie bitte?«

»Ich habe die Anzahl soeben erhöht.«

»Das dürft Ihr nicht.«

Brutal riss er ihren Kopf an den Haaren nach hinten. »Ich darf das nicht?«, knurrte er wütend. »Ich darf, kann und werde tun und lassen mit dir, was ich will! Bisher scheine ich dir gegenüber zu milde gewesen zu sein.«

Mit überstrecktem Hals war Topaz kaum in der Lage zu sprechen. »Bitte, nehmt meine Entschuldigung an. Es tut mir leid. Ich wollte wirklich nicht ... Ihr müsst mir glauben.«

»Hör auf mit deinem ängstlichen Geschwätz! Deine Worte betören mich nicht. Ich weiß genau, dass du nicht meinst, was du faselst!«, schrie er.

Aufgelöst bettelte sie weiter. »Ich habe noch viel zu lernen, Herr. Ich bin mir dessen bewusst und gerne bereit ...«

»Oh, die Grande Dame ist bereit.«

»Bitte ... ich ... ich ...« Sie wusste nicht mehr, was sie sagen sollte. Alles machte es nur noch schlimmer. Furcht verwirrte ihre Sinne. Kein klarer Gedanke ließ sich fassen. Sie begann zu zittern. Ihr Hinterkopf schmerzte. Ihr Hals brannte. Ihre Scham glühte.

Mort zog fester an ihren pechschwarzen Haaren. »Drei zusätzliche Schläge erhältst du, da du deine Bestrafung genießt, zwei weitere, weil du dich deinem Herrn gegenüber nicht angemessen verhalten hast. Du bist unverschämt, vergisst die Anrede, nimmst dir Dinge heraus, die einer Dienerin nicht zustehen und wagst deinem Herrn zu sagen, was er tun soll und was nicht.«

Sie schluchzte.

»Das war das letzte Mal, dass du dich derart hast gehen lassen. Beim nächsten Vergehen werde ich konsequent sein. Und glaub mir, du wirst diese Züchtigung nicht genießen.«

Das Schluchzen wurde lauter.

»Nun wirst du die fünf Schläge auf deinen Anus erhalten. Es wird verdammt wehtun. Du wirst schreien, betteln, zappeln, aber es wir dir nichts nutzen. Die Hiebe werden schnell und hart sein, damit du mir nicht länger auf der Nase herumtanzt. Hast du das verstanden?«

»Ja, Herr«, antwortete sie mühsam.

Nichts geschah. Er wartete. Topaz wünschte sich so sehr, dass er endlich ihre Haare losließ. Sie hielt diese Position nicht mehr lange aus. Aber hatte sie eine Wahl? Ans Bett gefesselt lag sie über seinem Knie und war gezwungen zu erdulden, was er ihr antat.

»Willst du mir nicht danken?«, fragte er nach einer halben Ewigkeit.

Jetzt verstand sie. Tränen flossen ihre Wangen hinab. »Ich danke Euch, Herr, für die kommende Bestrafung.«

Der Capitaine gab ihren Kopf frei. Sofort hob er sein Knie und spreizte ihre Schenkel weiter. Dann drosch er auf ihren Anus ein. Es gab ihr keine Klapse, tätschelte sie nicht, sondern ließ seine Handfläche auf ihre Rosette herunterfahren, als wäre seine Hand der Hammer und ihr Hintern der Amboss. Topaz schrie auf, riss an ihren Fesseln. Sie versuchte zur Seite zu kippen, ihren Po der Tortur zu entziehen, doch er hielt sie fest. Die Qual dauerte an. Es erschien ihr, als wären es zwanzig Hiebe, als wollte er ihren Anus zerschmettern, nach innen hauen. Er stöhnte vor Anstrengung. Vor Erregung? Die Schläge wanderten zu ihrer Scham. Noch immer war er nicht fertig mit ihr. Klatschend traf er ihr Geschlecht – und hielt inne. Die Züchtigung war vollzogen. Aufgelöst brach sie zusammen. Erschöpft, körperlich und emotional. Leise weinte sie vor sich hin. Kraftlos lag sie auf seinem Schoß.

Er kraulte sanft ihren Nacken. »Sch…«, hauchte er warm.

Topaz konnte sich nur schwerlich beruhigen. Ihr Herz klopfte, in ihrer Brust, in ihrem Kopf, in ihrem Unterleib. Obwohl sie den Piraten verabscheute, gab sie sich seinen Berührungen hin. Sie konnte sich nicht wehren, zuerst gegen die unsagbaren Schmerzen, die er ihr zugefügt hatte, und nun gegen seine Zärtlichkeiten.

Nach einer Weile sagte er: »Wir werden die Maßregelung nun beenden. Ich bin müde, will schlafen.«

Mit Schrecken erinnerte sich Topaz an ihre Brüste. Neckisch hingen sie hinab, auffordernd. Die Strafe hatte sie vergessen.

Überhaupt hatte nichts anderes gezählt als der Schmerz, der Augenblick und danach die Erlösung. Gefangen im Moment, ja fast losgelöst.

»Muss das wirklich sein, Herr?«, fragte sie zaghaft.

»Du sollst mich doch ernst nehmen. Wie kannst du mir Respekt zollen, wenn ich eine Züchtigung ankündige, sie aber dann nicht ausführe.«

Sie weinte wieder.

Schon klatschte seine Hand seitlich gegen ihren Busen. Er schaukelte und wippte lange nach. Topaz atmete schwer. Mort hatte nicht fest geschlagen, auch die nächsten zwei Hiebe taten im Vergleich zu ihrem Hintern nicht stark weh. Aber Topaz schämte sich unendlich. Ein Mann malträtierte ihre Brüste – welch eine Erniedrigung!

Der Capitaine nahm sie von seinem Schoß und setzte sie auf den Boden. Er schob ihren Nachthemdstoff zur Seite, deutete auf ihre Beine und sah Topaz mit funkelnden Augen an. Zuerst begriff sie nicht. Bald jedoch sah sie es: ihre Beine glitzerten. Spinnweben zogen sich von einem zum anderen Schenkel und zeigten jedem, welche Lust sie empfand. Beschämt schaute sie weg.

Doch Mort umfasste ihr Kinn und zwang sie, ihn anzublicken. »Deine Nässe erfreut deinen Herrn, also kann es nichts Schlechtes sein. Nun schlaf.«

Er selbst ging in den kleinen Waschraum, löschte danach die Petroleumlampe und legte sich ins Bett.

Ausgemergelt hockte Topaz auf dem Boden. Sie spreizte die Schenkel und betrachtete sich. Scham und Erregung lösten sich ab. Weshalb ließ er sie in ihrem Saft zurück? Er hätte ihr wenigstens erlauben können, sich zu waschen.

Da sie nicht auf ihrem hochroten Po sitzen konnte, legte sie sich hin und schlummerte bald ein.

Als sie am nächsten Morgen erwachte, schwang sich Capitaine Mort gerade aus dem Bett und ging in den Waschraum. Topaz richtete sich verschlafen auf. Ihr Rücken schmerzte. Der Boden war zum Schlafen zu hart, eigentlich, denn sie hatte traumlos geschlummert, ermattet von den Torturen ihres Herrn. Nun, in der Dämmerung, schien alles so absurd: die Entführung, die Demütigungen und die Qualen. Und doch fühlte sie sich anders, neu. Es hatte sich etwas geändert über Nacht, in ihr.

Mort kam zurück und setzte sich an seinen Schreibtisch. Sofort begann er die Landkarten zu sichten. Weshalb beachtete er sie nicht? Er würdigte sie keines Blickes, fragte nicht, ob sie sich reinigen oder etwas essen wollte. Seltsamerweise sehnte sie sich nach seiner Aufmerksamkeit. Nur ein kalter Blick, ein harsches Wort, und sie hätte sich beruhigt gegen den Bettpfosten gelehnt. Heckte er in Gedanken bereits neue Leiden für sie aus? Oder hatte er das Interesse verloren? Wenn er sie doch nur kurz anschauen würde.

Topaz erwog etwas zu sagen, aber die Angst seinen Zorn heraufzubeschwören hielt sie davon ab. Da klopfte es an der Kabinentür.

»Ja«, knurrte der Capitaine.

Die Tür öffnete sich und ein Junge trat ein. Seine hellblonden Locken wippten, wenn er ging. Sie ließen sein sonnengebräuntes Gesicht strahlen. Topaz schätzte ihn älter, als er aussah. Allein sein Haar gab ihm etwas Naives, das er sein Leben lang behalten würde.

In der Hand hielt er ein Tablett. »Euer Frühstück, mon Capitaine. »

Mort nickte. »Danke, Minuscule.«

Der Bursche servierte Mort das Essen, dann ging er langsam auf Topaz zu. Während er sie musterte, kniete er sich hin und stellte zwei Schüsseln auf den Boden. In der einen befand sich Wasser, in der anderen Brei. Er deutete auf ihr Frühstück und dann auf sie.

Aber Topaz hatte keineswegs vor, wie ein Hund aus Schüsseln zu essen. Widerspenstig schüttelte sie den Kopf. Sie öffnete den Mund, um ihrem Unmut Luft zu machen, doch Minuscule legte seine Hand auf ihre Lippen. Ängstlich schaute er über die Schulter zu Mort, der von all dem nichts bemerkte. Der Junge griff mit Zeige- und Mittelfinger in den Brei und hielt es vor ihre Lippen. Sie war zu erstaunt, um zu reagieren. Das nutzte er aus, ließ seine Finger samt Essen in Topaz' Mund gleiten und zog sie zurück. Er grinste, aber es war kein triumphierendes Lächeln, sondern ein offenes. Erneut nahm er etwas Brei. Nun öffnete Topaz ihren Mund willig. Sie mochte Minuscule und spürte durch das erste Kosten ihren gewaltigen Hunger. Der Jüngling ließ seine Finger in ihr verweilen. Verwundert schaute sie ihn an. Da errötete er. Topaz schmunzelte und tat so, als wäre ihr das Zucken in seiner Hose nicht aufgefallen. Noch einmal nahm er Brei, doch diesmal schmierte er ihn auf ihre Lippen. Lustvoll leckte sie es ab. Sie erkannte sich selbst nicht wieder, aber es erschien ihr wie ein Spiel. Es ging keine Gefahr von Minuscule aus. Aber von Mort!

Plötzlich fuhr der Capitaine hoch. Topaz und der Junge erschreckten sich. Sofort packte Mort ihn am Kragen, schleuderte ihn herum und schlug ihm ins Gesicht, dass er aufschrie. Dann schmiss er den Burschen aus der Kajüte.

Wütend stapfte er auf Topaz zu, packte sie an den langen, rußfarbenen Haaren und zog sie auf die Knie. »Ich werde dich lehren, nur einem Herrn zu dienen, du Hure!«, keifte er so laut, dass alle auf dem Schiff es gehört haben mussten. Er öffnete seine Hose. Prall stand sein Phallus hervor. Schon schob er ihn ihr in den Mund. »Du wirst mir jetzt zeigen, welch eifrige Dienerin du bist. Schau mich dabei an, los!«

Topaz würgte. Ihr Mund war gefüllt. Sie fürchtete, keine Luft mehr zu bekommen. Tränen schossen in ihre Augen. Wie konnte er ihr das antun? Nie wurde sie mehr gedemütigt.

Keuchend vor Wut hielt er ihr die Nase zu. »Wirst du wohl beginnen!«

Sie hatte Angst zu ersticken. Dieser Teufel raubte ihr die Luft. Verzweifelt riss sie an ihren Fesseln. Sie schaute ihn flehend an, aber es half nicht. Gedanken flackerten auf. Sie dachte an ihre Eltern, die sie nie wieder sehen würde, ihre Zukunft, die ungewiss war, das Haus, die Entführung, die Schmerzen, die Lust. Benommen ließ sie ihre Zunge über seine Eichel kreisen. Endlich gab er ihre Nase frei und zog auch sein Glied ein Stück heraus.

Topaz atmete tief durch, mehrmals. Nie wieder wollte sie dies erleben und so begann sie, seinen Schwanz mit der Zunge abzulecken.

»Sieh mich an!«, sagte er drohend.

Beschämt schaute sie zu ihm auf und wurde sich dadurch der Situation noch mehr bewusst. Es war kaum zu fassen. Sie kniete vor einem Fremden, lutschte an seinem Schwanz, gefesselt, gezwungen, immer ihre Brüste präsentierend. Wenn das auch nur einer ihrer Freunde und Bekannten wüsste, würde sie sich umbringen. Sie könnte sich nie wieder in der französischen Gesellschaft zeigen. Kein Mann würde sie ehelichen. Sie wäre Freiwild.

Der Capitaine riss sie aus ihren Gedanken. »Bemühe dich mehr oder du bekommst meine Gerte zu spüren!«

Schnell umschloss sie seinen Phallus fest mit den Lippen und umspielte seine Spitze mit der Zunge, als wollte sie diese abtasten. Grinsend betrachtete Mort ihre Versuche, ihn zu befriedigen. Topaz ballte die Hände zu Fäusten. Sie fühlte sich so schrecklich gedemütigt. Und doch war da dieses flaue Gefühl im Magen. War es Abscheu? Oder Begehren? Sie wagte nicht, es zu deuten.

Mit klopfendem Herzen sog sie an seiner Intimität. Sie nahm ihn tief in sich auf, ließ ihre Lippen darübergleiten und hielt ihn mit den Zähnen fest, bevor er aus ihrem Mund fallen konnte.

Mort stöhnte. Seine Gesichtszüge waren das erste Mal locker. Er sah gelöst aus. Topaz schob mit den Lippen die Vorhaut zurück, lutschte an seinem Schwanz, als wäre er ein Bonbon. Die Hand des Capitaine verkrampfte sich in ihren Haaren. Er schob sich ihr begierig entgegen und hielt sich zugleich zurück. Topaz unterdrückte ein Lächeln. Er wollte Erlösung. Er wollte sie sofort, aber versuchte den Moment hinauszuzögern. Zum ersten Mal erkannte sie Macht. Ja, sie besaß in diesem Moment Macht über ihn. Sie konnte seine Lust hochpeitschen oder abklingen lassen, ganz wie es ihr beliebte. Nur wissen lassen durfte sie ihn diese Erkenntnis nicht. Sie sammelte Spucke in ihrem Mund und besudelte seine Eichel damit. Hektisch züngelte sie darüber. Es schmeckte salzig. Mort stöhnte laut auf und Topaz spürte, wie das flaue Gefühl im Magen tiefer wanderte. Wärme durchströmte ihre Scham.

»Press die Lippen zusammen«, raunte er. Sie hielt fragend inne und blickte ihn an. Stöhnend schob er seinen Schwanz in ihren Mund, um ihn gleich wieder herauszuziehen. Immer wieder stieß er in sie hinein, schaute dabei abfällig auf sie herab. Seine Bewegung wurde schneller, erregter. Er benutzte sie, missbrauchte ihren Mund, um sich zu befriedigen. Sie war nur sein Werkzeug. Seine Stöße wurden härter, ekstatischer. Topaz hatte Probleme, die Lippen auf seinen Phallus zu pressen. Immer wieder kam er an ihr Zäpfchen. Würgend bemühte sie sich Haltung zu wahren. Er genoss ihr Leiden. Keinen Augenblick hörte er auf oder verlangsamte seine Bewegung. Fordernd rammte er sich in ihren Mund, hämmerte gegen ihre Zunge. Mit einem Mal riss er sein Glied heraus und spritzte ihr ins Gesicht und auf den Busen.

Damit hatte Topaz nicht gerechnet. Sie hatte nicht einmal soweit gedacht. Mit offenem Mund kniete sie vor ihm, zu schockiert, um sich zu bewegen.

Er steckte ihr erneut seine erschlaffende Intimität zwischen die Lippen. »Sauberlecken!«

Topaz zitterte. Ihre Zunge glitt automatisch über den zuckenden Penis, während sich der Rest ihres Körpers benommen anfühlte. Lediglich den Salzgeschmack nahm sie wahr.

Mort zog sich zurück, schloss seine Hose und setzte sich an seinen Schreibtisch. Als wäre nichts gewesen, widmete er sich wieder seiner Arbeit.

Topaz schaute an sich herunter. Ihr Körper war befleckt durch die Spuren seiner Geilheit. Von einem Augenlid tropfte seine Samenflüssigkeit auf ihre Wange. Sie konnte seinen Erguss riechen. Ihre Lippen trieften, und ihr Rachen brannte, aufgrund der vergangenen Anstrengung. Das Gefühl der Erniedrigung überrollte sie erneut, doch Tränen flossen nicht. Matt lehnte sie die Stirn gegen den Bettpfosten.

Es klopfte an der Tür. Blut schoss in Topaz' Kopf. Nein, es durfte sie niemand so sehen, nicht einmal einer der Piraten!

»Ja?«, murrte der Capitaine.

Assez trat ein. Verwundert starrte er Topaz an.

Diese senkte schnell den Blick. Ihre Wangen glühten. Sie wünschte, eine Maus zu sein und sich unter dem Bett verstecken zu können. Aber sie war seinen Blicken ausgesetzt, wie sie Morts Erziehung ausgeliefert war.

»Wasch sie!«, befahl der Capitaine. »Und zwing sie, aus der Schale zu essen und zu trinken.«

Grinsend nickte Assez. Er nahm Morts Gerte, rieb über seinen weißen Bart und hockte sich neben sie. »Ich gebe dir eine Chance, freiwillig zu essen.«

Topaz war zu erschöpft, um zu reagieren. Im Augenwinkel sah sie, dass Mort sich einen Schemel holte, sich unweit vor sie hinsetzte und das Schauspiel aufmerksam beobachtete. Sie schluckte, versuchte klar zu denken.

Bevor sie die richtigen Worte fand, schlug Assez ihr auf die Fußsohle.

Erschrocken schrie sie auf. Sie biss sich auf die Zähne. Schon packte er ihren Nacken und drückte ihr Gesicht in die Schale mit dem Brei. Topaz hielt die Luft an. Er holte sie hoch. Die pappige Masse klebte an ihrer Haut und Morts Sperma auf der Breioberfläche in der Schüssel. Erneut drückte er sie hinunter, doch diesmal öffnete sie den Mund und begann zu essen. Sie schlang den Brei runter. Entwürdigender konnte ihre Situation nicht werden. Hunger meldete sich. Mit aller Kraft bemühte sie sich zu vergessen, dass ihr zwei Männer zusahen, dass sie aß wie ein Hund. Assez hielt ihren Nacken fest, bis der Napf leer war. Erst dann erlaubte er ihr, Wasser zu trinken. Sie schlürfte es gierig. Hin und wieder tauchte ihre Nase unter. Prustend holte sie Luft, begleitet vom Lachen ihrer Zuschauer. Warum nur prickelte es jedes Mal in ihrem Unterleib, wenn sie eine Reaktion ihrer Peiniger wahrnahm?

Assez holte sie hoch. Er verschwand im Badezimmer und kam mit einem Nachttopf, einer Waschschüssel und einem Schwamm zurück. Ungläubig betrachtete sie beides. Durfte sie nicht ins Bad, um sich alleine zu waschen? Und der Nachttopf? Nein, das konnte nicht wahr sein!

»Erst aufs Töpfchen und dann wasche ich dich.« Der Riese stellte den Topf neben sie und wartete.

Aufgelöst schaute sie zu Capitaine Mort. »Bitte lasst mir das bisschen Würde, Herr.«

Er schüttelte den Kopf. »Eine Dienerin hat keine Geheimnisse vor ihrem Herrn.«

»Ich flehe Euch an«, jammerte Topaz. »Tut mir das nicht an. Habe ich Euch eben nicht gut gedient?«

»Betteln wirst du auch noch lernen. Du bist die schlechteste Dienerin, die ich je hatte.« Sein Blick verfinsterte sich.

Etwas stach in Topaz' Herz. Er hatte dies alles bereits mit anderen Frauen gemacht? Auf den Gedanken war sie nicht gekommen. Sie empfand tatsächlich so etwas wie Eifersucht. Innerlich schimpfte sie sich selbst naiv und setzte sich auf den

Nachttopf. Sie fragte sich, ob sie es tat, um ihm zu gefallen, um weiter zu gehen als die anderen, und schämte sich für ihre Emotionen. Dieses Wechselbad der Gefühle zehrte an ihren Kräften.

Assez hob ihr Nachthemd. »Selbstverständlich will der Herr sehen.«

Topaz riss die Augen auf. Nie würde sie Wasser lassen können, wenn jemand zusah.

»Betrachte deine Schenkel«, sagte Mort.

Überrascht, dass seine Stimme freundlich klang, schaute sie an sich herab. Noch immer kniete sie, die Beine weit gespreizt, knapp über dem Topf. Prall und rot ragten ihre Schamlippen hervor, lüstern. Sie boten sich an. Ein Spinnennetz befand sich zwischen den Schenkeln und zeugte von Topaz' Erregung. Sie konnte kaum glauben, was sie sah. Die Quälereien des Capitaine gefielen ihr offensichtlich. Diese Erkenntnis verwirrte sie – das flaue Gefühl im Magen, das Prickeln an ihrer Scham, Lust, die sie sich nicht eingestand, die sie vorher nicht gekannt hatte.

Und mit einem Mal floss der Urin aus ihr heraus. Warm ergoss er sich über ihre Beine und tröpfelte in den Nachttopf.

»Braves Mädchen.« Assez strich ihr über die Haare und entfernte die Schüssel. »Beug dich vorne über und stütz dich mit den Handflächen ab.«

Er hielt bereits den Schwamm in der Hand, als sie in den Vierfüßlerstand ging, den Kopf gesenkt. Sie rechnete damit, dass Mort ihr befahl, ihn anzusehen, aber er tat es nicht.

Assez schob ihr Nachthemd bis zu den Schulterblättern, tauchte den Schwamm ins Wasser und drückte ihn über ihrem Rücken aus. Eiskaltes Nass ließ sie erschaudern. Gänsehaut überzog ihren Körper. Sanft rieb er über ihre Kehrseite und widmete sich ihrem Bauch. Es folgten die Pobacken. In Kreisen suchte er sich seinen Weg zu ihrem Anus. Topaz bemühte sich teilnahmslos zu wirken, doch sie zitterte. Sie war versucht, ihren Hintern wegzuziehen. Oder ihn Assez' Hand entgegenzustrecken? Er legte den Schwamm in die Schale, bis er sich vollgesaugt hatte, und hielt ihn an ihre Rosette. Kühle breitete sich aus. Wasser lief ihre Spalte hinunter und tropfte von ihren Schamlippen auf den Boden. Ihr Körper bebte. Sie schloss die Augen und konzentrierte sich darauf, nichts zu empfinden, aber schon als der Weißbart ihre Schenkel wusch, stöhnte sie leise. Er fuhr mit dem triefnassen Schwamm über ihren feuchten Unterleib. Instinktiv machte sie einen Buckel, um der Reizung zu entgehen, doch er drückte mit der freien Hand auf ihre Wirbelsäule. Deutlich spürte sie, wie sehr sie Morts Behandlung erregt hatte. Topaz sehnte sich nach dem Höhepunkt. Sie wünschte sich zu fliegen. Assez arbeitete sich vor. Sanft presste er den Schwamm zwischen ihre Schamlippen und bewegte seine Hand vor und zurück. Er bearbeitete kreisend ihre Klit, um zu ihrem Venushügel vorzustoßen. Erregt senkte Topaz ihre Scham entgegen, unfähig ihre Lust länger zurückzuhalten. Da hörte Assez auf.

»Knie dich hin«, befahl er. Sie folgte seiner Order und war enttäuscht zu sehen, dass er nur ihren Busen reinigte. Schmerzlich wurde ihr bewusst, es würde keine Erlösung für sie geben. Stand dieses Privileg nur dem Capitaine zu? Oder musste sie sich den Höhepunkt erst erarbeiten, wochen-, vielleicht monatelang? Würde er ihr überhaupt jemals erlauben, ihre Geilheit loszuwerden? Aufgezehrt von wenig Schlaf, dem Emotionschaos und des unbefriedigten Verlangens, verharrte sie, bis Assez seinen Dienst an ihr beendete und die Kajüte verließ.

Auch in den nächsten Tagen erfuhr sie keine Höhenflüge. Sie musste Capitaine Mort Erleichterung verschaffen, wann immer es ihm danach gelüstete. Er schlug sie und brauchte nicht einmal mehr einen Grund dazu.

Fragte sie, weshalb er mit der Gerte ihren Busen traktierte, hieb er auf ihren Nippel, damit der Schmerz sie für einige Zeit beschäftigte.

Zufrieden lächelnd wartete er, bis sie sich gefangen hatte, und sprach: »Ich kann mit dir machen, was, wann und wie lange ich will. Vergiss das nicht noch einmal!«

Trotz Wut im Bauch nickte sie artig, um nicht Gefahr zu laufen, dass er die Gerte auf die andere Brustwarze niedersausen ließ. Aber sie hatte falsch gedacht.

»Ich werde nun deinen zweiten Nippel schlagen«, begann er und seine Augen funkelten lüstern, »Damit sich meine Warnung bei dir einprägt. Wir wollen doch nicht, dass du mich schon wieder enttäuschst. Denn dann wäre ich gezwungen, dir Qualen zuzufügen, die du nicht ertragen könntest, Schmerzen, die dich nicht erregen, sondern durch die Hölle gehen lassen würden.«

»Bitte, bitte, Herr, tut mir das nicht an«, bettelte Topaz, »Ich will brav sein. Ich will lernen, eine gute Dienerin zu werden. Ich … ich …«

»Du jammerst fürchterlich. Damit könntest du mein Herz nie erweichen. Überhaupt bist du eine jämmerliche Kreatur. Schau dich nur an. Zitternd kniest du vor mir und bettelst. Wie tief kann man fallen?«

»Ich kann das besser, wirklich, Herr.«

»Deine Brüste quetschen sich aneinander und zwischen deinen Armen hindurch. Sie schreien förmlich danach, befingert zu werden. Du siehst billig aus.«

»Aber, aber Ihr wolltet es doch so. Ich kann so sein, wie Ihr es wünscht. Wenn Ihr mich anders möchtet, kann ich anders sein.«

Mit der Gerte hob er ihr Kinn. »Wagst du es, deinen Herrn zu beleidigen, indem du behauptest, er würde eine Dienerin verlangen, die billig ist, die sich ihm anbietet wie ein Stück wertloses Fleisch?«

Topaz verstand nicht. Sie war verwirrt, er hatte sie doch in diese Position genötigt. Ungeduldig wippte er mit dem Fuß, während sie nach Worten rang.

»Erdreistest du dich zu sagen, ich besäße kein Niveau, hätte keine Klasse und würde mich mit einer Hure abgeben?«

Schließlich brachte sie allen Mut auf und sagte leise: »Nein, Herr.«

»Dann nimm würdevoll deine Züchtigung entgegen. Streck deine Brüste hervor!«

Voller Angst sah sie ihn an. Ihr begegnete nur Eiseskälte. Schluchzend setzte sie sich auf und tat wie befohlen. Widerspruch hätte nur Schlimmeres nach sich gezogen. Bedächtig nahm er die Gerte. Ein paarmal ließ er sie durch die Luft surren, sich daran labend, dass sie jedes Mal zusammenzuckte. Mort legte das Ende der Gerte auf ihren Nippel. Zuerst drückte er. Er streichelte den Vorhof. Topaz atmete immer heftiger. Ihr Brustkorb hob und senkte sich. Der Capitaine kommentierte dies mit einem Schmunzeln. Im nächsten Moment hieb er auf ihren Nippel. Sie schrie auf, krümmte sich vor Schmerz. Ihr schossen Tränen in die Augen. Vor Schreck hatte sie sich auf die Zunge gebissen. Der Geschmack von Blut breitete sich im Mund aus.

»Das nächste Mal werde ich dich knebeln müssen«, knurrte er und ließ sie mit ihrer Qual alleine.

Topaz hörte auf, die Tage zu zählen. Wie viele Wochen war sie schon auf dem Piratenschiff? Suchte denn niemand nach ihr? Einmal fragte sie Assez nach dem Datum, als er sie gefesselt an einer Leine nachts über Bord führte, damit sie sich bewegen konnte. Doch er antwortete nicht, sondern erstattete dem Capitaine Bericht. Mort befahl ihm, ihr je fünf Schläge mit der Gerte auf die Innenseite ihrer Oberschenkel zu geben.

Minuscule brachte ihr täglich Essen. Ja, er durfte sie sogar hin und wieder füttern. In seinen Augen konnte Topaz lesen, dass ihr Spielchen ihn immer mehr erregte. Am Anfang drang er nur mit zwei Fingern in ihren Mund ein, aber es wurden immer mehr, bis schließlich seine knabenhafte Hand in ihr verschwand. Sie errötete, wann immer der Capitaine mitbekam, wie sie mit weit aufgerissenem Mund nach Luft japste, manchmal würgte und am Ende Minuscules Finger ableckte. Eines Nachts weckte Mort sie, indem er ihre Hände losband und sie in sein Bett trug. Verblüfft versteifte Topaz ihre Glieder. Er band ihre Arme und Beine gespreizt an den vier Pfosten fest und legte ein Kissen unter ihren Po. Hatte er etwa vor, sie zu nehmen? Sie wünschte es sich, glaubte jedoch nicht daran.

Der Capitaine schob ihr Nachthemd bis zum Hals hoch, entzündete eine Kerze und stellte sie auf ihren Venushügel. Liebevoll lächelnd streichelte er ihre Wange und verschwand aus der Kajüte.

Allein gelassen wirbelten ihre Gedanken umher. Was hatte er vor? Würde er die ganze Mannschaft antreten lassen und Topaz für Freiwild erklären? Bisher hatte er sie beschützt. Sie war sein Eigentum. Vielleicht hatte er sich doch dazu entschieden, ihren Körper zu teilen? Vielleicht war dies eine weitere Demütigung von ihm, da sie sich ihm noch immer nicht wirklich unterwarf? Vielleicht …?

Die Tür öffnete sich. Capitaine Mort trat ein. Ihm folgten Assez und Minuscule. Der Jüngling hatte die Arme um die Hüften geschlungen und wich ihrem Blick aus. Topaz versteifte sich. Diese winzige Bewegung brachte die Kerze zum Schaukeln. Ein Wachstropfen schwappte über. Er lief hinunter und erkaltete in den dunklen Schamhaaren. Obwohl der Schmerz milde war, atmete Topaz schwer, im Bewusstsein dessen, was geschehen würde, wenn das Licht umkippte. Erneut wackelte die Kerze. Schnell konzentrierte sie sich darauf, still liegen zu bleiben.

»Wie schön, du hast bereits Bekanntschaft mit heißem Wachs gemacht.« In Morts Stimme schwang Fröhlichkeit mit. Während der Riese seitlich an Topaz herantrat, führte der Capitaine Minuscule vor das Bett, so dass er direkt auf ihre Scham blickte. »Es ist ganz einfach. Du musst nur zielen und kannst dich an ihr abreagieren. Rücksicht brauchst du nicht zu nehmen. Nimm sie, wie es dir beliebt.«

Der Junge schaute ängstlich auf ihre Scheide, dann in Topaz' Augen. Als sein Blick auf die Kerze fiel, hob er fragend die Brauen.

Topaz wusste, was er dachte, doch er sprach es nicht aus. Also fasste sie sich ein Herz. »Herr, was ist mit der Kerze?«

»Was soll damit sein?«

Sie bemühte sich sehr, dass ihre Stimme und Worte nicht widerspiegelten, dass sie seine gespielte Naivität hasste. »Bei der geringsten Bewegung kippt sie und das gesamte Wachs wird sich auf meinen Unterleib ergießen.«

Sein Gesicht verdunkelte sich. »Wie ich höre, macht dir der Gedanke, dass Minuscule dich besteigen könnte, nichts aus.«

Topaz blieb fast die Spucke weg. Hatte sie eine Wahl? Empört zog sie an ihren Fesseln. Wachs schwappte über den Kerzenrand. Ein Schwall ergoss sich über ihren Liebeshügel. Vor Schmerz sog sie tief Luft ein. Die Kerze wackelte erneut. Wieder suchte sich Wachs einen Weg durch ihre Schamhaare und verbrannte ihre Haut. Die Hitze wanderte jedoch noch tiefer. Verlegen drehte sie den Kopf zur Seite. Drei Männer standen um sie herum und beobachteten ihren Kampf. Langsam ebbte die Qual ab. Topaz beruhigte sich ein wenig und sandte einen flehenden Blick zu Mort.

Dieser kraulte sich den kurzen Bart. »Wenn es dir so wenig ausmacht, von anderen Männern als deinem Herrn gerammt zu werden, werde ich der Mannschaft ein Geschenk machen.«

»Tut mir das bitte nicht an.« Topaz vermied es, ihrer Aufregung körperlich Ausdruck zu verleihen. »Minuscule ist anders, ein Knabe und ...« Ihr fehlte der Mut, das Wort ›Freundschaft‹ auszusprechen.

»... wird heute Nacht zum Mann werden«, beendete der Capitaine den Satz auf seine Weise.

Der Weißbärtige trat näher. »Welch eine Ehre für eine Frau, die erste Geliebte eines Mannes zu sein! Du solltest deinem Herrn danken, dass er dich erwählte.«

Sie sollte die Auslieferung auch noch zu schätzen wissen? Topaz schluckte ihren Unmut hinunter. Gehorsam sagte sie: »Ich danke Euch, mein Herr, für diese Ehre.«

»Du schwatzt nur Worte nach.« Mort stützte sich auf einem Bettpfosten ab. »Doch schon bald wirst du meine Großzügigkeit zu würdigen wissen. Für deine Lüge gerade wirst du jetzt von Assez zehn Schläge mit dem Paddel auf deine Pobacken erhalten. Dann wird Minuscule dich besteigen!«

Gehorsam entfernte Assez die Kerze, holte ein Paddel und legte es neben Topaz aufs Bett. Dieser fiel es schwer, ihre anschwellende Wut zu unterdrücken. Trotzig schaute sie zur Zimmerdecke. Dann würde sie eben wieder den Hintern voll kriegen. Eine Tracht Prügel mehr oder weniger machte ihr nichts aus. Auf keinen Fall würde sie jammern, weinen oder schreien. Diese Genugtuung wollte sie dem Capitaine nicht schenken.

Voller Trotz beobachtete sie, wie Assez ihre Füße befreite. Er legte die Beine auf den Oberkörper und band die Fußgelenke an die Pfosten über ihrem Kopf.

Nun war sie fast zusammengefaltet. Ihre Knie lagen auf ihrem Brustkorb. Mort und Minuscule bekamen einen perfekten Blick auf ihre Scham und ihren Anus. Nein, weinen würde Topaz nicht, aber es fiel ihr schwer, die Demütigung zu ertragen. Ihre Löcher boten sich den Piraten an.

Unerwartet kam der erste Hieb. Das Paddel klatschte auf ihre Pobacke. Sie dachte an den Jungen, der sicher das erste Mal der Züchtigung einer Frau beiwohnte.

«Zähl mit und bedanke dich jedes Mal bei deinem Herrn«, befahl Mort.

Der nächste Schlag traf sie härter als der erste. »Zwei – danke, Herr«, brachte sie mühsam heraus.

Assez holte aus und schlug erneut zu. Topaz biss sich auf die Zähne. Bestimmt absichtlich traf er fortwährend dieselbe Stelle. »Drei – danke, Herr.«

Bis zum siebten Schlag hielt sie tapfer durch, doch dann drosch der Riese so fest auf sie ein, dass sie befürchtete, ihre Knochen würden brechen. Tränen liefen ihre Wangen hinab, aber kein Wehlaut kam über ihre Lippen. »Acht – danke, Herr.«

Noch immer wechselte er nicht die Pobacke, sondern konzentrierte sich auf den einen knallroten Fleck. Topaz hörte Assez keuchen. Schluchzend sagte sie: »Neun – danke, Herr.« Ihre Konzentration schwand.

Den zehnten Schlag erlebte sie benebelt. Der Schmerz kostete Kraft. Er ließ sie alles um sie herum vergessen. Wichtig war nur der Moment, die Qual zu überstehen, durchzuhalten. »Zehn – danke, Herr.« Ihre Stimme klang dünn. Feuchtigkeit tropfte von den Schamhaaren auf ihren Bauch.

Ihre Glieder taten weh, als Assez sie losband. Fast wären ihre Füße eingeschlafen. Ihr Rücken sandte Stiche aus, aufgrund der vorher unbequemen Haltung. Nur langsam entspannte sie sich. Schon waren ihre Beine wieder an den unteren Pfosten fixiert.

Im nächsten Augenblick saß Minuscule zwischen ihren gespreizten Schenkeln. Sein Glied ragte pulsierend aus seinem Hosenschlitz. Die Gier stand ihm ins Gesicht geschrieben. Er nahm seinen Penis und führte ihn mit der Hand ein. Topaz spürte ihn nur vage. Ihre Erregung war groß, ihre Scheide nass und entspannt. Sie ahnte, dass sie keinen Höhenflug haben würde, weil sein jugendlicher Phallus noch nicht ausgewachsen war. Freilich, ein Kind war er nicht mehr. Er stand auf der Schwelle zum Erwachsensein – das zeigte seine Kraft, als er immer wieder in sie hineinstieß. Wenige Stöße und er stöhnte laut. Und sie genoss es, weil sie Minuscule mochte. Er stellte keine Bedrohung dar wie Capitaine Mort oder Assez. Plötzlich ließ sich der Bursche nach vorne fallen. Sie dachte schon, er wäre gekommen, doch er ergriff ihre Brüste und knetete sie unbeholfen durch. Es tat leicht weh, aber das machte sie nur noch mehr an. Er zog seinen Schwanz zurück und rammte sich in sie hinein. Topaz stöhnte auf. Durch seine Haltung wurde ihre Klit intensiv stimuliert.

Beharrlich hämmerte er in sie hinein, hektischer, grober. Er rieb dabei über ihren Kitzler, als wäre er von Sinnen. Topaz bäumte sich auf. Wild riss sie an ihren Fesseln, vergaß alles um sich herum. Sie schloss die Augen und hechelte nach Luft. Nach Tagen voller bittersüßer Grausamkeiten stand sie kurz davor. Endlich zuckte ihr ganzer Körper. Freudentränen wuschen Schweißtropfen fort. Ausgelaugt und regungslos lag sie da, ließ Minuscule sie reiten und massieren. Es dauerte lange, bis er auf ihr zusammenbrach.

»Du hättest beinahe versagt«, grollte der Capitaine. »Die meisten kommen das erste Mal zu früh, aber du ...« Er schnalzte.

Der Weißbart versuchte zu erklären: »Er war aufgeregt gewesen und stand unter Druck, weil wir ihn beobachteten.«

Durch ihre Mattigkeit nahm Topaz kaum wahr, dass Minuscule das Bett verließ und Assez ihre Füße losband. Beide hatten die Kajüte bereits verlassen, als Mort sich entkleidete. Er rollte Topaz auf die Seite und legte sich hinter sie. Sie wagte kaum zu atmen. In seinem Bett durfte sie schlafen, eng an ihn geschmiegt. Das erste Mal seit ihrer Entführung aus dem Elternhaus empfing sie so etwas wie Wärme von Capitaine Mort. Sie fühlte sich geborgen.

»Weißt du nun meine Großzügigkeit zu schätzen?«, fragte er sie leise, legte den Arm um sie und zog ihre Brustwarze vom Körper weg.

»Ja, Herr, und ich danke Euch von Herzen für das Geschenk heute Nacht.« Vielleicht sollte sie ihm mehr vertrauen. Nein, dazu war sie nicht in der Lage. Immerhin war er ein Pirat, tat Dinge mit ihr, die sie nie für möglich gehalten hatte.

So sehr sie sich auch bemühte einzuschlafen, es gelang ihr

nicht. Noch lange spielte er mit ihrem Nippel, quetschte und drehte ihn. Erst als er leise zu schnarchen begann, nickte auch sie ein.

Immer öfter durfte Topaz nachts an Deck sein. Sie war zwar weiterhin gefesselt, doch konnte sich bewegen, was nach Wochen auf dem Boden hockend himmlisch war. Tief atmete sie die Seeluft ein, genoss den salzigen Geschmack, der noch auf ihrer Zunge lag, wenn sie schon längst wieder in ihr Gefängnis zurückgekehrt war. Die Brise war mild und Topaz hatte das Gefühl, dass die Luft fortwährend wärmer, gar heiß wurde. Dies ließ sie vermuten, dass sie gen Süden steuerten. Wehmütig dachte sie an Frankreich. Ihre Eltern waren sicher verrückt vor Sorge. Oder hatten sie bereits jegliche Hoffnung, Topaz zu finden, aufgegeben?

Jede Nacht das gleiche Ritual: Assez machte Topaz vom Bettpfosten los, befahl ihr einen Mantel anzuziehen und band ihre Hände vor dem Körper zusammen. Er verknotete die Fesseln so, dass ein Stück Seil übrig blieb, an dem er sie führte. Niemals sprach er auch nur ein Wort; aber er unterhielt sich mit ihr auf andere Weise. Er schenkte ihr ein Lächeln, streichelte unauffällig ihre Hand, damit keiner der wenigen Piraten, die nachts an Deck waren, es mitbekam. Sie fühlte sich sicher an seiner Seite. Seine riesenhafte Statur gab ihr Halt. Manchmal, wenn sie hinter den Beibooten standen, lehnte sie sich an ihn und schaute aufs Meer. Assez schlang die Arme um ihre Hüften. Ein friedvoller Moment.

Die Kajüte heizte sich Tag für Tag mehr auf. Mittlerweile war Topaz froh, nicht mehr zu tragen als ihr Nachthemd. Hin und wieder befahl Capitaine Mort, es zu waschen, und Topaz lernte es zu schätzen, dass er ihr wenigstens ein wenig Würde ließ und sie nicht völlig entblößte. Vielleicht wollte er nicht, dass sie sich an die Nacktheit zu sehr gewöhnte, damit seine Demütigungen nach wie vor fruchten konnten? Topaz würde sich nie daran gewöhnen! Es gehörte sich nicht für eine Dame. Aber war sie überhaupt noch eine Dame? Mort hielt sie wie eine Sklavin, wie ein Tier, und sie stand kurz davor zu resignieren. Zu anstrengend waren die inneren Kämpfe mit sich selbst, zu kräftezehrend die bittersüßen Qualen, die der Capitaine ihr auferlegte. Und Minuscule? Den jungen Mann mit den blonden Locken sah sie nur noch selten. Topaz meinte fast so etwas wie Eifersucht in Morts Augen funkeln zu sehen, wenn Minuscule ihr Essen brachte, den Blick nicht von ihr nahm und deshalb versehentlich gegen die Schüsseln trat. Das Scheppern klang laut in der Stille der Kabine, und Minuscule nahm dann hektisch die Schalen und rannte mit hochrotem Kopf aus dem Raum. Immer öfter erhielt Topaz von Assez ihr Essen. Sie vermisste den Jungen, musste sich aber in ihr Schicksal fügen.

Als das Piratenschiff wieder einmal vor Anker ging, sagte der Capitaine: »Ich werde einige Stunden von Bord gehen. Diesen elastischen Anzug aus Kautschuk wirst du tragen, damit du mich auch schmerzlich vermisst.«

Fragend betrachtete sie den Anzug und Mort. Sie wusste seinen Gesichtsausdruck nicht zu deuten. »Weshalb soll ich ihn anziehen?«

»Du hast keinen blassen Schimmer, was er bewirkt, oder?« Er kraulte seinen Bart.

»Nein, ich kann es mir in meinen kühnsten Träumen nicht ausmalen.«

»Oh, du meinst schon wieder keck werden zu können, dabei hast du dich in letzter Zeit doch so am Riemen gerissen.«

»Ich habe gelernt, dass es besser für mich ist, Euren Befehlen zu folgen, Herr«, säuselte sie mit lieblicher Stimme.

»Du wagst dich zu weit aus dem Fenster, kleine Topaz. Ich weiß genau, dass es noch lange dauern wird, dich zu unterwerfen. Wir werden noch Wochen unterwegs sein, und die Tage an Bord sind lang – viel Zeit, deinen Willen zu brechen.« Er warf den Gummianzug aufs Bett und band sie los.

Betrübt rieb sich Topaz über die Handgelenke. »Wollt Ihr das wirklich? Ich meine, meinen Willen brechen.« Der Gedanke machte sie traurig, nicht nur willenlos wie ein abgerichteter Hund den Rest des Lebens dahinzuvegetieren, sondern auch dass der Capitaine sie gerne so sehen würde. Das konnte sie nicht glauben. Das wollte sie nicht glauben. Sie schalt sich selbst einen Narren! Bestimmt empfand Mort keine Zuneigung zu ihr. Der Pirat benutzte sie lediglich als Zeitvertreib und zur Befriedigung.

»Natürlich will ich das.« Hart klang seine Stimme. »Meinst du, ich mache mir all die Mühe dich zu erziehen, damit du weiterhin so störrisch bleibst? Ich habe keine Lust, ewig Zeit mit dir zu verschwenden. Es gibt Wichtigeres zu tun.«

Sie fühlte einen Stich im Herzen. »Aber wäre ich nicht langweilig für Euch?« Mehr brachte sie nicht heraus, weil sie ein Kloß in ihrem Hals daran hinderte.

»Du wärst endlich das, was ich mir wünsche. Ich hätte keine Arbeit mehr mit dir. Schau dich doch an! Du siehst jämmerlich aus, hast einen Stofffetzen am Leib. Du schwitzt erbärmlich, bist totenblass im Gesicht und weigerst dich, deinem Herrn zu dienen. Wie kann ich an solch einer Frau Gefallen finden? Wie kann ich mir wünschen, so etwas wie dich um mich herum zu haben. Du solltest froh sein, dass ich noch nicht die Geduld mit dir verloren habe!« Grob riss er sie hoch.

Topaz' Beine waren zittrig. Sie wollte diese Dinge nicht hören; nicht weil sie fürchtete, er könnte sie mitten auf dem Meer über Bord schmeißen, weil er ihrer überdrüssig war, sondern weil seine Worte schmerzten. Wieso nur erwartete sie Zuneigung von diesem Schurken?

Zärtlich berührten seine Finger ihre Wange. »Du hast geglaubt, ich würde etwas für dich empfinden. Habe ich Recht?«

Er wartete auf ihre Antwort, doch Topaz kämpfte mit den Tränen.

»Vielleicht hast du davon geträumt, ich wäre sogar ein wenig verliebt in dich. Wie töricht! Du bist immer noch so naiv wie am Anfang.« Sinnlich fuhr er mit dem Zeigefinger ihre Lippen entlang. »Ein Piratenherz lässt sich nicht erobern, und du hast dir bisher nicht einmal viel Mühe gegeben. Du weigerst dich immer noch vom Boden zu essen, widersetzt dich mir, wenn ich befehle die Beine zu spreizen, brauchst erst zehn Schläge auf die Innenseite deiner Schenkel, bevor du vor meinen Augen ins Töpfchen machst ... Soll ich fortfahren, deine Vergehen aufzuzählen?«

Sie krallte die Finger ins Nachthemd und schüttelte den Kopf.

Mit sanfter Gewalt drückte er seinen Daumen in ihren Mund. »Weise Entscheidung, denn sonst könnte mein Zorn wachsen. Nun bessere dich, damit ich mich nicht eines Tages vergesse.« Er zog seine Hand zurück und deutete auf den Gummianzug.

Ihr war schwindlig. Dankbar, sich setzen zu dürfen, nahm sie auf dem Bett Platz und stieg mit den Füßen in den Anzug. Nur schwer ließ er sich über ihre Oberschenkel ziehen. Er war eng. Das Gummi rutschte nicht über ihre Haut. Sie zerrte und zog, stand auf und hüpfte auf der Stelle. Schweiß begann zu strömen – er machte es etwas einfacher, in den Anzug zu schlüpfen. Doch bis sie diesen über ihre Hüften hatte, verging einige Zeit. Erschöpft setzte sie sich auf die Bettkante.

Der Capitaine fasste ihr Kinn und hob es ruckartig an. »Ist das alles an Engagement?«

»Nein.« Sie rieb sich über den schmerzenden Nacken.

»Langsam komme ich zu der Auffassung, dass du mir gar nicht gefallen willst.«

»Doch«, sagte sie wenig überzeugend.

»Was will ich mit einer Dienerin, die ihrem Herrn nicht gefallen möchte? Sie wäre genauso viel wert wie der Dreck unter eines Seeräubers Fingernägeln.«

Unsicher stotterte sie: »Ich ... ich möchte Euch entzücken.«

Er kniff ihr in die Wange und hielt ihre Haut fest. »Vielleicht ist es aber auch mein Fehler. Mag sein, ich bin nicht streng genug mit dir. Ja, das wird es sein. Deine Erziehung muss verschärft werden!«

»Ich kann nicht mehr ertragen als das, was Ihr mir antut.« Das Sprechen bereitete ihr Probleme, weil er immer noch ihre Wange zwickte. Sie kam sich so lächerlich vor wie ein Schulmädchen, das von seinem Lehrer getadelt wurde. »Ich werde mich bessern. Ich kann artiger sein. Wirklich. Bitte, Herr, quäl mich nicht mehr als jetzt schon!« Flehend schaute sie ihm in die Augen.

»Das werde ich nach dieser Aufgabe entscheiden. Ich zähle bis dreißig. Solltest du den Gummianzug bis dahin nicht vollkommen übergezogen haben, erhältst du drei Schläge auf deine Scham.« Sofort fing er an zu zählen.

»Auf meinen Unterleib?«, schrie sie auf.

Mort reagierte nicht.

Sie fuhr hoch und schlüpfte hektisch in einen Ärmel. Erst jetzt bemerkte sie, dass sie ihr Nachthemd noch trug. Der Schweiß lief in Strömen ihren Körper hinab. Topaz zog den Ärmel wieder aus. Sie streifte sich das Nachtgewand über den Kopf, verfing sich im Stoff und schaffte es schließlich, sich zu entkleiden. Der Capitaine zählte lässig weiter. Topaz quetschte ihre Brüste in den Anzug. Hart rieb das Gummi über ihre Nippel. Ein Ärmel, der zweite; sie riss daran, um ihre Schultern zu bedecken. Nun umschloss der Anzug ihren Oberkörper und Topaz bemerkte, dass er sich in ihre Spalte drückte.

»Er ist zu klein«, sagte sie hechelnd und erntete nur ein Lächeln. Natürlich war er zu klein. Wie dumm von ihr! Es war an der Zeit, die Naivität abzulegen.

Schnell stülpte sie die Gummikapuze über den Kopf. Ihre Haarwurzeln schrien auf. Der Anzug presste sich zwischen ihre Schamlippen.

Da war Mort fertig mit zählen. »Gerade so geschafft.«

Es klopfte und er befahl einzutreten.

Assez baute sich im Türrahmen auf. »Es ist Zeit an Land zu gehen, mon Capitaine.«

Mort nickte, packte ihr Handgelenk und zerrte sie zur Wand. Dort fesselte er sie an gespreizten Armen und Beinen. »Assez wird dich bewachen«, knurrte er und blickte ihr zornig in die Augen. »Lerne, ein Herr gesteht seiner Dienerin nie seine Zuneigung, denn sonst verliert er ihren Respekt!« Dann drehte er sich um und verließ die Kajüte.

Ihr Herz schlug ihr bis in den Hals. Unaufhörlich hallten seine letzten Worte in ihr nach: Dienerin ... Zuneigung ... Respekt. Ob er wohl ...? Sie wagte den Gedanken kaum weiterzuführen. Lust band sie bereits an den Capitaine. Liebe würde diese Fessel nur enger ziehen. Das konnte sie unmöglich wollen. Oder doch? Wärme staute sich im Körper, lähmte ihre Sinne. Möglicherweise würde Wohlwollen ihn milde stimmen. Wollte sie dies überhaupt? Es musste an der Hitze liegen, ja, das musste es. Capitaine Mort – nett, schmeichelnd? Nein, das überstieg ihre Vorstellungskraft, passte einfach nicht zusammen. Gerade die Gefahr, die von ihm ausging, reizte sie. Bisher war ihr das nicht klar gewesen. Nun machten sie das auf ihre Scham drückende Gummi, die Unmengen von Schweiß zwischen ihren Schenkeln und die zwischen ihren Brüsten hinunterrinnenden Tropfen verrückt. Topaz schloss die Augen. Die Kapuze ließ alle Geräusche gedämpft klingen. Gefangen im eigenen Körper. Bewegungslos. Sie lauschte dem Rauschen ihres Blutes. Ihr Unterleib pochte.

Topaz atmete schwer. Sie hatte das Gefühl, keine Luft mehr zu bekommen. Eng schmiegte sich der Gummianzug an ihren Körper. Ihre Haut konnte kaum atmen. Schweiß verklebte ihre Poren. Die Hitze vernebelte ihren Verstand. Tief sog sie Luft ein, aber dies brachte keine Erleichterung. Es war schwül in der

Kajüte. Längst hatte Assez ein Fenster geöffnet und auch die Luke im Bad, doch keine Brise wehte. Die Luft stand im Raum, dick, als könnte man sie in Scheiben schneiden.

»Ich kann nicht mehr«, jammerte Topaz. »Bitte, Assez, mach mich los. Ich ersticke.« Der Riese kam zu ihr. Gierig betrachtete er ihre Kurven, die durch den Anzug besonders betont wurden. Er zeichnete mit den Händen ihre Linie nach, ohne sie zu berühren.

»Assez, bitte«, flehte sie. »Ich halte das nicht aus.« Zaghaft zog sie an ihren Fesseln.

Ein Schweißtropfen perlte von seiner Stirn. »So schlimm wird es schon nicht sein.«

Wenigstens sprach er mit ihr. »Du weißt genau, wie erbärmlich heiß es ist. Weshalb ignorierst du meine Qual? Ist es dir einerlei, ob ich sterbe oder nicht? Dem Capitaine wird es nicht egal sein, wenn ich ...«

Er legte ihr die Hand auf den Mund. Dann streichelt er ihr Kinn, fuhr ihre Wange entlang in Richtung Ohr und stopfte ein paar lange, schwarze Haare unter die Kapuze.

Mit einem Mal fürchtete sich Topaz. Eigentlich mochte sie den Riesen, aber die Hitze schien ihm ebenfalls zuzusetzen. Er sah wild aus. Seine weißen Haare klebten an der Stirn, Schweiß tropfte von seinem Bart und sein Hemd klebte am massigen Brustkorb.

»Denk an den Capitaine«, flüsterte sie mahnend.

»Meinst du, ein alter Seebär wie ich wüsste nicht, wie weit er gehen kann?«

Er lächelte und Topaz fand, dass es fast freundschaftlich aussah, dennoch machte er ihr Angst. Würde er sich tatsächlich gegen Mort auflehnen, ihn hintergehen, wenn dieser nicht anwesend war? Bisher hatte Assez stets alle Befehle befolgt.

»Du bist überrascht. Das sehe ich.« Sanft wischte er ihr den Schweiß von der Stirn. »Aber lerne auch von mir, Topaz.«

Fragend hob sie die Augenbrauen.

Der Riese ging in den Waschraum, in dem immer ein Eimer mit frischem Wasser stand, und kam mit einem feuchten Tuch zurück. »Du fühlst dich gefangen, ausgebeutet«, sagte er ruhig, während er ihr Gesicht wusch. »Das trifft auch alles zu, doch es gibt kleine Freiheiten, die du noch nicht erkennst.«

Plötzlich hatte sie das Gefühl, in einem Boot mit dem Weißbart zu sitzen. Sie saßen nicht nur auf demselben Schiff fest, sondern wurden auch vom selben Mann terrorisiert.

»Aber du kannst gehen, wenn du möchtest.« Das Nass tat ihr gut, auch wenn es nicht wirklich kühlte.

Traurig schüttelte Assez den Kopf. »Ich bin durch andere Umstände an den Capitaine gebunden. Wer nimmt schon einen alten Zausel wie mich in seine Dienste?« Er wischte sich selbst über das Gesicht und begann den Gummianzug abzuwaschen. Gründlich rieb er über jeden Fleck.

Verwundert über seine Anzüglichkeiten, blieben Topaz die Worte im Halse stecken. Assez scheuerte mit dem feuchten Tuch über ihre Brüste. Er reinigte das Gummi von jedem noch so kleinen Schmutz. Akribisch suchte er jeden Zentimeter ab. Topaz war irritiert, aber es lenkte sie wenigstens von der brütenden Hitze ab. Erst als der Riese mit seiner Pranke und dem Tuch zwischen ihre Schenkel fuhr, fiel ihr das Atmen wieder schwer. Machtlos gab sie sich dem Prickeln hin. Den Schweiß, der sich zwischen den Schamlippen gesammelt hatte, drängte Assez weg. Doch sofort floss neuer Körpersaft.

Topaz presste die Lippen aufeinander, doch wann immer sie auch nur für einen Sekundenbruchteil Luft holen musste, entfloh ihr ein Stöhnen. Assez war ihr nah und doch fern. Es war nicht wirklich so, als würde er sie an ihrer Scham berühren. Das Gummi war ja dazwischen. Dennoch waren seine Hände es, die sie erregten. Sie spürte, wie entspannt sie zwischen den Schenkeln war. Ihre Schamlippen drängten sich prall und groß gegen den Anzug. Sie streckten sich Assez entgegen, aber das Gummi ließ ihnen keinen Platz und presste sie zusammen. Das verstärkte Topaz' Erregung. Nie zuvor hatte sie ihren Körper so intensiv wahrgenommen. Nie hatte sie sich so losgelöst gefühlt. Doch sie spürte auch, tief in ihrem Inneren, dass ihre Grenze noch nicht erreicht war. Sie konnte sich noch mehr gehen, noch weiter emportragen lassen von der Lust, um schließlich hinabzustürzen in paradiesische Wasseroasen.

Jemand riss die Tür auf. Mit zornesrotem Gesicht stand Capitaine Mort im Rahmen und schaute auf das Szenario. »Das werdet ihr beide büßen!«, knurrte er und holte eine Peitsche aus der Truhe. Topaz wurde angst und bange. Sie hatten sich gehen lassen, Assez und sie. Das hätte nicht geschehen dürfen. Mort hatte seine Augen überall. Sie war seine Beute. Tausend Gedanken schossen ihr durch den Kopf. Er würde sie bis aufs Blut prügeln. Er würde ihr mit dem Peitschenriemen die Luft nehmen. Vielleicht schlug er sie ins Gesicht? Vielleicht …? Wie weit würde er gehen? Bald würde sie es herausfinden.

Assez schmiss sich auf die Knie. Er streckte Mort die Hände entgegen, die wie zum Gebet gefaltet waren. »Habt Erbarmen, mon Capitaine. Ich wollte die kleine Schlampe nur für Euch vorbereiten. Das Gummi sollte glänzen.

»Schweig!«, schrie Mort.

»Sie hat mich mit ihren Augen angefunkelt«, verteidigte sich Assez, »ihren Busen hat sie mir entgegengestreckt – ja, so war's – und ihre Hüften leicht hin und her bewegt.«

Plötzlich hob Mort die Peitsche und ließ sie auf Assez' Schulter knallen. Schmerzerfüllt schrie dieser auf. Er schützte den Kopf mit Händen und Armen. Der Capitaine verdrosch ihn weiter, Hieb um Hieb. Zutiefst erschrocken von der Unbarmherzigkeit schluchzte Topaz leise. Sie würde die Nächste sein, dessen war sie sich sicher.

Als Assez nur noch wimmernd auf dem Kajütenboden lag,

hielt Mort ein und schaute kühl zu Topaz hinüber. Sie erschauderte und hielt die Luft an. Doch anstatt mit der Peitsche auf sie einzuprügeln, warf er das Schlaginstrument fort und band Topaz los. Dann schulterte er sie.

»Was habt Ihr vor, Herr? Bitte ...« Die Zunge klebte am Gaumen. Hitze und Angst benebelten sie. Schmatzend drückte das Gummi den Schweiß beiseite. Sie hatte das Gefühl zu schwimmen und unter Wasser festgehalten zu werden.

Der Capitaine brachte sie an Deck. Neugierig beobachteten die Piraten, was vor sich ging. Die Männer taten so, als würden sie unbeirrt ihren Tätigkeiten nachgehen, aber ihre gierigen Blicke klebten an der jungen Frau.

Topaz wollte schreien, bekam aber keinen Ton heraus. Kraftlos zappelte sie und war sich schmerzlich bewusst, dass sie nichts ausrichten konnte. Mort entschied über ihr Schicksal. Er nahm sie von seiner Schulter und presste sie gegen die Reling.

Endlich wisperte sie: »Ich habe doch gar nichts verbrochen. Assez hat sich mir genähert. Was hätte ich dagegen tun können?«

Der Capitaine legte ihr die Hand an die Kehle. »Du hättest es nicht genießen dürfen!«

Ihr Körper bebte. Flehend sah sie ihren Peiniger an, doch er begegnete ihr mit Eiseskälte. Nur sein Blick, ja, der strahlte etwas Geheimnisvolles aus. War es Wärme? War es Lust? Topaz war verwirrt. Sie konnte den Ausdruck nicht deuten. Mort war undurchschaubar. Das bedeutete aber auch, dass ihm alles zuzutrauen war.

«Überlasst mich bitte nicht den Wölfen, Herr«, flüsterte sie mit zittriger Stimme.

Grinsend hob er die Augenbrauen. »Vielleicht würdest du es genießen, von ihnen zerrissen zu werden.« Er küsste sie zärtlich, butterweich.

Im nächsten Moment schleuderte er sie herum. Er riss ihr grob den Anzug aus Kautschuk vom Körper. Seine Fingernägel kratzten über ihre Oberarme. Schmatzend gab der Anzug sie Stück für Stück frei. Obwohl Topaz wusste, dass sie Gefahr lief, noch mehr Brutalität zu provozieren, kämpfte sie gegen Mort an. Sie konnte nicht anders. Panik ergriff sie. Unter keinen Umständen wollte sie entblößt vor der Mannschaft stehen. Wie wilde Tiere würden die Männer über sie herfallen, hatten sie doch seit langem keine Frau mehr genommen. Die Zeit auf See war hart.

Der Capitaine legte Topaz über die Reling und riss ihr den Anzug von den Füßen. Er vergrub seine Hand in ihren Haaren, zog sie zurück und hielt ihre Arme an den Körper gepresst. Sie strampelte und zerrte. Plötzlich hielt sie inne – gierig versammelten sich die Piraten um sie. Ihre Blicke streiften über ihren Körper, der durch den Schweiß im Sonnenlicht glänzte. Die Männer leckten sich über die Lippen. Sie fassten sich in den Schritt und ließen ihre Hand dort verweilen. Würde Mort sie ihnen vor die Füße werfen, würde er schreien: »Sie gehört euch«?

Er tat es nicht. Der Capitaine fesselte sie an einen Mast. »Fasst sie ja nicht an!«, rief er übers Deck. Verschwörerisch grinsend schaute er sie ein letztes Mal an – und ging zurück in seine Kajüte.

Trotz der Hitze stand Topaz zitternd vor den Piraten, nackt, die Arme hinter dem Rücken an den Mast gefesselt, die Beine gespreizt fixiert. Schweiß lief ihre Schenkel hinab. Die Seeräuber nahmen ihren Blick nicht von ihren Rundungen. Sie gierten, sabberten, lechzten danach, ihren Busen zu begrabschen und wenigstens mit den Fingern in alle möglichen Körperöffnungen einzudringen. Aber der Capitaine hatte eine unsichtbare Schranke eingebaut. Es würde sich bald zeigen, ob die Piraten diese auch respektierten.

Der mit der Augenklappe, der sie aus ihrem Elternhaus entführt hatte, kam mit einem Krug auf sie zu. »Mademoiselle hat sicher Durst.« Er tauchte seine Hand in das Wasser im Krug und leckte sich alle Finger ab.

Topaz wollte sich nicht provozieren lassen. Darauf warteten diese Halunken nur.

Er setzte ihr den Krug an die Lippen. Schon ergoss sich lauwarmes Wasser in ihren Mund. Sie trank begierig. Wasser lief ihre Wangen hinab. Auf einmal leckte der Pirat es ab. Langsam glitt seine Zunge über ihren Hals, bis hinauf zu ihrem Mund. Doch bevor er ihre Lippen erreichte, drehte sie den Kopf beiseite.

»Du wirst schon lernen, meine Wünsche zu erfüllen, wenn Durst und Hunger dich quälen.« Er lachte.

Dann ging er wieder seinen Aufgaben nach, wie auch die anderen Raubeine an Deck. Ungewöhnlich viele hatten etwas in Topaz' Nähe zu tun. Die Männer schlurften an ihr vorüber, nur um zufällig mit dem Ellbogen an ihren Busen zu stoßen. Sie schrubbten das Deck und zielten mit dem Besenstiel zwischen Topaz' Schenkel. Hin und wieder steckte ihr jemand ein Stück Brot oder Fleisch in den Mund. Finger kreisten um ihre Zunge, zogen an ihr oder drückten sie zurück, nur um sie zu demütigen. Die Piraten lachten und malten sich lautstark aus, was sie mit der Gefangenen anstellen würden, wenn sie freie Hand hätten. Topaz war zu Tode beschämt – und erregt.

In den nächsten Tagen sah sie den Capitaine nicht. Er blieb unter Deck und überließ sie seiner Mannschaft. Die Seeräuber fütterten sie und gaben ihr Wasser. Wenn Topaz musste, durfte sie sich hinhocken und in eine Schüssel ihre Notdurft verrichten. So konnten die Männer ihr wenigstens nah sein, ohne etwas Verbotenes zu tun. Ihre Übergriffe nahmen zu, wurden heftiger. Während der eine Topaz' Brustwarze in einem Flaschenhals vergrub, vergrub der andere den Flaschenhals in ihrem Unterleib. Vor Tagen hatten die Männer noch in der Nacht im Schutz der Kombüse gestanden und sich mit der Hand befriedigt. Nun standen sie unmittelbar vor ihr und spritzten ihren Saft auf ihren Bauch.

Der Wind wurde immer heißer und umspielte Topaz' Rundungen – die einzige zärtliche Berührung. Und doch genoss sie es auf seltsame Weise, den Piraten ausgeliefert zu sein. Die Angst, die Männer könnten zu weit gehen, war groß, aber das entblößte Präsentieren ließ ständig süßlichen Duft zu ihr aufsteigen. Sie hoffte, dass Capitaine Mort doch seine schützende Hand über sie hielt. Vielleicht hatte er die Strafe unter Kontrolle und würde sie eines Tages, wenn sie genug gelitten hatte, zurück in seine Kajüte holen. Aber wann war es genug? Wie viel Hoffnung durfte man in ein ›Vielleicht‹ legen? Topaz konnte ihre Gedanken nicht abstellen. Sie grübelte Tag und Nacht, ja, sie sehnte sich nach dem Schutz der Kapitänskajüte, sogar nach Mort.

»Verrückt«, dachte sie, »ich bin verrückt. Das alles ist purer Wahnsinn.« Sehnsüchtig schaute sie aufs Meer hinaus. Ob ihre Eltern noch nach ihr suchten? Hatten sie die Suche längst aufgegeben?

Topaz schreckte zusammen. Ein Pirat, der den Boden mit einer Handbürste bearbeitete, schrubbte auch ihre Waden.

Sie biss sich auf die Unterlippe. Frankreich, das Haus La Croix und Topaz l'Esclave – das war ihr alles so fern wie aus einem früheren Leben, einer Parallelwelt. Nun war sie nur noch die wertlose Dienerin des Capitaine, vielleicht sogar die Dienerin eines ganzen verdammten Piratenschiffs. Wer wusste schon, was Mort mit ihr vorhatte?

Der Pirat schrubbte sich seinen Weg hinauf.

»Damen sind die Dienerinnen ihrer Herren«, hallte es in ihren Gedanken wider – das hatte er gesagt. Nobel hörte sich diese Phrase an, wenn auch erniedrigend, gar entmündigend. In Wahrheit war dies nur eine nette Umschreibung für Sklavin, wertloses Stück Fleisch, mit dem man alles machen durfte.

Tränen füllten ihre Augen und liefen bald ihre Wangen hinab, während der Pirat die Bürste fest über ihre Pobacken zog.

Sie genoss den körperlichen Schmerz, übertünchte er doch die Erinnerung und die versiegende Hoffnung. Fast glaubte sie, den Schmerz zu brauchen. Sie sehnte sich immer öfter nach ihm, wenn er nicht da war. Quälte man sie, verfluchte sie die Pein. Die Lust, die bald folgte, überraschte sie jedes Mal aufs Neue. Hatte Mort sie schon so weit erzogen, dass sie das Abscheuliche liebte?

Unerwartet kam er an Deck und schaute sie prüfend an. Eine Gerte lag in seiner Rechten. Der Pirat, der Topaz gebürstet hatte, floh. Mort schlenderte heran. Sein Gesicht war düster. Er blieb vor ihr stehen, beugte sich über sie und roch.

»Du stinkst erbärmlich«, ranzte er sie an.

Dann rief er nach einem der Männer und flüsterte ihm etwas ins Ohr. Der Mann verschwand kurz und kam mit einem Eimer zurück. Der Capitaine trat beiseite. Schon ergoss sich Wasser über Topaz. Ihre langen, pechschwarzen Haare klebten an den Schultern. Sie japste nach Luft und versuchte nicht zu sehr zu zeigen, wie sehr sie die erste Abkühlung und Dusche seit längerem genoss.

Mort kam wieder näher und winkte den Mann mit der Bürste heran. »Schrubb sie von oben bis unten!« Lächelnd lehnte er sich gegen einen Mast.

Hinter ihm sah Topaz einen Hafen, in den sie einliefen, doch das nahm sie nur vage wahr. Ihre Gefühle überschlugen sich. Sie wollte bitten und betteln, dass er sie verschonen möge. Gleichzeitig spürte sie das erste Mal ein Kribbeln im Bauch. Schmetterlinge, konnten es Schmetterlinge sein? Seine Anwesenheit erregte sie. Sein arroganter Blick durchflutete sie mit Wärme – weil er nur sie anschaut. Das war es! Sie wollte seine Aufmerksamkeit.

Der Seeräuber mit der Bürste rieb die Borsten fest über ihre

Innenschenkel. Topaz verzog das Gesicht. Ängstlich schaute sie hinab. Die Bürste arbeitete sich weiter nach oben, kam ihren Schamlippen immer näher. Ab und zu sah er sie an, schmierig grinsend. Deutlich stand sein Glied hervor. Es drückte sich von innen gegen seine Hose. Wieder ein Stück höher. Nun schrubbten die Borsten den Übergang von Schenkel und Scham. Topaz zitterte. Nur noch wenige Millimeter und der Schmerz würde überwältigend sein. Sie hasste Mort dafür, dass er ihr das antat und sehnte sich nach der Erfahrung, die sie gleich machen würde. Topaz' Emotionen schwappten über. Sie fühlte sich wie bei hohem Wellengang. Die eine Welle schmiss sie dorthin, die andere fing sie auf und schmiss sie zurück. Angst und Lust wechselten sich ab, sie verschmolzen.

»Stopp!«, rief der Capitaine.

Er schickte den Piraten mit der Bürste fort. Abfällig grinsend näherte er sich Topaz.

»Hochrot stehen deine Schamlippen hervor.« Er legte ihr die Gerte an den Hals und drückte ihr Kinn nach oben. »Du genießt die Angst, sehnst dich nach dem bevorstehenden Schmerz, aber ich werde ihn dir nicht schenken.«

Topaz schluchzte. Er hatte sie durchschaut. »Weshalb verweigert Ihr ihn mir, Herr?« Sie wunderte sich, wie selbstverständlich ihr das Wort ›Herr‹ über die Lippen kam.

Anstatt zu antworten, fragte er: »Was empfindest du jetzt?«

Sie überlegte. Für einen Moment schloss sie die Augen und ging in sich. Dann sprach sie: »Leere.«

»Genau das wirst du empfinden, wenn dein Herr nicht mehr bei dir ist.« Mort küsste sie auf den Mund. Er presste seine Lippen auf die ihren und drang fordernd in sie ein. Seine Zunge spielte mit ihrer, sie fuhr über ihre Zahnreihen. Als Topaz sich entspannte, schoss seine Zunge in ihren Rachen. Und wieder entzog sich Mort ihr. Topaz würgte, ihr Herz klopfte und ihr Saft floss die Schenkel hinab.

Ohne weitere Erklärung ging er fort – und Topaz fühlte sich so schlecht wie nie. Was hatte er mit seinen düsteren Worten gemeint? Würde er sie den Haien vorwerfen? Sie konnte sich ein Leben ohne den Capitaine nicht mehr vorstellen. Sie wollte nicht einen einzigen Gedanken daran verschwenden. Und doch konnte sie sich nicht ablenken.

Mochte er sie nicht mehr? Dachte er, er hätte sie bereits ausgelutscht, wie eine saftige Orange? Oh nein! Sie musste einen Weg finden, mit ihm zu sprechen. Sie würde ihn um Verzeihung bitten, weil sie nicht demütig genug war. Sie sehnte sich danach, ihn um eine Strafe anzuflehen, eine Züchtigung, die sie kaum ertragen können würde und doch für ihn über sich ergehen ließe, wenn er sie nur weiterhin als seine Dienerin akzeptierte.

Da kam Assez aus dem Unterdeck. Er war ihre einzige Chance!

»Assez, Assez, du weißt, dass ich nicht versucht habe, dich zu verführen«, sprudelte es aus ihr heraus. »Es hat mir gefallen, was du mit mir gemacht hast, ja, aber ich hing doch wehrlos an der Wand. Ich konnte nichts tun, als alles über mich ergehen zu lassen.«

Er schlenderte zu ihr herüber. »Du musst noch viel lernen, kleine Topaz. Nur weil eine Dienerin wehrlos ist, heißt es nicht, dass sie keinen Einfluss auf eine Situation nehmen kann.«

Topaz stockte der Atem. Erst als der kräftige Mann vor ihr stand, sah sie das ganze Ausmaß von Morts Grausamkeit. Assez' Wangen waren eingefallen. Neben der alten Narbe am Auge zierten nun zwei weitere auf Stirn und Wange sein Gesicht. Blutkruste hing in seinem weißen Bart. Seine Statur war nicht mehr imposant, sondern er ging so gebückt, dass er einen Buckel hatte. Sein Hemd hatte er offensichtlich seit der Nacht, in der er von Mort bestraft wurde, nicht gewechselt. In Fetzen hing es an seinem Oberkörper und gab den Blick auf blutige Striemen an Bauch und Rücken frei.

Assez begann sie loszubinden. »Der Capitaine erwies mir die Ehre, mich bis aufs Blut auszupeitschen.«

»Die Ehre?«, wiederholte sie. »Dieser Teufel, dieser Barbar ...«

»Schweig! Du vergisst, dass er mich hängen wollte. Er schenkte mir mein Leben. Kann ein Capitaine großzügiger sein?«

Topaz war sprachlos. Sie war verwirrt. Konnte Assez Recht haben? Machte er sich etwas vor? Immerhin befand er sich auf dem Piratenschiff, das Reich des Capitaine Mort. Es gab keine Fluchtmöglichkeit. Und doch ankerten sie mittlerweile in irgendeinem fremden Hafen. Verspürte er nicht den Drang zu fliehen? Verspürte sie nicht den Wunsch nach Flucht? Seltsamerweise nicht.

Plötzlich riss Assez sie mit sich.

»Wohin bringst du mich?«, fragte sie. »Welchen Auftrag gab Mort dir?«

Grob hielt er ihren Oberarm fest und zog sie hinter sich her. Sie hatte Mühe, sich auf den Beinen zu halten. Die anderen Piraten schauten ihnen zu und Topaz konnte an ihren Gesichtern erkennen, dass die Seeräuber nicht wussten, was vor sich ging. Assez legte ihr einen Umhang um und führte sie vom Schiff auf den Steg.

»In den Hafen?« Topaz schossen Tränen in die Augen. »Mort will mich wirklich loswerden? Bin ich ihm lästig? Ist er meiner überdrüssig?«

Missmutig brummte Assez: »Du redest zu viel, aber das wird dir bald ausgetrieben werden.«

Er zerrte sie weiter, vorbei an gaffenden Reisenden. Auf dem Kai hätte sie beinahe einen Obsthändler umgerannt. Palaver entstand. Topaz verstand kein Wort von dem, was der Kaufmann sagte. Sie sprach neben ihrer Muttersprache Französisch auch Englisch, aber kein ... Arabisch. War es Arabisch?

»Wo sind wir?«

»Marokko«, antwortete Assez barsch. »Dem, der dein Schicksal nun in die Hand nimmt, ist es egal, woher du kommst, denn Züchtigung spricht eine eigene Sprache.«

Heilige Hure

Shalisé ging stolz auf die Knie. Sie streckte den Oberkörper durch, präsentierte ihre prachtvollen Brüste und senkte den Blick, um ihre demütige Hingabe zu zeigen. Seit sie eine Dienerin des Tempels geworden war, hatte man sie entjungfert und abgerichtet, damit sie allzeit bereit war, die heilige Zeremonie zu vollziehen. Sie war blutjung gekommen, ohne körperlichen Kontakt zu einem Mann, so wie es die Aufnahmeregeln verlangten. Ihre Eltern waren nicht reich gewesen, aber sie hatten ihr Töchterchen auf Händen getragen, um sie eines Tages den Eunuchen im Tempel zu übergeben und einen viel höheren Lohn zu erhalten als Gold oder Edelsteine: Ehre und Anerkennung! Die Götter würden es ihnen danken. Da waren sie sich sicher.

Auch Shalisé besaß einen tiefen Glauben. Nun, da sie der Göttin Epiphila diente, um durch den heiligen Akt deren Göttlichkeit auf die Sterblichen übertragen zu können, erfüllte sie ein neues Gefühl von Macht, obwohl die Eunuchen sie in Ketten legten und ihren Körper benutzten. Dies diente einem höheren Zweck. Einem Zweck, den sich nur die Reichen leisten konnten, indem sie für jede Zeremonie Epiphila zum Dank etwas Wertvolles opferten.

Shalisé bekam als Dank einen Käfig.

Er umschloss ihren gesamten Kopf und wurde von einer Stahlplatte auf dem Schädel und einem Ring um den Hals gehalten. Es war nicht einfach, sich daran zu gewöhnen, ständig durch Gitterstäbe zu schauen. Ein bizarres Gefängnis, das nicht an einen Ort gebunden war, sondern wie ein Schneckenhaus ständig umhergetragen werden musste. Mit dem Unterschied, dass sich Shalisé nicht darin zurückziehen konnte. Im Gegenteil! Sie war nackt, bis auf den Stahlreif um ihren Bauch, der am Rücken einen Ring besaß, an dem wiederum Handschellen baumelten und Shalisés Hände fixierten. Manchmal hakten die Eunuchen vorne und hinten ein Stahlband ein, das sich hart auf ihre enthaarte Scham legte. Zwei goldene Schwänze wurden mit seiner Hilfe in ihrem Fötzchen und ihrem Arschloch gehalten, damit sie immer feucht und bereit war, um Epiphila zu dienen. Und der Käfig hielt Shalisés Kinn aufrecht, so dass sie es nicht senken konnte. Es gab eine Öffnung, an der eine Spange befestigt war, die ihren Mund geöffnet hielt.

Allzeit bereit. Um benutzt zu werden.

Das war das oberste Gebot im Tempel. Der Gedanke erregte Shalisé, aber er machte ihr auch Angst, hatte sie doch keine Erfahrungen mit Männern, abgesehen von den paar jungen Gläubigen, die sie auserwählt hatten. In ihr brannte eine unbändige Lust. Sie wollte sich hingeben, genommen werden, hemmungslos und schmutzig, und Epiphilas Göttlichkeit weitergeben. Doch sie fürchtete sich vor dem, was die Männer von ihr verlangen könnten. Durch den Eintritt in den Tempel hatte sie alle Rechte eingebüßt. Ihr Körper und ihre Seele gehörten der Göttin, die in Bildnissen stets mit großen Brüsten, gespreizten Beinen und geschwollenen Schamlippen dargestellt wurde. Die heilige Hure nannte man sie in den Dörfern und Städten. Alle Dienerinnen hatten ihr gelobt nachzueifern, so auch Shalisé. Epiphila machte sie zu etwas Besonderem. Sie musste keine Böden schrubben, kein Bier ausschenken, sich von fetten Fingern begrapschen lassen oder durch Heirat an einen ungeliebten Ehemann binden. Sie hatte ihr Leben der Göttin der Weiblichkeit gewidmet und fühlte sich frei, obwohl sie wie ein Vögelchen im Käfig, einem goldenen Käfig, aussah mit ihrem seltsamen Helm.

Aber noch war sie in der Probezeit.

Sie würde sich beweisen müssen. Ein Jahr. Eine lange Zeit. Aber das war es wert. Immerhin würde so der Rest ihres Lebens aussehen.

Bisher war sie jedoch nur von jungen Tempelbesuchern benutzt worden. Sie waren ebenso unerfahren gewesen wie Shalisé selbst, so dass sie keine große Herausforderung für sie dargestellt hatten. Schwanz rein, Schwanz raus, fertig.

Aber der Mann, vor dem sie nun kniete, erschien weiser, reifer und besaß einen gefährlichen Glanz in den Augen, der Erfahrung vermuten ließ. Er hatte den Tempel bestimmt schon sehr oft besucht, um Epiphilas Göttlichkeit zu empfangen. Sein Körper war von Schlachten gezeichnet. Narben zierten seinen Oberkörper. Er besaß kräftige Muskeln und schwarzgraue Locken auf dem Brustkorb. Nur ein weißer Lendenschurz bedeckte ihn, der sich auffällig von der braunen Haut abhob. Machte er auch den Eindruck eines Raubeins, das auf dem Schlachtfeld ohne mit der Wimper zu zucken mordete, so drückte seine Haltung Würde aus. Er ging aufrecht und hoheitsvoll um Shalisé herum, musterte sie und löste beifällig die Schnur, die seinen Schwanz am Oberschenkel gehalten hatte. Die Penisspitze fiel befreit herunter. Fasziniert beobachtete Shalisé den Tanz des Glieds und riss die Augen auf, als es schließlich ruhig hing und die Eichel unter dem Lendenschurz lüstern herausragte.

Ihr lief das Wasser im Mund zusammen.

Doch anstatt seinen Schwanz tief in ihre Mundhöhle zu stoßen, die durch die am Käfig befestigte Spange immer zugänglich war, riss er ihren Kopf durch den Ring am Käfigdach grob zurück und spuckte ihr in den Mund. Shalisé schüttelte sich. Sie fand es, trotz ihrer Bereitwilligkeit zu dienen, ekelig, Körperflüssigkeiten zu schmecken. Sie würde sich daran gewöhnen müssen.

Sperma. Schweiß. Urin. Blut. Spucke.

Sie war froh, dass sie nicht im Voraus wusste, was sie in den kommenden Jahren alles auf der Zunge liegen haben würde.

»Du willst mehr, wie ich sehe«, sagte der Feldherr und lachte abfällig über ihren angewiderten Gesichtsausdruck.

Sie versuchte sich wegzudrehen, doch er hielt die Gitterstäbe mit beiden Händen und ließ einen langen Schleimfaden aus seinem Mund zwischen ihre Lippen gleiten. Zunächst konnte sie sich noch beherrschen, aber schon bald würgte sie. Mit der Zunge bemühte sie sich die Spucke herauszudrücken, was kläglich fehlschlug, denn der Speichel verteilte sich lediglich. Sie zerrte vergeblich an ihren Fesseln, bis diese in ihr Fleisch schnitten. Der Stahlring drückte gegen ihre Scham, die mit einem Mal gierig pochte und doch nur von einem Goldphallus ausgefüllt wurde, ebenso wie ihr Arschloch.

Der Heerführer trat zwischen ihre Beine und spreizte sie weiter. »Wir wollen doch, dass du Epiphila würdig bist.« Dann fasste er zwischen ihre Schenkel, aber tat wieder nicht, was Shalisé erwartet hatte. Er entfernte nicht das Stahlband, das ihren Schoß unzugänglich machte, sondern er ergriff ihre Schamlippen und zog sie lang. Nun lugten sie rechts und links heraus, unnatürlich und wollüstig, wie die Eichel des Besuchers unter dem Lendenschurz. Das Band drückte auf das zarte Fleisch der kleinen Schamlippen und breitete somit die Falten aus.

Lächelnd betrachtete er sein Werk. Dann schritt er zu einem Tisch, auf dem ein Kästchen stand. Shalisé wusste, dass sich in dessen Inneren Hilfsmittel befanden, um die Dienerinnen gefügig zu machen, sollten sie trotz aller guten Vorsätze ihre Demut vergessen. Hatte sie sich dieses Vergehens schuldig gemacht? Sie war noch nicht lange hier und es gab Momente, da regte sich ihr Widerstand, doch sie bemühte sich aufrichtig.

Er kehrte mit einer Handvoll Klammern zurück, an denen goldene Figuren der Göttin hingen. »Ich werde dich schmücken, wie es einer Göttin auf Erden zusteht.«

Shalisé traute ihren Ohren nicht. Hatte er sie als Göttin bezeichnet? War das nicht Frevel? Im Grunde war sie eine heilige Hure, denn sie war eine weltliche Vertreterin Epiphilas. Shalisé verkörperte sie und würde in den nächsten Jahren zu einem immer perfekteren Abbild heranwachsen –

Ein jäher Schmerz riss sie aus ihren Gedanken.

Der Feldherr hatte eine der Klammern an ihre Schamlippen gehängt. Scharf bissen die Zähnchen in die empfindliche Falte. Er weidete sich an Shalisés schmerzverzerrtem Gesicht und setzte die zweite Klammer an. Shalisé hätte gerne die Zähne aufeinandergebissen, aber dadurch, dass ihr Mund zwangsweise offen stand, entfloh ihr ein leises Stöhnen. Die nächste Klammer folgte, an der die Göttin in Form einer kleinen Goldfigur baumelte. Shalisé ächzte und versuchte die Beine zu schließen, doch der Tempelbesucher stemmte sich gegen ihre Knie. Alle Klammern befanden sich an einer Schamlippe. Das Blut staute sich. Sie schwoll stetig an und drückte gegen das Stahlband, das ihren Schoß umschloss.

»Leide für mich«, hauchte er und bewegte die Goldfiguren, um Shalisés Schmerz zu verstärken.

Aber sie wollte den Schmerz. Sie sehnte sich danach, für Epiphila zu leiden, um ihre Göttlichkeit und Weiblichkeit in diese Welt zu tragen. Die Qual war die Essenz. Mehr Hingabe war nicht möglich. Einen besseren Weg, ihr zu dienen, gab es nicht.

Und so dachte Shalisé bei der ersten Träne, die ihre Wange hinunterlief: *Das ist für dich, meine Göttin. Ich liebe dich.*

Von heute an würde sie das Kästchen mit den Hilfsmitteln ›Schmuckschatulle‹ nennen. Der Mann, dem sie Epiphila näherbringen wollte, würde sie durch die Instrumente züchtigen und sie zeichnen, sowohl mit schmuckvollen Klammern, Haken und Fesseln als auch mit schmerzhaften Striemen, Kratzern und Narben. So war ihr Leben. Hatten die Eltern sie in jungen Jahren mit Samthandschuhen angefasst, so holte sie nun all die

Qual nach, die ihr bis dahin erspart geblieben war, denn der Schmerz gehörte der heiligen Hure. Epiphila hatte die Folter von Poreus ertragen, den sie am Ende tötete, indem sie all sein Sperma aus ihm herauskitzelte, bis er vor Erschöpfung starb. Sie hatte durch Sanftheit, Demut und Unterwürfigkeit den Kriegsgott ermordet. Danach hatte die Welt Epiphilas Stärke erkannt und begonnen, sie anzubeten. Die Göttin hatte mehr Leid ertragen als alle auf dem Schlachtfeld. Sie hatte Macht über Poreus gehabt, denn er war immer wieder zu ihr heimgekehrt, weil sie seine Droge war. Trotzdem blieb sie nach seinem Tod bescheiden und demütig und ließ sich von jedem vögeln, um die Männer daran zu erinnern, wie mächtig Weiblichkeit ist.

Noch heute rannten die Männer dem Tempel die offenen Türen ein, weil sie erleuchtet werden wollten. Hatte der Feldherr keine Furcht, so zu enden wie Poreus?

Lüstern leckte er sich die Lippen und setzte drei Klammern an ihre andere Schamlippe. Diese schwoll ebenso an wie die, die bereits von zahlreichen Zähnchen gefoltert wurde. Der Schmerz weckte ein Feuer, das Epiphila Shalisé schickte, damit sich die junge Dienerin an ihre eigene Stärke erinnerte und die Qual durchstand. Das Blut rauschte durch ihr Fötzchen. Es pochte von innen gegen den Kitzler, und Shalisé wünschte sich nichts sehnlicher, als dort berührt zu werden. Aber das Stahlband verhinderte jede Berührung. Noch schien der Mann auch nicht vorzuhaben, sie dort anzufassen.

Er spielte mit den goldenen Figuren, zog das eine oder andere Mal an ihnen und brachte sie zum Schwingen, so dass Shalisé vor Leid die Augen schloss. Der Speichel rann aus ihrem Mund. Ihr Kiefer, der von der Spange gespreizt gehalten wurde, tat weh. Sie atmete schwer. Tränen flossen reichlich.

Irgendwann hörte er auf. »Du verträgst noch nicht viel, aber bald wirst du lernen mehr zu ertragen, und je mehr du einstecken kannst, desto mehr Schmerz wird man dir zufügen.«

... und desto näher werde ich selbst Epiphila kommen und sie den Gläubigen näherbringen, fügte sie in Gedanken glücklich hinzu.

»Und ich werde meinen Teil dazu beitragen, aus dir eine gefügige Dienerin zu machen.« Verschwörerisch rieb er sich die Hände und packte den Ring, der am Käfig über ihrer Schädelplatte angebracht war. Er zerrte Shalisé mit sich. Sie hatte Mühe ihm zu folgen, denn er ließ ihr keine Zeit aufzustehen und ihre Hände waren noch immer hinter dem Rücken gefesselt. Sie rutschte beschwerlich auf Knien hinter ihm her, ständig unter Zug, so dass das Halsband des Käfigs sie würgte.

Er führte sie zum Tisch, auf dem die Schmuckschatulle stand, entnahm zwei flache silberne Ringe und legte sie um Shalisés Brustwarzen. Sie verbargen die Vorhöfe unter sich und waren an einer Stelle offen. Er schob die Enden übereinander, woraufhin sich der Zwischenraum verengte und die Nippel zusammengequetscht wurden.

Weil Shalisé die Zähne nicht zusammenbeißen konnte, zuckten ihre Lippen. Die Ringe schnitten schmerzhaft in die Brustwarzen. Ihre Nippel schwollen an, verhärteten sich und erblühten zu hochroten Knospen. Zärtlich rieb der Feldherr über die Kuppen. Doch selbst diese behutsame Berührung tat weh, weil das Silber sich dadurch tiefer ins Fleisch bohrte.

Er nahm einen langen Seidenschal aus dem Kästchen, band damit geschickt zuerst die rechte und dann die linke Brust ab und verknotete die Enden hinter dem Hals. Stramm schnürte der Schal den Busen ab, der langsam einen leicht bläulichen Schimmer bekam. Das Blut staute sich. Jede Berührung wurde dadurch intensiver.

Als der Heerführer Shalisés Nippel anhauchte, erschauderte sie wohlig.

Er lachte leise. »Du bist schön, wirklich schön, und Schönheit muss unterdrückt werden, damit sie ihre Macht verliert und nicht blendet.«

Fürchtete er sich vor ihr? Shalisé war sich nie gefährlich vorgekommen. Aber hatten nicht bezaubernde Frauen schon Kaiser gestürzt, in dem sie sie betörten wie auch Epiphila Poreus? Blasphemie kam ihr in den Sinn. Er huldigte nicht der Göttin, sondern versuchte – wie Poreus – sie zu unterjochen. Aber vielleicht musste sich die Vergangenheit wiederholen, um immer wieder an den Triumph der Göttin zu erinnern.

Shalisé würde für Epiphila sterben, kleine Tode, und doch wie Phönix aus der Asche auferstehen, um jeden Mann, jeden Tempelbesucher am Ende sterben zu sehen in einem gewaltigen Orgasmus.

Der Feldherr nahm süffisant grinsend eine Brustwarze zwischen Daumen und Zeigefinger und zwirbelte sie langsam und erbarmungslos. Der Schmerz war durchdringend. Anhaltend. In den Brüsten spürte Shalisé eine nicht gekannte Spannung. Unnatürlich. Erregend. Ihr Brustkorb hob und senkte sich. Bis sie den Atem anhielt, weil die Qual so stark wurde, dass sie glaubte, es nicht mehr auszuhalten.

Der Feldherr nahm die Hand herunter und Shalisé atmete kräftig aus. Er leckte über den Nippel, aber selbst das brachte ein qualvolles Stöhnen hervor. »Wahrlich, du kannst nur wenig aushalten.«

Am Boden zerstört sah sie ihn durch die Gitterstäbe an. Er war enttäuscht von ihr. Das war offensichtlich. Um ihn zu besänftigen, drehte sie sich um und streckte ihm den Hintern entgegen. Wenn er sie erst stieß wie ein brünstiger Bulle, würde er ihre Unzulänglichkeiten vergessen.

Doch entgegen ihren Erwartungen nahm er das Stahlband, das ihre Scham verschloss und goldene Schwänze in ihre Muschi und ihr Arschloch drückte, nicht ab, sondern packte ihren Nacken und zog sie auf seinen Schoß, nachdem er sich auf das Himmelbett gesetzt hatte. Nun lag sie mit dem Bauch auf seinen Oberschenkeln. Er drückte ihren Kopf weiter nach unten, damit ihr Hintern den höchsten Punkt bildete. Einige Male strich er über ihre Pobacken. Dann spreizte er ihre Schenkel und spielte so lange mit den Goldfiguren an den Klammern, bis Shalisé zappelte und jammerte.

Plötzlich schlug er zu.

Auf das Band.

Der Stahl leitete den Schlag über ihre Vagina bis zu ihrem Kitzler weiter. Shalisé stöhnte. Ihre Schamlippen taten höllisch weh. Das Stahlband bohrte sich schmerzhaft in die geschwollenen Falten. Sie hatte das Gefühl, wund zu sein – durch die fortwährende Füllung ihrer Löcher, das reibende Band und nun auch noch durch die Klammern.

Das Blut lief ihr in den Kopf. Winselnd ballte sie die Hände zu Fäusten, als gleich drei kräftige Schläge hintereinander das Stahlband erzittern ließen. Die Schamlippen brannten. Ihre Muschi stand in Flammen.

»Nun schau dir das an«, säuselte der Heerführer, wischte mit der Handfläche zwischen ihren Schenkeln hindurch und präsentierte Shalisé die feuchten Finger. »Bemerkenswert.«

Die junge Dienerin schien zu zerfließen. Seine Hand glitzerte von ihrer Nässe, die einen intensiven Duft verströmte und aphrodisierend wirkte. Nicht nur auf Shalisé, denn der Schwanz des Mannes schwoll augenblicklich merklich an. Er pochte gegen ihre Hüften, nach mehr verlangend.

Der Krieger war noch lange nicht fertig mit ihr.

Und je erregter er wurde, desto gefährlicher erschien er ihr.

Als er auf den Stahl genau über ihrer Muschi schlug, erschreckend nah an den Klammern, bekam sie wirklich Angst. Würde er ihr Qualen zufügen, die sie nicht ertragen konnte? Eine schwere Prüfung. Die Folter trieb erneut Tränen in ihre Augen. Reichlich flossen sie über ihr Gesicht. Sie stammelte etwas, keine verständlichen Worte, denn die Mundsperre machte ein klares Artikulieren unmöglich.

»Dein Winseln ist eine süße Melodie, die mir wohlige Schauer über den Rücken jagt«, hauchte er und schlug auf die Innenseite ihres rechten Oberschenkels.

Dabei erwischte er einige der goldenen Figuren. Sie leiteten die Vibration weiter bis in die Klammern, die sich umso fester in ihre Falten bissen, wie ein tollwütiger Köter, der seine Zähne ins Fleisch trieb und nicht vorhatte, jemals wieder loszulassen.

Shalisé schrie auf. Sie flennte und stöhnte so laut, dass der ganze Tempel es hören musste, aber das war ihr egal. Die Wehlaute waren nur Ausdruck ihrer Hingabe zu Epiphila.

Der Eunuch, der sie gewaschen hatte, als sie frisch in den Tempel gekommen war, hatte ihr erzählt, dass die Göttin stolz auf Dienerinnen sei, die ihre Qual herausschrien. Diejenigen, die stumm das Leid ertrugen, das die Besucher ihnen zufügten, seien Epiphila dagegen nicht so nah wie diejenigen, die nach ihr riefen. Sie riefen nicht um Hilfe, auch nicht um Gnade, sondern die Göttin herbei, damit diese durch sie, die Dienerinnen, auf die Männer überfloss und sie erleuchtete.

Als der nächste Hieb auf die linke Innenseite erfolgte, verkrampfte sich Shalisé, um den Schmerz zu ertragen. Wie erstarrt lag sie auf dem Schoß des Feldherrn, die Augen geschlossen, und spürte dem Leid nach, das ihre Schamlippen in den Unterleib aussandten. Es bemächtigte sich ihres Verstandes. Der prunkvolle Zeremonienraum trat in den Hintergrund. Ihre Gedanken erlahmten. Ihr Inneres war dunkel, wie ein Hohlkörper, in dem nur Leid existierte. In diesem Augenblick besaß sie keine Vergangenheit und keine Zukunft. Das Hier und Jetzt wurde bestimmt durch die heilige Hure, die begann, sie auszufüllen. Ihr Körper war nicht länger ein finsterer Hohlkörper, sondern in ihm zog Epiphila ein mit all ihrer Wärme und Zufriedenheit. Der Schmerz hatte sie herbeigerufen. Sie wohnte nun in ihr, zumindest so lange, bis die Qual Shalisés Sinne benebelte und ihr Geist ihn höhere Sphären aufstieg.

Als würde der Heerführer Epiphilas Anwesenheit spüren, schob er Shalisé von seinem Schoß. Er kniete sich hinter sie, drückte sie mit dem Oberkörper flach auf das Bett und löste geschickt das Stahlband, das ihre Muschi verschloss. Von starker Lust getrieben zog er die goldenen Schwänze heraus und drang ohne Umschweife kraftvoll in Shalisés Arschloch ein.

Die Dienerin sog hörbar den Atem ein. Der Schwanz des Mannes war weitaus größer als der Goldpenis. Er dehnte ihre Rosette, die wehtat, als hätte er mit einer Messerspitze hineingestochen. Sie verkrampfte sich, aber der Feldherr nahm keine Rücksicht darauf, sondern presste sein Glied erbarmungslos in ihren Enddarm, der zu explodieren schien. Drei, vier, fünf Stöße, dann drückte er sich an ihren Hintern, damit sein Schwanz so tief wie möglich in ihr steckte, und spritzte ab. Das Sperma reizte ihren Darm. Eine große Menge sammelte sich in ihrem Arsch. Shalisé spürte den Samen, den pochenden Schaft und eine starke Erregung ergriff Besitz von ihr.

Ihr Peiniger zog seinen Schwanz aus ihrem Arsch.

Das Sperma lief aus ihr heraus und er verrieb es auf ihrem faltigen Ring. Dann riss er ihren Oberkörper nach hinten, so dass sie sich mit dem Rücken an seinen Brustkorb lehnte, und verteilte seinen Saft auf ihren Lippen. Ein stark salziger Geschmack drang langsam in ihren Mund ein. Der Samen war nicht mehr körperwarm, sondern bereits dickflüssig und leicht kühl. Voller Ekel drehte Shalisé den Kopf zur Seite.

Da ergriff der Feldherr die Gitterstäbe ihres Kopfgefängnisses, so dass sie außerstande war, sich abzuwenden. Schmunzelnd und sich an ihrer Abscheu weidend rieb er seinen kalten Saft nicht nur in ihre Lippen ein, sondern auch in ihr Zahnfleisch. Er ließ seinen Finger mit dem Sperma über ihre Zähne kreisen, drang unter ihre Lippen und verteilte dort den Samen.

Seltsamerweise machte der Ekel sie an. Nein, das war es nicht, sondern vielmehr die Tatsache, ›gezwungen‹ zu werden. Es erregte sie, dass der Tempelbesucher ihr abscheuliche Dinge antat und sie sich nicht wehren konnte. War das in Epiphilas Sinn? Durfte sie die heilige Zeremonie genießen?

Der Mann stand auf, setzte sich auf das Bett und steckte Shalisé seinen schmutzigen Schwanz in den Mund. »Ablecken!«

Das wollte sie auf keinen Fall! Nicht nur, dass der kalte, eingedickte Saft sie zum Würgen brachte, der Penis hatte in ihrem Arschloch gesteckt. In ihrem Arsch! Die Eunuchen hatten vorher den Enddarm nicht gereinigt, wie sie es beim letzten Mal getan hatten, als ein Besucher verlangte, Shalisé in ihr enges Loch zu ficken. Wer wusste schon, was alles an dem Schwanz hängen geblieben war!

Sie schüttelte sanft den Kopf, damit ihre Zähne sich nicht in sein Glied bohren konnten, und sah den Mann mit großen Augen flehend an. Doch ihr Hundeblick brachte ihn nur zum Lachen.

Er ergriff die Gitterstäbe rechts und links, als würde er sanft die Hand an ihre Wangen legen, und führte seinen Schwanz tiefer ein. »Ich will deine Zunge spüren!«

Folgsam leckte sie über den lustvoll zuckenden Schaft. Die Eichel stieß dann und wann an ihr Rachenzäpfen, was sie kurzzeitig zum Würgen brachte. Ihre Zungenspitze drang unter die Vorhaut. Der Mann stöhnte auf. Sein Penis wurde schon wieder hart. Und schwoll an.

Shalisés Mund war gefüllt. Ihre Zunge hatte kaum noch Bewegungsfreiheit. Ein bitterer Geschmack breitete sich aus. Tränen schossen ihr in die Augen. Sie versuchte, nicht darüber nachzudenken, was sie alles schmeckte und schluckte. Unruhig bewegte sie die Finger, weil ihre auf dem Rücken gefesselten Hände den Mann abwehren wollten, ein natürlicher Reflex, da ihr Kiefer durch die Spange offen gehalten wurde und sie durch den Schwanz kaum schlucken konnte.

Um sie zu beruhigen, begann der Mann ihre Muschi zu massieren. Er streichelte zärtlich über die hochroten, geschwollenen Schamlippen, die ein seltsames Gefühl verströmten, weil Lust sich mit dem Schmerz mischte, der von den Klammern ausging. Seltsamerweise linderte die wachsende Geilheit die Qual nicht nur, nein, Shalisés Lust wurde durch die Tortur geradezu angefacht. Sie gingen eine Symbiose ein, die das Mädchen an den Rand des Wahnsinns brachten.

Eifrig leckte sie den Schwanz sauber. Mit der Zungenspitze drängte sie die Vorhaut zurück, schleckte darunter und saugte am Glied, soweit dies die spreizende Mundklammer zuließ. Sie schluckte den Schmutz herunter und erregte sich an dem Gedanken, verdorben und dreckig zu sein.

Ihre Lust breitete sich weiter aus.

Der Feldherr legte Daumen und Zeigefinger auf die pochende Klitoris und ließ die Finger vor- und zurückgleiten. Er verteilte ihren Saft, der reichlich floss und nicht nur ihre Falten umspülte, sondern auch ihre Schenkel hinunterlief.

Shalisé stöhnte lustvoll. Sie drückte ihre Muschi der Hand entgegen. Und wann immer seine Fingerspitzen gegen eine Goldfigur stießen, gab sie einen spitzen Schrei von sich. Mit geschlossenen Augen gab sie sich der Leidenschaft hin.

Doch bevor sie zum Höhepunkt kommen konnte, zog der Heerführer seine Hand fort. »Vor lauter Geilheit vergisst du, meinen Schwanz zu säubern, du kleine Hure.« Er packte den Ring, der oben am Käfig angebracht war, und zwang Shalisé auf alle viere. Wie einen Köter an der Leine führte er die Dienerin durch den großen, prachtvollen Zeremonienraum. Dabei nahm er keine Rücksicht darauf, ob sie Schritt halten konnte, sondern zerrte an ihrem Kopfschmuck, dass sie das Gefühl hatte, ihr Schädel würde vom Rumpf gerissen werden. Erst im Badezimmer, vor einer großen Marmorwanne, löste er seinen Griff wieder.

Als der Feldherr sie über den Wannenrand legte, bemerkte Shalisé, dass an den Wänden und am Boden Metallhaken angebracht waren, und ahnte Schreckliches. Noch während er einem Eunuchen, der der Zeremonie beiwohnte – zum Schutz der Dienerinnen und gleichzeitig als Lakai der Tempelbesucher –, sich jedoch immer im Hintergrund hielt, befahl, Eimer mit Wasser zu holen, steckte er den Stöpsel in die Wanne und verband Shalisés Käfigring mit einem Haken am Boden. Er spielte kurz mit den Figuren der Göttin, die an Shalisés schmerzender geschwollener Muschi baumelten, dann entfernte er sich, lachend, weil ihr Hintern von einer Seite zur anderen zuckte, als wollte er der Tortur entgehen, und doch nur mehr triefte als zuvor.

Er kehrte zurück, noch bevor der Eunuch den ersten Eimer Wasser in die Marmorwanne gießen konnte. Wie durch Zufall ließ er etwas in die Wanne fallen, aber Shalisé wusste, dass dieser von Schlachten gezeichnete Mann nichts unabsichtlich tun würde. Niemals. Sie sollte sehen, was er Schönes für sie besorgt hatte, und dieser Gegenstand verfehlte seine Wirkung nicht. Es war eine Nadel, lang und dünn wie ein Haar. Auch wenn Shalisé über den Wannenrand kopfüber nach unten hing, die Hände noch immer auf den Rücken gefesselt, so fürchtete sie am meisten um ihr Fötzchen, das sich dem Tempelbesucher aufreizend präsentierte, da ihr Hintern momentan den höchsten Punkt ihres Körpers bildete.

Der Feldherr hob die Nadel auf, während der Eunuch zwei Eimer Wasser in die Wanne schüttete. Ungeduldig rief er zwei weitere Diener herbei, damit es schneller ging. Der Wasserspiegel stieg immer weiter an. Es dauerte nicht lange und Shalisés Augen wurden mit Wasser umspült. Auch wenn die Kühle angenehm war, brach doch leichte Panik in ihr aus.

Sie wollte ihre Augen geschlossen halten und öffnete sie dennoch immer wieder angsterfüllt. Als das Wasser allerdings ihre Nase umspülte und sie nur noch durch den Mund atmen konnte, stieß sie spitze Schreie aus, um sich dem Mann mitzuteilen. Es war ihre bescheidene Art, um Hilfe zu betteln. Aber ihr Flehen blieb unbeantwortet. Etwas Wasser lief durch ihre Nase in den Rachen und Shalisé musste husten. Krampfhaft versuchte sie sich darauf zu konzentrieren, durch den Mund zu atmen.

Aber der Wasserspiegel stieg weiter.

Der Tempelbesucher würde doch nicht so weit gehen, ihren Kopf unter Wasser zu setzen …? Sie strampelte mit den Füßen und trat den Mann, der ihre Beine mit seinem Unterkörper augenblicklich gegen die äußere Wannenwand drückte. Somit war sie nur noch in der Lage, die Finger zu bewegen. Hektisch tat sie genau das.

Plötzlich piekte der Mann mit der Nadel in Shalisés rechte Handfläche.

Sie schrie und versuchte der Nadelspitze auszuweichen, was natürlich sinnlos war, weil er genau sah, was er tat, und sie rein gar nichts. Er stach mit der Nadel in ihre Fingerkuppen, zuerst in den Daumen, dann in den Mittel- und den Ringfinger. Shalisé schluchzte vor Schmerz und weinte ein paar Tränen, die niemand bemerkte, da der Wasserspiegel bis zu ihrer Oberlippe gestiegen war.

Wieder malträtierte der Feldherr ihre Finger, diesmal die der linken Hand, indem er mit der Spitze die Haut aufriss, sie kratzte und zustach.

Erst nachdem die Qual vorüber war, stellte Shalisé fest, dass das Wasser nicht weiter anstieg. Sie hätte erleichtert sein sollen, doch die Angst, Wasser könnte in ihren von der Spange aufgezwungenen Mund fließen, dominierte ihr Bewusstsein. Sie fürchtete sich vor dem Ertrinken und dem Gefühl, zu ersticken. War es das, was der Mann im Schilde führte? Nein, das konnte sie sich nicht vorstellen. Epiphila würde ihn büßen lassen. Aber was, wenn er gar nicht an die Göttin glaubte? Er wäre nicht der Erste, der sich in den Tempel einschlich, nur um in den Genuss sexueller Dienste zu kommen, die eigentlich einem höheren Zweck dienten. Der Mann hatte zwar eine raue, maskuline Statur, allerdings keinerlei Zeichen harter Arbeit an den Händen. Eine Tatsache, die sie sehr verwunderlich fand. Männer, selbst höheren Ranges, die von den Schlachtfeldern kamen, besaßen stets dicke Hornhäute, hatte eine andere Dienerin Shalisé berichtet. Die Handflächen solcher Besucher würden sich anfühlen wie ein Reibeisen. Dieser Mann jedoch besaß samtweiche Hände. Wie konnte das sein? Es passte nicht zusammen.

Auf einmal fühlte sie einen starken, punktuellen Schmerz an ihrer Schamlippe. Sie kreischte und erstarrte im nächsten Moment, als das Wasser durch ihr Zusammenzucken in Bewegung geriet. Es plätscherte gegen ihr Gesicht, schwappte über ihre Oberlippe und ein paar Tropfen rannen ihre Kehle hinab.

Bevor sie sich erholen konnte, stach der Mann ein zweites Mal in ihre Muschi. Kurz. Neckend. Shalisé jammerte. Der Stich tat nur einen kurzen Augenblick weh, aber ihr Fötzchen war ohnehin schon durch die Klammern ein einziger Schmerz. Das Stechen erinnerte sie an die Qual, die die Klammern ihr seit mittlerweile zu langer Zeit bereiteten, und an die Hölle, durch die sie sie schicken würden, wenn sie abgenommen werden würden.

Sie kniff die Augen zusammen und der Heerführer bohrte die Nadelspitze in das dünne Häutchen, das ihren Kitzler umschloss. Shalisé stieß kehlige Laute aus, die sie niemals zuvor von sich gegeben hatte. Sie röhrte, sie stöhnte, gurrte und röchelte, sie zischelte und knurrte. Ihre Zunge tanzte durch den Mund. Speichel sammelte sich im Rachen, den sie nur mühsam herunterschlucken konnte. Ihre Gedanken waren vor lauter Qual benebelt. Sie fühlte sich mit einem Mal seltsam leicht und entrückt, ließ sich vollständig in das Leid fallen. Ihr Körper war entspannt. Für einen kurzen Moment hielt sie die Luft an, um sie gleich darauf kraftvoll auszustoßen.

Solch einen Zustand hatte sie noch nicht erlebt. Es war wie eine Art Trance. Der Schmerz überlagerte alles. Er wurde zum

Zentrum ihres Seins, verminderte sogar ihre Furcht zu ertrinken. Gleichgültigkeit bemächtigte sich ihrer: Sie legte ihr Schicksal in die Hände des Mannes, der ihr all dies Leid zufügte.

Er öffnete ihre Schenkel und drang mit einem gewaltigen Stoß in ihre Muschi ein. Seine Hoden schlugen gegen die Klammern und sein harter Schwanz drückte die Klitoris gegen das Häutchen, in dem die Nadel steckte.

Dann fickte er Shalisé.

Er trieb seinen Penis in sie hinein, presste ihren Saft aus ihr heraus, malträtierte sie mit brutalen Stößen, die gleichsam so lustvoll waren, dass die Dienerin schnell auf einen Orgasmus zusteuerte. Die heilige Zeremonie hatte sie so geil gemacht wie nie zuvor. Hatten die jungen Besucher, auf die sie Epiphilas Göttlichkeit übertragen hatte, immer nur ihre eigene Lust im Sinn gehabt, so kümmerte sich der Feldherr auch um die seiner Dienerin. Er wusste, wie Shalisé Epiphila ganz nah kommen konnte – und somit auch er. Shalisé leitete die Göttlichkeit an ihn weiter und erneuerte somit seinen Glauben.

Mit tiefer Zufriedenheit kam Shalisé.

Sie schrie vor Schmerzen und Lust, als der Höhepunkt sie überwältigte, und war fasziniert, wie gekonnt der Mann ihren Orgasmus nicht abflachen ließ, indem er die Klammern – eine nach der anderen – von ihren Schamlippen löste und gleichzeitig die im Fleisch steckende Nadel rotieren ließ, so dass die Vorhaut über den Kitzler streichelte.

Nachdem er alle Klammern gelöst hatte, machte er Shalisé vom Haken los und zog sie hoch. Das Wasser lief an ihrem Körper herunter – feuchte Streicheleinheiten. Er drückte sie auf die Knie, steckte ihr seinen Schwanz in den Mund und spritzte ab. Folgsam und halb betäubt von den eigenen Höhenflügen schluckte sie sein Sperma. Sie saugte auch den letzten Rest aus ihm heraus und leckte die Eichel mit der Zunge sauber.

»Trag die Hure weg«, befahl er dem Eunuch und zog sich erschöpft zurück.

Enttäuscht und traurig suchte sie den Blick des Mannes, der sie Epiphila nähergebracht hatte als irgendjemand sonst zuvor. Warum schenkte er ihr keinen Abschiedsgruß, kein Tätscheln für ihre erbrachten Dienste, kein Augenzwinkern? Er hatte seinen Spaß gehabt. Ging es ihm nur darum?

Als hätte er ihre Gedanken gelesen, wisperte der Eunuch, der sie in einem abgedunkelten Badezimmer vor einer in den Boden eingelassenen Wanne auf ein Kamelfell legte: »Er genießt das Echo von Epiphilas Göttlichkeit. Er lauscht ihrer Stimme, die noch immer in ihm nachklingt, wie ein Widerhall, der langsam immer schwächer wird.«

»Ich hatte schon befürchtet, er wäre nicht zufrieden mit meinem Tempeldienst.« Ihre Stimme klang schwach. Sie war unendlich müde.

Der Eunuch tauchte ein Seidentuch in das mit Kräutern angereicherte Badewasser, spreizte Shalisés Schenkel und begann, ihre Muschi behutsam abzuwaschen. »Unsinn! Er hat bereits verfügt, dass du nur ihm zur Verfügung stehen sollst. Er erkennt die Göttin in dir und braucht ihre Macht für die nächste Schlacht.«

»Wer ist er?«, fragte sie.

Der Eunuch schwieg.

Sie legte die Hand auf seinen Arm, damit er sie ansah. »Sag es mir.«

Er blieb weiterhin stumm.

Flehend fügte sie hinzu: »Bitte.«

Der Eunuch seufzte. Er schüttelte ihre Hand ab, tauchte das Seidentuch erneut ins Wasser und stopfte es geschickt in Shalisés wunde Muschi. Langsam drehte er das Tuch, um ihren Lustsaft herauszupressen und ihr Loch von innen zu reinigen. Er säuberte akribisch und geflissentlich ihr Fötzchen, das durch die

Berührung an den Schmerz und die Lust erinnert wurde und frivol pochte.

»Dreh dich herum. Jetzt kommt dein Arschloch dran«, sagte er.

Erst als sie auf dem Bauch lag, kam er mit dem Mund nah an ihr Ohr und flüsterte kaum hörbar: »Der Kaiser ... es hat dich der Kaiser gefickt.«

Jasmin & der Marquis Obscur

Jasmin schwang die Beine aus dem Auto und zog sich mithilfe der Autotür heraus, bevor sie keine Luft mehr bekam.

»Verflixtes Korsett«, flüsterte sie, schlug die Tür zu und erschrak.

Laut, zu laut hatten ihre Worte in der Stille des Herbstwaldes geklungen – eine Verfehlung, die sie ihrem Herrn Sir Thor gleich morgen früh würde melden müssen. Hoffentlich hatte Marquis Obscur, zu dem Thorben sie geschickt hatte, diesen Fehler nicht bemerkt. Verblüfft schaute sie zum Jagdhaus hinüber. Klein hatte sie es sich vorgestellt, wie die Holzhütte, die Sir Thor ab und an mietete, um ihren Hintern dort nach aller Kunst des Spankings zu bearbeiten. Weit draußen lag allerdings auch dieses Haus. Niemand würde ihr Wimmern und Flehen hören können. Jasmin erschauderte. Was plante der Marquis mit ihr?

Sie schnalzte. »Wie kann ich das abschätzen? Ich kenne ihn nicht einmal.« Zitternd fuhr sie sich durch die kurzen, hellblonden Haare und blickte zur herbstblattgepflasterten Allee zurück, der einzige Weg, der hierher führte, als wäre dies das Ende der Welt.

Und eigentlich wollte sie ihn auch nicht kennen lernen. Doch ihr Herr meinte, die strenge Hand des Marquis würde ihr so manche Flausen und Keckheiten austreiben. Kein Jammern hatte geholfen, er war nicht umzustimmen gewesen.

Mit Sir Thor war sie liiert. Das war etwas ganz anderes. Aber nun sollte, nein, musste sie sich einem Fremden unterwerfen, um Thorben zufriedenzustellen. Er hatte kein Erbarmen gezeigt, dabei hätte sie, wenn er es verlangt hätte, sogar seinen ihm so heiligen Natursekt getrunken. Aber er hatte es nicht gefordert. Über welche Hürden würde Marquis Obscur sie treiben?

Der Kies unter ihren Stilettos knirschte, als sie langsam auf das zweistöckige, aus massivem Holz gebaute Jagdhaus zuging. Die Fensterläden waren geöffnet. Hinter den Fenstern waren keine Gardinen zu entdecken. Im hinteren Teil brannte Licht. Für einen Sekundenbruchteil flammte in ihr der Gedanke auf, den Fremden erst einmal heimlich aus der Ferne zu betrachten. Aber nein, dazu besaß sie nicht den Mut. Was würde geschehen, wenn der Marquis sie entdeckte? Was wäre, wenn er von Sir Thor die Erlaubnis erhalten hatte, alles, wirklich alles mit ihr zu machen? Thorben hatte dies behauptet, aber sie glaubte ihm nicht. Immerhin war er ihr Freund und Herr. Sollten nicht beide auf sie aufpassen?

Sie blieb vor der Holztür mit den elegant verschnörkelten Messingbuchstaben ›Home is where the heart is‹ stehen und versuchte durchzuatmen, aber das Korsett schnürte ihr die Luft ab, auch wenn sie mal hier, mal dort zog und zupfte. Es war zu eng geschnürt, um auch nur einem herunterlaufenden Schweißtropfen Platz zu lassen. Sir Thor hatte mal wieder ganze Arbeit geleistet.

Sie hob die Hand, um anzuklopfen, wischte sich dann aber die Schweißperlen von der Stirn. Es war anstrengend auf Stilettos zu gehen. Es war anstrengend sich in einem Lederkäfig zu bewegen. Aber nichts würde so anstrengend sein, wie die Schwelle dieses einsamen Hauses im Wald zu überschreiten und einem Unbekannten gegenüberzutreten.

»Vertrauen«, dachte Jasmin spöttisch, »als Beweis meines Vertrauens und meiner aufrichtigen Hingabe soll ich meinen Dienst an diesem Abend sehen.« »Ein wenig viel verlangt«, fügte sie flüsternd hinzu. Dennoch stand sie wankend auf den hohen Schuhen, nur noch einen Schritt vom verlangten Beweis entfernt. Wäre diese Hürde, die Türschwelle, genommen, würde alles Weitere ihr sicher leichter fallen. Und wenn nicht, würde sie einfach alles über sich ergehen lassen und heimkehren.

Jasmin klopfte leise an. »Vielleicht hört er mich nicht und ich darf umkehren«, hoffte sie insgeheim. Doch da öffnete sich die Tür bereits.

»Tritt ein, Jasmin. Ich habe schon auf dich gewartet – und ich warte nicht gern!«

Der drohende Unterton in seiner Stimme war ihr nicht entgangen. Nun gab es kein Zurück. Mit gesenktem Blick schritt sie an dem kinnbärtigen Mann, der einen schwarzen Anzug, ein cremefarbenes Halstuch und eine runde Brille trug, vorüber und blieb gleich hinter der Tür stehen. Ein großzügiges Wohnzimmer tat sich vor ihr auf. Jasmins Blick fiel auf das überquellende Bücherregal zu ihrer Rechten. ›Alice hinter den Spiegeln‹ lehnte sich weit über die Kante und Jasmin verspürte den Drang, hinzulaufen und den herunterfallenden Roman aufzufangen. Doch ‚Alice' blieb, wo sie war, und Jasmin ebenfalls. Der Tee in der Glaskanne auf dem kleinen, kreisrunden Tisch dampfte nicht mehr, aber der Duft von Earl Grey erfüllte noch immer den Raum. Jasmins Blick streifte den Ledersessel in der Ecke, schwenkte von der schweren Kirschholzkommode im Eingangsbereich über den massiven Schrank zu der brombeerfarbenen Sitzgarnitur am Fenster. Keine Gardinen. Ob wohl draußen jemand stand und sie beobachtete? Thorben vielleicht? Ihr Körper bebte. Am liebsten hätte sie den Marquis zur Seite gestoßen und wäre zu ihrem Auto zurückgeflüchtet. Doch mit Stilettos und in diesem Lederkäfig würde sie nicht weit kommen. Unsicher fingerte sie wieder an ihrem Korsett.

Er ging um sie herum, betrachtete sie ausgiebig, und obwohl sie ihn nicht ansah, wusste sie, dass sein Blick ihren Körper abtastete, als wären es seine Hände: Prüfung. Ob er auch ihre

Körperöffnungen prüfen würde? Sie wollte lieber im Boden versinken, als seine Finger in sich zu spüren. Wenigstens war er gepflegt. Nein, das war untertrieben. Er war stilvoll, geradezu mystisch elegant. Aber waren nicht die stilvollen Verbrecher immer die schlimmsten? Gingen sie nicht über Leichen, verfolgten skrupellos ihre Ziele? Für einen Augenblick schloss Jasmin die Augen, denn ihr wurde schwindelig.

Sie erschrak, als die Gerte unter ihrem Kinn sie zwang, ihn anzusehen. Kein Blick hätte kühler sein können, aber auch keiner faszinierender.

»Du fühlst dich unwohl in dem Korsett. Weshalb trägst du es dann?« Der Marquis zog spöttisch Mundwinkel und Augenbrauen hoch.

Jasmin brauchte eine Weile, um ihre Gedanken zu ordnen und die richtigen Worte zu finden. »Weil mein Herr, Sir Thor, es wünscht.«

Er schritt näher, ohne sie aus den Augen zu lassen. Als er unmittelbar vor ihr stand, ließ er seinen Blick schweifen und betrachtete ihr Gesicht eingehender. Jasmin fühlte sich, als wäre es sein Finger, der ihre Brauen nachfuhr, den Nasenrücken hinabglitt, um dann ihren Mund nachzuzeichnen. Ihre Haut kribbelte, ihr war heiß und sie hatte Angst überhaupt zu atmen. Wenn sie wollte und ihre letzten Mutreserven zusammenkratzen würde, könnte sie vielleicht ein deutliches »Nein« herausbringen und gehen. Doch würde er sie lassen? Seltsamerweise wollte sie gar nicht fort, konnte sich nicht rühren, wagte es nicht einmal, sich an der Stirn zu kratzen, wo eine Haarsträhne sie reizte. Der Marquis brauchte sie nur anzuschauen und erzielte das Gleiche wie Thorben mit Hand- und Fußfesseln.

Deutlich roch sie sein Parfüm: warm, intensiv – eindeutig Antaeus. Er war kein Richard Gere, besaß aber eine Aura, eine Präsenz, die schlicht da war; hier und jetzt, warm und intensiv. Würde dieser Mann ihr Schmerzen bereiten, von denen sie nie auch nur zu träumen gewagt hatte? Würde er sie vorher knebeln, damit sie unfähig war, das Safeword auszusprechen und sich somit komplett seinem Willen und seiner Härte unterwarf, was Sir Thor von ihr immer wieder als Zeichen wahrer Liebe und Hingabe verlangte, bisher erfolglos?

»Dein Herr zwingt dich das Korsett zu tragen, obwohl es dir nicht behagt?« Herausfordernd schaute er sie an.

»Er sagt, ich werde lernen es zu mögen«, begann sie mit zittriger Stimme, »Weil es ihn glücklich macht.«

Der Marquis schnalzte. »Und was ist mit dir, Jasmin? Hast du nicht das Recht, glücklich zu sein?«

Glatteis! Bei ihr heulten alle Alarmsirenen auf. Sie schluckte und schaute auf den Boden, doch er zwang sie erneut mit der Gerte unter ihrem Kinn, ihm ins Gesicht zu sehen. Knallrot musste sie sein. Sie spürte die Hitze in den Wangen.

»Meine Aufgabe ist es, meinen Herrn, Sir Thor, glücklich zu machen.« Sein gütiges Lächeln brachte ihr Entspannung. Ja, sie hatte das Richtige gesagt. Doch so schnell, wie das Lächeln kam, verschwand es auch wieder, und der Kloß in Jasmins Hals schwoll wieder an.

Erneut ging er um sie herum, langsamer, bedrohlicher noch als zuvor. In ihrer Angst hörte sie bereits die Gerte durch die Luft sausen, die ihr ohne Vorwarnung auf den Hintern schlagen würde, nur um ihr mit Schmerzen, nicht mit Lust, seine Macht zu demonstrieren. Seine Macht über die Situation. Seine Macht über sie. Sie wartete starr, doch sie wartete vergebens.

Der Marquis blieb hinter ihr stehen. Quälendes Warten. Endlos gedehnte Minuten, in denen Jasmins Angst unaufhaltsam wuchs.

Plötzlich hauchte er in ihren Nacken. Sie zuckte zusammen, als hätte sie ein Schlag getroffen. Jasmin grub die Nägel in ihre Handballen. Sie schloss die Augen und versteifte sich.

»In der Tat, das ist deine Aufgabe. Aber wo bleibt das Recht einer Sklavin auf ihr Glück? Du quälst dich mit Stilettos und Korsett und tust dies trotz der Gewissheit, es niemals mögen zu werden. Du erträgst eine Qual, die keine Lust in dir erzeugt, nie erzeugen wird. Was ist Sir Thor für ein Herr, dass er dir so etwas antut? Antworte, Jasmin! Welche Aufgabe hat dein Herr?«

Wie weit entferntes Donnergrollen klang seine Stimme hinter ihr. Vorsichtig antwortete sie: »Mich zu einer guten Sklavin zu erziehen.«

»Wie kannst du eine gute Sklavin werden, wenn du dich nie an dein Outfit gewöhnen wirst? Wie kann dein Herr zulassen, dass du mehr an dein Äußeres als an dein Inneres denkst? Wirst du dich auf diese Weise jemals fallen lassen, dich deinem Herrn ganz hingeben, ihn wirklich glücklich machen können?« Forsch schritt er um sie herum, ging hart auftretend einige Schritte und hieb die Gerte auf die Holzkommode, dass der Spiegel darauf leise klirrte. »Zieh dich aus und übergib mir deine Sachen! Alles, Jasmin! Sofort! Kein Kleidungsstück wird dich verhüllen, kein Schmuck dich zieren, es sei denn, ich befehle es dir. Du hast fünf Minuten.«

Völlig verwirrt durch den plötzlichen Umschwung, über die unerwartete Schnelligkeit seines Handelns, die Dynamik und die unmögliche Forderung, in fünf Minuten sich ihres Korsetts zu entledigen, verharrte Jasmin auf ihrem Platz. Bebend krallte sie ihre Finger in die Oberschenkel. Sie brauchte Halt. Der Raum um sie herum verengte sich. Die Wände kamen auf sie zu und nahmen ihr die Luft zum Atmen, zum Denken, zum Handeln.

Obscur kam wieder drohend auf sie zu. »Deine Weigerung hat dir gerade zehn Schläge auf den Hintern eingebracht.« Drohend ließ er die Gerte schnell und boshaft durch die Luft sausen. Damit wies er sie an, zur Kommode zu gehen. »Zehn Schläge auf jede Pobacke. Und jede weitere Verzögerung bringt dir noch mal zehn Hiebe ein.«

»Bitte nicht«, wollte sie widersprechen. Doch die Worte formten sich nur in ihren Gedanken, wollten nicht das Licht der Welt erblicken. So schnell wie möglich wackelte sie auf ihren Stilettos zur Kommode, lehnte ihren Oberkörper nach vorne, spreizte die Beine und biss sich auf die Unterlippe. Tränen füllten schon jetzt ihre Augen. Sie hatte Angst vor dem Marquis. Sie fühlte sich gedemütigt, weil ihr Herr ihm Macht über sie verliehen hatte. Oder hatte sie das nicht sogar selbst getan, indem sie seinen Befehlen folgte? Und trotzdem spürte sie, wie feucht ihr String war und sich ein Gefühl in ihr regte, das sie von Thorben nicht kannte. Das erste Mal spürte sie wahre Macht. Wie eine Gewitterfront zog sie vor Jasmins Augen auf und stand scheinbar kurz davor, sich zu entladen.

Dann erschrak sie, obwohl noch kein einziger Schlag sie getroffen hatte. »Wir haben kein Safeword ausgemacht«, schoss es aufgeregt aus ihr heraus.

Doch der Marquis Obscur antwortete nur lachend: »Es wird kein Safeword geben. Sir Thor hat dich ganz meinem Willen überlassen, ohne Einschränkung. Nun füge dich meinem Willen, oder ich werde dich dazu zwingen!«

Jasmin schloss die Augen, bereit, den ersten Schlag zu empfangen. Im selben Moment wurde ihr klar, dass ihr Herr und der Marquis sie bewusst in diese ausweglose Situation gebracht hatten. Sie würde nur einem gehorchen können. Aber wem? Angestrengt dachte sie nach, versuchte ihre Gedanken zu ordnen, doch die Ausweglosigkeit stürzte sie in ein Gefühlschaos. Egal, wie sie entschied, es würde harte Konsequenzen haben. Aber hatte nicht Sir Thor sie zum Marquis geschickt? Forderten seine Befehle nicht, dass sie sich für diese Nacht dem Fremden ganz würde unterwerfen müssen? Schlagartig war ihr klar, welche Entscheidung sie treffen musste. Das unbekannte Gefühl Macht zu begegnen, das sie kurz zuvor das erste Mal gespürt hatte, regte sich in ihr und schlagartig war ihr klar, was sie zu tun hatte.

Sie löste die Fingernägel aus ihren Handballen, drehte sich um und senkte ihren Blick auf einen Punkt vor den Schuhen des Marquis. Zu ihrem eigenen Erstaunen sprach sie mit sicherer Stimme: »Bitte züchtigen Sie mich. Aber schlagen Sie meinen nackten Körper. Ich bitte Sie in aller Form um etwas Geduld. Ich benötige einen Augenblick, um mich aus diesem Lederkäfig zu befreien.«

Ein Moment des Schweigens und Wartens – Jasmin hielt die Luft an. Wie gerne hätte sie in das Gesicht des Marquis geschaut! Sie sehnte sich nach einer Reaktion und fürchtete sich gleichzeitig davor. Dann bewegten sich die Schuhe aus ihrem Blickfeld. Angestrengt lauschte sie – nichts. Die Ruhe vor dem Sturm? Sie erschrak, als eine Flasche entkorkt wurde, und entspannte sich ein wenig, als ein Glas sich glucksend füllte. Der Marquis entflammte ein Streichholz und ließ sich offenbar in dem breiten Sessel vor dem Bücherregal nieder.

»Du wirst meine Dienerin sein, Jasmin, denn ich versklave dich nicht, sondern du dienst mir von nun an. Ein feiner Unterschied! Du bist meiner würdig.« Er nahm einen Schluck aus dem Glas und zog an seiner Zigarre, deren Rauch den Raum zu füllen begann. »Zieh dich jetzt langsam aus, aber dreh dich zuerst zu mir. Ich will dich dabei betrachten.«

Jasmin biss sich auf die Unterlippe und wandte sich ihm zu. Ein seltsames Gefühl begann ihren Körper von den Haarwurzeln bis zu den Zehspitzen zu durchströmen. Ein Gefühl, das sie nicht zu dieser Zeit an diesem Ort erwartet hatte, denn sie wollte doch eigentlich gar nicht hier sein. Sie wollte sich nicht vor dem Marquis ausziehen, sein süffisantes Lächeln nicht ertragen müssen, während er diese Erniedrigung auch noch genoss. Verspürte sie tatsächlich Lust?

Jasmin war heiß. Mühsam begann sie das Korsett zu öffnen, lockerte die Lederbänder auf dem Rücken in dem Bewusstsein, dass ihr Busen herausquellen und sich dem Fremden auf lüsterne Weise anbieten würde. Es dauerte quälend lange, bis der Lederkäfig auf den Holzboden fiel. Obwohl sie dann nun nur noch in String, halterlosen Strümpfen und Stilettos vor Marquis Obscur stand, fühlte sie sich befreit.

Ein Lächeln huschte über ihr Gesicht. Erschrocken schaute sie zum Marquis. Hatte er es bemerkt? Deutete er es als Keckheit? Noch immer saß er gelassen in seinem Ledersessel und schwenkte das Glas, in dem sich offensichtlich Rotwein befand. Seine Miene verriet nichts. Doch sein Blick drückte zustimmendes Wohlwollen aus. Konnte das wirklich sein oder interpretierte sie zu viel in seine Mimik und Gestik? Sah sie vielleicht nur, was sie sehen wollte?

Doch dann verdunkelte sich sein Blick und grollend ermahnte er sie: »Hast Du vergessen? Ich warte nicht gerne!«

Hastig fuhr sie fort, sich zu entkleiden. Sie streifte den Slip über ihren Po und ließ ihn an ihren Beinen hinabgleiten. Sie stieg aus ihren hochhackigen Pumps und rollte die Strümpfe herunter.

Dann wartete sie. Einige Minuten stand sie mit leicht gespreizten Beinen, hinter dem Rücken verschränkten Händen und demütig gesenktem Blick vor dem Marquis. Er hatte diese Position nicht verlangt. Aber sie hatte sie unwillkürlich eingenommen. Erst jetzt wurde ihr bewusst, dass nicht nur ihr Kopf, sondern auch ihr Gefühl den Marquis als ihren Herrn für diese Nacht akzeptiert hatte.

Und er? Nichts. Wollte er ihr denn nicht befehlen, sich wieder umzudrehen, um ihre Strafe zu empfangen? Sie spürte deutlich, wie sie errötete, denn mit einem Mal sehnte sie sich nach den Schlägen. Leise sprach sie: »Ich bitte Sie voller Demut, mein Herr für diese Nacht, mir die Gnade ihrer Strafe zu gewähren.«

Es dauerte, bis er antwortete, aber schließlich sagte er scharf: »Dreh dich um und stütz dich auf die Kommode. Du wirst leiden, Jasmin, leiden durch meine Hand! Erkenne darin die Hand und den Willen deines Herrn.«

Jasmin bebte. Heiße und kalte Schauer liefen über ihren Körper. Verwirrt nahm sie die befohlene Haltung ein und horchte in ihr Inneres. ›Dein Herr‹ – oft hatte sie diese Worte schon von Sir Thor gehört, auch wenn er bevorzugte, ›dein Herr und Meister‹ zu sagen. Es hatte immer anders geklungen, als jetzt die Worte aus dem Mund des Marquis Obscur. Er sprach wahrhaftig. Er berührte sie, tief in ihrem Inneren.

Sie horchte. Wo war der Marquis? Er stand irgendwo hinter ihr, wohl bereit, den ersten Schlag auf ihren Hintern niedersausen zu lassen. Jasmin fürchtete und sehnte sich zugleich. Weshalb begann er nicht? Worauf wartete er? Er quälte sie, doch nicht mir der Gerte, sondern mit dem Verzögern ihrer Strafe. Die Ungewissheit ließ ihr das Herz bis in den Hals schlagen. Ungleich intensiver war das Prickeln in ihrer Scham, die sie deutlicher spürte als jeden anderen Körperteil.

Dann hörte sie das leise Sirren der Gerte hinter sich. Aus den Winkeln ihrer niedergeschlagenen Augen sah sie, wie der steife, geflochtene Riemen herabfuhr. Jasmin bebte und zuckte im nächsten Moment, doch nur, weil ein scharfer, schneller Lufthauch an ihrem nackten Po vorbeizog, den sie dem Marquis nun schon unerträglich lange voll, prall und rund entgegenstrecken musste. Hörbar atmete sie auf, genoss und zitterte nicht nur innerlich vor seiner Macht über sie.

»Spürst du mich?«

»Ja, mein Herr.«

»Willst du mehr, Jasmin?«

»Es wäre mir eine übergroße Freude.« Kaum hatte sie dies ausgesprochen, zog der Marquis die Gerte ein erstes Mal über ihren Po. Der Schmerz ließ Jasmin aufstöhnen. Heiß brannte die Stelle, die der Marquis als die seine markiert hatte, und feurig antwortete ihre Scham. Schnell und zielsicher ließ er dem ersten noch leichten Schlag weitere folgen, die um Winzigkeiten, doch spürbar immer härter wurden.

Jasmin schrie leise auf. Vor Schmerz. Vor Lust. Aus Erlösung.

Als der Marquis nach einer Weile seine Gerte am Handgelenk baumeln ließ und er über Jasmins Po strich, durchströmte sie ein Gefühl von Zufriedenheit, Wärme, Nähe und ja, sogar Sicherheit – so einzigartig, wie sie dies alles nie zuvor empfunden hatte, durch keine Berührung und nicht durch Thors Schläge. Die Hand des Marquis, die ihr zuvor noch Schmerzen zugefügt hatte, streichelte nun über die brennende Haut, als würde er Jasmin halten, ihr durch eine einzige, sanfte Berührung mitteilen, dass er bei ihr war, für sie da war und sich ausschließlich auf sie konzentrierte. Ja, sie wollte ihm dienen, freiwillig und hingebungsvoll, denn sie wünschte es sich von ganzem Herzen. Sie wollte ihm ihre ganze Aufmerksamkeit schenken, wie er ihr seine ganze Aufmerksamkeit schenkte.

»Das also ist wahre devote Hingabe«, dachte sie, während Tränen über ihr Gesicht liefen, sie sich nicht länger auf den Beinen halten konnte und winselnd vor der Kommode zu Boden sank.

»Dein Herr hatte mir gesagt, du könnest viel mehr Schläge ertragen«, wisperte der Marquis mit ruhiger Stimme schon im nächsten Moment neben ihrem Ohr. Seine warme, starke Hand legte sich auf ihre Schulter.

Und es fühlte sich so gut an, seinen Körper nah an dem ihren zu spüren. Er gab ihr Halt, wie nie jemand zuvor ihr Halt geboten hatte.

Mehr? Oh ja, viel mehr hatte Sir Thor sie erleiden lassen. Jasmin erinnerte sich gut. Und auch der Marquis musste die Male des Spankings auf ihrem Körper entdeckt und richtig interpretiert haben. Und mit einem Male schämte sie sich dafür.

»Hat Sir Thor dich oft und hart geschlagen? Antworte mir, Jasmin!« Und seine jetzt beinahe sanfte Stimme stärkte sie und machte ihr Mut, ebenso wie seine warme Umarmung. »Er liebt es, meinen Körper zu markieren, damit er noch tagelang sein Kunstwerk betrachten kann.«

»Kunstwerk?« Obscur schnaubte verächtlich. »Er hat nicht den Hauch einer Ahnung, was wirkliche Kunst bedeutet. Weder an der Häufig- noch an der Heftigkeit der Strafen erkennt man einen wahren Herrn.« Sanft streichelte er über ihre Haare, wischte ihre Tränen von den Wangen und schaute sie fordernd an.

Für einen Augenblick war Jasmin irritiert. Hatte er nur Psychospielchen mit ihr gespielt und war nun bereit, die Teufelsmaske auszuziehen? Nein, Zuspruch verlangte er ganz sicher nicht von ihr. Dann dämmerte es ihr langsam und sie sagte: »Mein Herr, Marquis, ich bitte Sie von Herzen mir zu erlauben, Ihnen meine Kleidung überreichen zu dürfen.«

Seine Augen funkelten. Er nickte, stand auf und nahm wieder im Sessel Platz. Dann fuhr er fort, Rotwein und Zigarre zu genießen. Rauchschwaden stiegen auf. Plötzlich sah sie die Raupe aus ›Alice im Wunderland‹ vor ihrem inneren Auge und musste fast grinsen, konnte es allerdings noch rechtzeitig unterdrücken. Und dennoch, es hatte etwas Befreiendes, einfach nur Befreiendes.

Sie zog sich an der Kommode hoch und sammelte Korsett, String, Strümpfe und Stilettos auf. Dann reichte sie alles dem Marquis mit demütig gesenktem Blick.

»Gut so.« Er nahm die Kleidung, ging langsam zum Schrank und legte sie hinein. Dann schloss er die Tür ab und ließ den Schlüssel in seine Hemdtasche gleiten. »Nun knie dich hin. Ich werde zuerst deinen schönen, prallen Busen bearbeiten. Brennen, oh ja, brennen wird er, als hätte ich eine Feuerqualle auf ihn gelegt. Danach prüfe ich, wie flink deine Lippen und deine Zunge sind, benutze deinen Mund, damit deine Brüste meinen Wein kosten können.«

Unruhig verlagerte Jasmin ihr Gewicht von einem Bein auf das andere und war sich peinlich bewusst, dass er genau wusste, was in ihr vorging. Natürlich! Bewusst hatte er ihr mitgeteilt, was nun geschehen würde, und er erreichte, was er wollte – ihre Erregung steigerte sich mit jedem Atemzug.

Sie kniete sich hin, spreizte die Schenkel und verschränkte die Arme hinter dem Kopf, um ihren Busen in seiner schönsten Form zu präsentieren.

»Nicht so«, hauchte er gefährlich sanft und streifte mit Zeigefinger und Daumen ihr Kinn. »Verschränke deine Arme hinter dem Rücken und neige dich leicht nach vorne.« Als sie unsicher erstarrte und versucht war, ihm ins Gesicht zu schauen, sagte er scharf: »Gehorche! Sofort!«

Jasmin tat, wie ihr befohlen, und spürte augenblicklich, wie der Marquis Obscur ihre Hände mit einem Seil zusammenband. Wo hatte er es versteckt, unter dem Sessel vielleicht, oder hatte er es die ganze Zeit in der Tasche getragen? Seine Schuhe tauchten in ihrem Blickfeld auf, aber sie sah auch ihren eigenen Busen, den die Schwerkraft nach unten zog und der sich wippend dem Marquis anbot.

Obwohl er vor ihr in die Hocke ging, konnte sie sein Gesicht nicht sehen. Lediglich Antaeus, vermischt mit Zigarren- und Rotweinduft drang zu ihr, und sie nahm das Gemisch in tiefen Atemzügen in sich auf, denn es war der Duft ihres Herrn.

Lange umkreiste der Marquis ihre Brustwarzen mit Zeige- und Mittelfinger, ohne sie zu berühren. Nur die Vorhöfe empfingen die Gnade, ihn spüren zu dürfen. Es machte Jasmin wahnsinnig. Immer wieder schloss sie die Augen, um diese gleich darauf aufzureißen. Sie war versucht, genießerisch ihren Kopf in den Nacken zu werfen. Aber das hätte ihre demütige Haltung zerstört und so kämpfte sie gegen diesen Drang an. Sie stöhnte auf, als er ihren linken Busen in die Hand nahm und wiegte. Plötzlich ließ er ihn fallen. Sie erschrak. Beschämt sah sie beide Brüste stark schaukeln und schaute weg.

»Das empfindest du bereits als Erniedrigung?«, säuselte der

Marquis. »Auf dich kommen noch ganz andere Dinge zu. Nun schau dir das an: ein Netz zwischen deinen Schenkeln. Fürwahr, ich bin ein Weber.« Er fuhr mit der Gerte die Innenseite ihrer Beine entlang.

Jasmin erschauderte vor Erregung und sah an sich herunter. Hochrot musste ihr Gesicht sein, denn ihr war heiß, als sie ihre eigene Feuchtigkeit betrachtete. Wie ein Netz zogen sich die Fäden von einem Schenkel zum anderen. Von ihrer Scham fiel ein Tropfen auf den Teppichboden. Sie triefte vor Lust wie eine läufige Hündin.

Sie schluckte, um ihre Kehle anzufeuchten. »Mein Herr, ich möchte mich demütigst dafür entschuldigen, Ihren Teppich beschmutzt zu haben.«

»Erregung hat nichts mit Schmutz zu tun!« Kalt klangen seine Worte. »Und diese Lektion werde ich mit einer Strafe unterstreichen.« Er legte die Gerte vor sie, damit sie sie sehen konnte. Schon klatschte seine flache Hand gegen Jasmins Busen.

Der unerwartete Stimmungs- und Tempowechsel verwirrte sie, doch ehe sie sich versah, fasste er eine ihrer Brustwarzen, drückte zu und zog den Busen lang. Eben noch wippend, war die Brust nun fixiert. Ein weiterer Schlag traf sie, immer und immer wieder schlug er auf den gestreckten Busen ein, nicht fest, aber rhythmisch schnell auf dieselbe Stelle, die schon bald feuerrot war und mehr und mehr schmerzte. Dann begann er sich der anderen Brust zu widmen, hielt jedoch die gerötete weiterhin fest. Auf Jasmin stürmten die unterschiedlichsten Gefühle ein. Es beschämte sie, gefesselt zu sein und die ›Bearbeitung‹ wehrlos über sich ergehen zu lassen. Ihre natürliche Reaktion war Abwehr und dennoch war sie froh, dass Seile sie daran hinderten. Es erniedrigte sie, ihren Busen wippend, schaukelnd, schmerzend, hochrot und langgezogen zu sehen, wo Sir Thor ihn bisher nur mit einem Seil umspannt hatte. Der Marquis vollbrachte so Herrliches mit einfachen Mitteln, und Jasmin wusste, dass der Teppich gierig jeden Tropfen von ihr aufsaugte.

Mit einem Mal ließ er von ihrem Busen ab. »Schließ die Augen!«, befahl er hart.

Kaum hatte sie seine Anweisung befolgt, spürte sie seine Zungenspitze auf ihrer Brustwarze. Zärtlich umkreiste er sie, ausgiebig, fordernd. Jasmin wollte ihre Lust hinausschreien, winselte jedoch nur, was ihn offensichtlich ermunterte, vehementer zu werden. Mit beiden Händen knetete er ihre Brüste, hob sie abwechselnd an seinen Mund und saugte an den Brustwarzen, zuerst nur sanft, dann immer stärker, so, dass sie ab und an seine Zähne spürte. Er machte sie wahnsinnig! Der Schmerz paarte sich mit Zärtlichkeit und ließ so eine Welle der Erregung über ihren Körper hinwegschwappen, dass sie schließlich leise Schreie von sich gab, um sich zu entladen.

»Oh ja, erregt bist du. Das sehe ich. Das höre ich. Aber deinen Höhenflug musst du dir erst verdienen und zu betteln wirst du auch noch lernen, meine Dienerin. Nun wird dein Herr dich erst einmal benutzen. Ich werde deinen bebenden Körper mit meinem Wein markieren als die seine!«

Jasmin merkte, dass er sich erhob, wagte aber erst die Augen zu öffnen, als er es ihr befahl. Jetzt sah sie seine Männlichkeit unmittelbar vor sich. Sehnsüchtig streckte sich ihr sein Glied entgegen und flugs öffnete sie die Lippen, um ihrem Herrn ein wenig des Glücks zurückzugeben, das er ihr bereitete. Sanft liebkoste sie die Eichel mit der Zunge, befeuchtete ihre Lippen und saugte neckisch an den Hoden. Schnell wuchs die Erregung des Marquis; das war für Jasmin jetzt so offensichtlich, wie ihre Lust sich dem Marquis gezeigt hatte. Sie lächelte.

Plötzlich vergrub er seine Finger in ihren Haaren und zog ihren Kopf nach hinten. Sein Blick war Strafe genug, denn er wusste, dass sie für einen Moment ihren Rang vergessen hatte. Aber er würde sie daran erinnern, dessen konnte sie sich sicher sein. Ohne ein Wort zu sagen, füllte er ihren Mund aus, entzog sich ihm wieder und stieß erneut hinein – nicht weit, nur die Eichel schob sich an den zusammengepressten Lippen vorbei und verschwand hinter ihren Zähnen. Konzentriert auf den Akt schloss Jasmin die Augen. »Schau mich an!«, befahl er zornig und riss an ihren Haaren, dass sie vor Schmerz aufschrie.

Sie kam sich so hilflos, so ausgeliefert, so benutzt, so erniedrigt vor und spürte, wie die Tropfen zum Bach anwuchsen und ihre Innenschenkel hinunterliefen. Sein Blick hatte etwas Magisches. Er zwang sie kniend und gefesselt zuzusehen, wie er ihren Mund zu seiner eigenen Befriedigung benutzte und ihre Lust damit ins Unerträgliche steigerte – bis er sich ihr mit einem Mal entzog und stöhnend ihren Körper als den seinen zeichnete. Und erneut schluckte der Teppich gierig.

»Ich werde mehr von dir verlangen, Jasmin«, säuselte der Marquis drohend und streichelte zärtlich ihr Kinn, »weitaus mehr. Du wirst mehr Schmerz ertragen müssen, denn wir wollen doch deine Grenzen austesten, gar sprengen. Ich werde dich in die Ecke drängen, dir Angst machen, wie noch nie ein Mensch dir Angst gemacht hat, nur um dich bald danach festzuhalten, in meine Arme zu schließen und dir ins Ohr zu flüstern, dass dein Herr dir dies nur aus purer Zuneigung antut. Hast du verstanden, meine Liebe?«

Jasmin erschauderte bei diesen Worten, die ihr so widersprüchlich zu seiner sanften Geste erschienen. Sie fürchtete sich vor ihm, doch im nächsten Moment mischte sich Erregung unter die Furcht, die ihre Wange dazu veranlasste, sich an seiner warmen Hand zu reiben. Sie schloss die Augen und horchte in sich hinein. Nein, Angst war es nicht, was er verlangte, sondern Respekt. Jasmin vertraute ihm blind, dabei kannte sie ihn kaum. Welche Magie er ausstrahlte! Binnen kurzer Zeit hatte er ihr Herz in einem Ausmaß erobert, wie Sir Thor es nie fertigbringen würde. Deshalb wollte sie sich fallen lassen, sich mit Seele und Körper in seine Hände begeben, denn dies bedeutete Obhut, nicht Gefangenschaft, Sicherheit und nicht Angst. Jasmin würde alles tun, um auch nur den Hauch von Aufmerksamkeit von ihrem Herrn geschenkt zu bekommen, und sie hoffte so sehr, dass es nicht nur für eine Nacht sein würde, denn sie liebte den Marquis.

Plötzlich klingelte das Telefon. Erschrocken riss Jasmin die Augen auf.

Der Marquis ging zum Wandtelefon und nahm den Hörer vom nostalgischen Apparat. Er meldete sich mit einem kurzen »Ja« und lauschte.

Jasmin wagte nicht, sich zu bewegen. Voller Begierde, voller Zuneigung, dem Wunsch nach mehr, mehr, mehr sah sie zu ihrem Herrn auf. Sie roch seinen Duft, das Gemisch aus Antaeus, Zigarre und Rotwein, spürte ihn auf ihrem Busen und fühlte, wie sein Wein zwischen ihre Schenkel lief und sich mit dem ihren vermischte – diese Vereinigung bedeutete ihr so unendlich viel!

Er knallte den Hörer auf die Gabel und sagte tonlos: »Ich muss fort. Es ist wichtig. Es tut mir leid, Jasmin.«

Hatte sie sich schon vorher gewünscht, dass ihr Herr das Telefonklingeln unbeachtet gelassen hätte, so wünschte sie es sich nun umso mehr. Spiegelte sich Wut auf seinem Gesicht oder war es Traurigkeit? Sie konnte es nicht sagen. Es war, als würde eine Nebelwand sie trennen. Ihr war auf einmal eiskalt – sie wollte sein Zeichen und seinen Wein von ihrem Körper entfernt haben, denn er hatte die magische Verbindung gelöst.

»Aber ... aber Sie versprachen ... drohten, mich über die nächste Hürde zu stoßen ... sanft«, stammelte sie verlegen, denn sie empfand ihre Zuneigung nicht erwidert. Kein warmes Wort über die schöne, gemeinsame Zeit. Kein Satz der Hoffnung auf ein Wiedersehen. Kein letztes Umarmen. Nur Distanz.

»Meine Liebe, es ist wirklich wichtig für mich«, bat der Marquis und löste ihre Fessel, »Sonst würde ich diesen Schritt, der auch mich schmerzt, niemals tun. Bitte zeige Verständnis, denn mich erwartet Schwieriges.«

Wütend sprang sie auf. Wie ein tosender Orkan brach es aus ihr heraus: »Sie haben mir Feingefühl suggeriert, doch nun sehe ich, dass sie dies nur bei sich selbst anwenden. Natürlich verstehe ich, wenn etwas Akutes Sie zu überstürztem Aufbrechen veranlasst. Und selbstverständlich halte ich Sie nicht davon ab, möchte Sie nicht unter Druck setzen oder zusätzlich belasten. Aber hätte der abrupte Abschied nach solch einer magischen Nacht nicht zartfühlender, wärmer, herzlicher ausfallen können? Bin ich kein einziges liebes Wort wert, nicht einmal den Hauch einer Andeutung, was die nahe Zukunft betrifft? Mehr verlange ich doch gar nicht.«

Jasmin war so zornig, schrecklich zornig und verletzt, dass sie am liebsten die gesamte Einrichtung zertrümmert hätte. Das erste Mal in ihrem Leben hatte sie sich jemandem absolut geöffnet, weitaus mehr als bei Sir Thor. Aber doch nur, weil der Marquis ihr Halt bot. Nun entzog er sich ihr und ließ sie mit ihrer Schwäche alleine. Was sollte sie daraus lernen?

Sollte sie die Perlen der letzten Nacht in Erinnerung behalten und für immer in ihrem Herzen tragen oder die Lehre ziehen, nie wieder Schwäche zu zeigen, denn einmal mehr hatte der Stärkere dem Schwächeren Schmerz zugefügt, die dieser kaum zu ertragen vermochte?

Ja! Mit tränenüberströmtem Gesicht dachte sie an die Brücke, die sie sich bereits vor einiger Zeit ausgesucht hatte und noch immer auf sie wartete!

Nackt floh sie aus dem Haus. Sie wusste, dass sie dem Marquis eine Chance geben sollte, sich zu erklären, sie zu beruhigen, gar, dass sie sich unfair verhielt. Doch er hatte sich auch unfair verhalten. Er hatte in seinem Kummer nicht daran gedacht, wie offen ihr weicher Kern lag. Nun peitschte ihr eigener Kummer sie an, schneller zu laufen, sich sein Zeichen vom Körper zu wischen und hemmungslos zu weinen. Sie fühlte sich so schrecklich verletzt. Sie wusste den Schmerz nicht zu bändigen, wollte lieber körperliche Pein ertragen als seelische. Ihr Herz brach in tausend Stücke, als sie einsam die Herbstallee entlanglief, dabei wollte sie gar nicht zurück, wo sie herkam.

Verzweifelt brach sie auf dem Herbstlaubteppich zusammen, schluchzend, sich die Hände kurzzeitig auf die Ohren pressend, obwohl das Jammern von innen kam.

»Ich will nie wieder jemandem dienen«, wimmerte sie. »Ich will nie wieder Geliebte sein, nie wieder jemanden lieben außer meinen Freund.« Ein Rascheln ließ sie über die Schulter schauen.

Der Marquis stand unweit hinter ihr und wischte sich übers Gesicht. Sie konnte nicht erkennen, ob er weinte oder dies lediglich eine Geste war, um klarer sehen zu können.

»Wenn du so denkst, habe ich alles grundlegend falsch gemacht und es ist besser, wenn ich dich ziehen lasse«, sagte er. Für Jasmin klangen seine Worte gepresst. Etwas leiser fügte er hinzu: »Ich bitte dich ein letztes Mal um Verständnis. Meine Tür steht dir offen.« Dann ging er zu seinem Auto, stieg ein und fuhr an ihr vorbei – zu seinem wichtigen Termin.

Der Fahrtwind ließ nicht nur das Laub aufwirbeln, sondern trug auch Antaeus und damit zerreißende Sehnsucht und Verlangen zu Jasmin. Zitternd schlang sie die Arme um ihren Körper, denn es war niemand anderes da, um sie warm zu halten und ihr Halt zu bieten. Nackt und einsam saß sie mitten in der Herbstallee und war hin und her gerissen zwischen dem Zorn über sein Verhalten und der Wut über ihre übertriebene Reaktion.

Jasmin lachte, aber es klang irrsinnig. »Ich liebe eben nicht nur leidenschaftlich, sondern steigere mich auch in jedes andere Gefühl so hinein.« Hätte er doch nur zwischen ihren Zeilen gelesen, als sie sagte, sie wolle nie wieder Dienerin und Geliebte sein, dann hätte er das unausgesprochene »außer von Ihnen« gesehen.

Jasmin schaute nach vorne. Dort in der Dunkelheit lag irgendwo die Kleinstadt, darin ihre Gruft mit Sir Thor und ihrem alten Ich. Dann blickte sie wieder über die Schulter zurück zum erleuchteten Jagdhaus, dessen Tür noch offen stand, ebenso wie neue Perspektiven. Sie wünschte sich so sehr, dass der Marquis zurückkommen und sie auf dem Arm ins warme Körbchen tragen würde, doch Märchenprinzen auf Rössern existierten nicht. Vielleicht war diese Nacht nur ein Märchen. Und Jasmin begann schluchzend das Gedicht ›Die Hürdenspringerin‹ aufzusagen.

Plötzlich fuhr der Marquis heran, stieg aus und nahm sie in den Arm. Sanft hob er ihr Kinn und zwang sie, ihn mit ihren verheulten Augen anzusehen. »Hast du die ganze Zeit hier gekauert?«

»Die ganze …?« Verwirrt schaute Jasmin sich um. Es dämmerte bereits. Hatte sie tatsächlich in ihrem Kummer Zeit und Raum vergessen? Oder hatte sie gewartet, gehofft, vertraut?

Obscur zog sein Jackett aus und hängte es ihr um die Schultern. Dann hob er sie auf seine Arme. »Die ersten Sonnenstrahlen des neuen Tages machen ihn sichtbar«, begann er und küsste ihre Stirn. »Seitab der Allee befindet sich ein Garten. Im Garten steht eine Bank. Zu ihr führt ein Weg durch verbranntes Gebiet. Aber wie ruhevoll und erholsam ist es, Arm in Arm, Schulter an Schulter, Vertrauen an Vertrauen darauf zu sitzen und auch einmal lange nichts zu sagen, nur sich des Daseins des anderen zu erfreuen, seine Gegenwart zu fühlen, dabei zu wissen, dass man sich auf den anderen verlassen kann. Ich bringe dich in den Garten der Sinne.«

»Ja«, hauchte sie, legte den Kopf auf seine Schulter und atmete tief seinen Körpergeruch ein, um ihn ganz wahrzunehmen. Und erneut ließ sie sich fallen, überließ ihm die Führung, denn er hatte binnen einer Nacht ihren Körper, ihr Herz und ihre Seele erobert, wie nie jemand zuvor – und er war ihr Herr.

Er trug sie einige Schritte auf der Allee in Richtung Jagdhaus, bog dann nach links ab und ging zwischen zwei Bäumen hindurch. Sie lauschte dem Laub unter seinen Schuhen, das bei jedem Schritt raschelte, schmiegte sich eng an ihn und war so unendlich froh, wieder seine Nähe genießen zu dürfen. Ja, ›dürfen‹ empfand sie als richtigen Ausdruck, denn sie kannten sich gerade erst eine Nacht lang. Er hatte keine Verpflichtungen ihr gegenüber, hätte sie einfach nach Hause schicken können, wann immer er Lust dazu hatte. Aber er tat es nicht. Im Gegenteil! Er kümmerte sich um sie. Sie fühlte sich geborgen, sicher, glücklich.

Der Marquis trug sie über einen öden Weg, vorbei an Sträuchern und Büschen, die bereits keine Blätter mehr besaßen, in einen Garten, der über und über mit buntem Laub bedeckt war. Im Gegensatz zum Weg, der sie hierhergebracht hatte, wuchsen im Garten der Sinne überall Hagebutten, Haselnüsse, Bucheckern, Holunder und Brombeeren. Die meisten Schalen am Kastanienbaum waren aufgeplatzt und gaben einen Blick auf ihr Inneres frei. Walnüsse fielen herunter und rollten über den Laubteppich.

Der Marquis setzte Jasmin auf einer nostalgischen weißen Eisenbank ab, strich ihr die blonden Haare aus dem Gesicht und wollte sie erneut auf die Stirn küssen, als sie, berauscht von der Herbststimmung, blitzschnell ihren Mund hob, so dass der Kuss des Herrn ihre Lippen traf. Sie wähnte sich in der Sicherheit der Überraschung, wiegte sich darin, dann aber sah sie das kurze Aufblitzen seiner Augen, den Sonnenstrahl, der sich in den blaugrünen Pupillen seiner unergründlich tiefen Seelenfenster brach.

Er ließ ihr nur einen Moment, um ihren kleinen, kecken Triumph zu genießen. Denn schon der sanfte Hauch seines

Atems an ihrem Ohr war ihr ein Windtosen, das von fern über weites Land kam, seine linke Hand, die in die Haare ihres Hinterkopfes griff, war wie Sturmgewalt in hohen Bäumen, und als seine Rechte unvermittelt an ihre Scham griff und sein Mund an ihrem Ohr gefährlich wisperte: »Wenn deine Lippen, dann alle!«, wusste Jasmin, dass sie nicht anders konnte, als sich ihm zu ergeben. Sie spürte bereits, wie seine kundigen Finger begannen, ihre Quellen sprudeln zu lassen.

Aufmunternd sprangen die Worte von seinen Lippen: »Keck nutzt du meine Zuneigung zu dir aus – das ist wohl kaum devot. Dafür muss dein Herr dich bestrafen. Das siehst du ein oder willst du stöhnend widersprechen, meine Dienerin?«

Sie spielten wieder miteinander. Spielen? Nein, es war viel mehr …

Sünderin! –
Die Bekehrung der Prudence N.

Zitternd hockte Prudence Nightingale in der Sitzbank. Der Organist schmetterte enthusiastisch Orgellieder. Die Kirche war kalt, denn sie wurde im Herbst nie geheizt, erst im Winter und dann auch nur an Sonntagen. Prudence saß in der Kapelle, die Pastor McBride eigens für die Sünder der kleinen schottischen Gemeinde Glenayr hatte erbauen lassen und die sich mit der Stirnseite unmittelbar ans Kirchenschiff schmiegte. Sie sollten einen Ort haben, an dem sie jederzeit Gott um Vergebung bitten konnten – und ihn. Er war sehr genau, wenn es um Sühne ging, fast schon berüchtigt. Doch am intensivsten kümmerte er sich um Prudence.

Ob es daran lag, dass die Achtzehnjährige die Tochter seiner Haushälterin war oder ihr Vater kurz vor ihrem neunten Lebensjahr betrunken mit dem Wagen die Klippen hinuntergestürzt war – Prudence wusste es nicht. Es spielte auch keine Rolle. McBride hatte stets ein Auge auf sie geworfen. Doch erst beim Pfarrfest im Juli, als es so schwül war wie selten und Prudence das erste Mal sich traute, trotz ihrer spindeldürren Beine und den aufdringlich vollen Brüsten ein Kleid zu tragen, hatte sich die Stimme des Pastors verändert und auch seine Augen hatten einen lüsternen Glanz bekommen. Seit diesem heißen Tag im Sommer hatte sich ihr Verhältnis verändert. Sie wich ihm aus und sehnte sich dennoch in Tagträumen nach dem, was er von ihr verlangt hatte. Absurd!

Pastor McBride rief den nächsten Sünder in den Beichtstuhl.

Die Schlange war lang. Wie die Hühner auf der Stange saßen die Gemeindemitglieder in den Bänken und hielten ihre Blicke schuldbewusst gesenkt. Sie alle hatten gesündigt, so auch Prudence, die sich McBrides lustvollem Treiben unterworfen hatte, anstatt laut um Hilfe zu schreien oder dem Pfarrer eine Ohrfeige zu geben. Lebhaft erinnerte sie sich erneut an das Fest, zu dem sie eigentlich nicht hatte gehen wollen, weil klar war, dass die anderen nur auf ihren Busen starren würden. Aber anders als an Wintertagen konnte sie sich im Juli nicht unter einem dicken Pullover verstecken. Alles Jammern hatte nichts geholfen. Ihre Mutter Mavis hatte sie nur kurz daran erinnert, dass sie eine enge Vertraute des Pfarrers war, und Prudence damit sofort ein schlechtes Gewissen eingeredet. Immerhin wusch sie seine Unterwäsche und putzte seine Toilette. Auch Prudence half manchmal. Sie hatte nach Abschluss der Schule keine Arbeit in Glenayr gefunden und nicht den Mut besessen, in die Stadt zu ziehen und ihre Mutter alleine zu lassen. Für die anderen im Ort stand ohnehin fest, dass sie einmal die Nachfolge ihrer Mutter antreten würde. Damit konnte sie leben. Sie hoffte nur, dass Pastor McBride bis dahin in den Ruhestand gegangen war.

Prudence rückte einen Platz weiter. Näher an den Beichtstuhl heran. Ihr Herz klopfte gegen den Brustkorb. Sie hatte schweißnasse Hände. Genauso sicher wie die Tatsache, dass sie immer eine Sünde zu beichten hatte, war es, dass McBride sie bestrafen würde.

Einmal hatte sie gelogen, sie hätte nicht gesündigt. Daraufhin war die Strafe noch härter ausgefallen. Eine Sünde im Beichtstuhl war Hochverrat an Gott. McBride liebte den Hochverrat, denn dann konnte er seines Amtes walten, mit aller von Gott verliehenen Macht. Seine Strafen jedoch waren sehr weltlich, so wie die, die er mit sofortiger Wirkung über Prudence verhängt hatte, als sie mit einem Sommerkleid auf dem Pfarrfest aufgetaucht war. Der Geistliche hatte sie unbemerkt an ihrem braunen Haarzopf hinter die Wacholderbüsche und in das angrenzende Wäldchen gezerrt. »Dein Kleid hat dünne Träger, so dass man deine Schultern sehen kann, und es bedeckt kaum deine Knie. Wie konntest du nur in sündigem Rot zum Fest kommen? Die ganze Gemeinde wird dich in diesem Aufzug sehen. Und dein Ausschnitt, ein Skandal!«

»Es ... es tut mir leid«, stammelte sie mit hochrotem Kopf. Sie wusste, dass ihre Brüste alle Blicke auf sich ziehen würden, aber ihr war doch so schrecklich heiß.

Unverblümt steckte er den Zeigefinger zwischen ihre Brüste und zog seinen Finger nach vorne, bis der Ausschnitt so groß war, dass selbst der Büstenhalter herausschaute. »Man kann deine Titten sehen, ja, so muss man sie nennen: Titten! Sie sehen aus wie ein Arsch mit zwei Backen, die so prall sind, dass die Ritze wollüstig herauslugt. Hast du kein Schamgefühl, Kind?«

»Doch.« Ihre Zunge klebte am Gaumen. »Es ist so heiß.«

»Oh, du fühlst dich heiß?«, fragte er mit frivolem Unterton. »Dem kann Abhilfe geschaffen werden. Wir werden dich ablenken von deinen liederlichen Gefühlen.«

»Liederlich? Ich meinte doch nur ...«

«Auf die Knie!« Mit hartherziger Miene zeigte er auf den Boden.

Resignierend kniete Prudence sich hin, denn hatte der Pfarrer erst einmal einen Sünder entdeckt, ließ er nicht von ihm ab, bis er ihn auf den rechten Weg zurückgebracht hatte. Da war es auch egal, ob nur er, McBride, die Sünde erkannte. Immerhin hatte er direkten Kontakt zu Gott und konnte mit dessen Hilfe die Menschen durchschauen.

Sie faltete die Hände und begann, um Vergebung zu beten. In diesem Augenblick stellte McBride sich über sie und drückte sie mit den Knien runter, bis sie fast den Boden küsste. Erschrocken verstummte sie. Sie versuchte sich aufzurichten, aber seine Beine lagen wie Stein auf ihrem Rücken. Er war nicht der Leichteste und besaß einen ansehnlichen Bauchumfang, vom Single Malt Whisky und dem guten Essen von Mavis Nightingale. Überhaupt fand Prudence ihn nicht gerade attraktiv, insbesondere die drei dünnen Haare, die er von rechts nach links über die Glatze legte und mit Pomade festklebte.

Aber im Nachhinein musste sie sich eingestehen, dass sie genau dieser Ekel erregt hatte. Jedenfalls hatte ihr Körper noch nie so stark reagiert, wenn ein Mann sie berührte. Zugegeben, es waren nicht viele gewesen und keiner darunter mit geschickten Händen. Vielleicht machte das den Unterschied. McBride hatte alles fest im Griff. Alles! Seltsamerweise erregte sie die Tatsache, von einem Kerl begrapscht zu werden, den sie unter normalen Umständen nie und nimmer an sich herangelassen hätte. Ein Widerspruch in sich. Aber die Wahrheit. Der kurze, dicke Zeigefinger des Pastors zwischen ihren Brüsten hatte sie angemacht. Das war eine Sünde! Nun hatte sie doch etwas zu bereuen.

McBride riss sie aus ihren Gedanken. »Leck meine Schuhe sauber!«

»Ich soll was?« Sie glaubte ihren Ohren nicht zu trauen.

»Ein Gebet reicht nicht, um zu sühnen, was du heute verbockt hast«, sagte er scharf und drückte auf ihren Rücken, um seinen Worten Nachdruck zu verleihen. »Du hast deine Mutter in den Schmutz gezogen, ebenso die Kirche, die dich in ihre Gemeinde aufgenommen hat. Wie eine Hure bist du aufgekreuzt! Aber anstatt dich von irgendwelchen Männern hinter diesem Gebüsch ficken zu lassen, wirst du genau hier Buße tun. Lecken!«

»Ich kann nicht.« Mit Ekel betrachtete sie die Rückstände an den schwarzen Lederschuhen des Pfarrers. Sie würde nicht über die Salzränder lecken können und auch nicht den Schmutz abknabbern.

Da zog er den Ledergürtel aus seiner Hose, holte weit aus und schlug auf ihren Rücken.

Mit knapper Not unterdrückte sie einen Schrei. Nicht auszudenken, wie die Gemeinde reagieren würde, wenn sie bemerkte, dass Prudence unweit des Festes gezüchtigt wurde. Man hätte sie gleich an den Pranger stellen und als Sünderin zeichnen können. Das dünne Sommerkleid bot keinen Schutz. Sie war gefangen unter der Last des Pastors.

Der nächste Schlag traf ihren Rücken.

Prudence biss die Zähne zusammen. War ihr Stolz es wert, die Schmerzen auf sich zu nehmen? Sie hielt den Kopf ein wenig näher an die Schuhe, konnte sich jedoch nicht überwinden, die Zunge herauszustrecken.

»Du hast es so gewollt«, sagte McBride und zog das Kleid bis zum Rücken hoch, so dass ihr Arsch sich ihm präsentierte. Ohne zu zögern, ließ er den Lederriemen auf das junge Fleisch herabfahren.

Vor Qual biss sie in ihren Unterarm. Der Schlag tat viel stärker weh als irgendeine erzieherische Maßnahme, die ihr Vater ihr jemals zugemutet hatte. Und der Pastor hielt sich überhaupt nicht zurück. Im Gegensatz zu Prudence schien er nicht besorgt zu sein, dass die Versammelten sie entdecken könnten. Er schlug zweimal kurz hintereinander auf ein und dieselbe Stelle, die sofort fürchterlich schmerzte. Für einen Moment tänzelte das Ende des Gürtels in ihrer Po-Ritze. Dann drosch McBride erneut auf sie ein, zweimal rechts, zweimal links, wieder rechts, wieder links, voller Wucht und Enthusiasmus – bis Prudence begann, eifrig seine Schuhe sauber zu lecken, weil ihr Arsch brannte, als hätte der Pfarrer ein Feuer darauf angezündet.

Mit Widerwillen fuhr sie mit der Zunge über die getrocknete Dreckkruste. Sie fühlte sich rau an und wollte sich zuerst nicht lösen. Erst als sie aufweichte, war Prudence in der Lage, sie mit der Zungenspitze in den Mund aufzunehmen. Am liebsten hätte sie den Schmutz gleich wieder ausgespuckt. Doch das hätte Pfarrer McBride wohl bemerkt, nachdem er ihren sicherlich feuerroten Arsch nicht länger quälte.

Prudence spürte seine Blicke. Er beobachtete haargenau, was sie tat. Er war stets um seine Schäfchen besorgt.

Einen Augenblick zögerte sie, weil sie hoffte, er würde sie freigeben – zumal sie sich genug bemüht hatte. Doch stattdessen drückte er mit den Knien auf ihren Rücken. »Weiter, weiter! Der Herr mag keine halben Sachen.«

Sie meinte einen lüsternen Unterton zu hören, aber das musste sie sich eingebildet haben. Wahrscheinlich lag es daran, dass ihre Muschi frivol pochte. Wegen der Schläge? War die Demütigung schuld an ihrer aufkeimenden Lust? Sie war durcheinander.

Prudence' Zunge glitt mit der Breitseite über das Leder des Schuhs. Sie lutschte die Salzränder ab, schüttelte sich angewidert und tat dasselbe am anderen Schuh.

Erst als McBride zufrieden war, nahm er sein Gewicht von ihrem Rücken und trat einen Schritt zurück, damit sie aufstehen konnte. Doch das wagte Prudence zunächst gar nicht. Sie kniete vor dem Pastor und faltete automatisch die Hände zusammen, als wollte sie mit ihm gemeinsam um Vergebung beten. Er legte den Gürtel wieder an. Erst jetzt bemerkte sie die Wölbung in seiner Hose. Das Hemd darunter lag sicher nicht eng genug an, oder ... konnte es tatsächlich sein, dass er geil war?

Prudence spürte ein Kribbeln in ihrem Fötzchen und der abartige Wunsch keimte in ihr auf, von den dicken Fingern des Pfarrers zwischen ihren Schenkeln angefasst zu werden. Von diesem wohlbeleibten Kerl, der eine Glatze hatte und diese mit drei Haarsträhnen zu kaschieren versuchte. Und als McBride zurück zum Pfarrfest ging, anstatt sie weiter zu züchtigen oder über sie herzufallen, wusste sie nicht, ob sie froh oder enttäuscht sein sollte.

Sie folgte ihm unauffällig und beobachtete ihn aus dem Augenwinkel heraus. Er benahm sich, als wäre nichts geschehen, eilte allerdings unmittelbar ins Pfarrbüro. Als er nach kurzer Zeit zurückkehrte, war die Beule in seiner Hose verschwunden. Prudence dagegen wurde von ihrer unerfüllten Lust gequält. Sie schämte sich für ihren Busen, dem leidigen Blickfang, hielt sich im Hintergrund und ging wenig später nach Hause.

Der Organist blätterte in einer Pause geräuschvoll seine Noten um und schlug wieder kräftig in die Tasten der Kirchenorgel.

Nun, an diesem trüben Herbsttag, rutschte sie wieder einen Platz näher an den Beichtstuhl heran. Sie würde die Nächste sein und Pfarrer McBride ihre Sünden gestehen, damit er sie von ihnen erlösen konnte. Nervös knetete sie den Saum ihrer weißen Bluse, die geflissentlich ausgewählt war, weit und bis oben geschlossen. Die Sitzbank war hart, und Prudence musste an die schmerzenden Arschbacken im Sommer denken. Auf dem Pfarrfest hatte sie sich nicht mehr hinsetzen können.

Dann schlichen sich Erinnerungen an eine Begebenheit in Kindheitstagen in ihre Gedanken: Ihr Freund Reggy hatte sie mit zwölf Jahren im Spiel übers Knie gelegt und ihr den Arsch versohlt. Aber als sie liegen blieb und lediglich kicherte, schob er sie von seinem Schoß, so dass sie auf den harten Boden plumpste.

»Warum hast du das gemacht?«, fragte sie erschrocken.

Reggy winkte ab. »Weil du langweilig bist und dich nicht wehrst.«

Erst da wurde ihr bewusst, dass sie nicht um Hilfe geschrien oder nach seiner Hand geschlagen hatte. Sie hatte sich in ihr Schicksal gefügt, als wäre es das Natürlichste der Welt, den Arsch versohlt zu bekommen. Irgendwie hatte sie es sogar genossen.

Waren diese Gedanken Sünde? Musste sie ihre lustvollen Tagträume beichten?

Ein plötzlicher Regenguss klopfte laut gegen die Fenster der Kapelle. Prudence schreckte zusammen. Ihr Fötzchen pochte im Rhythmus des Regens. Vor freudiger Erwartung? Vor Angst? Der Beichtstuhl war finster. Sie würde mit Pfarrer McBride alleine sein. Die Wand zwischen den Kabinen war für ihn kein Hindernis. Er fand immer einen Weg, sie zu demütigen. Die Züchtigung während des Pfarrfestes im Sommer war erst der Anfang gewesen. Seitdem suchte er ständig nach Gelegenheiten, um sie zu quälen.

Ein Mädchen mit hochroten Wangen kam aus dem Beichtstuhl, eilte ins Kirchenschiff, um sich dort hinzuknien und zu beten.

Bürgermeister Foley, der neben Prudence saß, stieß sie an. »Den Pastor lässt man nicht warten!«

Mit zitternden Beinen ging sie zum Beichtstuhl hinüber, öffnete die Tür und stieg in die Kabine. Knarrend fiel sie von alleine ins Schloss. Prudence lugte zwischen den hölzernen Querstreben des Fensters, das die beiden Kabinen verband, hindurch und konnte tatsächlich das Gesicht des Pfarrers erkennen. Mit einem Mal wünschte sie, der Beichtstuhl wäre so dunkel, wie sie ihn in Erinnerung hatte, denn sie war überzeugt, dass McBride ihr banges Gesicht ebenfalls sehen konnte.

»Nun, mein Kind«, begann er, »welche Sünden hast du zu beichten?«

Sie musste sich anstrengen, ihn zu verstehen, weil er leise sprach und das Orgelspiel so laut war. »Ich habe meine Chefin Mrs. Court belogen, weil Mister Faulkner schon wieder nicht bezahlt hat. Bevor sie die Kasse kontrollieren konnte, habe ich den Betrag aus eigener Tasche vorgestreckt. Sonst wäre ich meinen Job los gewesen und Mister Faulkner hätte nie wieder im Quitleroy Shop einkaufen dürfen.«

Nach Beendigung der Schule hatte Mrs. Court Prudence als Verkäuferin in ihrem kleinen Supermarkt angestellt. Ihre Chefin hatte es nicht verdient, angelogen zu werden, Prudence jedoch hatte auch keine andere Möglichkeit gesehen.

Sie fuhr fort: »Ich habe einen Teller aus dem teuren Service meiner Uroma fallen lassen und es meiner Mutter nicht …«

»Bete zehn Ave-Maria zur Buße«, unterbrach er sie ungeduldig und klopfte mit den Fingerspitzen gegen die Wand. »Und nun beichte deine wirklichen Sünden, die anstößigen, schamlosen und unanständigen.«

Prudence errötete. »Ich mache nichts Unsittliches.«

»Und warum wirst du dann rot?«

»Ich …«, stammelte sie und führte den Satz nicht zu Ende, weil sie nicht wagte auszusprechen, dass seine direkte Art sie zu fragen sie beschämte. Damit hätte sie ihn angegriffen. Das wäre nicht gut gewesen.

»Du hast Mayor Foley den Kopf verdreht«, beschuldigte er sie geradeheraus.

»Nein, nein, ich habe nicht einmal mit ihm gesprochen. Wir saßen nur eben nebeneinander. Er wird nach mir in den Beichtstuhl kommen. Aber vorher habe ich ihn länger nicht gesehen.«

»Du hast dich gut in Erinnerung gebracht«, zischte er. »Hast dich bewusst neben ihn gesetzt, deine Titten herausgestreckt, wie ein Flittchen, und ihm schöne Augen gemacht.«

Verzweifelt versuchte sie sich zu verteidigen. »Meine Bluse ist bis obenhin geschlossen. Ich … ich habe ihn nicht einmal angeschaut. In mich gekehrt bin ich dort draußen –«

»Und wieso hat er dann einen harten Schwanz?«

»Wie bitte?«

»Ich sehe die Wölbung in seiner Hose von hier!« Seine Stimme wurde immer lauter. »Du hast ihn verführt. Hier im Hause Gottes. Hast es geschafft, dass er auf der Bank sitzt und nur Sex im Kopf hat statt seiner Sünden. Du bist schuld, dass er eine Sünde mehr zu beichten hat.«

Am liebsten hätte Prudence die Tür einen Spaltbreit geöffnet und hinausgeschaut, um sich zu vergewissern, ob Foley wirklich erregt dort draußen saß. Das Schlimme war, sie fühlte sich nicht einmal schuldig. Das Gegenteil war der Fall. Der Gedanke, einen gestandenen Mann heißzumachen, erregte sie. Nur wenige Männer, ob nun jung oder alt, drehten sich nach ihr um – und wenn, dann meist nur, um blöde Sprüche wegen ihrer Oberweite abzulassen. Wirkliches Interesse war selten.

Schließlich sagte sie kleinlaut: »Es tut mir leid.« Kaum hatte sie dies ausgesprochen, erschrak sie. Es tat ihr gar nicht leid und sie hatte die Latte des Bürgermeisters nicht einmal gesehen. Warum gab sie dann so etwas von sich? Sehnte sie sich nach der Bestrafung? Nein, nein, schrie es in ihr, aber irgendwie ahnte Prudence, dass sie sich selbst belog.

Sie zuckte zusammen. Pastor McBride hatte unvermittelt das Fenster mit dem Holzgitter beiseitegeschoben.

»Leg deine blanken Brüste auf den Fensterrahmen«, befahl er, »Diese Titten, die dir vom Teufel persönlich gegeben wurden und nun alle Männer verführen, wie Eva bei Adam, zwei pralle Äpfel, köstlich und anziehend.«

Zaghaft begann Prudence ihre Bluse aufzuknöpfen. Sie fürchtete sich vor dem, was kommen würde, und sehnte es gleichzeitig herbei. *Du wirst langsam verrückt*, dachte sie. Zwei gegensätzliche Gefühle kämpften in ihr und erzeugten eine Lust, die völlig fehl am Platz war. Aber die Lust würde es leichter machen, die Strafe zu ertragen. Daher ließ Prudence sie zu. Sie spreizte die Beine, um näher ans Fenster zu kommen, und legte den Busen auf den Holzrahmen, wie Äpfel auf ein Tablett.

McBrides Augen funkelten. »Wir müssen sie züchtigen, knechten, damit sie nicht ganz Glenayr um den Verstand bringen.«

Prudence hatte schweißnasse Hände. Sie wischte sie an den Oberschenkeln ab und ließ ihre Hände auf dem Schoß ruhen. Um sich zu beruhigen, streichelte sie über ihre Möse. Zuerst nur mit dem Zeigefinger. Unauffällig. Der Hauch einer Berührung. Dann nahm sie den Ringfinger hinzu und schließlich kreisten fünf Fingerspitzen über die Hosennaht zwischen ihren Beinen.

Der Pastor holte ein Lineal aus seinem Talar. Es war aus Holz geschnitzt, aus starkem, dickem, festem Holz. Demonstrativ bog er es vor ihren Augen, aber es gab kaum nach.

Nun wünschte sich Prudence ihre Hose öffnen zu dürfen, damit sie mit der Hand hineingleiten und sich durch und durch beruhigen konnte, nicht nur oberflächlich. Die Hose störte sie gewaltig. Ihr Herz pochte ihr bis in den Hals. Sie fürchtete sich vor dem Lineal. Das kam ihr lächerlich vor. Es war nur ein verdammtes Lineal, eins, wie sie es in der Schule ständig benutzt hatte. Doch ihr Busen war empfindlich. Wie Ware in einem Schaufenster präsentierte sie ihre üppigen Brüste dem Pastor.

McBride legte das Lineal neben ihre Brüste auf den Rahmen. Mit beiden Händen nahm er ihre linke Brust und massierte sie. Er bohrte seine kurzen, dicken Finger in das Fleisch, knetete es, als wäre ihr Busen ein Kuchenteig, und quetschte die Haut zwischen seinen Daumen. Zufrieden nahm er den Nippel, zog die Brust so lang, bis Prudence vor unterdrücktem Schmerz aufstöhnte, und legte sie auf den Rahmen ab. Akribisch widmete er sich auch der rechten Titte. Er präparierte sie für die Strafe, machte das Fleisch sanft und empfindlich, bis sie neben der linken lag und darauf wartete, gezüchtigt zu werden.

Als der Pfarrer das Lineal nahm, keuchte Prudence vor Furcht.

»Kannst es wohl nicht erwarten.« McBride schnaubte.

Plötzlich spie er ihr ins Gesicht. Prudence zuckte zurück, erschrocken und angeekelt, aber der Pastor ergriff schnell die Nippel und zog die Sünderin an ihren Platz zurück.

»Früher hat man Ehebrecherinnen gesteinigt, also sei froh, dass ich dich nur anspucke.«

»Aber ich habe doch gar nicht –«

»Du hast versucht, Mayor Foley zu verführen! Wärst du erfolgreich gewesen, hätte er seine Frau betrogen.«

In Prudence regte sich Widerstand. Er verdrehte ihr nicht nur die Worte im Mund, sondern auch die Tatsachen. Sie hatte in sich gekehrt vor dem Beichtstuhl gewartet. Was konnte sie dafür, wenn alle scharf auf ihre Brüste waren! Sie fand sie eher hinderlich. Als Teenager wurde sie gehänselt. Die Jungs begrapschten sie andauernd, aber ausgehen wollte kaum einer mit der ›Megabusen-Lady‹. Hängten sich manche der jungen Kerle auch Bilder von Katie Price ins Zimmer, sagten sie kurioserweise zu Prudence: »Zu viel ist einfach zu viel. Deine Titten erschlagen mich.«

McBride fürchtete nicht, erschlagen zu werden.

»Wenn du nicht still hältst, bohre ich Nadeln durch deine Nippel, bis in das Holz. Dann kannst du nicht weg, ob du willst oder nicht. Du wirst Höllenqualen leiden und bluten – bluten, um zu sühnen.«

Eilig schüttelte Prudence den Kopf. »Ich werde meine Strafe hinnehmen. Ich verspreche es. Wirklich.«

»Demütig hinnehmen?«

Sie nickte stumm und dankte Gott, dass er den Organist enthusiastisch Orgel spielen ließ, damit man ihre Schreie nicht hören würde. Zumindest hoffte sie das.

Der Pastor holte aus und schlug mit dem Lineal auf ihren Busen. Der erste Schlag tat Prudence nicht wirklich weh. Durch die Erniedrigung jedoch schluckte sie schwer. Tränen traten in ihre Augen, weil sie nicht glauben konnte, was sie sah. Ihre nackten Brüste lagen schamlos ausgestreckt auf einer Unterlage und der Pfarrer schlug sie. Er hieb auf ihre Titten! Ihre Titten! Die Jungs früher hatten schon mal hineingekniffen, um sie zu ärgern, aber ansonsten hatte noch nie jemand ihrem Busen wehgetan. Es war ein unglaubliches Gefühl! Es gefiel ihr. Scheiße, es gefiel ihr.

McBride versetzte ihrem Busen fünf kräftige Hiebe hintereinander. Auf dieselbe Stelle. Die Haut war gerötet. Sie brannte und sandte das Feuer bis in die Brustwarzen. Die kleinen Knöpfe standen hochrot hervor. Nun widmete er sich abwechselnd beiden Brüsten. Pausenlos schlug er auf sie ein, dass sie durch ihre Fülle in Schwingung gerieten.

Langsam bereiteten die Hiebe Prudence wirklich Schmerzen. Sie biss auf ihre Unterlippe, weil sie auf keinen Fall zu laut reagieren durfte. Nur wenige Schritte von ihr entfernt saß nicht nur Bürgermeister Foley, sondern die halbe Gemeinde, die zur Beichte in die Kirche gekommen war. Alle kannten sie. Sie war in Glenayr aufgewachsen. Nicht auszudenken, wie peinlich es wäre, wenn sie erfahren würden, welche Strafe McBride ihr auferlegte.

Immer heftiger streichelte sie über die Hose zwischen ihren gespreizten Schenkeln. Darunter pochte ihre Muschi erregt. Während in ihrem Oberkörper der Schmerz zunahm, wuchs im Unterleib die Geilheit. Aber sie durfte nicht kommen. Unter keinen Umständen.

Ihre Gefühle fuhren Achterbahn. Prudence wollte der Folter entkommen. Eine natürliche Reaktion. Gleichzeitig war sie fasziniert von dem Bild, das sich ihr bot. McBride quälte ihre Titten. Er ließ sich Zeit, schlug mal weniger fest, dafür sehr ausdauernd auf ein und dieselbe Stelle, so dass der Schmerz langsam, aber stetig wuchs und die Gewissheit, es bald nicht mehr aushalten zu können, Prudence innerlich auffraß. Dann holte er wieder weit aus und fuhr beherzt mit ganzer Kraft auf ihre Brüste hernieder, bis Schweiß auf seiner Stirn glänzte.

Prudence fing an zu jammern. Sie winselte und schaute McBride flehend an, aber er weidete sich lediglich an ihrer Qual. Sie ging jede Wette ein, dass er inzwischen einen Steifen unter dem Talar hatte. Ihr Fötzchen war so heiß wie ihr geschundener Busen. Sie konnte förmlich spüren, wie ihr Saft ins Höschen floss.

»Bitte, nicht mehr, nicht mehr schlagen«, bettelte sie leise. »Ich gestehe meine Schuld. Ich habe Mister Foley verführt und möchte dafür sühnen. Aber ich ertrage die Schläge nicht mehr. Bitte, ich flehe Sie an. Ist Gott nicht der Ansicht, dass ich genug gelitten habe? Ich werde hundert Ave-Maria beten. Morgens, mittags und abends.«

Plötzlich schnellte das Lineal auf ihren rechten Nippel herab.

Prudence konnte gerade noch ihren Unterarm auf den Mund drücken, als sie aufschrie.

»Du stellst Gottes Ermessen in Frage?«, knurrte der Pastor. »Ich als sein irdischer Vertreter setze das Strafmaß fest. Es ist Gottes Wille, der durch mich spricht.«

Der zweite Schlag traf ihre linke Brustwarze. Sofort legte McBride das Lineal auf den schmerzenden Nippel und drückte zusätzlich mit dem Daumen darauf. Er quetschte die Brustwarze zwischen Holzrahmen und Lineal ein. Prudence ballte die Hände zu Fäusten. Ihre Miene war schmerzverzerrt. Sie rutschte auf ihrem Sitz hin und her, soweit dies möglich war, und atmete erst aus, als der Pastor von ihr abließ.

Nun schlug er nacheinander auf die rechte und die linke und dann wieder auf die rechte Brustwarze ein. Mittlerweile liefen Prudence Tränen die Wangen hinab. Es war fast genauso anstrengend, das Leid mehr oder minder stumm hinzunehmen, wie den Schmerz selbst zu ertragen.

McBride wischte sich den Schweiß von der Stirn. Lächelnd schaute er auf sein Werk. Die Brüste waren hochrot, die Nippel geschwollen. Er hatte sie als Sünderin gezeichnet. Vorsichtig legte er das Lineal waagerecht mit der Breitseite auf die Brustwarze und rollte es darüber. Als Prudence sich nichts anmerken ließ, übte er Druck auf das Holz aus. Nun konnte sie sich nicht länger unter Kontrolle halten und begann leise zu schluchzen.

Der Pastor lachte kaum hörbar. »Mein Gott ist ein strafender

Gott und ich bin sein würdiger Vertreter. Die Gemeinde ist zufrieden mit mir. Frag sie. Los, frag sie!«, forderte er sie auf.

»Sie haben mich meine Sünde spüren lassen. Dafür danke ich Ihnen.« Demütig senkte sie den Blick.

Er schickte sie nicht hinaus, damit die Gemeinde von ihrer Schande erfuhr, sondern steckte das Lineal weg und massierte ihre Brüste, wie er es bereits zuvor getan hatte. Diesmal jedoch tat es schrecklich weh. Besonders die Nippel schmerzten, wann immer er sie zwischen Daumen und Zeigefinger zu fassen bekam und ihre Titten in die Länge zog. Er drückte seine Finger fest ins wunde Fleisch und quetschte den Teufel aus ihr heraus. Zumindest dachte sie das damals.

Heute wusste sie, dass der Teufel immer in ihr wohnen würde.

Sie durfte sich anziehen und schlich mit hochroten Augen aus dem Beichtstuhl zur ersten Sitzreihe im Kirchenschiff, um ihre Ave-Maria zu beten. Die Wartenden mussten denken, dass sie geheult hatte, weil die Last ihrer Sünden so schwer wog, oder vielleicht aus Erleichterung, nachdem der Pastor sie von ihren Sünden freigesprochen hatte. Und das hatte er auch, jedoch anders als erwartet. Ob er alle Schäfchen leiden ließ?

Es dauert eine halbe Ewigkeit, bis Prudence ihre Ave-Maria gebetet hatte. Ihre Gedanken schweiften immer wieder ab. Nachdem sie sich bekreuzigt hatte, stand sie auf und eilte nach Hause. Sie schloss sich im Bad ein, damit ihre Mutter, mit der sie sich aufgrund von Geldmangel eine Wohnung teilte, nicht unvermittelt hereinkommen konnte. Behutsam duschte sie ihren Busen ab. Sie genoss das warme Wasser, das ihre Brustwarzen streichelte. Sie seifte die Brüste ein und merkte zunächst gar nicht, dass sie immer fester zugriff. Sie kniff in die gerötete Haut, zwirbelte die schmerzenden Nippel und fasste sich zwischen die Beine.

Endlich konnte sie unbeobachtet die Hose öffnen.

Ihre Hand glitt zwischen ihre Schenkel. Sie legte Zeige- und Mittelfinger auf ihre Klitoris und ließ sie kreisen, während sie weiterhin ihre Brustwarzen quälte. Lust verschmolz mit Schmerz. Sie schloss die Augen und stellte sich vor, dass ihre Hände die von McBride wären. Das war wahre Sünde! Ein Verrat an der Kirche. Sie missbrauchte den Pastor für ihre Phantasien. Wenn er das wüsste, wie viel würde er sie als Sühne erleiden lassen?

Prudence' Lust explodierte.

Zuckend und schwer atmend stützte sie sich am Waschbecken ab. Sie riss sich zusammen, ließ die Finger noch ein-, zweimal um ihren Kitzler kreisen, um damit den Orgasmus in die Länge zu ziehen. Dann stieg sie erschöpft unter die Dusche und drehte den Wasserregler auf eiskalt.

Liebevoll streichelte sie über ihre vollen Brüste. Es war das erste Mal, dass sie stolz war, so gut ausgestattet zu sein. Bisher hatte sie ihr Busen immer gestört. Er fiel überall sofort ins Auge, obwohl sie selbst lieber unsichtbar sein wollte. Doch seit diesem Tag gehörten die sündigen Titten zu ihr!

Der Herbst war kurz und heftig. Goldene Oktobertage gab es kaum. Meist jagte ein Sturm den nächsten. Der Boden um Glenayr war ganz aufgeweicht und auf den Straßen sammelte sich das Regenwasser, weil die Gullys die Mengen nicht mehr aufnehmen konnten.

Früher als sonst begann es zu schneien. Der Winter kam mit großen Schritten und färbte das schottische Städtchen weiß. An bitterkalten Tagen hingen sogar Eiszapfen am Vordach des Quitleroy Shops, so dass Mrs. Court befürchtete, die Kunden würden den kleinen Laden meiden und lieber in den großen Supermarkt in der nahe gelegenen Stadt Hoolberry fahren. Prudence teilte diese Befürchtung nicht. Wer fuhr bei dem Wetter schon gerne Auto? Es schneite unentwegt, und unter dem Schnee waren

Straßen und Wege vereist. Nur das kleine Wäldchen gleich neben dem Pfarrheim war romantisch anzusehen.

Am Abend, als Prudence von der Arbeit zurückkehrte, lag ihre Mutter auf der Couch.

»Geht es dir nicht gut?«, fragte sie besorgt.

Mavis hielt ein feuchtes Tuch an die Stirn. »Ich habe schreckliche Kopfschmerzen. Aber Pastor McBride wartet noch auf seine gebügelten Sachen. Ich habe sie mit nach Hause genommen heute Mittag, weil es mir da schon schlecht ging. Er braucht seine Talare für die Abendmesse.«

Prudence' Herz klopfte schneller in freudiger Erwartung und doch suchte sie nach einer Ausrede, um nicht gehen zu müssen. »Es schneit ziemlich stark. Braucht er die Talare wirklich noch heute Abend?«

»Er hätte sie längst zurückbekommen müssen.« Ihre Mutter seufzte und massierte ihre Schläfen. »Würdest du sie ihm bitte bringen? Du weißt doch, wie korrekt er ist.«

O ja, das wusste sie. Er ließ nichts ungestraft durchgehen. Würde er sie einfach so gehen lassen, wenn sie erst einmal alleine im Pfarrhaus waren? Wäre sie enttäuscht, sollte er sie ignorieren?

Prudence sah, wie schlecht es ihrer Mutter ging, und zog sich Mantel und Stiefel an. Mit den Talaren in einem Kleidersack stapfte sie durch den Schnee, den Hügel hinauf zur Kirche und klingelte am Pfarrhaus. Sie hatte zwar den Türschlüssel ihrer Mutter dabei – als Haushälterin besaß sie natürlich einen –, wagte jedoch nicht, einfach einzutreten.

Pfarrer McBride öffnete ihr. Verdutzt hob er die Augenbrauen. »Wo ist Mrs. Mavis?«

»Meine Mutter hat Migräne. Sie hat mich geschickt, damit ich Ihnen Ihre Talare bringe.« Sie legte den Kleidersack über beide Arme und hielt ihn dem Pastor hin.

»Ja, ja, gut. Räum' sie in den Schrank. Deine Mutter macht

das auch immer und da du sie vertrittst, musst du ihre Pflichten übernehmen.«

Er trat zur Seite und wartete. Ungeduldig wippte er mit dem Fuß.

Prudence zögerte. Sie hatte nicht damit gerechnet, dass er sie hereinzitieren würde – nun ja, gehofft hatte sie es vielleicht, dennoch war da der Drang fortzulaufen, als wäre sie Rotkäppchen und er der böse Wolf. Er sah nur die Verkommenheit in ihr, weil ihr Busen unübersehbar war, dabei hatte er Prudence' Gelüste erst geweckt.

Endlich bewegten sich ihre Beine. Stocksteif schlich sie an McBride vorüber. Er schloss die Haustür hinter ihr und begutachtete sie von oben bis unten. Sein Blick blieb an ihren Titten hängen, über die sich ihr Mantel spannte.

Der Pastor schnalzte abfällig. Sofort verhärteten sich ihre Brustwarzen und entgegen aller Vernunft rief es in ihr: *Ich war ein böses Mädchen.*

Er schritt voraus und blieb im Schlafzimmer vor seinem Kleiderschrank stehen. Stumm deutete er auf die linke Seite.

Prudence hielt für einen kurzen Moment die Luft an, als sie ihm den Rücken zuwandte. Sie spürte seine Blicke auf ihrer Kehrseite. Mit einem Mal war ihr heiß. Am liebsten hätte sie den Mantel abgelegt, traute sich aber nicht, da er diese Geste vielleicht missverstehen würde.

Folgsam öffnete sie die Tür, holte die Talare aus dem Kleidersack und hängte sie ordentlich auf Bügel. Sie strich sie glatt und schloss die Tür. Dann drehte sie sich um – und erschrak.

McBride stand nackt vor ihr. Sein Schwanz stand wie ein Speer von seinen Lenden ab und zuckte lustvoll, nun, da Prudence ihn betrachtete. Er war wahrlich nicht hübsch, entblößt noch weniger als angekleidet. Seltsamerweise erregte sie genau das. Sie träumte nicht von einem schottischen Clan-Oberhaupt, einem gestandenen Mann, den alle Frauen umschwärmten, weil er Augen besaß, so strahlend grün wie die Highlands im Hochsommer, und starke Arme, mit denen er Frauen auf Händen tragen konnte. In ihren Phantasien fiel ein Kerl über sie her, der sie anwiderte, den sie unter normalen Umständen nicht einmal mit der Kneifzange angefasst hätte.

Seit wann war das so? Seit dem letzten Sommer. Seit der Pastor sich auf ihren Rücken gekniet und sie gezwungen hatte, seine Schuhe sauber zu lecken.

Es prickelte in ihrer Möse.

»Worauf wartest du?«, fragte er unwirsch.

Sollte sie niederknien und seinen Schwanz lutschen? Meinte er, sie solle sich ausziehen?

»Ich verstehe nicht.«

»Die Abendmesse beginnt gleich. Hast du deinen Kopf derart voller liederlicher Ideen, dass du nicht mehr klar denken kannst?«, schnauzte er. »Zieh mich an. Los! Dafür ist eine Haushälterin da. Sie unterstützt den Pastor in allen Lebenslagen.«

Prudence kniff die Augen zusammen. Sie konnte sich beim besten Willen nicht vorstellen, dass ihre Mutter den Pfarrer jemals nackt gesehen hatte. Aber Ausflüchte halfen ihr nicht, also dachte sie sich erst gar keine aus. Sie knöpfte den Mantel auf, ließ ihn über die Schultern gleiten und hängte ihn über eine Stuhllehne. Darunter trug sie noch die Arbeitskleidung aus dem Quitleroy Shop, eine langärmelige Bluse in den Nationalfarben weiß und blau und eine Jeans.

Sie fand die Kleidung des Pfarrers auf dem Bett liegend – säuberlich geordnet, wie ihre Mutter es immer als Kind bei ihr getan hatte – und vermutete, dass sie McBride die Sachen für die Abendmesse längst herausgelegt hatte, bis auf den Talar, den hatte sie ja noch bügeln müssen. Folglich hätte er sich auch selbst anziehen können. Es war nur eine weitere Möglichkeit, Prudence zu demütigen.

Unsicher nahm sie die Socken. Sie kniete sich vor McBride hin und musste achtgeben, damit sie nicht an seinen Schwanz stieß, der sich ihr förmlich entgegenzurecken schien. Er wuchs noch ein Stück mehr, kaum dass sie die erste Socke über den Fuß streifte. Aus dem Augenwinkel musterte sie sein Glied. Es war kurz und dick, wie seine Finger, mit zwei blauen Adern und einer fetten Eichel, die eine Öffnung besaß, die Prudence sehr groß vorkam. Ihre bisherigen Liebhaber hatten kleinere Löcher gehabt, aber es waren nur zwei gewesen und beide sehr jung. Sie zog die zweite Socke an und konnte ihren Blick nicht von seinem Phallus nehmen. Ihr lief das Wasser im Mund zusammen. Sie hätte gerne die Eichel in den Mund genommen, um endlich mal wieder einen Schwanz zu spüren und zu schmecken.

Stattdessen stand sie auf und holte die Unterhose.

Auf einmal schlug McBride ihr ins Gesicht. »Siehst du, was deine Titten machen? Siehst du es?« Er deutete auf seinen Schwanz. Dann nahm er ihn in die Hand und schob einige Male die Vorhaut zurück, bis der Penis so hart war, dass die zwei Adern aussahen, als würden sie jeden Moment platzen. »Du bist eine Hure des Teufels! Er hat dich auf die Erde geschickt, damit du die Schäfchen Gottes verführst. Aber dafür wird er büßen und du in seinem Namen.«

Prudence war so erschrocken, dass sie mit offenem Mund dastand. Sie wagte es nicht einmal, ihre brennende Wange zu reiben.

»Knie dich hin!«, befahl der Pastor.

Sie tat, wie ihr geheißen. Ihr Atem ging schwer. Der Brustkorb hob und senkte sich und machte das Unheil nur noch schlimmer.

»Als Erstes werde ich deinen Stolz vertreiben«, kündigte der Pfarrer an. »Hochmut ist eine Sünde. Führe deine Hände hinter den Rücken und halte sie dort, egal, was passiert. Du wirst alles ertragen. Jammern ... oh ... winseln und betteln darfst du –

das höre ich gerne. Aber wehe, du zeigst auch nur die geringste Gegenwehr!«

Ihr wurde angst und bange. Was hatte er vor?

Er knöpfte ihre Bluse auf. »Ah, da sind ja die Titten, die versuchen, sogar einen Diener Gottes vom Pfad der Tugend abzubringen.« Beherzt griff er in Prudence' Büstenhalter und hob die Brüste aus den Körbchen.

Sekundenlang hielt sie die Luft an. McBride war so unverschämt. Wie konnte er es wagen, sie einfach zu entblößen? Doch genau das machte sie geil. Er tat, was er wollte, und sie würde nie darüber mit jemandem sprechen können, denn er war ja der Gemeindepriester.

Er kniff in ihre Nippel und spuckte auf den Busen, ein-, zwei-, dreimal. Dann holte er zwei Haushaltsgummis aus der Küche.

Er schlug Prudence ins Gesicht und lachte gehässig. »Bei mir hat das Böse keine Chance.«

Wieder und wieder ohrfeigte er sie, bis sie aufhörte zu zählen. Nur mit Mühe konnte sie sich zusammenreißen und die Hände hinter dem Rücken lassen.

Einmal wich sie ein kleines Stück mit dem Kopf aus. Die Konsequenz war, dass er sie an den Haaren packte und seinen Fingernagel in ihren Nippel drückte. Sie verzog gequält das Gesicht. McBride stand mittlerweile so nah, dass seine Eichel ihre Wange berührte. Seine Schwanzspitze streifte ihren Mund – und dann geschah es: Sie öffnete die Lippen, nahm den Penis in ihren Mund und leckte über die Eichel. Das war nicht geplant gewesen und auch nicht bewusst passiert. Möglicherweise hatte der Teufel doch seine Finger im Spiel.

Der Pastor stöhnte auf. Er fickte sie in die Mundhöhle, während er noch immer ihre Haare festhielt und den Fingernagel in die Brustwarze stach. Hatte er den Nagel spitz zugefeilt? Es kam Prudence so vor. Zumindest schmerzte es gewaltig.

McBride spuckte in ihr Gesicht. Der Rotz verfing sich in ihren Haaren und landete auf Nase und Wangen.

Es dauerte nicht lange und McBride kam. Er ergoss sich in ihren Mund. Doch was war das eben gewesen? War da etwa ein Schwall Urin hinterhergekommen und hatte sich in ihrem Mund mit dem Sperma vermischt? Prudence war schockiert: Er hatte ihr in den Mund gepisst!

Mit einem Ruck zog er seinen zuckenden Schwanz aus ihrem Mund und spritzte den Rest auf den Busen ab. Dabei war er ganz leise und kontrolliert.

Die letzten Tropfen wischte er an ihren Lippen ab. Sein Sperma lief über ihre Rundungen, rann in den Spalt zwischen den Brüsten und tropfte auf den Bauch.

Prudence fühlte sich schmutzig. Alles war besudelt. Ihre Haare, ihr Gesicht, ihr Oberkörper, der Büstenhalter und auch die Bluse aus dem Quitleroy Shop. McBride hatte sie angespuckt, sie als Toilette benutzt und auf sie abgespritzt, wie bei einem billigen Flittchen. War sie nicht mehr wert? Sehnte sie sich nicht nach einem liebenden Ehemann, der sie zärtlich bis zum Höhepunkt vögelte? Nein!, sprach es aus ihr. Sie fühlte sich gedemütigt, aber auch stolz.

Grob packte er ihre Nase. »Du lächelst? Anscheinend hat mein Bekehrungsversuch nicht gefruchtet. Dann muss ich eben weitere Maßnahmen ergreifen.«

McBride nahm einen der Haushaltsgummis, kniff brutal in ihre rechte Brustwarze und zog sie lang. Er rollte sie zwischen den Fingern, stach mit dem Daumennagel hinein und zwirbelte sie – so lange, bis Prudence leise winselte, weil sie die Qual nicht länger schweigend ertragen konnte. Sorgfältig band er den Gummi um den Nippel. Schnürte ihn ab. Somit blieb der Schmerz, den er erzeugt hatte, und würde wahrscheinlich sogar stärker werden, je länger man den Gummi an seinem Platz ließ.

Bei ihrer linken Brustwarze war er ebenso geflissentlich,

rutschte aber durch das Sperma einige Male ab, was Prudence Tränen in die Augen trieb.

Als der Gummi an seinem angedachten Platz saß, pochte es im Nippel. Lange würde sie das nicht aushalten können. Lüstern ragten die Brustwarzen hervor, hochrot, geschunden und erregt.

»Die Lust muss man unterbinden, deshalb habe ich deine Nippel abgebunden.« Er betrachtete sein Werk. Zufrieden verteilte er seinen kalten Samen auf ihren Brüsten, als wäre er Lotion, und strich mit dem Daumen über die Brustspitzen.

Prudence erschauerte wohlig.

»Aha, die Lust ist noch da!«, stellte er mürrisch fest und fuhr fort, ihre gezüchtigten Nippel zu berühren, bis Prudence irgendwann nicht mehr anders konnte und zu stöhnen begann.

Plötzlich neigte er sich zu ihr herunter und biss in die linke Brustwarze.

Sie schrie auf.

Immer wieder schlug er seine Zähne in die empfindsamen Spitzen und widmete sich auch der rechten Seite. Es war, als wollte er die hochroten Knöpfe zerbeißen.

Aber Prudence überstand auch diesen Angriff, ohne die Hände vom Rücken zu nehmen.

Da verschwand McBride aus dem Schlafzimmer und kehrte mit einer Wäscheklammer zurück. Sie bestand aus blauem Plastik, das aussah, als hätte eine Ratte daran geknabbert, und rostigem Draht.

»Ich werde deine Lust unterdrücken«, sprach er und öffnete ihre Jeans.

Als er ihren Kitzler zwischen Daumen und Zeigefinger nahm, seufzte sie. Ja! Ja! Ja!, wollte sie herausschreien und behielt ihre Erregung doch für sich. Wer wusste schon, was sich der Pfarrer noch alles an Strafen ausdenken würde, wenn er ihre unbändige Geilheit bemerkte?

McBride fasste den Stamm der Klitoris und rollte ihn zwischen den Fingern. Prudence' Atem ging schneller. Ihr Becken zuckte. Sie konnte nicht glauben, dass er einfach in ihre Hose fasste und ihr Fötzchen berührte. Das war eine bodenlose Unverschämtheit – und genau das, was sie sich erträumte. Keine Zurückhaltung. Keine Rücksichtnahme. Sie war viel zu schüchtern in körperlichen Dingen und brauchte es, genommen oder angeleitet zu werden.

Die Erregung wuchs. Gleich würde sie kommen. Nur noch wenige Sekunden und –

In diesem Moment hörte er auf. Er zog die Vorhaut über den Kitzler und setzte die Wäscheklammer genau auf den Stamm, knapp unter ihrer Eichel. Das Blut staute sich. Prudence glaubte zu ertrinken in ihrer Geilheit. Die Lust war gewaltig, aber sie wurde nicht erlöst.

McBride zog sich an, alleine, während Prudence noch immer vor ihm kniete und sich weder etwas zu sagen noch aufzustehen traute.

Als er fertig angezogen war, hielt er ihr seine Hand entgegen, damit sie den Handrücken küssen konnte, was sie artig tat. »Ich erwarte dich morgen früh in diesem Haus. Bevor du zur Arbeit gehst, kommst du bei mir vorbei. Bis dahin trägst du die Gummis und die Klammer. Und ich warne dich: Gott sieht, falls du sie abnehmen solltest! Sie geißeln deine Lust. Morgen früh werde ich dein Höschen kontrollieren. Sollte ich Lustsaft darin finden, werde ich dich hart bestrafen.«

Als er zur Haustür ging, rief er ihr noch über die Schulter zu: »Und wehe, du wechselst deinen Slip!« Dann machte er sich auf zur Abendmesse.

Prudence blieb erregt zurück. Sie kam sich lächerlich vor, wie sie einsam im Schlafzimmer des Pfarrhauses hockte und jetzt schon vor Geilheit triefte. Der Abend würde grausam werden.

Und das wurde er auch. Ihrer Mutter log sie vor, sie hätte dem

Pfarrer noch bei den Vorbereitungen für die Messe helfen müssen, und zog sich eilig ins Badezimmer zurück, bevor Mavis die Körperflüssigkeiten an ihrem Körper roch. Sie duftete nach McBride, nach ihrem eigenen Saft und nach Schweiß. Entgegen der Anweisungen duschte sie und zog ein neues Höschen in der gleichen Farbe an.

Nachts konnte sie vor Erregung kaum schlafen. Mehr als einmal dachte sie darüber nach, ob sie nicht masturbieren sollte, tat es aber nicht, weil sie wusste, dass sie hochrot anlaufen und sich verraten würde, wenn der Pastor sie danach fragte.

Völlig übermüdet stand sie demzufolge am nächsten Morgen auf. Die Klammer tat schrecklich weh. Prudence versuchte, sie ein Stück nach oben oder nach unten zu schieben, was allerdings fehlschlug. Und auch die Nippel waren hochempfindlich und reagierten bei Berührung mit Schmerz. Prudence musste dringend zu McBride, damit er die unscheinbaren und doch so effektiven Folterwerkzeuge endlich entfernte.

Sie fand ihre Mutter in der Küche vor – müde, wie Prudence fand. Dunkle Schatten lagen unter ihren Augen und sie hielt sich mühsam an einer Tasse Tee fest.

»Hast du nicht geschlafen?«, wollte Prudence besorgt wissen.

Mavis Nightingale schüttelte den Kopf.

»Immer noch Kopfweh?«

»Ich habe schon eine Tablette genommen.« Sie lächelte verkrampft. »Gleich wird es besser werden.«

Prudence schluckte die Frage herunter, warum ihre Mutter nicht bereits früher etwas eingenommen hatte. Vielleicht hatte sie es längst getan, verschwieg es aber ganz bewusst, weil die Medizin nicht wirklich half und Prudence sich dann noch mehr Sorgen machen würde.

»Tust du mir einen Gefallen?«, fragte sie.

Prudence nickte und hoffte, ihre Mutter würde nicht um etwas bitten, was sie noch länger davon abhielt, ins Pfarrhaus zu eilen. Lange würde sie die Schmerzen nicht mehr aushalten.

»Würdest du kurz bei Pastor McBride vorbeischauen und ihm Bescheid geben, dass ich eine Stunde später komme?«

Beschämt rückte sie ihre frisch angezogene Quitleroy-Bluse zurecht und bemerkte mit Schrecken die hervorstehenden Nippel. Hart stießen sie von innen gegen den Stoff. Das machte ihren Busen noch auffälliger, als er ohnehin schon war.

»Natürlich.« Über die Maßnahmen von McBride wollte Prudence ihr lieber nichts erzählen. »Soll ich dir etwas aus der Apotheke mitbringen?«

»Ich habe alles, was ich brauche.«

Eilig verabschiedete sie sich von ihrer Mutter.

»Willst du denn nichts frühstücken?«

»Ich bin spät dran«, log Prudence.

Ihre Mutter hielt die Tasse hoch. »Nicht einmal Tee?«

»Hole ich im Laden nach bei der ersten Gelegenheit.«

Hastig zog sie ihren Mantel an und verließ das Haus. Sie stapfte durch den hohen Schnee und versuchte nicht an die Lust zu denken, die in ihrem Schoß brannte. Ihr Kitzler tat weh, aber er sehnte sich auch nach Erlösung. Ihr Fötzchen wollte gefickt werden, hart und lange, weil sie auch hart und lange gelitten hatte, ohne dass McBride ihr einen Orgasmus zugestand. Verdammt, sie hatte es verdient! Doch sie bezweifelte, dass der Pastor ihr den Gefallen tun würde.

Leise Schneeflocken fielen an diesem Morgen auf Glenayr. Noch war die Stadt wie ausgestorben. Die meisten Anwohner saßen wohl noch in ihren heimeligen Küchen und frühstückten. Wer wollte schon bei dieser Eiseskälte früher als nötig aus dem Haus gehen?

Nur Verrückte. Wie Prudence.

Es war anstrengend, durch den Schnee zu waten, und so kam sie völlig außer Atem bei Pastor McBride an. Er öffnete ihr freudestrahlend die Tür, und sie trat ohne Umschweife ein. Sie wollte nicht gesehen werden, obwohl sie einen Grund hatte, hier zu sein.

»Guten Morgen, Pastor McBride«, begrüßte sie ihn und klopfte den Schnee vom Mantel. »Meiner Mutter geht es nicht gut. Sie bat mich, Ihnen auszurichten, dass sie eine Stunde später kommen wird.«

Er grinste schmierig. »Macht nichts. Du bist ja da.«

»Ich muss in den Quitleroy Shop. Meine Arbeit –«

Er unterbrach sie. »Meine Arbeit besteht darin, aus dir ein folgsames Schäfchen in Gottes Herde zu machen. Hast du meine Anweisungen befolgt?«

Schweigend nickte sie. Sie lief nicht einmal rot an. Er hatte seine Frage so allgemein gehalten, dass es ihr ausnahmsweise leicht fiel, zu flunkern.

»Gut.« Er rieb sich die Hände.

Dann kam er auf sie zu und knöpfte ihr den Mantel auf, ohne auf ihr erstauntes Gesicht zu achten. Er öffnete die Jeans, schob sie bis zu den Knien herunter und trat gegen ihre Beine, damit sie die Schenkel weiter spreizte. Tief steckte er den Zeigefinger in ihr Höschen und zog den Stoff herunter.

Plötzlich lief sein Kopf hochrot an. »Sünderin! Hure! Flittchen! Nutte! Du triefst ja wie eine geile Stute, wie eine läufige Töle, die nur darauf wartet, vom nächstbesten Streuner gefickt zu werden.«

Kräftig riss er am Höschen. Der Stoff ging kaputt. McBride hielt das Beweisstück vor ihre Nase. Sie roch ihren eigenen Duft. Das machte es noch schlimmer. Es erregte sie. Im nächsten Augenblick drehte der Pastor den Slip nach außen und präsentierte ihr den Steg, der nass war.

»Mund auf!«

Prudence wollte protestieren, aber kaum machte sie den Mund auf, hatte sie auch schon das schmutzige Höschen im

Mund. Sie schmeckte ihren Saft. Er war intensiv, weil sie seit langer Zeit stark erregt war. Zuerst ekelte sie sich davor, aber dann fügte sie sich in ihr Schicksal und empfand es rasch gar nicht mehr als so unangenehm.

Der Pfarrer ergriff ihren Arm und führte sie in die Küche. Dort drückte er sie auf einen Stuhl nieder, streifte ihr Stiefel und Jeans ab und legte ihre Beine rechts und links über die Armlehnen. Prudence war so überrumpelt, dass sie alles geschehen ließ. Erst als sie das Lineal, mit dem sie schon schmerzhafte Bekanntschaft gemacht hatte, in seiner Hand sah, versuchte sie aufzustehen.

Bevor sie jedoch ein Bein von der Lehne heben konnte, schlug er auf ihre Klitoris. Die Wäscheklammer vibrierte. Ein starker Schmerz floss vom Kitzler bis in ihre Möse, wie eine Stromleitung, die den Blitzeinschlag weiterleitete. Prudence stieß einen spitzen Schrei aus.

Bevor sie durchatmen konnte, nahm er die Klammer und drehte sie.

Sie krallte ihre Hände in die Stuhllehne und drückte ihren Arsch tief in den Sitz. Prudence konnte ihnen nicht entkommen, McBride und der Qual. Sie spürte, wie ihr geiler Saft herauslief, und schnappte verzweifelt nach Luft.

In diesem Moment riss der Pastor die Klammer von ihrem Kitzler.

Blut schoss in ihr hochempfindliches Lustzentrum und das Leid, das über sie hereinbrach, war überwältigend. In ihrer Klitoris loderte ein Feuer, das ihr Tränen in die Augen trieb und sie vor Lust winseln ließ. Ihre Gedanken waren wie gelähmt, ihre Muskeln verkrampft. Nur langsam wurde sie wieder klar im Kopf und auch ihr Körper entspannte sich ein wenig.

Doch nur für kurze Zeit. Denn der Pfarrer begann erneut, mit dem Lineal auf dieselbe Stelle zu schlagen. Kurze, präzise Hiebe, gezielt auf den geschwollenen Kitzler, den die Geilheit längst aus seiner Vorhaut geschält hatte. Er war höchst sensibel Berührungen gegenüber – und äußerst schmerzempfindlich. Prudence heulte wie ein Schlosshund. Es tat so weh, dass sie sich ihre Unterlippe blutig biss. Ihre Knöchel traten weiß hervor, so fest hielt sie die Lehne.

McBride öffnete zwischenzeitlich ihre Bluse und hob die Titten aus dem Büstenhalter. Auch ihre abgebundenen Nippel traktierte er mit dem dicken Holzlineal und entfernte die Haushaltsgummis grob und ruckartig, als er genug Spaß gehabt hatte. Eine Ecke des Lineals stieß er in die hochroten Brustwarzen, bohrte ein wenig und führte dann die Klitoris-Folter weiter.

Schweiß rann zwischen ihren Brüsten herab. Prudence verkrampfte sich erneut, doch diesmal war der Krampf lustvoll. Ihre Möse zuckte unter den Schlägen, die ausschließlich die Klitoris trafen. Ihr Becken hob und senkte sich. Auf einmal loderte das Feuer in ihrem Fötzchen auf. Prudence hielt sekundenlang die Luft an.

Sie lächelte.

Trotz Demütigung.

Trotz Schmerz.

Oder gerade deshalb.

Dann kam sie mit einem lauten Schrei, der bald in viele kleine Aufschreie zerbröselte und in einem kehligen Stöhnen endete. Sie zuckte auf dem Stuhl, als würde sie auf einem trabenden Hengst sitzen. Den Kopf in den Nacken geworfen, die Augen geschlossen lauschte sie ihrem Atem, der kurz und schnell ging.

Dann Stille.

Das Nachglühen fing sie auf. Ihr ganzer Körper war erschöpfte Lust. Zufriedenheit! Innere Ruhe. Ausgeglichenheit. Ein Zustand, den sie bisher selten erlebt hatte, weil sie nichts hatte, was ihr wirklich Freude bereitete. Der Job war eine Notlösung. Sie klebte an ihrer Mutter, weil sie sich für sie verantwortlich fühlte. Glenayrs Kleinstadtmief erstickte sie. Doch dies alles trat in den Hintergrund durch die ›Teufelsaustreibungen‹ des Pastors. Mit einem Mal wollte sie an keinem anderen Ort in ganz Schottland sein. Die Prudence Nightingale, die ihre Freunde und Arbeitskollegen kannten, war nur Fassade. In Wahrheit war sie eine Sünderin! Eine Sünderin, die bestraft und gedemütigt werden musste.

Erst nach einer Weile merkte sie, dass McBride von ihr abgelassen hatte. Er war aus der Küche verschwunden. Aus dem Gäste-WC war Stöhnen zu hören. Prudence sah auf die Uhr und erschrak. Es war Zeit, eiligst zum Quitleroy Shop zu hasten, damit sie nicht zu spät kam und gefragt wurde, was sie denn aufgehalten hätte.

Wehmut stellte sich ein, als sie das Pfarrheim verließ. Doch sie würde noch oft wiederkommen. Sehr oft.

Ihre Mutter wurde immer öfter von Migräneattacken heimgesucht. Manchmal waren sie nach einer Stunde vorüber, manchmal hielten sie tagelang an.

Den ganzen Winter über bekniete Prudence sie, damit sie sich endlich untersuchen ließ. Aber Mavis Nightingale weigerte sich. Sie hasste Ärzte. Prudence zerfraß es innerlich.

Das einzige Gute, was sie aus der Situation ziehen konnte, war, dass sie ihre Mutter ständig bei McBride vertreten musste. Nach der Arbeit im Quitleroy Shop hetzte sie zum Pfarrhaus. Doch dort kam sie mit der Arbeit kaum nach. Nicht weil die Zeit zu knapp wurde, sondern weil der Pastor sie auf Schritt und Tritt beobachtete, nur um einem Grund zu finden, sie zu züchtigen. Und den fand er auch stets. Selbst wenn es nur Kleinigkeiten waren. Alleine ihre üppigen Brüste, die nun mal so gut wie gar nicht zu verstecken waren, waren ihm ein Dorn im Auge. Prudence musste mit nacktem Oberkörper putzen, damit er sofort sehen konnte, wenn sich ihre Nippel aufstellten, um ihre Verführung zu beginnen. Natürlich wurden sie sofort hart. Genau wie die Kirche wurde das Haus kaum geheizt. McBride war sparsam. Allerdings nicht, wenn es um Strafen ging. Er schlug ihre Brüste mit allem, was ihm zur Verfügung stand. Brachte Tischdeckenklammern, an denen rote Kirschen baumelten, an ihren Nippeln an und beschwerte sie zusätzlich, indem er Meisenknödel daran aufhängte. Dadurch wurde Prudence' Busen unnatürlich nach unten gezogen.

Und auch sonst ließ sich der Geistliche allerhand einfallen, um Prudence zu quälen. Durch dieses lustvolle Treiben verging der Winter schnell.

Im Februar überraschte Prudence ihre leidende Mutter mit Doctor Saberdeen.

»Es tut mir leid«, sagte dieser jedoch, »Hier kann ich nicht die notwendigen Untersuchungen durchführen. Sie müssen dringend ins Krankenhaus nach Hoolberry.«

«Aus Glenayr gehe ich nicht weg!«, war die Antwort von Mavis Nightingale.

Auch Prudence konnte sie nicht umstimmen. Sie hoffte, dass der Frühling ihren Zustand verbessern würde. Wenn erst der Schnee geschmolzen war und die ersten Blumen durch die aufgetaute Erde stießen, dachte sie, würden die Lebensgeister ihrer Mutter zurückkehren.

Doch als Mavis Nightingale im April zum Fenster schlenderte, weil sie die erste Biene in diesem Jahr gesehen hatte und sie näher betrachten wollte, fiel sie um und war tot.

»Sie hatte einen Gehirntumor«, erklärte Doctor Saberdeen Prudence nach der Autopsie. »Er wuchs und wuchs, bis er so groß war wie ein Ei«, erläuterte er weiter, ging aber nicht ins Detail, um Prudence nicht mehr zuzumuten, als sie ohnehin zu ertragen hatte.

Sie heulte sich aber nicht bei dem Arzt aus, sondern hielt tapfer ihre Tränen zurück, bis sie bei Pfarrer McBride war und sich ihm in die Arme warf.

Zärtlich streichelte er ihr über die Haare. »Deine Mutter ist jetzt bei Gott. Sie hat es gut. Trauere ruhig um sie, aber gräme dich nicht, mein Kind.«

Prudence fühlte sich geborgen. Jemand kümmerte sich um sie, besser als irgendwelche Verwandte oder Freunde es jemals hätten tun können. Pastor McBride kannte ihre wahre Natur. Bei ihm konnte sie sie selbst sein. Er wusste sie zu nehmen.

Und so kam es, dass Prudence die Nachfolge ihrer Mutter Mavis Nightingale antrat, früher, als von allen erwartet. Sie gab ihre Stelle im Quitleroy Shop auf und ging jeden Tag zur Arbeit – fröhlich, nachdem sie den Tod ihrer Mutter einigermaßen überwunden hatte. Das Pfarrheim war ihr wirkliches Zuhause. Hier fühlte sie sich wohl. Im Hause Gottes war sie am besten aufgehoben, weil sie niemanden mit ihren üppigen Titten verführen konnte. Sie, die Sünderin!

Die Erforschung der Lust

Mayra Weir wohnt erst seit kurzem in San Francisco und sucht händeringend einen Job. Als Single greift sie immer wieder auf Sexspielzeug zurück – und wird bei einem ihrer Erotikshopbesuche von der sympathischen Leah Moning dazu überredet, durch die Teilnahme an einer Studie mit dem Titel ›Erforschung der Lust‹ etwas Geld zu verdienen.

Tags darauf erwacht Mayra in einem ihr fremden Gebäude und kann sich nicht daran erinnern, wie sie an diesen seltsamen, abgeschotteten Ort gekommen ist. Die Türen sind verriegelt, vor den Fenstern befinden sich Gitter.
 Die Mitarbeit an dem Projekt hatte sich die Probandin anders vorgestellt.

Bald lernt sie Miles Crow kennen, den charmanten, aber undurchsichtigen Institutsleiter, der die einzelnen Experimente äußerst lustvoll gestaltet. Doch Mayra bleiben trotzdem Zweifel – etwas stimmt nicht an dieser ›Erforschung der Lust‹.
 Sie muss unbedingt herausfinden, was hinter der ganzen Sache steckt.

Mayra Weir bemerkte die Gitter vor den Fenstern. Sie setzte sich aufrecht im Bett hin und sah sich verschlafen im Raum um. Alles war weiß, die Bodenfliesen, die Tapete und auch die Decke. Ein Krankenhaus! Ja, sie musste sich in einem Krankenhaus befinden. Nur in welchem? San Francisco besaß viele.

Sie schlug die Bettdecke zurück und begutachtete ihren Körper. Ihre Arme waren unversehrt, auch ihre Beine. Ängstlich schob sie das weiße Hemdchen bis über den Busen. Es war keine Wunde zu sehen. Nicht einmal der kleinste Kratzer. Einen Unfall hatte sie also nicht gehabt. Doch was war dann geschehen?

Sie zog die Decke bis zum Hals und schloss für einen Moment die Augen, um sich zu konzentrieren ...

Die Erinnerung kehrte klarer zurück, als sie vermutet hätte. Offensichtlich hatte man ihr keine Medikamente verabreicht, die ihre Gedanken lähmten. Sie war ins ›Above the clouds‹, einen Erotikladen, gegangen. Ausgiebig hatte sie die lustvollen Spielzeuge betrachtet. Es war ihr nicht peinlich gewesen, als sie diverse Vibratoren testete und das Surren den Laden erfüllte, dass alle Anwesenden zu ihr hersahen. Sie ging offen mit ihrer Sexualität um. Sollte das nicht jede Zwanzigjährige? Und gerade in einem Toy-Shop durfte man doch Toleranz erwarten. Es gab keinen Grund, rot anzulaufen oder verschämt den Blick zu senken. Außerdem brauchte sie dringend Erleichterung, immerhin war sie nun seit einem Jahr nicht mehr gefickt worden. One-Night-Stands waren ihr in Zeiten von Aids zu gewagt. Was blieb ihr anderes übrig, als zu masturbieren? Ihre Finger waren in dieser Hinsicht nicht ungeschickt, doch auch das war mit der Zeit langweilig geworden. Darum hatte sie begonnen, Erotikspielzeug zu kaufen – und ihre Sammlung stetig erweitert.

Doch am gestrigen Abend hatte eine sympathische junge Dame Mayra angesprochen. Die Rothaarige war gerade dabei, ein Plakat im Shop aufzuhängen. Als sie bemerkte, dass Mayra sie neugierig beobachtete, hatte sie gefragt: »Lust, fünftausend Dollar innerhalb von zwei Wochen zu verdienen?«

»Lust schon ...«, antwortete Mayra zweideutig und zwinkerte, »aber ich bin nicht der Typ Frau, den Sie suchen.«

»Leah Moning.« Sie holte einige Flyer aus ihrer Aktentasche, gab einen davon Mayra und den Rest dem Verkäufer. »Ich suche im Rahmen eines Forschungsprojektes Probanden, die altbewährtes und neuartiges Erotikspielzeug testen. Völlig legal, vollkommen sicher und ohne Hintergedanken.«

»Warum zahlen Sie dann so viel?«, hakte Mayra skeptisch nach.

»Als Anreiz mitzumachen. Vielen Interessierten fehlt einfach der Mut.«

Um ihr mehr zu erzählen, hatte Leah Mayra ins Café ›Thrill‹ eingeladen. Es lag gleich um die Ecke. In der Öffentlichkeit würde ihr schon nichts passieren …

Nun, da Mayra auf dem Bett an diesem fremden Ort saß, musste sie sich eingestehen, dass sie sich ziemlich schnell hatte einlullen lassen.

Leah war gut gewesen darin, Freiwillige zu finden. Sie hatte Mayras sexuellen Notstand erkannt und sie dazu gebracht, noch im Café einen Vertrag zu unterschreiben. Hatte ihr ein Getränk angeboten, eine giftgrüne Flüssigkeit in einem Glasröhrchen, das sie aus ihrer Aktentasche fischte. »Ein neues Aphrodisiakum. Testen Sie! Gratis, als herzliches Willkommensgeschenk.«

Mayra hatte zugegriffen. Warum auch nicht? Jetzt verfluchte sie ihre Offenheit und ihr blindes Vertrauen. Sie war ohnmächtig geworden und irgendwann, nur mit einem dünnen kurzen Nachthemd bekleidet, in diesem Raum aufgewacht. Hatte Leah sie entführt zu einem Zeitpunkt, als die Tinte, mit der sie den Vertrag unterschrieben hatte, noch nicht einmal trocken war? Oder war alles viel harmloser? War ihr das Getränk nicht bekommen – und man hatte ihr in diesem Krankenhaus den Magen ausgepumpt?

Sie rieb unter der Decke über ihren Bauch, aber sie fühlte sich gesund. Kerngesund sogar. Keine Magenschmerzen. Nicht einmal Kopfweh.

Mayra schwang ihre Beine aus dem Bett. Sie zog das Hemdchen tiefer, dennoch bedeckte es kaum ihre Scham. Eilig lief sie zur Tür und drehte am Knauf. Nichts geschah. Die Tür bewegte sich keinen Inch. Aufgebracht versuchte sie, daran herumzuzerren. Er ließ sich jedoch nicht bewegen.

Sie schaute ins angrenzende Badezimmer – auch dort keine Fluchtmöglichkeit. Panisch lief sie zum Fenster des Schlafraums, legte die Finger um die Gitterstäbe und schrie: »Hilfe, ich bin eingesperrt! Helfen Sie mir, bitte!«

Niemand antwortete ihr. Warmer Wind wehte ihr ins Gesicht und die Luft roch salzig. Mayra sah Palmen und eine üppige, blütenreiche Vegetation – und die Erkenntnis traf sie wie ein Blitz: Sie war nicht in San Francisco!

Schockiert drehte sie sich um. Da bemerkte sie die Kamera in der Ecke, links über der Eingangstür. Sie stemmte die Hände in die Hüften, ging näher hin und blaffte: »Was zur Hölle soll das? Ich will eine Erklärung – und zwar sofort!«

Ein wenig fürchtete sie die Wahrheit. Vielleicht war sie übergeschnappt und man hatte sie in die Psychiatrie eingewiesen? – Nein, nein, nein! Sie war verrückt, aber so verrückt nun auch wieder nicht. Außerdem hing neben dem Fenster über dem Waschbecken ein Spiegel. Den hätte man wohl kaum einem Geisteskranken ins Zimmer gehängt, weil er leicht zerbrochen und als Waffe benutzt werden konnte. Mayra betrachtete ihr Konterfei: Streichholzkurze, wasserstoffblonde Haare standen wirr vom Kopf ab, und ihre blauen Augen funkelten böse.

Plötzlich ging die Tür auf. Ein hochgewachsener, blonder Mann mit Nickelbrille trat dezent lächelnd ins Zimmer. Er steckte eine Karte – ein elektronischer Schlüssel, vermutete Mayra – in die Brusttasche seines Kittels und schloss die Tür hinter sich. Langsam wanderte sein Blick über ihre Kurven. Am Saum des Hemdchens blieb er kleben. Mayra ließ die Arme hängen, damit das Nachthemd länger wurde und der Saum tiefer rutschte.

»Was –?«, begann sie, doch verstummte abrupt, als der Mann eine Hand hob.

»Bitte, Mayra«, er grinste freundlich und deutete auf das Bett, »Nehmen Sie Platz. Mein Name ist Miles Crow. Sie brauchen sich nicht zu fürchten.«

Zunächst blieb sie stehen, wo sie war, denn wer schon betonte, sie bräuchte keine Angst zu haben, wollte sie auf etwas Schlimmes vorbereiten. Genauso wie Zahnarzt Reynold immer zu ihr gesagt hatte, als sie noch ein Kind war: »Es tut nicht weh.« Doch das Bohren hatte sehr wohl wehgetan. Reynold hatte mit seinen beschwichtigenden Worten nur versucht zu verhindern, dass Mayra schon vorher ausrastete.

Aber sie war kein Kind mehr. Ruhig ging sie zum Bett und setzte sich. Würde dieser Fremde ihr zu nahe kommen, wüsste sie sich schon zu helfen. Abgesehen vom Spiegel, standen vor dem Fenster noch ein Tisch und zwei Stühle, die als Waffe durchaus in Frage kamen.

»Nun?«, fragte sie und zog eine Augenbraue hoch.

»Ich mochte Ihr Selbstbewusstsein von Anfang an.«

Seine Stimme klang ehrlich, seine Worte nicht aufgesetzt, aber Mayra war in Alarmbereitschaft.

»Von Anfang an?«, wiederholte Mayra. »Was soll das bedeuten?«

Das Lächeln verschwand aus seinem Gesicht. Er sah aufrichtig betroffen aus. »Wir haben Sie beobachtet. Sie sind uns im ›Above the clouds‹ aufgefallen.«

»Ich bin oft dort. Na und?« Mayra zuckte mit den Schultern, aber sie war lange nicht so cool, wie sie vorgab zu sein. Ihr Puls raste. Warum sprach er von ›uns‹ und ›wir‹, wo doch nur Leah sie entdeckt hatte?

»Das gefällt mir.« Er nickte. »Sie sind eine junge, aufgeschlossene und zudem sehr hübsche Frau ...«

»Schönheit ist relativ«, warf sie ein und wünschte sich in diesem Moment, ein hässliches Entlein zu sein.

»Und liegt im Auge des Betrachters«, fügte er hinzu. »Aber darum geht es uns nicht. Was uns dazu bewogen hat, Sie als

Testperson auszuwählen, ist Ihre freie Einstellung zur Sexualität und Ihre Lust, neues Erotikspielzeug auszuprobieren.«

»Mich auszuwählen? Ich habe Leah zufällig getroffen …«, aber kaum hatte sie diese Worte ausgesprochen, wusste sie, dass etwas nicht stimmte. Dies alles war kein Zufall. Auf einmal hatte sie einen bitteren Geschmack im Mund.

»Sie hat Ihre Begabung erkannt, Ihren Wunsch nach sexuellen Ausschweifungen und Ihre Fähigkeit, sich loszulösen vom Alltag, um in höhere Sphären zu schweben. – Zumindest erhoffen wir uns das«, erwiderte Miles.

Mayra war verunsichert. Natürlich sehnte sie sich nach Sex, war sie doch eine junge Frau, die körperlich geliebt werden wollte. Zu lange schon war sie solo. Zu viele einsame Nächte mit surrenden Vibratoren. Aber dieses Projekt würde ihr nicht den Mann fürs Leben bringen. Hier ging es nur um Sex, um Spielzeug, um die Erforschung der Lust. Konnte sie tatsächlich für zwei Wochen zügellos sein, sich ihren Gelüsten hingeben, als wäre sie ein Luder, eine Nymphomanin? Sich zwei Wochen – vierundzwanzig Stunden am Tag! – lang nur auf ihre körperlichen Bedürfnisse konzentrieren, würde das gehen? Eigentlich war sie eine klar denkende, moderne Frau. Sie wohnte erst sechs Wochen in San Francisco und hatte immer noch keine Anstellung gefunden, weder als Verkäuferin, der Job, den sie in Seattle lange Zeit gemacht hatte, noch als Aushilfskellnerin. Ihre Ersparnisse waren fast aufgebraucht … und natürlich lockte das Geld. Aber der Gedanke daran konnte sie nicht so weit berauschen, dass sie die Gitter vor den Fenstern vergaß.

»Ich sehe Ihre innere Zerrissenheit«, sprach er sanft, »bitte glauben Sie mir, dass wir Ihnen nichts Böses wollen.«

»Warum haben Sie mich dann entführt?«, fragte sie geradeheraus.

Er lachte charmant. Seine grünen Augen leuchteten neckisch und Mayra erkannte das erste Mal Crows Attraktivität. Er war ein unscheinbarer Mann mit Nickelbrille, sehr auf seine Arbeit konzentriert, etwas nüchtern, aber wenn er lachte, brach er auf. Für einen kurzen Moment zeigte er sein Inneres. Vielleicht den privaten Miles Crow?

Er schlenderte ums Bett herum zum Tisch, nahm einen der Stühle, drehte ihn zu Mayra und nahm Platz. »Kein Kidnapping. Es ist nur so, dass dieses Forschungsprojekt geheim ist, selbst dieser Ort, an dem die Experimente durchgeführt werden.«

»Experimente?« Sie erschauderte bei dem Begriff.

»Lustvolle Versuche«, säuselte er. Dabei lehnte er sich nach vorne und stützte sich mit den Ellbogen auf den Oberschenkeln ab. »Sehen Sie die Zeit in unserem ›Temple of Love‹ als Abenteuer an. Andere würden für diese Art Urlaub sogar viel Geld bezahlen.«

Sie fand es reizend, wie er sie von unten herauf ansah, ein wenig spitzbübisch. »Weshalb schließen Sie mich dann ein?«

»Um die Aussagekraft der Forschung zu gewährleisten.«

»Das verstehe ich nicht.« Sie machte einen Schmollmund und zuckte mit den Achseln.

Er setzte sich schmunzelnd auf. »Die Versuche könnten Sie so sehr erregen, dass Sie heimlich andere Patienten aufsuchen, um mit ihnen zu schlafen. Die Stille der Nacht. Die Einsamkeit ihres Zimmers. Die Erinnerung an die schamlosen Experimente. Die quälende Lust. Der sinnliche Duft, der aus Ihrem Schoß aufsteigt. Hände, die keine Erlösung mehr bringen, weil sie einen prallen Schwanz in Ihrer Scheide spüren –«

»Ich habe verstanden!«, unterbrach sie ihn etwas zu barsch und errötete. Seine Worte machten sie an. Sie kannte diese unerfüllten Tagträume nur zu gut, waren sie doch Teil ihres Alltags.

Plötzlich fühlte sie, wie ein Ruck durch ihren Körper ging.

Sie hatte sich entschieden!

Ihr war mit einem Mal bewusst, dass sie nicht nur deswegen an diesem seltsamen Ort bleiben musste, weil sie einen Vertrag unterschrieben hatte und die fünftausend Dollar dringend brauchte. Viel nötiger hatte sie die Erlösung von der sexuellen Anspannung, die sich in ihr aufgestaut hatte und kaum mehr befriedigt werden konnte.

»Ich vertraue Ihnen.« Mayra nickte. »Aber wenn ich sage, ich möchte nach Hause, werden Sie mich sofort zurückbringen.« Sie bereute ihren Befehlston, denn Crow schien nicht darauf zu reagieren. Er sah sie nur an – und Mayra war nicht in der Lage, seinen Gesichtsausdruck zu deuten. Daher fügte sie kleinlaut hinzu: »Bitte.«

Er stand auf. »Ich werde mein Bestes tun, damit Sie sich hier wohlfühlen. Als Erstes braucht dieses Zimmer etwas Farbe.« Miles verließ den Raum und kehrte nach kurzer Zeit mit einem Blumenstrauß samt Vase zurück. Er brachte eine Flasche stilles Wasser mit und reichte sie Mayra. »Bitte trinken Sie das. Es ist sehr warm heute. Sie müssen Ihren Wasserhaushalt in Ordnung bringen.«

»Alles?« Während sie die Flasche nahm und den Verschluss öffnete, schaute sie ihn ungläubig an.

Nun lächelte er wieder. »Sobald Sie das Wasser getrunken haben, fangen wir mit den Vorbereitungen für den ersten Test an. Haben Sie Lust?«

Mayra setzte verschämt den Flaschenhals an die Lippen und trank gierig. O ja, sie hatte Lust! Crow hatte sie gut angeheizt, absichtlich, aber diese Erkenntnis konnte das Prickeln in ihrer Möse nicht vertreiben. Sie vergrößerte es sogar noch. Die Eindeutigkeit dieses Ortes, dieses Forschungsprojektes, machte die ganze Sache sehr reizvoll. Hier ging es nicht um vornehme Zurückhaltung, um zaghafte Schritte jungfräulicher Liebe, sondern um puren Sex. Ob sie die Orgasmen zählen sollte, die sie haben würde?

Es dauerte eine Weile, bis sie die Flasche Wasser geleert hatte.

Miles Crow wartete geduldig. Er nahm die Flasche wieder entgegen, ging zur Tür, und winkte Mayra: »Kommen Sie! Es ist Zeit, den ersten Versuch zu beginnen. Er steht unter dem Motto ›Wasser‹.«

Ein Glucksen war aus den Tiefen ihres Körpers zu hören. Sie legte die Hand auf ihren Bauch und grübelte, ob das Mineralwasser schon Teil des Experiments war. Etwas sträubte sich in ihr. Crow schien das erste Spiel schon begonnen zu haben, obwohl die Testperson selbst noch nichts davon wusste. Das schmeckte Mayra nicht. Sie fühlte sich hintergangen. Doch schon im nächsten Augenblick kam sie sich lächerlich vor. Er hatte es nur gut mit ihr gemeint – zumindest redete sie sich das ein, um nicht in Panik zu geraten. Immerhin stand die Zimmertür nun offen. Miles hielt sie einladend auf.

Eilig sprang Mayra vom Bett und folgte dem Mann, der wie ein Doktor wirkte, sich jedoch bislang nicht als solcher zu erkennen gegeben hatte. Sie empfand es als wichtig, den Rest des Gebäudes kennen zu lernen. Dachte sie etwa an Flucht? Sie schalt sich einen Narren, konnte aber ihre Angst vor der eigenen Courage nicht leugnen.

»In welchem Krankenhaus sind wir?«, fragte sie und schaute ihn von der Seite an. Sein Profil gefiel ihr. Er machte einen vertrauenswürdigen Eindruck. Immerhin war er sehr freundlich und bemüht, den Aufenthalt für sie angenehm zu gestalten, und hatte ihr Zimmer durch Blumen behaglicher gemacht. Eine nette Geste. Aber Leah hatte Mayra auch ihre Sympathie bekundet, indem sie ihr das giftgrüne Getränk als Willkommenstrunk gereicht hatte – danach war Mayra ohnmächtig geworden und in fremder Umgebung aufgewacht.

»Kein Krankenhaus.« Er schüttelte den Kopf. »Eine Versuchsstation. Wo sie liegt, dürfen wir Ihnen leider nicht verraten, da das Projekt äußerst geheim ist.«

»Wer sind die Geldgeber?«, wollte sie wissen und versuchte es mit einigen Namen. Vielleicht traf sie zufällig ins Schwarze: »Die Regierung?«

Lachend stellte er die leere Wasserflasche auf einen Getränkewagen im Flur.

»Das Militär?«

»Erotikspielzeuge als Kriegswaffe? Nein, das geht nun wirklich zu weit.«

»Aber weshalb ist diese Forschung dann so geheim?« Beleidigt verschränkte sie die Arme vor dem Oberkörper.

Miles fischte die Schlüsselkarte aus seiner Brusttasche, steckte sie in einen Schlitz und öffnete eine der vielen Türen. »Wirtschaftsspionage. Der Konzern, für den ich arbeite, möchte verhindern, dass seine Forschungsergebnisse publik werden. Das verstehen Sie doch, oder? Dieses Projekt ist sehr kostspielig.«

»Und das alles nur für Toys?« Sie betrat nur langsam das Zimmer, weil sie nicht wusste, was sie erwartete. Aber als sie ein wunderschönes Bad vorfand, entspannte sie sich. Es duftete herrlich nach Kräutern. Die Sonne, die durch das Fenster in den Raum fiel, spiegelte sich in den apricotfarbenen Fliesen. Schaumkronen schwammen auf der Wasseroberfläche in der riesigen Badewanne. Offensichtlich wollte Crow, dass sie sich vor Beginn des Experiments wusch. Aufgeregtes Vogelgezwitscher drang zu ihr. Alleine das Gitter vor der gekippten Fensterscheibe störte die traumhafte Atmosphäre.

Crow kam ihr nach. Geräuschvoll fiel die Tür zu. Als das Schloss knackte, wusste Mayra, dass auch dieser Raum verriegelt war.

»Sexspielzeug ist ein sehr ertragreiches Business.« Er räusperte sich. »Aber lassen Sie uns nicht davon reden. Das ist … nicht sinnlich.«

Sinnlich? Mayra erstaunte die Wortwahl. Miles konnte es doch egal sein, wie sie zum Höhepunkt kam. Hauptsache, sie prüfte die verschiedenen Toys auf Herz und Nieren. Ihm schien es sichtlich unangenehm zu sein, übers Geschäft zu sprechen.

»Ich dachte, ich müsste mich in eine Kabine setzen, an den Dildos riechen, daran lecken, die Zeit stoppen, wie schnell sie mich zum …« Nun war es Mayra doch peinlich, so offen über ihre Frivolität Auskunft zu geben. Bisher hatte sie ihren Spaß mit gewissen Hilfsmitteln immer nur alleine gehabt.

»Wir haben andere Methoden«, sagte er bemüht sachlich, aber da war ein leichtes Zucken in seinem Mundwinkel. »Eine sterile Kabine wäre wohl kaum der richtige Ort, um richtig geil zu werden. Ein gemütliches Ambiente, in dem Sie sich wohlfühlen, hilft Ihnen, sich zu entspannen. Sie sind eher in der Lage loszulassen. Meinen Sie nicht auch?«

Noch während sie ihren Blick durchs Badezimmer schweifen ließ, nickte sie. Ja, hier fühlte sie sich wohl. Sie konnte es kaum erwarten, in die große Wanne zu steigen, den duftenden Schaum auf ihrem Körper zu verteilen und dem Gezwitscher der Vögel zu lauschen.

Miles stellte den Stuhl, der in der Ecke stand, mit der Rückenlehne zum Fenster und deutete darauf. »Bitte nehmen Sie Platz.«

Irritiert runzelte Mayra die Stirn. »Soll ich nicht baden?«

»Später. Ich möchte Sie erst rasieren.«

Sie zeigte auf ihre Muschi, die noch versteckt unter dem Nachthemd war. »Dort?«

Neckisch schmunzelte er. »Ja, dort.«

»Das kann ich selbst«, log sie, denn bisher hatte sie ihre blonden Locken wuchern lassen.

Er verschränkte die Arme vor dem Oberkörper und hob eine Augenbraue. »Das glaube ich Ihnen nicht.«

»Wie bitte?« Mayra tat empört.

»Auf Ihrem Venushügel sprießt ein wahrer Urwald. Es sind keine Stoppeln zu sehen. Da ist kein einziges Haar, das jemals geschnitten wurde und nun nachwächst. Ich mag natürliche Frauen. Es ist reizvoll, wenn der Lustsaft einer Lady in den Locken kleben bleibt und ein betörendes Odeur verströmt.« Er atmete kräftig ein, als würde sich seine Nase direkt neben Mayras Venushügel befinden und er ihren weiblichen Geruch inhalieren wollen. »Aber wir machen hier Experimente und ich bin verpflichtet, jede noch so kleine Veränderung wahrzunehmen und zu protokollieren. Wie kann ich das, wenn ein Sichtschutz davor ist?«

Sie schluckte den Kloß in ihrem Hals hinunter. Crow wollte doch wohl nicht bei den Versuchen dabei sein? Er hatte doch nicht ernsthaft vor, sein Gesicht eine Handbreit vor ihrem Fötzchen zu halten, während sie ein Höhepunkt durchschüttelte?

Unfähig etwas zu erwidern, ließ sie sich von ihm auf den Stuhl drängen. Sie setzte sich und rang nach Luft, als er ihr rechtes Bein über die rechte Armlehne und ihr linkes über die linke Lehne legte. Ihr fleischiger Fächer breitete sich vor ihm aus. Das Blut pulsierte durch ihre Schamlippen. Es machte sie an, dass er ungeniert ihren Unterleib betrachtete.

Mayra versuchte sich zu beruhigen, indem sie daran dachte, dass Miles und sie Teil eines streng wissenschaftlichen Experiments waren, mehr nicht. Es ging nicht darum, wie sie privat zueinander standen, denn er war lediglich der Leiter der Versuchsreihen und sie die Testperson. Der Begriff ›Doktorspiele‹ kam ihr in den Sinn. Sie bemühte sich, ihre Laszivität abzuschütteln. Sex würde sie nur mit den Toys haben!

Miles schlenderte zum Schränkchen, das unter dem Waschbecken stand, öffnete es und kehrte mit Rasierschaum, Rasierpinsel, Nassrasierer, einer Keramikschale mit Wasser und einem elfenbeinfarbenen Handtuch zurück. Er schien alles sorgfältig vorbereitet zu haben. War er sich so sicher gewesen, dass Mayra alles tat, was er von ihr verlangte? Es widerstrebte ihr, eine leichte Beute zu sein, aber das viele Geld erschien erneut vor ihrem inneren Auge, und sie schwieg.

Bedächtig tauchte Miles den Rasierpinsel ins Wasser. Dann

beträufelte er damit ihre Schamhaare, strich über die behaarten Lippen und zog die Borsten auch durch die fleischigen Schluchten.

Mayra sog hörbar Luft ein.

»Es ist nicht unangenehm, oder?«, fragte er mit gedämpfter Stimme.

Sie lächelte gequält, denn wenn er ein guter Arzt war, würde er die Erregung auf ihrem Gesicht ablesen können. »Ich befürchtete, das Wasser wäre kalt, aber es ist angenehm.«

»Ich sagte doch, dass Ihr Aufenthalt hier nicht schlimm sein wird. Im Gegenteil! Wir werden Sie verwöhnen.« Kaum hatte er diese Worte ausgesprochen, setzte er den Pinsel auf den Kitzler und ließ ihn mit sanftem Druck kreisen. Erneut tunkte Miles ihn in die Schale. Er setzte ihn auf den Venushügel und presste das Wasser heraus, so dass es in Rinnsalen über die Klitoris und zwischen die Schamlippen lief.

Mayra erschauerte.

»Wasser ist ein wundervolles Element, seidig, zärtlich, samtig weich und entweder kühlend oder wärmend.« Verträumt schaute er auf die feuchten Locken. Auf einmal erhellte sich sein Blick. Er legte die Hände an ihre Pobacken und zog den Hintern mit einem Ruck an die Sitzkante.

Die Wärme des Wassers ließ das Blut kräftiger durch Mayras Schamlippen pulsieren. Durch Miles' Pinselfertigkeiten wurde nicht nur ihr Schamhaar feucht. Sie spürte, wie ihre Möse weich und heiß wurde. Monate war es her, dass ein Mann sich ihrem Fötzchen gewidmet hatte. Deshalb reagierte sie so intensiv auf die behutsame Berührung. Aber Miles hatte bestimmt viele Patienten und sah täglich unzählige Intimstellen. Die Erforschung der Lust war sein Beruf. Für ihn musste ihr weiblicher Geruch nur einer von vielen sein. Das Fließen ihres geilen Saftes interessierte ihn nur beruflich. Er beabsichtigte lediglich, sie intim zu rasieren. Sie durfte nicht zu viel in all dem sehen, sonst kam sie schon, bevor der Versuch überhaupt begann. Dies waren ja nur die Vorbereitungen. Oder?

Als Nächstes nahm Miles den Rasierschaum. Er drückte ihn aus der Tube direkt auf ihren Schamhügel und verrieb ihn. »Ich mache das absichtlich langsam, damit Sie sich keine Sorgen machen. Grob möchte ich natürlich auch nicht sein.«

Wie fürsorglich, dachte Mayra sarkastisch, denn sein Eifer ließ den Verdacht in ihr entstehen, dass er die Rasur ebenso genoss wie sie. Aber war das ein Verbrechen? Wäre es nicht eher eine Beleidigung gewesen, wenn Crow beim Anblick ihrer Muschi ungerührt geblieben wäre?

Zufrieden über die Erkenntnis, dass sie einen Mann erregte, der nicht mit ihr ausging, sondern der ein neutrales Verhältnis, ein professionelles Arbeitsverhältnis zu ihr hatte, lehnte sie sich zurück. Sollten die Säfte doch aus ihr herausfließen! Dazu war sie ja schließlich in diesem Forschungsinstitut.

Miles verrieb den Rasierschaum mit den Fingerkuppen auf ihrem Venushügel. Sanft massierte er den Schaum in die feuchten Locken auf ihren Schamlippen, strich ihn Stück für Stück weiter und seifte sogar ihr Arschloch ein. Ein Prickeln durchströmte ihren faltigen Ring. Mayra wünschte sich, dass der Doktor mit ein oder zwei Fingern in ihren After eindringen würde, eine Öffnung, die noch nie ein Mann erobert hatte. Lediglich ein Analplug hatte ihren Arsch ausgefüllt – und den hatte sie sich selbst eingeführt.

Aber Crow ignorierte das Zittern ihres Schoßes, als er den Schaum auf ihrem Anus verteilte. Er musste doch bemerken, dass sie schwer atmete! Er nahm den Nassrasierer, legte die freie Hand auf ihren Unterbauch und entfernte die ersten Schamhaare auf ihrem Venushügel.

»Die erste Schneise durch den Urwald ist geschlagen.« Lächelnd schaute er zu ihr hoch. Sein Blick war warmherzig.

Mayras Herz machte einen Sprung. »Roden Sie ihn«, witzelte sie.

Behutsam rasierte er ihre Möse. Er arbeitete sich vorsichtig vor, enthaarte zuerst den Venushügel, dann die Schamlippen und vergaß auch nicht die Haare, die um ihr Arschloch wuchsen. Bald schon war ihr Schoß blank.

»Sieht verletzlich aus«, stellte sie fest.

Da legte er die Hand auf ihre blanken Lippen und schaute sie ernst an. »Sie sind hier in Sicherheit. Niemand wird Ihnen wehtun. Das verspreche ich!«

Mayra grinste dankend und flüsterte: »Sieht aber auch lüstern aus. Man kann jetzt alles sehen.« Und was sie sah, machte sie noch heißer, denn ihre Schamlippen waren rot und geschwollen: ein allzu deutliches Zeichen für ihre Geilheit. Crow hatte sie doch nur enthaart. Aber wie er sie rasiert hatte! Bedächtig und sorgfältig, langsam und erregend.

Er erhob sich, ging zum Waschbecken und legte die Rasierutensilien hinein. Schwungvoll drehte er sich zu Mayra um. »Sie sollten in die Badewanne steigen, bevor das Wasser kalt ist.«

Sie zog das Nachthemd aus. Und während sie in die Wanne glitt, setzte er sich auf den Stuhl und schlug die Beine übereinander. Dann nahm er einen Notizblock und einen Stift aus der Tasche seines Kittels.

Mayra wartete. Wollte er sie tatsächlich beim Baden beobachten? Er hatte doch bestimmt sinnvollere Dinge zu erledigen.

»Was werden Sie sich da notieren?«

»Nun«, begann er und kratzte sich am Bein, an einer Stelle, die gefährlich nah an seinem Schwanz war, »ich möchte, dass Sie genau das machen, was Sie sonst auch tun, wenn Sie ein Bad nehmen. – Weckt das Element Wasser Ihre Lust?«

Mayra war unfähig zu antworten. In ihrem Kopf tauchten plötzlich unanständige Fragen auf: War Crow Rechts- oder

Linksträger? Hatte er sich etwa tatsächlich gerade an seinem Penis gekratzt?

»Viele Menschen erregt es, von Wasser umgeben zu sein, ob nun im Schwimmbad oder unter der Dusche«, fuhr er fort.

Mayra ergriff den Schwamm, der neben ihr in einer Schale lag – darunter kam ein Stück Seife zum Vorschein. Auf dem Wannenrand stand allerdings auch eine Flasche mit Waschgel.

Noch war sie unschlüssig, wofür sie sich entscheiden sollte, deshalb tauchte sie erst mal den Schwamm ins Wasser und drückte ihn über ihrer Schulter aus. Prickelnd lief das angenehm warme Nass über ihren Busen, und sogleich stellten sich ihre Brustwarzen auf und reckten sich Miles entgegen.

»Danke, das reicht mir als Antwort«, meinte er schmunzelnd und machte sich ein paar Notizen.

»Warum schreiben Sie das auf?«, wollte sie wissen. »Es geht bei der Studie doch um Erotikspielzeug.«

»Stimmt, aber um neue Toys entwickeln zu können, muss der Konzern, der uns beauftragt hat, herausfinden, was Frauen und Männer anmacht. Masturbieren Sie in der Wanne mit einem Hilfsmittel oder nehmen Sie nur die Hände? Machen Sie es über oder unter Wasser?« Dann hielt er kurz inne und sah sie eindringlich an. »Verführen Sie sich selbst, Mayra.«

»Normalerweise bin ich alleine.«

»Wir könnten Sie nach dem Bad einen Fragebogen ausfüllen lassen. Wer garantiert uns jedoch, dass Sie die Wahrheit berichten? Oder würden Sie sich mit Kameras wohler fühlen, die bei jedem Zoom surren und die Ihnen das Gefühl geben, bespitzelt zu werden?« Er schüttelte den Kopf. »Wir haben uns für die persönliche Variante entschieden. Das Ganze soll sich, soweit dies möglich ist, sehr natürlich anfühlen. Ein Ansprechpartner befindet sich immer in unmittelbarer Nähe und kann, falls es Probleme gibt, sofort reagieren. Und wenn wir Rückfragen haben, können wir diese auch spontan klären.«

Miles Crow war um keine Antwort verlegen, er jonglierte mit Worten und ließ jede Situation harmlos aussehen. Und Mayra mochte ihn, ja – dennoch war es sicher kein Fehler, ihm nicht allzu blauäugig zu begegnen.

»Trotzdem streichele ich mich nur, wenn ich alleine bin.«

Ob sie ihn damit aus der Fassung brachte?

Grinsend neigte er sich nach vorne. »Reizt ein Voyeur Sie nicht?«

»Ich weiß nicht ...«, sprach ihr Mund, aber ihre Muschi antwortete mit einem Kribbeln.

»Ein Mann, der Sie bei Dingen beobachtet, die sonst niemand zu sehen bekommt, der eine Seite an Ihnen kennen lernt, die verrucht und zügellos ist, der Sie von oben bis unten mustert, während Sie sich die Tittchen massieren und gleichzeitig mit drei Fingern in Ihr Fötzchen eindringen – ohne einzugreifen, ohne zu stören. Er will einfach nur zusehen.«

»Wie der Hund meiner Schwester, den ich einmal zur Pflege hatte?«

Miles lachte laut auf und setzte sich wieder gerade hin. »Ein Hund hat Sie angegafft, während Sie masturbierten? – Und, war es schlimm?«

»Nein.«

Sie fasste sich ein Herz, griff nach der Tube mit Badegel und drückte einen kleinen Strang auf beide Brustwarzen. Das Gel duftete herrlich nach Buttermilch und kühlte ihre Vorhöfe, so dass sich die Nippel weiter verhärteten und hervorstanden. Langsam lief die flüssige Seife herunter und die hochroten Knöpfe darunter kamen zum Vorschein.

Mayra begann die cremige Flüssigkeit zu verteilen. Genüsslich seifte sie ihre straffen Brüste ein, die bestimmt eine Männerhand ausfüllten. Ihre kleinen Hände waren jedoch mit der Üppigkeit überfordert, und so quoll das geile Fleisch zwischen ihren Fingern hervor. Immer kräftiger massierte sie ihre Tittchen

– das Gel machte ihre Haut geschmeidig – und es gefiel ihr, sich selbst zu streicheln.

Nun, da sie die erste Scheu überwunden hatte, genoss sie sogar Crows Blicke. Er hatte aufgehört, sich Notizen zu machen, sondern saß nur auf dem Stuhl vor dem Fenster und beobachtete sie mit großen Augen. Mayra bemerkte Schweißperlen auf seiner Stirn. Schwitzte er durch den Sonnenschein, der durch die Gitterstäbe ins Badezimmer fiel, oder machte ihn Mayras aufreizendes Spiel heiß?

Um seine Reaktion zu testen, spreizte sie die Finger, legte die Hände flach auf ihren Busen und rieb über die Brustwarzen, als würde sie einen Hobel führen. Als sich die hart hervorstehenden Nippel zwischen den Fingern zeigten, öffnete Miles den Mund ein Stück, um besser Luft zu bekommen.

Schaum bildete sich. Doch durch die Hobelbewegung wurde er sofort wieder weggewischt. Er floss ihren Bauch hinab und sammelte sich auf der Wasseroberfläche.

Mayra nahm erneut den Schwamm, tauchte ihn unter, um ihn gleich darauf über ihren Brüsten auszupressen. Sie scheuerte auch den Rest Gel weg, wobei sich ihre Haut rötete, und betrachtete grinsend ihr Werk – sie hatte ihren Busen gut bearbeitet!

Dann nahm sie die Seife und roch kurz daran: süßlicher Kirschduft, zu süß für Mayras Geschmack, aber dennoch gut genug für eine glitschige Massage. Sie lehnte sich zurück und rutschte ein Stück tiefer, bis die Wasseroberfläche direkt mit ihren Brustwarzen abschloss. Sie wollte dem Doktor doch nicht die Sicht verwehren. Lasziv spreizte sie die Schenkel und ließ die Seife über ihre Möse gleiten. Unter Wasser fuhr sie zuerst ein paarmal über die rechte große Schamlippe, dann über die linke und ließ das Seifenstück zwischen ihre Falten gleiten. Erregt bewegte sie ihr Becken vor und zurück und rieb sich an der Seife, bis ihr Damm cremig war.

Da das Wasser den Schaum jedoch regelmäßig wegschwemmte, musste Mayra natürlich nachlegen. Sie legte den Hinterkopf auf den Wannenrand, schloss die Augen und drückte ihr Becken gegen die Seife. Sie wurde immer heißer – Miles hatte sie fast schon vergessen – und ihre Geilheit rückte mehr und mehr in den Vordergrund. Es gab längst kein Zurück mehr.

Mit beiden Händen ergriff sie nun das glitschige Stück und drückte es gegen ihr Loch. Es machte sie wahnsinnig, dass es zu groß war, um in ihr Fötzchen zu gleiten und sie auszufüllen. Wie herrlich musste es sein, von einer geschmeidigen Seife gefickt zu werden, dessen Kern hart, die Hülle aber äußerst cremig war?

»Sagen Sie dem Konzern, sie sollen einen Dildo aus Seife entwickeln«, brachte sie mühsam hervor und stöhnte. »Oder einen, der durch Poren Gel absondert.«

Mayra tauchte unter, damit Miles ihre erröteten Wangen nicht sah. Nun war sie vollkommen unter Wasser, eine seltsam wohlige Isolation. Es rauschte in ihren Ohren. War es das Wasser oder ihr eigenes Blut? Sie öffnete die Augen, betrachtete entzückt die Wasseroberfläche von unten, die Sonnenstrahlen, die auf die Oberfläche fielen und sie durchstießen, die kleinen Wellen und Miles' Gesicht, das über ihr auftauchte. Wahrscheinlich machte er sich Sorgen.

Lächelnd legte Mayra das Stück Seife an ihren Kitzler. Sofort begann ihr Becken zu rotieren und die Möse sich gegen die Seife zu drücken. Mayra genoss die Lust. Die Isolation schloss alle Gefühle in ihrem Körper ein und machte die Erregung intensiver, so dass nichts sie ablenken konnte. Eine angenehm warme, flüssige Hülle umgab sie, ein Kokon aus Wasser, sanft, seidig und wohlig. Sie fühlte sich schwerelos. Das Verlangen nach Erlösung zerrte an ihr, doch sie wollte die bittersüße Qual noch etwas hinauszögern, um sie dann umso mehr zu genießen. Wann immer sie kurz vor dem Orgasmus stand, hielt sie inne und presste das Seifenstück gegen ihre Klitoris. Das gab ihr Zeit, wieder herunterzukommen. Gleichzeitig hielt der Druck ihre Geilheit in dem hochempfindlichen Knopf gefangen.

Schließlich musste Mayra auftauchen, weil die Luft in ihren Lungen knapp wurde. Sie rang nach Atem, suchte Crows Blick, dessen Gesicht eben noch über ihr gewesen war. Doch Miles saß bereits wieder auf seinem Stuhl und studierte sie.

Mayra ließ die Seife um ihren Kitzler kreisen, und das Blut strömte in den fleischigen Mantel und ließ die Knospe hervortreten. Das Verlangen wurde immer übermächtiger. Es war kaum noch zu kontrollieren. Aber Mayra wollte mehr, wollte etwas Neues ausprobieren. Viele Frauen machten es sich mit einem Stück Seife, doch sie hatte den Wunsch, dem Doc etwas Besonderes zu bieten. Die Forschung musste vorangetrieben werden. Deshalb legte sie die Seife zurück in die Schale, bevor sie sich nicht länger zurückhalten konnte.

Sie nahm wieder die Tube mit Gel und drückte einen Strang auf den Rand der Badewanne. »Helfen Sie mir bitte?«, bat sie Miles und blickte ihn dabei unschuldig an.

Zunächst wirkte er irritiert, vielleicht auch ein wenig verunsichert, denn er runzelte die Stirn und blieb sitzen. Aber nachdem Mayra amüsiert kichern musste, kam er doch zu ihr.

Sie reichte ihm die Hand und stieg mit einem Bein aus der Wanne. Crow öffnete den Mund, um etwas zu sagen. Als Mayra sich jedoch mit gespreizten Schenkeln auf den Rand setzte, entschied er sich, lieber zu schweigen. Er wollte ihre Hand loslassen, aber sie hielt ihn fest und begann mit ihrem Fötzchen auf dem glitschigen Badewannenrand hin und her zu rutschen. Schwer atmend rieb sie ihre geschwollenen Falten, bis das Gel ihre Schenkel hinunterrann. Sie stöhnte, bemühte sich leiser zu sein, was kehlige Seufzer zur Folge hatte. Mit ihrem linken Arm hielt sie die Balance, wie eine Rodeoreiterin. Die rechte Hand hielt Crow fest, der wohl nicht recht wusste, wie ihm geschah. Aber sie musste ihm nicht ins Gesicht blicken, um seine Reaktion festzustellen. Sie hatte längst die Wölbung unter seinem Kittel bemerkt. Sein Schwanz schwoll an. Ihretwegen. Und das, obwohl er sicherlich täglich viele Frauen bei sexuellen Handlungen beobachte. Das musste eigentlich abstumpfen, doch Mayra hatte es trotzdem geschafft, die Schlange aus seinem Versteck zu locken.

Als kaum noch Gel vorhanden war, fing ihre Möse an, auf dem Wannenrand zu scheuern. Daraufhin floss ihr Lustsaft so stark, dass sie in kürzester Zeit auf einem natürlichen Gleitgel vor- und zurückglitt. Die Schamlippen waren viel sensibler, nun da sie enthaart waren, aber Mayra brauchte die klitorale Reibung, um zum Orgasmus zu kommen. Deshalb lehnte sie sich nach vorne, stützte sich mit der linken Hand am Rand ab und wippte mit dem Becken. Der Druck auf ihren Kitzler war äußerst intensiv, da er bereits sensibilisiert und hochempfindlich war. Mayra spürte den Höhepunkt bereits nahen und war kaum noch in der Lage, sich auf die Bewegung zu konzentrieren. Kräftig drückte sie Crows Hand – und der dagegen, um ihr Halt zu geben.

Mittlerweile stöhnte Mayra rhythmisch. Sie atmete tief ein, wenn sie mit ihrer Muschi nach vorne rutschte, und seufzte lustvoll, wenn sie zurückglitt ... bis der Orgasmus ihr endgültig die Kontrolle raubte. Sie zuckte ekstatisch, rieb sich noch einige Male am Wannenrand und presste schließlich erschöpft die Hand auf die Klitoris, damit die Erregung noch ein wenig länger anhielt. Ihr Kitzler pochte. Er war warm und umspült von ihrem Saft. Obszöner Duft, der durch die sommerliche Wärme schwer und aufdringlich in der Luft lag und von Hemmungslosigkeit zeugte, erfüllte den Raum.

Nach ihrer Befriedigung konnte Mayra wieder klar denken. Sie gab Crows Hand frei, errötete und hielt den Kopf gesenkt. »Muss ich mich jetzt schämen?«

Sein Lachen vertrieb ihre Anspannung und sie blickte auf.

»Unsinn! Ich bin beeindruckt.« Zärtlich streifte er ihre erhitzte Wange mit seinen Fingern. »Die Lust lässt Ihre harte Schale aufbrechen. Eben noch gehemmt, sich vor mir zu berühren, gehen Sie Minuten später ab wie eine Rakete. Der Grund für den Sinneswandel ist die Geilheit. Ich wette, Sie gehen sehr weit, wenn Sie heiß sind. Sie machen bestimmt so einiges. Ihr Partner ist zu beneiden.«

»Ich bin Single.«

Wieso erzählte sie ihm das? Er war ein Fremder. Außerdem erschienen ihr die Umstände, wie sie in dieses Institut gelangt war, trotz seiner Erklärungen immer noch dubios. Aber er hatte Recht: Die Erregung machte sie blind und taub. Und dumm.

Sie stieg aus der Badewanne und trocknete sich mit einem Handtuch ab. Auf einmal spürte sie ihre Blase. »Ich muss ...«

»Tun Sie sich weiterhin keinen Zwang an.« Miles deutete auf das WC in der rechten Ecke. Seine Miene war ernst.

Noch immer war die Ausbuchtung unter seinem Arztkittel deutlich zu sehen. Sein Verhalten und sein Gesicht jedoch zeigten keinerlei Erregung. Mayra kam zu dem Schluss, dass er ein guter Schauspieler sein musste, wenn nicht einmal seine Augen die Gier verrieten, die in ihm brodelte.

Sie räusperte sich. »Wären Sie wohl so höflich und würden das Badezimmer so lange verlassen. Ich werde an die Tür klopfen, sobald ich fertig bin.« Das klang zwar schwulstig für sie, aber es brachte mehr Distanz zwischen sie. Sie hatte ihn in ihre lustvollen Spiele mit einbezogen. Nun erkannte sie dies als Fehler. Seine Freundlichkeit lenkte sie immer wieder davon ab, Gedanken an Freiheitsberaubung aufkommen zu lassen. Obwohl sie sich dem Experiment vollkommen hingab, blieben die Türen verschlossen.

»Es tut mir wirklich leid. Das darf ich nicht. Sicherheitsmaßnahme.« Er zuckte mit den Achseln und setzte sich auf den Stuhl. Das WC hatte er somit gut im Blick.

Mayra drückte die Oberschenkel zusammen, weil ihre Blase zu schmerzen begann. »Ich verstehe nicht.«

»In diesem Raum sind keine Kameras installiert. Den Grund habe ich Ihnen ja bereits genannt«, erklärte er sachlich. »Es könnte aber doch passieren, dass Sie einen Unfall haben, zum Beispiel in der Badewanne ausrutschen, mit dem Kopf aufschlagen und bewusstlos werden, oder sich etwas antun wollen.«

»Selbstmord?«

»Das psychologische Gutachten ist eine Sache, dennoch könnte Sie plötzlich etwas an einen dunklen Vorfall in Ihrer Vergangenheit erinnern und sie ausrasten lassen.«

Psychologisches Gutachten? Von ihr wurde nie eins erstellt, oder ... In ihr regte sich ein Verdacht. Hatte man sie schon länger beobachtet, ausspioniert und später ausgewählt, wie er es schon einmal erwähnt hatte?

Doch jetzt musste sich wirklich erst einmal dringend erleichtern. Ihre Harnröhre brannte. Miles saß wie ein Stein auf dem Stuhl. Er würde das Bad nicht verlassen. Es blieb ihr also nichts anderes übrig, als zur Toilette zu gehen, den WC-Deckel zu öffnen und zögerlich Platz zu nehmen.

»Würde es Ihnen etwas ausmachen, die Beine zu öffnen?«, fragte er zaghaft, es war mehr ein Flüstern. Und da war es wieder, dieses sexuelle Knistern – ein erotisch aufgeladenes Flirren, das es zwischen Proband und Doktor nicht geben durfte.

Mayra wehrte sich dagegen, denn sie war unsicher, ob Crows Freundlichkeit aufgesetzt oder ehrlich war. Doch er hatte die Frage so vorsichtig, fast schüchtern formuliert, dass sie nicht anders konnte, als die Schenkel zu spreizen. Sie behielt ihn im Blick. Sollte er unerwartet auf sie zustürzen, würde sie ihn abwehren können. Miles jedoch starrte lediglich fasziniert auf die frisch rasierte Muschi seiner Testperson.

Aber der Urin wollte nicht aus Mayra herausfließen. Obwohl ihre Blase schmerzte, konnte sie sich nicht entspannen. Sie hatte noch nie vor jemandem gepinkelt, außer in Kindertagen. Mayra erinnerte sich an die naive Schamlosigkeit. Was war so schlimm daran, vor jemandem zu pissen? Es war kein sexueller Akt, nur ein ganz gewöhnliches Bedürfnis, das unter Männern ohnehin viel öffentlicheren Charakter hatte. Doch nun, da Miles auf ihre Möse stierte und sie beide der Ritt auf dem Badewannenrand verband, bekam das körperliche Bedürfnis eine andere Dimension.

Es kribbelte erneut in Mayras Fötzchen. Der Druck der Blase bewirkte auf seltsame Weise von innen heraus, dass die Schamlippen anschwollen. Ihr Schoß fühlte sich gleichsam leicht taub und erregt an. Sie musste sich endlich erleichtern. Die Anspannung war quälend.

Um sich abzulenken, schaute Mayra auf Crows Schuhe. Sie bemühte sich, die Welt um sich herum zu ignorieren. Da waren nur diese Schuhe, wahrscheinlich aus feinstem Lammnappaleder gefertigt. Das Braun glänzte frisch poliert. Die schwarzen Nähte, die Leder und Sohle verbanden, mussten handgenäht sein. Wie konnte ein gewöhnlicher Arzt sich solche kostbaren Schuhe leisten? Aber dies war kein staatliches Krankenhaus. Miles Crow arbeitete in einem Forschungsinstitut, das offensichtlich für große Konzerne arbeitete. Diese Firmen investierten weitaus mehr Geld in die Weiterentwicklung von Produkten als der Staat in das Gesundheitssystem.

Plötzlich floss das Wasser aus ihr heraus. Es war warm, streichelte ihre geschwollenen Schamlippen und kitzelte sie an den Scheidenwänden. Das Plätschern war ihr sehr unangenehm, also konzentrierte sie sich wieder auf die Schuhe. Teure Schuhe. Ein Arzt mit Designerschuhen? Welche Position nahm er im Institut ein? War er nur ein simpler Angestellter oder der Leiter?

Mayra seufzte erleichtert. Ihre Blase war leer. Die letzten Tropfen kitzelten ihr Fötzchen. Darum reckte sie sich nach der WC-Rolle.

»Darf ich?« Miles stand auf, kam zu ihr und riss einige Blätter Toilettenpapier ab. Dann kniete er sich zwischen ihre gespreizten Schenkel, blickte ihr kurz prüfend in die Augen und streckte die Hand in Richtung ihrer Muschi.

Als er begann, ihre Möse trockenzuwischen, war Mayra zu erschrocken, um ihn abzuwehren. Sie zuckte zusammen, ließ die Prozedur aber über sich ergehen.

Miles ging sehr sanft vor. Zuerst tupfte er die Tropfen von den Schamlippen, dann zog er das Papier behutsam vom Arschloch über die Muschi bis zum Venushügel und tauchte in die Schlucht zwischen den kleinen Schamlippen, um den Damm vom Wasser zu reinigen. Er drückte kleine und große Schamlippen auseinander und wischte durch die Täler dazwischen. Abschließend nahm er noch einige neue WC-Blätter, rollte sie zusammen und stopfte sie in Mayras Loch wie einen Pfeifenreiniger. Es kitzelte sie, und als er das Papier wieder hervorholte, klebte ihr Saft daran. Miles warf das Papier in die Toilettenschüssel und erhob sich.

»Danke für die gute Kooperation«, sagte er und drehte sich um. Dann ging er zurück zu seinem Stuhl und stellte ihn wieder an die Wand gegenüber dem WC.

Er wich ihren Blicken aus. Das wusste Mayra. War er nervös? Wollte er sich ihren Fragen nicht stellen, die sich auf ihrem Gesicht widerspiegelten? Sie gähnte.

Offensichtlich war er dankbar für diesen Hinweis, denn er wandte sich abrupt um. »Sie sollten auf Ihr Zimmer gehen und schlafen. Es ist schon spät.«

Tatsächlich ging draußen bereits die Sonne unter. Sie bemerkte es erst jetzt.

»Ich weiß nicht, ob ich das kann«, antwortete sie ehrlich, denn obwohl sie erschöpft war, fanden ihre Gedanken keine Ruhe. Was hatte es mit diesem seltsamen Institut auf sich? Miles' Erklärungen konnten sie bisher nicht wirklich überzeugen. Was empfand er für sie? Irgendwie war da mehr als nur berufliches Interesse.

Sie stand auf und betätigte die Klospülung.

»Kommen Sie.« Miles fasste sie sanft am Arm. »Leah wartet vor der Tür, um Sie in Ihr Zimmer zu begleiten.«

Mayra horchte auf. Leah! Sie war hier. Das war ihre Chance, mehr über dieses Projekt zu erfahren ... und auch mehr über Miles Crow. Sie musste zugeben, dass er sie faszinierte, wobei sie nicht sagen konnte, woran genau es lag. War es seine Sanftheit? War es seine Zurückhaltung, die sie durch ihre offene Sexualität durchbrach? Oder reizte sie das Geheimnis, das sie hinter seiner professionellen Distanz vermutete?

Crow führte sie zur Tür und verabschiedete sich. »Wir sehen uns morgen. Schlafen Sie gut. Und freuen Sie sich schon darauf, morgen einige Sexspielzeuge zu testen.« Er übergab Mayras Arm an Leah.

Sie kam sich schon vor wie eine Gefangene. Nicht einmal Leahs freundliches Lächeln beruhigte sie. Beide waren viel zu höflich. Vertreter grinsten auch breit, wenn sie an der Tür klingelten, um Staubsauger zu verkaufen. Ihnen ging es nur um einen weiteren abgeschlossenen Vertrag, ein verkauftes Gerät mehr. Doch worum ging es Leah und Miles?

Während er verschämt lächelnd den Blick senkte, den Flur hinunterging und um eine Ecke verschwand, zog Leah Mayra mit sich. »Schön, Sie wiederzusehen. Sie haben rosige Wangen. Es scheint Ihnen gutzugehen. Das freut mich sehr. So übel sind die Versuche ja auch nicht. Was gibt es Schöneres zu testen als Erotikspielzeug?«

»Noch habe ich keines gesehen«, spöttelte Mayra.

Die Assistentin kicherte. »Gleich morgen früh lernen Sie unser Spielzeugwunderland kennen. Dort werden Sie sich austoben dürfen.«

»Arbeiten Sie schon lange an diesem Projekt?«, fragte Mayra betont beiläufig und lugte in die Gänge, an denen sie vorbeikamen. Sie sah weder andere Patienten noch Ärzte. Das Institut war wie ausgestorben.

»Mehrere Monate.«

»Waren Sie und Miles Crow von Anfang an dabei?«

»Ja.« Leah sah sie skeptisch an.

Mayra schlug sie mit den eigenen Waffen – sie lächelte. Charmant und sogar ein wenig lasziv schloss und öffnete sie die Augen einige Male langsam, bis ihr Gegenüber ihrem Blick auswich.

»Andere Patienten scheint es hier nicht zu geben.«

»Natürlich gibt es sie.« Leah klang mit einem Mal gereizt.

Aber Mayra ließ sich nicht beirren. »Wo sind sie denn?«

»In ihren Zimmern.«

»Das glaube ich nicht«, schoss es aus ihr heraus und sie erschrak über sich selbst.

Leah runzelte die Stirn und blieb erstaunt stehen. »Warum sollten wir Sie anlügen? Um eine erfolgreiche und wirklichkeitsnahe Versuchsreihe abzuschließen, brauchen wir viele Testergebnisse.«

»Ach ja?«, fragte sie schnippisch. »Wann werde ich die Patienten denn mal sehen?«

»In zwei Sekunden.« Leah streichelte beruhigend ihren Arm.

»Wie bitte?«

»Sie haben einen Mitbewohner bekommen«, erklärte sie vergnügt. »Einsamkeit kann wahnsinnig machen und das wollen wir doch nicht.« Sie öffnete die Tür mit einem Enthusiasmus, als würde dahinter George Clooney persönlich warten. Dann schob sie die Probandin ins Zimmer.

Ungläubig drehte sich Mayra um, denn ihr brannten viele Fragen auf der Zunge, doch die Tür war bereits verschlossen und Leah fort. Offensichtlich wollte sie Mayra keine Auskunft über das Institut geben. Crow hingegen hatte gesagt, dass Gitter vor den Fenstern wären, damit sich die Patienten nicht heimlich miteinander vergnügten und das Forschungsergebnis somit zunichte machten. Doch nun wohnte sie sogar mit einer anderen Testperson zusammen. Miles und Leah widersprachen sich.

»Hey, geil, dass du endlich da bist. Ich dachte schon, die wollen mich mit dem freien Bett verarschen. So von wegen ›erst heiß machen und dann kalt abservieren‹.«

Denken ist Glückssache, dachte Mayra und rümpfte die Nase. »Hat man dich von deinem Surfbrett runtergeholt und engagiert?«

»Nolan.« Er klopfte sich auf die blanke Brust. »Nee, ich bin Student und hab gerade Semesterferien. Da lieg ich den ganzen Tag faul am Strand. Du wohl nicht, was?«

»Ich heiße Mayra. – Nein, ich bin auf Jobsuche und habe keine Zeit für so was.«

»Für was?«

»Schon gut.« Sie wandte sich zur Kamera und verdrehte die Augen. Hatte Miles ihr diesen Affen vor die Nase gesetzt, um sie zu reizen? War das ein weiterer Test? Gut aussehend war Nolan ja. Er hatte dunkelblonde, zerzauste Haare, braune Augen und eine rasierte Brust. Die gelben Boxershorts unterstrichen seinen gebräunten Teint. Zugegeben, Mayra würde ihm hinterherschauen, wenn sie ihm auf der Straße begegnete. Aber sobald er den Mund aufmachte, war die Illusion dahin.

Nicht nur Nolan war im Zimmer hinzugekommen, sondern auch ein zweites Bett. Wenigstens hatte man ihnen kein Doppelbett gegeben. Auf dem Tisch stand das Abendessen: Brot, Obst und Pfefferminztee. Das dampfende Getränk erfüllte den ganzen Raum mit seinem Duft.

Mayra nahm Platz und schmierte sich ein Brot. »Hast du schon andere Probanden ... Testpersonen getroffen?«

»Bin seit gestern hier, aber in einem anderen Zimmer, immer nur alleine. Zum Kotzen, sag ich dir.«

»Bezahlt wirst du doch trotzdem. Das ist leicht verdientes Geld. Du tust ja nichts dafür.« Sie biss herzhaft in ihr Brot.

Verschwörerisch neigte er sich vor und dämpfte die Stimme: »Aber wo sind die Puppen?«

Sie verschluckte sich und hustete. »Das hier ist kein Bordell.«

»Ich meine doch die aufblasbaren Mädels, Gummipuppen – die soll ich nämlich testen.«

»Du hast noch kein Experiment mitgemacht?«, hakte sie nach.

»Ich war kaum aufgewacht, da brachte man mich zu Miles Crow.«

»Du durftest schon ficken?« Seine Augen glänzten.

Mayra wusste nicht, wie sie die Nacht mit Nolan überstehen sollte. Später, als sie im Bett lag, lauschte sie seinem Schnarchen und konnte selbst nicht einschlafen. Nolan war eher eingetroffen als sie, aber bisher ignoriert worden. Wieso nur? Leider wusste er auch nicht mehr über das Forschungsprojekt und diese Einrichtung. Er hatte ebenfalls K.-o.-Tropfen bekommen und war in fremder Umgebung erwacht, nur dass er das Ganze in seiner Notgeilheit als Abenteuer ansah, während Mayra das ungute Bauchgefühl nicht loswurde.

Als sie am nächsten Morgen nach dem Frühstück von Leah zum zweiten Versuch abgeholt wurde, sagte sie: »Sie haben aber einen anstrengenden Beruf, meine Liebe. Sie kümmern sich nicht nur um die Patienten, sondern bringen auch das Essen, räumen es ab und sind unsere Ansprechpartnerin in allen Belangen.«

»Ich mag meinen Beruf«, antwortete Leah, »und er wird ziemlich gut bezahlt – so gut, dass ich ihn noch lange behalten möchte.«

Damit war das Gespräch beendet, aus der Assistentin würde sie nichts herausbekommen. Mayra wusste als Arbeitsuchende selbst nur zu gut, wie wichtig ein guter Job war.

Leah brachte sie in ein fensterloses Zimmer, das nur durch ein diffuses Licht erhellt wurde, um Schlafzimmeratmosphäre zu erzeugen. Der Raum sah etwas zu inszeniert aus, aber er wirkte dennoch gemütlich. Vor ihr erstreckte sich eine Spielwiese aus Kissen. Darauf lagen Sexspielzeuge, die keine Wünsche offen ließen. An den Wänden hingen große Spiegel und safranfarbene Gardinen, die dem Zimmer einen Hauch von Tausendundeiner Nacht gaben.

»Absolut neu und unbenutzt«, flüsterte Leah ihr zu.

Weitaus irritierender war jedoch die Glasscheibe an der rechten Wand. Dahinter saß Miles und winkte ihr zu. Er wirkte wie Captain Kirk auf seiner Kommandobrücke. Auf einmal spürte sie einen Stich im Herzen. Hatte er die Distanz absichtlich gewählt?

Leah war schon gegangen, als Mayra ihm zurief: »Sie haben behauptet, dass die Kameras in den Versuchszimmern fehlen, weil diese Art der Aufzeichnung zu unpersönlich sei. Nun verstecken Sie sich hinter einer Scheibe?«

Er neigte sich nach vorne, drückte einen Knopf und sprach in ein Mikrofon: »Ich gebe Ihnen mehr Raum, sich zu entfalten. Sie fühlen sich weniger bedrängt –«

»Ich fühle mich nicht bedrängt«, unterbrach sie ihn, »doch ich werde Ihren Anweisungen erst folgen, wenn Sie neben mir stehen.« Sie wusste nicht, wieso sie das gesagt hatte, zudem in einem barschen Ton.

Er zögerte. Schließlich nickte er, stand auf und kam durch eine Zwischentür zu ihr. Nun, da er nur eine Armlänge entfernt vor ihr stand, wurden ihre Knie weich. *Du hättest mehr frühstücken sollen*, rügte sie sich in Gedanken. Sie konnte ihren Blick nicht von seinen Augen nehmen. Konnten solch treuherzige Augen lügen?

»Sind Sie geil?«, fragte er, und seine Stimme klang unterdrückt lüstern.

Sie schüttelte den Kopf. Aber durch seine unerwartete, sehr intime Frage erwachte ihre Lust. Sie hatte die Nacht damit verbracht, über das Institut und ihn zu grübeln. Drei Stunden Schlaf, mehr konnten es nicht gewesen sein. Hatte sie ihn in der Finsternis der Nacht noch für einen Teufel gehalten, erschien er ihr nun wie ein Engel. Sie war hin- und hergerissen, wusste nach wie vor nicht, woran sie bei ihm war.

»Sie haben heute die Aufgabe, die perfekte Dildogröße herauszufinden«, erklärte er und deutete auf einen Bock mit zehn anstößig nach oben ragenden Dildos, die – wie die harten Schwänze zehn williger Männer – nur darauf warteten, sie aufzuspießen. »Alle Probanden machen diesen Test. Der Konzern, für den wir arbeiten, möchte herausfinden, welche Größe am meisten genommen wird.«

»Reicht es nicht, die Verkaufszahlen zu vergleichen?« Mayra spürte die Feuchte zwischen ihren Schenkeln, alleine beim Anblick der Penisimitate. Sie hatten verschiedene Längen und Durchmesser und waren allem Anschein nach aus unterschiedlichen Materialien.

Er griff nach einer Tube, die auf einem der Kissen lag. »So einfach ist das nicht. Manche kaufen Spielzeug für ihre Partner. Aber passt der Vibrator auch? Ist er vielleicht zu groß oder zu klein und bringt deshalb nicht den gewünschten Effekt? – Im schlechtesten Fall lassen sie daraufhin eventuell ganz die Finger von Sextoys.«

Wie beiläufig packte er dabei ihr Nachthemd und zog es ihr über den Kopf. Sie ließ es geschehen, ja, sie freute sich sogar, nackt vor ihm zu stehen.

»Und auch wenn man sich so ein Ding selbst besorgt, im Laden kann man die Dildos aus hygienischen Gründen ja nicht probieren«, fuhr er fort. »Wenn den Konzernen also bereits im Voraus eine Normgröße bekannt wäre, gäbe es mehr zufriedene Kunden, weil dadurch die Chance, dass der Vibrator perfekt passt, steigt.«

Für Mayra hörte sich das alles nicht schlüssig an. Sie konnte sich nicht vorstellen, dass man Dildos und Vibratoren normen konnte. Die Menschen waren zu unterschiedlich. Nicht nur Mösen waren verschieden, auch die Bedürfnisse der einzelnen

Frauen. Manche mochten es, richtig ausgefüllt, gar gedehnt zu werden. Anderen machte genau das Angst, weshalb sie kleinere Dildos bevorzugten.

Dachte Mayra zu kompliziert oder redete sich Miles mit Gewäsch heraus, wie ein Autoverkäufer, der die Macken einer Rostlaube schönreden wollte? Unter Umständen interessierte ihn die Studie gar nicht in dem Maße, dass er sich viele Gedanken machte – Hauptsache, die Konzerne bezahlten ihn angemessen.

»Leider hat meine Assistentin vergessen, Gleitgel zu kaufen«, sagte er und machte ein Gesicht, als wäre er untröstlich.

Aber Mayra meinte, ein neckisches Grinsen in seinen Augen zu erkennen. Sie deutete auf die Tube in seiner Hand und meinte: »Und was ist das?«

»Orgasmuscreme.« Wie eine Trophäe hielt er die Tube hoch. »Ein kleiner Strang genügt, um die Freuden der Lust enorm zu steigern. Die Durchblutung wird angeregt, die Säfte fließen und wir gewinnen natürliches Gleitgel. Dem Test sollte somit nichts mehr im Wege stehen.«

Mayra verschwieg, dass sie die Creme schon vor einiger Zeit im Erotikshop entdeckt hatte. Neugierig hatte sie die Tube betrachtet, aber nie gekauft, weil sie nicht wusste, was sie von dem Produkt halten sollte. Nun würde sie sich die Gelegenheit nicht entgehen lassen, die Creme auszuprobieren. Was konnte schon passieren? Miles war doch Arzt – zumindest ging sie davon aus.

Er nahm ihre Hand und lotste sie zum Bock. »Bitte stellen Sie einen Fuß darauf und spreizen Sie die Schenkel. Ich trage die Creme auf. Das ist sicherer, als wenn Sie es selbst machen.«

»Aber ich könnte die Spiegel zu Hilfe nehmen«, schlug Mayra vor, um ihn zu provozieren.

Sein Blick verdüsterte sich und sie fürchtete, er würde sie jeden Moment übers Knie legen, denn er hatte offensichtlich ihr

Spiel durchschaut. Er reichte ihr jedoch die Tube, freundlich lächelnd wie immer.

Mayra biss die Zähne zusammen. Dieser Test war gründlich schiefgegangen. Warum hatte er nicht wieder eine fadenscheinige Erklärung gebracht? Crow war zu gewitzt, als dass er sich aufs Glatteis führen ließ.

Sie stellte einen Fuß auf den Bock und breitete ihren fleischigen Fächer vor ihm aus. Mit naivem Klang in der Stimme sagte sie: »Ich weiß nicht, wie viel Creme gesund ist.«

Einen Augenblick lang fürchtete sie, dass er vorschlagen könnte, einfach »Stopp!« zu rufen, sobald der Strang die richtige Größe hatte, doch er schien erleichtert aufgrund ihrer Geste. Seine Wangen waren erhitzt, als er sich vor Mayra kniete, und sein Gesicht war ihrem Fötzchen so nah, dass sie seinen Atem auf ihrem Schamhügel spürte.

Miles rückte seine Nickelbrille zurecht, zog einen Latexhandschuh an, den er aus seiner Kitteltasche gefischt hatte, und öffnete die Tube. Vorsichtig drückte er ein erbsengroßes Stück Paste auf die Kuppe seines Zeigefingers. Er schaute kurz zu Mayra hoch, dann verteilte er die Orgasmuscreme auf ihrem Venushügel. Immer wieder strich er über die großen Schamlippen und erregte sie schon, bevor das eigentliche Experiment losging. Mayra vermutete, dass er so wenig wie möglich Salbe benutzen wollte. Sofort spürte sie auch, weshalb.

Das Blut schoss in ihre Muschi.

Innerhalb kurzer Zeit pulsierte es in ihrer Möse. Das Prickeln wurde schnell zu einem Feuer, das sie zwar nicht verbrannte, aber verzehrte. Ihre Schamlippen schwollen an. Rot und prall standen sie lüstern hervor, und selbst auf den Kitzler, den Miles ausgespart hatte, sprang der Funke über. Mayra brannte lichterloh. Schmunzelnd stellte sie fest, dass sie schwer atmete vor Geilheit. Ihre Brüste hoben und senkten sich. Plötzlich erwachte der Wunsch in ihr, von Miles gefickt zu werden.

Anstatt ihr Begehren zu äußern, fragte sie: »Beeindruckend. Sie haben Routine. Bestimmt haben Sie schon viele Mösen mit Orgasmuscreme bestrichen, oder?«

Kaum hatte sie das gesagt, ärgerte sie sich über sich selbst. Manchmal verwünschte sie ihre lockere Zunge.

»Ich bin nicht stolz darauf«, antwortete Miles trocken und stand auf.

Er nahm ihre Hand und zog Mayra ein Stück vor, so dass sie über dem ersten Dildo stand. Der Schwanz war aus Glas, der Kleinste, wunderschön anzusehen, aber kaum spürbar, als sie sich auf ihm niedergelassen hatte. Auch die nächsten beiden stellten sie nicht zufrieden. Erst Nummer vier, ein Dildo aus pechschwarzem Latex, war eine Herausforderung. Er war nicht viel länger als die anderen zuvor, aber ziemlich dick. Mayra ließ sich auf die Eichel herab. Sie konzentrierte sich auf ihre erhitzte, willige Muschi, versuchte sich zu entspannen und drückte gleichzeitig. Schließlich flutschte die Eichel in ihr Loch. Der Dildo steckte zur Hälfte in ihr.

»Tiefer«, hauchte Miles, der ihre rasierte Möse nicht aus den Augen ließ.

Auch Mayra blickte nun an sich herunter. Der breite Latexschwanz lugte aus ihrem Fötzchen und drückte die Schamlippen auseinander. Es war wundervoll anzusehen, wie die geschwollenen Lippen das Glied umschlossen, als wollten sie es nie wieder loslassen. Mayra hob und senkte sich rhythmisch. Nun, da er in ihr steckte und ihr Loch sich an seinen Umfang gewöhnt hatte, war es ein Leichtes, ihn ganz aufzunehmen. Richtig befriedigend war es für Mayra aber nach wie vor nicht. Ihr fehlten einige Zentimeter. Sie hatte das Gefühl, nur ihr Eingang wäre gestopft. Der restliche Kanal blieb unberührt.

Sie kam sich gierig vor, als sie zum nächsten Dildo überging. Doch er wollte nicht in sie hineingleiten. Die Eichel war zu breit. »Dieser ist eine Fehlkonstruktion. Oben ist er zu dick.«

»Sie sind noch nicht entspannt genug.« In Crows Stimme schwang etwas Hinterhältiges mit. Er zog Mayra auf die Spielwiese und bedeutete ihr, sich hinzulegen. »Neben Ihnen liegt eine Pumped Pussy.«

»Eine was?«, fragte sie, obwohl sie die Worte wohl verstand.

Miles lachte leise, irgendwie charmant, bückte sich und hob einen Gegenstand auf.

»Dieser Muschisauger wird auf die Möse gesetzt und –«

»Sie wird angesaugt?« Mayra riss die Augen auf.

»Es tut nicht weh. Ganz im Gegenteil! Es wird noch mehr Blut durch ihr Fötzchen gepumpt. Probieren Sie es, und Dildo Nummer fünf wird kein Problem mehr für Sie sein.«

Mayra kam sich wie eine Loserin vor. Bestimmt hatten alle anderen Probandinnen besser abgeschnitten als sie. Doch eigentlich ging es gar nicht darum, dieser Versuch war schließlich kein Wettbewerb. Trotzdem wollte sie Miles beeindrucken und, ja, vielleicht auch heißmachen. Sie war erst bei der Hälfte der Dildos angekommen. Sie durfte jetzt noch nicht schlappmachen.

Mit klopfendem Herzen öffnete sie die Beine. »Ich bin bereit.«

Sie roch ihren eigenen Duft, als Miles ihr den Muschisauger auf die Scham setzte. Dann betätigte er eine Pumpe, die mit der Saugglocke verbunden war und das Vakuum erzeugte. Erschrocken sog Mayra Luft ein – und atmete erst nach Sekunden wieder aus, als sie bemerkte, dass es tatsächlich nicht schmerzte. Sie spürte nur einen starken Druck, nachdem ihre Schamlippen angesaugt worden waren. Ein bizarrer Anblick bot sich ihr.

Ihre Möse quoll hervor.

Je länger dieser Zustand dauerte, desto erregter wurde sie. Sie spürte den Puls in ihren Schamlippen. Ihr Unterleib war heiß. Sie wollte, dass der Druck wegging ... wünschte, dass er blieb ... Erregt legte sie den Kopf in den Nacken. Da war eine Feuchte in ihr, die herauswollte, aber nicht konnte, wegen des Saugers. Lust,

Mayra empfand große Lust. Sie war bereit, wurde fügsamer mit jeder Sekunde, die der Sauger sie fest im Griff hatte. Alles in ihr gierte nach Erlösung. Das Verlangen nach einem Orgasmus war aufreibend. Und schließlich, erschöpft von der großen, unbefriedigten Geilheit, legte sie sich auf den Rücken.

In diesem Moment zog Miles den Muschisauger ab und begann, beruhigend die Innenseiten ihrer Oberschenkel zu streicheln. Langsam beruhigte sich ihr Atem wieder. Sie drehte den Kopf und sah zum Bock hinüber.

»Lassen Sie uns fortfahren«, brachte sie mühsam heraus.

Er half ihr beim Aufstehen, hielt ihren Arm, während sie zum Bock wankte – und sich problemlos auf den Dildo mit der überaus großen Eichel setzte. Ihre Scheidenmuskulatur war gelockert. Ihr Saft floss am Dildo herunter, aber Mayra war zu erregt, als dass es ihr vor Miles noch peinlich gewesen wäre. Selbst für den intensiven Duft ihres Fötzchens, der schwer im fensterlosen Raum schwebte, schämte sie sich nicht.

Auch die nächsten Hürden schaffte sie.

Erst der vorletzte Dildo füllte sie komplett aus. Sanft drückte er die Scheidenwände auseinander. Die Eichel steckte tief in Mayras Loch und reizte ihr Inneres. Es fühlte sich gut an, so gestopft zu werden. Am liebsten wäre sie noch einige Male am Holzstamm hoch und runtergeglitten. Doch sie hielt sich zurück, weil sie nicht Gefahr laufen wollte, ein zweites Mal vor Crow zu kommen. Am Tag zuvor hatte sie sich gehen lassen. Nun bemühte sie sich um Haltung. Forschung war eine ernste Sache.

»Dieser wäre meine Wahl«, sagte Mayra.

Miles verschränkte die Arme vor dem Oberköper. »Sie haben den Letzten nicht einmal probiert. Woher wollen Sie wissen, dass er Ihnen nicht besser gefällt?«

Sie zuckte mit den Achseln. »Er passt gut.«

»Vielleicht passt der Letzte noch besser.«

Zugegeben, mit Bestimmtheit konnte sie es natürlich nicht

sagen. Unschlüssig kaute sie auf ihrer Unterlippe. Schließlich wisperte sie: »Er ist so groß.«

»Mögen Frauen es denn nicht groß?« Miles runzelte die Stirn. »Den anderen konnte es jedenfalls nicht groß genug sein.«

Damit hatte er sie! In Mayra regte sich Kampfgeist. Sie kniff wütend die Augen zusammen und löste sich von dem Dildo, auf dem sie saß. Schmatzend gab ihn ihre nasse Muschi frei. Mayra stellte sich über den letzten Dildo. Er war riesig, fleischfarben und besaß dicke Adern, die ihm ein muskulöses Aussehen gaben. Nie und nimmer würde er in Mayras Loch passen. Dessen war sie sich sicher. Und doch, die anderen Probandinnen hatten es ja auch geschafft. Also, zumindest versuchen wollte Mayra es. Nun artete dieser Test doch in einen Wettbewerb aus. Sie musste sich einfach vor Miles beweisen.

Freude und Angst wechselten sich ab. Sie wünschte sich, den Riesenschwanz in ihrem Inneren zu spüren, und hatte gleichzeitig Angst, dass er sie zerriss. Natürlich würde er das nicht. Wahrscheinlicher war, dass die Eichel nicht einmal in ihr Loch hineinglitt. Aber entspannter konnte sie nicht mehr werden – und feuchter auch nicht.

Nervös setzte sich Mayra auf den lebensecht wirkenden Dildo. Sie spreizte mit den Fingern ihre Schamlippen und rieb mehrmals mit dem Damm über die Eichel. Dann probierte sie, ihn einzuführen, scheiterte jedoch.

»Lassen Sie mich Ihnen helfen«, schlug Miles vor.

Würde er nun ihre Klitoris reiben? Hatte er etwa vor, ihre Schamlippen zu streicheln?

Doch anstatt sie intim zu berühren, griff er nach einem Gegenstand, der auf der Spielwiese lag. Das Gerät war handtellergroß, glänzte metallisch schwarz und war in der Mitte leicht gekrümmt.

»Klein, aber oho.« Crow schaltete es ein – es summte leise und vibrierte in seiner Hand – und legte es auf ihren Kitzler.

Mayra fühlte die Vibrationen. Sie waren sanft, gingen aber durch und durch. Schon bald wurde ihr Seufzen zu einem Stöhnen und bevor sie sich versah, geriet ihr Becken in Bewegung. Es dauerte nicht lange, da war die enorme Eichel in ihrer Muschi verschwunden.

Mayra konnte nicht mehr klar denken. Der Auflege-Vibrator ließ die ganze Erregung hervorbrechen, die sich seit Beginn des Tests aufgestaut hatte. Leise jammernd hob sie ihr Becken, nur um es gleich darauf wieder auf den künstlichen Schwanz niederfahren zu lassen. Er dehnte ihre Möse gewaltig, und Mayra musste kurz innehalten, um sich an den Druck zu gewöhnen. Doch die Lust war stärker als alles andere, zumal der Vibrator weiterarbeitete und im Begriff war, das Letzte aus ihr herauszuholen. Es dauerte nicht lange, bis sie sich wieder ein Stück weiter niederließ, um das Glied noch tiefer aufzunehmen.

Sie umschloss den Dildo, als wäre er ihr Liebhaber. Längst hielt sie sich an Miles fest, der mit der rechten Hand ihren Rücken streichelte und mit der linken noch immer den Vibrator auf ihren Kitzler presste. Immer tiefer drangen die Schwingungen. Sie reizten Mayras Schamlippen und ließen ihren Saft derart fließen, dass der Lustpfahl – trotz seiner enormen Größe – schließlich vollständig in ihrem Fötzchen verschwand. Es war unbeschreiblich, wie er ihr Loch dehnte.

Sie versuchte sich, soweit das noch möglich war, im Zaum zu halten, denn die Stöße und die Vibrationen machten sie einfach wahnsinnig geil. Vergeblich. Immer schneller trieb sie den Dildo in ihre Muschi und beobachtete im Spiegel, wie sie ihn ritt. Dann hielt sie plötzlich sekundenlang den Atem an, um sich schließlich in einem Schrei zu entladen – und erschöpft, aber glücklich zusammenzusacken.

Miles drückte den Auflege-Vibrator noch immer erbarmungslos gegen Mayras Allerheiligstes, während sie wie ein Aal zuckte und die Finger in seine Schulter bohrte. Er wartete noch einen kleinen Augenblick, dann hatte er doch ein Einsehen und nahm das Gerät weg.

Wie aufgespießt saß sie auf dem Bock. Der Riesendildo reichte weiter in sie hinein als jemals etwas anderes zuvor. Hart und dick füllte er sie aus. *Wie herrlich!*, dachte Mayra und sah Miles lächelnd an. Ihr Blick war entrückt.

Miles nahm ihr Gesicht in beide Hände und streichelte mit den Daumen ihr Kinn, wobei er ihren Saft auf ihrem Gesicht verteilte. »Wundervoll! Sich derart gehen lassen zu können, ist eine Gabe.«

Hörte sie da Wehmut heraus? Sie hätte diesen Gedanken gerne weiterverfolgt, doch sie war zu müde und wisperte nur noch: »Duschen und Schlafen, in dieser Reihenfolge.«

Miles lachte auf. Er half ihr beim Absteigen, zog ihr fürsorglich das Nachthemd an und brachte sie persönlich in ihr Schlafzimmer zurück.

Als Nolan Crow sah, hob er die Hand. »Was ist mit mir, Dude? Wann komme ich dran?«

Aber Miles blaffte nur: »Jetzt nicht!«, und brachte die erschöpfte Mayra ins Badezimmer. Dann verließ er den Raum.

Als Mayra sich geduscht und mit frischem Nachthemd hinlegte, setzte sich Nolan auf ihre Bettkante. »Dich haben sie schon zweimal geholt. Mich behandeln sie, als wär' ich gar nicht da.«

»Hm, irgendwie ist es schon komisch. Zeit ist doch angeblich Geld.« Sie setzte sich auf, schüttete sich ein Glas Orangensaft ein und trank. »Wir sollten nicht so laut reden. Möglicherweise ist nicht nur eine Kamera in unserem Raum, sondern auch ein Mikrofon.«

Er flüsterte: »Vielleicht bist du mein Experiment.« Grinsend zog er an der Bettdecke.

Aber Mayra hielt sie fest und schaute ihn böse an. »Findest du dieses Institut nicht auch äußerst seltsam?«

»Ich habe noch nicht viel davon gesehen.« Er ließ die Decke los und zuckte mit den Schultern.

»Die Türen sind verriegelt, vor den Fenstern sind Gitter, und Miles Crow hat sich bei den Experimenten kaum Notizen gemacht.«

»Vielleicht hast du ihn abgelenkt«, sagte er und zwinkerte.

Sie rollte mit den Augen. »Ich habe hier bisher nur ihn und seine Assistentin Leah Moning gesehen.«

»O ... die würde ich auch gerne mal ficken«, murmelte er und blickte verträumt zur Tür.

Schwungvoll stellte sie das Glas auf den Beistelltisch, glitt unter die Bettdecke und sagte: »Ich will schlafen!« Mayra verstand es nicht: Warum hatte Leah diesen Typ nur für dieses Projekt ausgesucht? Nolan ging es ganz offensichtlich nicht darum, einen wirklich konstruktiven Beitrag zu der ganzen Angelegenheit zu leisten.

Demonstrativ drehte sie Nolan den Rücken zu. Er verstand den Wink, ging – ohne noch etwas zu erwidern – zu seinem Bett und legte sich ebenfalls hin.

Gerade noch erbost, hatte Mayra plötzlich doch ein schlechtes Gewissen. Sie beschuldigte Nolan, nur an seiner persönlichen sexuellen Befriedigung interessiert zu sein und diesen zweiwöchigen Aufenthalt als Trip, als Abenteuer zu betrachten. Aber war sie denn besser? Sie rauschte von Höhepunkt zu Höhepunkt, und kaum ergriff sie die Lust, vergaß sie alle Bedenken gegenüber Miles. Statt ihm all die Fragen zu stellen, die ihr auf der Zunge brannten, sobald sie alleine war und Zeit zum Grübeln hatte, vergnügte sie sich.

Aufgewühlt durch diese Gedanken fiel es ihr schwer, einzuschlafen. Irgendwann schaffte sie es trotzdem, doch der Schlaf war nicht erholsam. Im Traum sah sie sich weiße Korridore entlanglaufen. Jemand war hinter ihr her, jemand, den sie nicht sehen, nur fühlen konnte. Er verfolgte sie, und sie flüchtete ziellos durch ein Labyrinth von Gängen. Egal, an welcher Tür Mayra klopfte, sie blieb verschlossen. Hechelnd hetzte sie immer weiter, panisch und mit pochendem Herzen, bis sie schließlich ein Fenster fand. Es war vergittert. Mayra schloss die Finger um die Gitterstäbe und schrie um ihr Leben. In diesem Moment wachte sie auf.

Eine Sekunde später stand sie bereits neben dem Bett. Sie lief zu Nolan hinüber, rüttelte ihn wach und flüsterte: »Wir müssen fliehen.«

Zu ihrem Erstaunen nickte er. Doch als er antwortete: »Yeah, hier ist es todlangweilig«, wusste sie, dass er ihre Ängste nicht teilte. Aber solange er mitspielte, war ihr das egal.

»Und wie willst du das anstellen?«, fragte er leise.

»Wir«, korrigierte sie ihn. »Also, Leah ist die Schwachstelle. Wir können sie überwältigen. Nur haben wir nichts, um sie zu fesseln und zu knebeln.« Grübelnd schaute sie sich im Zimmer um. Da hatte sie eine Idee! Verstohlen lugte sie zur Kamera und wisperte kaum hörbar. »Wir sperren sie im Bad ein.«

»Die Badezimmertür hat aber kein Schloss, nicht einmal einen Griff.«

Schlaumeier, dachte sie wütend. »Wir werden sie ins Bad lotsen und du wirst dein Bett vor die Tür stellen. Das wird sie nicht beiseiteschieben können.«

»Und wenn sie um Hilfe ruft?«

»Wieso sollte sie das tun?«, fragte Mayra sarkastisch, aber dann antwortete sie: »Bis jemand bei ihr ist, sind wir längst weg.«

Nolan kniff die Augen zusammen. »So machen wir 's.«

Warum musste ihr Komplize unbedingt eine Bremsbirne sein? Doch es half wenig, darüber nachzudenken. Anstatt noch mehr Zeit zu verschwenden, hielt sie sich plötzlich den Bauch. Sie fing an, laut zu jammern, krümmte sich und verzog schmerzvoll das Gesicht.

»Geht es dir nicht gut?«, fragte Nolan unsicher.

Mayra hätte schreien können. Stattdessen brachte sie gepresst heraus: »Hol Leah«, und deutete mit den Augen aufs Badezimmer. Dorthin wollte sie sich auch sofort zurückziehen. Sie schleppte sich mühsam an den Betten vorbei, hielt noch einmal ihr leidendes Gesicht in die Kamera und verschwand im Bad. Sie hörte, wie Nolan heftig gegen die Eingangstür trommelte. Er hüpfte, wahrscheinlich vor der Kamera und wild gestikulierend.

»Ihr geht's schlecht, verdammt schlecht. Habt ihr nicht gesehen, wie sie sich krümmt? Leah, verdammt, wo sind Sie? Mayra braucht eine Frau, die sich um sie kümmert. Vielleicht kriegt sie ihre Tage oder etwas stimmt nicht mit ihrer Blutung. Vielleicht ist es auch ein Tumor. Hilfe!«

Mayra ballte ihre Hand zur Faust und steckte sie zwischen die Zähne. Wie konnte ein Mensch nur so viel Blödsinn erzählen? Aber immerhin gab er sein Bestes, damit Leah zu ihnen kam und nicht Crow oder ein anderer.

Tatsächlich wurde kurze Zeit später die Eingangstür geöffnet.

»Ist sie noch im Bad? Wie geht es dir?« Leahs Stimme.

Mayra hörte, dass die Zimmertür ins Schloss fiel, und machte sich bereit. Sie ließ das Wasser im Waschbecken laufen und tat so, als würde sie ihre Stirn damit kühlen.

Da betrat Leah das Bad. »Was ist passiert? Wo genau hast du Schmerzen? Du Arme. Ich kümmere mich um dich.«

Mayra war verunsichert. Leahs Anteilnahme klang ehrlich. Aber sie war diejenige mit einer Schlüsselkarte und Mayra die Gefangene. Sie standen nicht auf derselben Seite.

Blitzschnell drehte Mayra sich um. Sie schleuderte Leah Wasser ins Gesicht, um sie für einen Moment handlungsunfähig zu machen. Dann trat sie ihr in die Kniekehlen, brachte sie damit zu Fall und fischte die Karte aus dem Kittel. Mit der Trophäe in der Hand stürmte sie hinaus.

»Verbarrikadieren!«, rief sie. »Die Uhr tickt. Wir werden beobachtet und sie wissen längst über unseren Fluchtversuch Bescheid.«

Während sie die Tür schloss, schob Nolan sein Bett davor. Jubelnd folgte er Mayra, die bereits die Zimmertür mit der Schlüsselkarte öffnete und in den Gang hinausdrängte. »Wir sind gut! Wir sind verdammt gut!«

»Freu dich nicht zu früh«, ermahnte sie ihn. »Noch sind wir nicht draußen.«

Gemeinsam liefen sie durch weiße Korridore, die kein Ende zu nehmen schienen. Nirgends war ein Fenster zu entdecken. Manchmal kamen sie an eine Tür, doch dahinter lag nur wieder ein Gang, der seinerseits zu weiteren Gängen führte. Es war fast so, als rannten sie im Kreis – wie Ratten im Käfig.

»Vermutlich ist das ein Rundgang.« Außer Atem hielt Mayra an und stützte sich auf den Oberschenkeln ab. »Wir müssen die Räume überprüfen. Irgendwo muss es doch ein Fenster geben, das nicht vergittert ist und ins Freie führt.«

In diesem Moment hörte sie Schritte. Mehrere Personen hasteten durch die Gänge. Sie tuschelten, Männerstimmen.

Ohne länger nachzudenken, schloss Mayra den Raum zu ihrer Linken auf. Sie stürzte hinein – und stand im Dunkeln. Sie ertastete einen Dimmer an der Wand und drehte ihn, um Licht zu machen. Das Zimmer hatte nicht einmal Fenster. Die Wände waren mit schwarzem Stoff verkleidet, unzählige Tücher, die übereinanderhingen und von einem zarten Lufthauch wie von Geisterhand bewegt wurden. In der Mitte des seltsamen, kleinen Zimmers lag auf vier Pfählen ein Kreuz in der Größe eines ausgewachsenen Mannes. Es hatte dünne Polster, die mit schwarzem Leder überzogen waren, und Fesseln an den Enden und in der Mitte. Betörender Weihrauchduft lag in der Luft.

Plötzlich stürzten sich zwei kräftige Männer auf Nolan. Mayra fuhr erschrocken herum. Nolan wehrte sich nach Leibeskräften, war aber chancenlos. Es dauerte nicht lange und die beiden Schränke hatten ihn überwältigt und fortgezerrt.

Entsetzt machte Mayra einen Satz nach vorne, da stellte sich ihr Miles in den Weg und drängte sie zurück.

Mit finsterer Miene schüttelte er den Kopf. »Ich bin schwer enttäuscht. Du hattest keinen Grund zu fliehen.«

»Gitter vor den Fenstern und verriegelte Türen sind für mich Grund genug«, spie sie aus. »Hättest du mich gehen lassen, wenn ich darum gebeten hätte?«

Er nahm sich eine Sekunde Zeit, ehe er antwortete. »Nein.«

»Warum nicht?«, fragte sie mit dünner Stimme, denn sie hatte einen Kloß im Hals und Tränen schossen ihr in die Augen.

»Du bist das Juwel unter den Steinen. Ich brauche dich für meine Forschungen.«

»Deine Forschung?«

Miles schien doch weitaus mehr hinter dem Auftrag des Konzerns zu stehen, als sie gedacht hatte. Eventuell hing das Fortbestehen des Instituts von diesem Auftrag ab. Das machte ihn gefährlich.

Anstatt zu antworten, trieb er sie tiefer in den Raum hinein, so dass sie mit dem Hintern gegen das Kreuz stieß.

»Du brauchst dich nicht zu fürchten ...«

»Das ist nicht dein Ernst.«

Es war bizarr! Wenn sie in Miles' Augen sah, war sie geneigt, ihm zu glauben. Aber sie durfte seinen Reizen nicht erliegen. Momentan war er eindeutig ihr Gegner.

»... trotzdem muss ich dich bestrafen.«

Mayra versuchte vergeblich, Mitleid in seinem Gesicht zu entdecken. »Ich will nach Hause. Lass mich gehen! Das ist Freiheitsberaubung.«

»Du hast einen Vertrag unterschrieben«, knurrte er und drängte sich lüstern an ihren Körper. »Nach den zwei Wochen kannst du das Institut verlassen.«

»Als Leiche?«, fragte sie schnippisch.

»Ich werde dir kein Haar krümmen – auch nicht, wenn ich dich nun für deinen lächerlichen Fluchtversuch bestrafen lasse. Das sollte dir beweisen, dass ich keine Bestie bin.«

Kaum hatte er dies ausgesprochen, trat er zur Seite. Die zwei bulligen Kerle, die Nolan weggeschafft hatten, packten Mayra und zerrten sie zum Kreuz. Mit einer unbändigen Kraft drückten sie Mayra auf das mannsgroße X und fesselten sie mit gespreizten Armen und Beinen.

Miles stellte sich neben Mayra. »Scht«, säuselte er und streichelte zärtlich ihre Schenkel. Langsam schob er das Nachthemd hoch. Er tauchte einige Male den Mittelfinger in Mayras Muschi und zog den nun feuchten Finger zwischen ihren Falten hindurch zum Kitzler, um diesen kurz zu massieren und sich dann zu entfernen. Als er ein Skalpell aus der Kitteltasche fischte, schrie Mayra erschrocken auf.

Er schüttelte den Kopf, legte den glänzenden Mittelfinger an seine Lippen und sagte: »Gewalt ist nicht mein Stil.« Genüsslich leckte er Mayras Nässe ab.

Sie konnte nicht behaupten, dass seine Berührungen sie kalt ließen. Litt sie etwa am Stockholm-Syndrom, diesem psychologischen Phänomen, das Geiseln kurioserweise mit ihren Entführern sympathisieren und sich sogar in sie verlieben ließ? Nein, unmöglich. Wenn sie darüber nachdenken konnte, musste sie noch klar bei Verstand sein.

Behutsam begann Miles ihr Nachthemd aufzuschneiden – so konnte er es ihr auszuziehen, ohne die Ledergurte zu lösen. Dann legte er das Skalpell auf ihren Bauch – sollte Mayra dies als Warnung deuten? – und ging um sie herum. Er stellte sich zwischen ihre Beine und griff beherzt an ihren Busen.

Mayra zog an ihren Fesseln, aus Furcht, aus Wut, aber auch aus Lust. Unter anderen Umständen hätte sie dieses Spiel geil gemacht. Nun wirbelten die Emotionen durch ihr Inneres und kämpften miteinander. Wer war Miles Crow wirklich: der charmante Arzt oder der durchtriebene Wissenschaftler?

Zuerst knetete er ihre Brüste kräftig durch. Er massierte ihr ausgeliefertes Fleisch, hielt sich nicht zurück, tat ihr aber auch nicht weh. Ihre Haut war schon bald gerötet. Ein Prickeln floss durch ihre Brustspitzen. Und als Miles unerwartet zärtlich über die Brustwarzen strich, stellten sie sich auf. Sie schwollen an und reckten sich ihm verlangend entgegen. Er nahm sie zwischen Zeigefinger und Daumen, zwirbelte sie lächelnd und zog die Brüste an den Brustwarzen lang, um sie plötzlich wieder loszulassen.

»Das waren nur vorbereitende Maßnahmen«, erklärte er kühl, doch Mayra konnte das Feuer der Geilheit in seinen Augen lodern sehen. »Nun überlasse ich dich der X-Box.«

Es fiel ihm bestimmt nicht leicht, aus dem Raum zu gehen, anstatt Mayras Körper weiter zu bearbeiten. Trotzdem schaltete er das Licht aus und schloss die Tür hinter sich. Nun war Mayra alleine, umgeben von Finsternis und ausgeliefert dem, was auch immer folgen würde. Oder hatte Miles vor, sie hier stundenlang, vielleicht sogar tagelang angebunden liegen zu lassen?

Bevor sie weiter darüber nachdenken konnte, raschelte es. Mayra spähte in die Dunkelheit, konnte jedoch nichts erkennen. Sie hörte, wie Stoff an Stoff rieb, und dachte an die unzähligen Tücher, die an den Wänden hingen. Wofür hatte man sie dort angebracht?

Auf einmal spürte sie einen Windhauch an ihrer Fußsohle. Sie zuckte, konnte ihren Fuß aber wegen des Ledergurts nicht wegziehen. Jemand streichelte ihre Wade.

»Wer ist da?«, schrie Mayra aufgebracht. Die Dunkelheit machte ihr mehr und mehr Angst.

Niemand antwortete. Stattdessen liefen Finger wie Spinnenbeine über ihren Fußrücken. Gleichzeitig liebkoste eine Hand ihr Knie und glitt höher.

»Nein, nicht!« Mayra zog verzweifelt an ihren Fesseln.

Als die fremde Hand an ihrer Muschi angekommen war, schob sich ein Finger zwischen Mayras kleine Schamlippen und rieb über ihren Damm.

Mayra stöhnte. Ja, Miles hatte sie tatsächlich ›vorbereitet‹. War dies ein weiteres Experiment zur Erforschung der Lust oder eine Strafe für ihre Flucht? Es mochte beides sein – Lust und Qual liegen ja oft nah beieinander.

Sie fühlte, wie jemand ihr Tittchen ergriff und es am Ansatz ein wenig zusammendrückte, während die feuchten Finger einer anderen Hand über die Brustwarze strichen und einen zarten Film hinterließen. Mayras Busen fühlte sich angespannt an, aber es war eine angenehme Anspannung, ein sexueller Druck, der nur unterschwellig, aber konstant vorhanden war.

Fremde Finger rieben über ihren Nippel, quetschten ihn sachte, zwirbelten und befeuchteten ihn unablässig. Sie ließen nicht von ihm ab, so dass die Erregung sich stetig steigerte. Mayra verlor jegliches Gefühl für Zeit, in der X-Box schien sich alles zu verwischen. Die Dunkelheit saugte alles auf – die Zeit, Mayras lustvolles Stöhnen, ihre Aufschreie schienen vor ihr verschlungen zu werden. Mayra war gefangen in der Finsternis, Händen ausgeliefert, die in immer größerer Zahl ihren Körper berührten. Unzählige Finger kitzelten sie an den Sohlen und in den Achselhöhlen. Ihre Haut wurde durch Liebkosungen gereizt, ihr Fleisch willig gemacht, egal wie sehr sie sich gegen die schnell wachsende Erregung auch zu wehren versuchte. Sie war der X-Box hilflos ausgeliefert, den Händen, den Fingern – und Miles' verlängertem Arm.

Mayra schwitzte. Ihr Lustsaft floss aus ihr heraus. Sie konnte auf der Lederunterlage zwar ein Stück weit hin und her rutschten, doch den Fesseln vermochte sie nicht zu entkommen. Die Gurte umschlossen ihre Gelenke zu fest, als dass sich Mayra hätte befreien können.

Da, weitere Hände! Jetzt auf ihrer linken Seite. Unmöglich, exakt zu bestimmen, wie viele es waren. Dunkelheit und Lust benebelten ihre Gedanken, und Mayra hatte Mühe, sich zu konzentrieren. Es mochten wohl mindestens an die sechs Hände sein, die sich besitzergreifend auf ihr Bein, die Hüfte, ihren linken Busen und Arm legten.

Mayra hatte seltsamerweise nicht das Gefühl, dass noch andere Personen im Raum waren. Eigentlich hätte sie die Fremden doch irgendwie wahrnehmen müssen, über einen intensiven Körpergeruch oder Parfüm, durch das Rascheln von Kleidung oder Atemgeräusche. Man spürte doch die Anwesenheit anderer Menschen.

Und mit einem Mal bekam Mayra eine Ahnung davon, was hier wohl vor sich ging: Sie war nach wie vor alleine in der X-Box, und Crows Assistenten begrabschten sie nur durch Löcher in den Wänden – Wände, die das Andreaskreuz unmittelbar umschlossen, auf dem Mayra festgezurrt war. In ihrer Vorstellung tauchten bizarre Bilder von Labors auf, in denen Wissenschaftler nur mit armlangen Gummihandschuhen in irgendwelche Plexiglaskästen fassen durften, weil die hygienischen Vorschriften dies unbedingt erforderlich machten. Einmal mehr empfand sie sich als Ratte in einem Experiment. Handelte es sich um einen Versuch, herauszufinden, inwieweit sich Sex in Finsternis und Anonymität intensiver anfühlte?

Nun, jedenfalls führte dieses ungewöhnliche Ambiente dazu, dass man sich auf seine Instinkte konzentrierte, was wiederum Gefühle und Wahrnehmungen umso durchdringender machte. Unter solchen Umständen nahm man eigentlich selbst die leisesten Geräusche wahr, doch in diesem Raum gab es keine Laute ... außer Mayras eigene und eben jene, die die erregenden Berührungen verursachten.

Noch immer glitten Hände über Mayras Hüften, kreisten über dem Venushügel und massierten ihre Beine. Finger zwirbelten ihre Nippel, während Handballen über die Innenseite ihrer Oberschenkel rieben. Mayra spürte sanfte Berührungen in ihren Kniekehlen; sie waren so zart, dass sie irgendwann lachen musste. Doch als zwei Finger in ihre Möse eindrangen, ging Mayras Gelächter rasch in Stöhnen über. Gleichzeitig eroberte ein Daumen ihren Mund. Er spielte mit ihrer Zunge und lenkte sie von den zwei Fingern ab, die sich zu den anderen beiden gesellten und ihr Fötzchen gemeinsam ausfüllten.

Und als Mayra schließlich vor ihrer Geilheit kapitulierte, musste sie kurioserweise an Miles denken. Beobachtete er sie am Ende gerade mit einem Nachtsichtgerät? Der Gedanken gefiel ihr. Sie wünschte sich, er wäre hier bei ihr in der X-Box. Dass sie anfänglich wütend auf ihn gewesen war, weil er sie hier eingesperrt hatte, interessierte sie jetzt nicht mehr. Der finstere Raum hatte sich als Himmel, nicht als Hölle entpuppt.

Während der beiden vorangegangenen Experimente hatte er ihre Hand gehalten und sie dadurch gestärkt. War das nicht über die übliche ärztliche Fürsorge hinausgegangen?

Als sie auf den Höhepunkt zusteuerte, mit dem Daumen noch in ihrem Mund, stellte sie sich vor, wie es wäre, wenn Miles sie mit seinem Schwanz in der Dunkelheit stoßen würde. Allein der Gedanke daran ließ Mayras Körper sich lustvoll verkrampfen. Sie ballte die Hände zu Fäusten, schloss die Augen und hielt die Luft an. Nur noch wenige Stöße, wenige Sekunden und sie würde fliegen.

Doch ihre Sehnsucht wurde enttäuscht. Die Finger glitten aus ihrer Muschi und kehrten nicht zurück. Der feuchte Daumen benetzte kurz ihre Lippen, dann widmete er sich den geschwollenen Brustwarzen. Die reagierten äußerst empfindlich auf die unvermittelte Stimulation.

Die Liebkosungen hielten an. Mal massierten die Hände ihren Körper kraftvoll, mal wie ein sanfter Windhauch, doch niemals hörten sie ganz auf. Und so blieb auch die Erregung. Im einen Moment war sie nicht mehr als ein Glimmen, im nächsten glühte sie auf und loderte bis in die Zehenspitzen. Das unerfüllte Verlangen drohte Mayra zu verbrennen.

Verzweifelt und erschöpft jammerte sie: »Ich brauche Erlösung!«

Und tatsächlich, die Berührungen wurden stärker. Weitere Hände gesellten sich zu den bereits ›arbeitenden‹ und bedeckten Mayras Haut. Die Liebkosungen waren unglaublich sanft, andauernd und berauschend. Einige Finger nahmen behutsam Mayras große und kleine Schamlippen und zogen sie auseinander.

»Nicht«, schrie sie auf und meinte von irgendwoher ein »Scht ...« zu hören.

War es Miles' Stimme gewesen?

Ein Handballen drückte auf ihren Kitzler. Er begann zu kreisen. Bedächtig rieb er zirkulierend über den empfindsamen Knopf. Mayra konnte nicht mehr klar denken. Sie war nur noch Lust, gefangen in der Dunkelheit, dem Drängen ausgesetzt und schutzlos dem gegenüber, was all die Hände mit ihr anstellten.

Es dauerte nicht lange, bis sie ein zweites Mal einem Orgasmus entgegensteuerte. Sie reckte ihr Becken dem Handballen entgegen, hielt den Atem an ... und fiel entsetzt in sich zusammen, als er vorzeitig von ihr abließ: Die X-Box war doch ein Ort der Qual und Folter.

Tränen liefen Mayras Wangen hinab. Sie winselte, und es klang erschreckend laut in der Stille des finsteren Raums. Doch die Hände ließen nicht von ihr ab.

Irgendwann hörte Mayra auf zu zählen, wie oft man sie bereits einem Höhepunkt entgegengetrieben hatte. Es war hoffnungslos – die Erlösung sollte ihr definitiv verwehrt bleiben. Sie wurde losgebunden und von einem Wärter in ihren Schlafraum getragen. Und als sie Nolan sah, errötete sie, weil sie verschwitzt war und intensiv nach Geilheit roch.

»Mit dir hat man offensichtlich dasselbe angestellt«, murrte er.

Mayras Schamlippen waren so geschwollen, dass sie glaubte, Euter zwischen den Schenkeln hängen zu haben. Ihre Lust war unbefriedigt. Noch immer war sie nackt. Man hatte ihr kein neues Nachthemd gegeben. Das erste Mal, seit sie Nolan kennen gelernt hatte, reagierte ihr Körper auf ihn. Sie betrachtete seinen rasierten Body, die braungebrannte Haut – und sie roch auch seinen sexuellen Duft. Dennoch legte sie sich in ihr Bett. Aufgezehrt gähnte sie.

Nolan kam zu ihr. Ungeniert setzte er sich auf die Bettkante, ein Bein angewinkelt, und musterte Mayra. »Deine Haut ist gerötet.«

»Ja«, antwortete sie einsilbig.

Er legte die Hand an ihren Busen und strich einmal mit dem Daumen über ihre Brustwarze. »Der Nippel ist verdammt hart.«

»Ja.« Ihr Blick war noch immer getrübt vor Verlangen.

»Bist du gekommen?«

Sie bemerkte, dass sein Schwanz zuckte. »Nein.«

»Schweine! Ich auch nicht, bin aber schon eine Stunde hier.« Seine Hand glitt an ihrer Seite tiefer. Er neigte sich vor und küsste ihren Unterbauch. »Wie geil du duftest!«

Obwohl sie erschöpft war, wehrte sie ihn ab. Ihr Blick schweifte zur Kamera. Nein, sie wollte Miles keine Peepshow bieten.

Beleidigt schlurfte Nolan zu seinem Bett. »Zicke! Ich habe eine Stunde lang auf dich gewartet.«

Es fiel Mayra schwer, seinem Drängen zu widerstehen. Er hatte einen knackigen Arsch, den sie gerne geknetet hätte, und war unten herum äußerst gut ausgestattet. Leider fehlte ihm der Grips, um wirklich attraktiv zu wirken. Aber selbst darüber hätte sie unter anderen Umständen hinweggesehen. Einzig die Kamera hielt sie davon ab, über Nolan herzufallen.

Nolan setzte sich auf sein Bett. Er zog die Knie nach außen

und legte die Fußsohlen aneinander. Mayra traute ihren Augen nicht, als er plötzlich seinen Schwanz in die Hand nahm und ihn heftig rieb. Offensichtlich war er genauso erregt wie sie. Er wollte abspritzen, sofort.

Ging es ihr nicht genauso? Sie wollte endlich kommen. Kein Kuscheln, kein Vorspiel, kein behutsames Herantasten, sondern einfach nur einen verdammten Höhepunkt.

Nolans Penis brauchte nicht lange, um steif und hart von seinen Lenden abzustehen. Zufrieden lächelte er und ließ etwas Spucke auf seine Eichel tröpfeln. Dann senkte er den Kopf. Er öffnete gierig den Mund, streckte seine Zunge heraus und verrieb mit der Spitze den Speichel. Mayra staunte nicht schlecht. Er schaffte es sogar, die Eichel mit den Lippen zu umschließen, nur für Sekunden, aber es brachte ihn zum Stöhnen.

Nolan war in der Lage, sich selbst oral zu befriedigen!

Mayra konnte es kaum glauben. Der Anblick machte sie so heiß, dass das Blut schon wieder in ihrer Muschi pulsierte. Erregt schwang sie sich aus dem Bett, starrte auf den steil emporragenden Schwanz und ging näher heran. Immer wieder schnellte Nolans Zunge hervor, um die Eichel zu stimulieren. Da stieß Mayra seinen Kopf fort und umschloss die Schwanzspitze mit ihren Lippen. Sie begann den Penis zu lecken, schob die Vorhaut zurück und saugte am Stamm – immer darauf bedacht, die Szenerie mit ihrem Rücken wenigstens etwas vor der Kamera zu verdecken. Auch in ihr schrie alles nach Befriedigung. Sie sprang auf, huschte ins Badezimmer und lockte Nolan zu sich, indem sie die Schenkel öffnete und ihre Schamlippen mit den Fingern spreizte. Dann stellte sie sich mit dem Rücken zu Nolan vor den Spiegel. Sie neigte den Oberkörper, so dass ihr Arsch sich ihrem Zimmergenossen darbot.

»O Baby …«, jauchzte er. Mit wenigen Schritten war er bei ihr und drang ohne Umschweife von hinten in sie ein.

Mayra wollte von Nolan gefickt werden, obwohl er eine

Hohlbirne war und sie nervte. Aber er war auch der einzige Mann, der greifbar war, um ihre Lust zu stillen. Sie wusste, schuld daran war eindeutig die X-Box, die in Wahrheit nicht Strafe, sondern Vorbereitung auf ein weiteres Experiment gewesen war. Miles hatte Mayra und Nolan spitz gemacht, damit sie übereinander herfielen – allerdings anders, als Miles es sich vorgestellt hatte. Im Bad gab es keine Kamera. Sie würde ihm nicht erlauben zuzuschauen, während sie von einem anderen Mann genommen wurde.

Triumphierend ließ sie sich von Nolan stoßen. Er war wirklich ein verdammt gut aussehender Kerl und solange er nicht sprach, würde es ein toller Ritt werden. Glücklicherweise kam nur Stöhnen aus seinem Mund. Seine Stöße waren grob, die Hoden schlugen unbarmherzig gegen Mayras Hintern. Er ließ sich gehen und Mayra stand ihm in nichts nach. Er nahm sie, als hinge sein Leben davon ab.

Mayra hielt sich am Waschbecken fest und spreizte die Beine ein Stück weiter, um besseren Halt zu finden. Sie beugte sich noch mehr nach vorne, damit Nolan tiefer eindringen konnte. Lustsaft lief ihr die Beine hinab. Immer noch derber wurden seine Stöße. Er stach mit seinem harten Stachel in sie hinein und stöhnte animalisch. Mayras Lust explodierte gerade noch rechtzeitig, bevor Nolan einen kehligen Laut von sich gab, seinen Schwanz aus ihr herauszog und in die Duschkabine abspritzte.

Ausgelaugt sank Mayra auf den Boden und lehnte sich gegen die Wand. »So viel Selbstbeherrschung und Weitsicht habe ich dir gar nicht zugetraut.«

»Soll das ein Kompliment oder eine Beleidigung sein?« Er nahm auf dem WC-Deckel Platz. »Scheiße, wir haben uns wie Tiere geliebt.«

Den Begriff ›Liebe‹ wollte Mayra lieber außen vor lassen. Sie hatten miteinander geschlafen – nein, auch das klang nicht passend. Sie hatten gefickt, mehr nicht.

»Ich muss unbedingt duschen«, sagte sie, und als Nolan sich vom Klo erhob, um ihr zu folgen, fügte sie hastig hinzu: »Alleine.«

Als Mayra nach dem Duschen bleischwer ins Bett fiel, schnarchte Nolan schon laut. Ihr war das recht. Offensichtlich hatte auch er keine Lust, Arm in Arm einzuschlafen. Warum auch? Nur, weil sie einmal miteinander geschlafen hatten? Die Fronten waren geklärt, ohne darüber sprechen zu müssen. Sie fanden einander höchstens körperlich attraktiv. Von mehr konnte nicht die Rede sein. Bevor sie in der X-Box heißgemacht wurden, hatten sie wenig Interesse aneinander gezeigt. Nolan hatte sie aus Verzweiflung angegraben, weil keine andere Frau zur Verfügung stand.

Mayra legte sich auf die Seite, zog die Decke bis über die Schultern und schaute aus dem Fenster. Freiheit, Mayra wollte sie zurückhaben! Crows Bestrafung hatte sich zwar als durch und durch lustvoll herausgestellt, das änderte aber nichts daran, dass sie zu etwas gezwungen worden war. Damit war er zu weit gegangen.

Sie würde einen Weg finden, diesem Gefängnis, das sich Forschungsinstitut nannte, zu entkommen. Von nun an wollte sie alleine nach einem Weg suchen. Nolan war ihr keine Hilfe gewesen, eher ein Klotz am Bein. Sie malte sich unzählige Szenarien aus, wie sie entfliehen könnte, und schlief darüber ein.

Ein Klacken, leise, dennoch wurde Mayra davon geweckt. Sie schreckte hoch und sah geradewegs in Leahs Gesicht. Trotz des Vorfalls am Vortag lächelte die Assistentin und steckte demonstrativ die Schlüsselkarte in die Brusttasche. Dann trug sie ein Tablett mit Essen herein, während einer der bulligen Männer, die Nolan auf der Flucht gepackt hatten, im Türrahmen stehen blieb.

Leah stellte das Tablett auf den Tisch und wandte sich an den gähnenden Nolan. »Zeit, sich anzuziehen.« Sie langte in einen Beutel, der an ihrem Handgelenk baumelte, und reichte ihm

Boxershorts, ein T-Shirt und eine Jeanshose. »Ihr Aufenthalt hier ist beendet. Wir bedanken uns für Ihre Mitarbeit und bringen Sie nun wieder nach Hause.«

»Meine Sachen!«, rief er erfreut. Er riss ihr die Wäsche förmlich aus den Händen, stieg ungeniert aus dem Bett, obwohl er nackt war, und zog sich in Windeseile an.

Mayra verdrehte die Augen und war froh, als sie das leblos baumelnde Elend nicht mehr sehen musste, das ihr gestern noch so reizvoll erschienen war. Die Lust hatte sie geblendet!

»Willst du nicht erst duschen? Du stinkst wie ein Tier«, blaffte sie aufgewühlt, weil sie ahnte, dass das Frühstück wohl für sie allein bestimmt und sie noch nicht entlassen war.

»Ich will nur weg von hier – so schnell wie möglich.« Plötzlich sah er Leah entgeistert an. »Was ist mit dem Geld?«

»Obwohl Sie vorzeitig abreisen, werden Sie natürlich das Honorar für die vollen zwei Wochen erhalten.«

»Und ich?«, fragte Mayra angesäuert.

Lächelnd griff Leah in den Beutel und holte ein Nachthemd hervor. Sie warf es der Probandin zu. »Sie werden noch für weitere Experimente benötigt. Sie sind eine wertvolle Testperson für uns.«

»Ich wollte nie zu den Besten gehören.« Nolan lachte und eilte zur Tür, wo er von seinem Aufpasser am Arm gepackt wurde.

Mayra war stinksauer. Den Gedanken, ihm zuzuflüstern »Hol' Hilfe und befreie mich« verwarf sie sofort wieder, denn Nolan hielt es nicht einmal für nötig, sich von ihr zu verabschieden. Er war nur um sich selbst besorgt. Kaum hatte er ihr den Rücken zugedreht, streckte sie ihm die Zunge heraus. Doch bereits im nächsten Moment kam sie sich lächerlich und kindisch vor. Sie hatte Mühe, ihre Tränen zurückzuhalten, denn es schmerzte mit anzusehen, wie er gehen durfte, während sie in diesem befremdlichen Institut zurückblieb. Nolan war nach ihr eingetroffen und ging jetzt sogar früher. Er bekam das gleiche

Geld wie sie, ohne Leistung zu erbringen. Hatte er seinen Auftrag schon so schnell erfüllt?

»Vielleicht bist du mein Experiment?«, das waren Nolans Worte gewesen. Nun da er ihren Körper erobert hatte, brauchte man ihn nicht mehr.

»Frühstücken Sie erst einmal«, sprach Leah sanft. »Sie brauchen Ihre Kräfte.«

Ihre aufgesetzte Freundlichkeit ging Mayra gehörig auf die Nerven. Leah erschien ihr wie eine Marionette, die nach Miles' Pfeife tanzte.

Mayra beobachtete sie mit zusammengekniffenen Augen wie ein Tier, das sich jeden Augenblick auf sein Opfer stürzen wollte, und empfand Genugtuung, als die Assistentin verunsichert durch Mayras psychopathischen Blick gegen das Bettgestell lief und ihr Kittel an der Kurbel hängen blieb. Leah zog hektisch an der Jacke, bekam sie auch frei, riss aber ein Loch in den Stoff. Das brachte Mayra auf eine Idee.

Sie sprang aus dem Bett, hielt sich das Nachthemd vor den Körper und folgte Leah. Die lief immer hastiger Richtung Tür – ganz offensichtlich fühlte sie sich von der Probandin verfolgt und bedrängt. Schnell griff sie nach der Türklinke.

In diesem Moment machte Mayra eine Fratze. Sie verdrehte die Augen, versuchte mit der Zungenspitze ihre Nase zu erreichen und grunzte wie ein Schwein. Leah huschte nach draußen und zog sofort die Tür hinter sich zu. Doch Mayra war flink genug gewesen, einen Zipfel ihres Nachthemds zwischen Tür und Rahmen zu schieben, und zwar genau auf Höhe des Schlosses. Sie wusste nicht, ob ihr Plan funktionieren würde, zumindest das Ablenkungsmanöver war ihr geglückt. Nun horchte sie an der Tür: Eilige kleine Trippelschritte waren zu hören, von Leah, die Nolan und dem bulligen Bodyguard folgte. Dann war es ruhig.

Mayra schaute zur Kamera. Sie stand genau unter ihr, im toten Winkel. Behutsam zog sie an dem eingeklemmten Stück

Stoff. Zuerst tat sich nichts. Doch als sie kräftiger zerrte, klickte es plötzlich und die Tür glitt auf. Mayra stülpte sich das Hemd über und spähte vorsichtig um die Ecke. Sie sah gerade noch, wie Leah von den Gängen verschluckt wurde. Da sie bei ihrem ersten Fluchtversuch den Ausgang nicht entdeckt hatte und auch keine Schlüsselkarte besaß, war Mayra gezwungen, sich an die Fersen von Nolans Begleitung zu heften.

Ihr Herz pochte laut, als sie aus ihrem Zimmer trat und ihnen folgte. Dann und wann musste sie sich hinter einer Biegung verstecken, weil Nolan andauernd »Bye, Bye« rief und sich wie ein kleines Kind von den Korridoren und Türen verabschiedete.

»Bye, verriegelte Tür – wir sehen uns nie wieder!«

»Auf Nimmerwiedersehen, Flur!«

Dies brachte den Wächter dazu, sich skeptisch umzublicken. Er war verunsichert.

Mayra dagegen hätte Nolan am liebsten den Hals umgedreht. Wie konnte sich ein erwachsener Mann nur ständig wie ein Idiot aufführen? Angespannt folgte sie den dreien durch das Labyrinth von Gängen. Alles sah gleich aus: keine Schilder an den Türen, keine Hinweistafeln an den Abzweigungen. Entweder war dieses Gebäude gar kein Forschungsinstitut beziehungsweise Krankenhaus oder jemand wollte ganz bewusst verhindern, dass ein Fremder sich hier zurechtfand.

Irgendwann gelangten sie an eine Tür aus Glas. Leah öffnete auch diese mithilfe ihrer Schlüsselkarte und ging, gefolgt von Bodyguard und Nolan, durch einen ebenfalls gläsernen Vorraum, in dem Palmen und Farne standen, hinaus ins Freie.

Mayras Puls raste – sie kauerte noch hinter einer Ecke, unweit der Glastür – und noch bevor die Zwischentür zufallen konnte, huschte sie geduckt in den wintergartenartigen Raum. Während der Bulle Nolan in Richtung eines Helikopters bugsierte, warf Leah ständig nervöse Blicke um sich.

Mayra flitzte zu einem Treppenaufgang, der etwas versteckt

hinter Stechpalmen lag. Erschrocken bemerkte sie, dass die Tür nach draußen nicht zufallen wollte.

Leah war das auch nicht entgangen, deshalb kam sie noch einmal zurück.

»Verflixt«, zischte Mayra leise und duckte sich hinter die Stufen – kein gutes Versteck, denn dort würde Leah sie entdecken, sobald sie den Vorraum betrat. Mayra blieb nichts anderes übrig, als den Weg über die Treppe zu nehmen. Am oberen Ende angekommen, sah sie sich einer Eichentür gegenüber: Sackgasse.

Was sollte sie nur tun? Sie konnte weder vor noch zurück.

Auf einmal hörte sie Schritte hinter der Tür. Voller Panik schaute sie sich um – nirgends ein Versteck. Verzweifelt presste sie den Rücken gegen die Wand neben der Tür. In diesem Moment wurde sie aufgerissen und Miles Crow schritt energisch hindurch. Er hetzte die Treppenstufen hinab, ohne sich umzublicken, und bemerkte Mayra glücklicherweise nicht. Offensichtlich war er mit seinen Gedanken woanders.

Mayras Herz schlug ihr bis in den Kopf. Reflexartig presste sie die Fingerspitzen gegen die Schläfen und, noch bevor die Tür ins Schloss fallen konnte, war sie durch den Spalt geschlüpft.

Das musste Miles' Wohnung sein. Verblüfft ließ sie ihre Blicke schweifen. Sonnenlicht fiel durch die Fensterfront; der große Raum wirkte freundlich und hell. Bodenfliesen und Tapete waren beige, während ein erdfarbener Überwurf das Kingsize-Bett ihr gegenüber verdeckte. Links von ihr stand eine Tür offen, die ins Badezimmer führte. Zu ihrer Rechten befand sich ein massiver Schreibtisch, der über und über mit Akten, Bildern und Notizzetteln bedeckt war.

Neugierig trat Mayra näher und betrachtete die Fotos. Darauf zu sehen waren Personen unterschiedlichster Couleur. Waren das Personen, die Miles als Probanden ins Auge gefasst hatte? Aufgeregt las sie einige Dokumente durch.

»Kaufvertrag über Spit Island ... eine Sondergenehmigung, weil das Atoll zur US-Fischerei- und Naturschutzbehörde gehört ... der muss ja einflussreiche Freunde haben«, murmelte sie und erschrak. Nolan war mit einem Hubschrauber weggebracht worden. Wieso war ihr das nicht sofort merkwürdig erschienen?

Sie ging zum Fenster und schaute hinaus. In der Ferne lag das Meer. Aufgeregt lief sie zu den übrigen Fenstern, doch wohin sie auch blickte, überall nur Wasser am Horizont.

»Ich bin auf einer Insel ...«

Mayras Hoffnung auf Flucht zerstob von einem Augenblick auf den anderen. Was konnte sie jetzt noch tun? Sie war völlig entmutigt und hatte Mühe, die Tränen zurückzuhalten. Doch dann riss sie sich zusammen und ging zurück zum Schreibtisch. Sie begann, die Kaufurkunde genauer durchzulesen: Spit Island war eine der Midwayinseln, die geographisch, aber nicht politisch zum US-Bundesstaat Hawaii gehörten. Miles Crow hatte die kleine Insel gekauft. Mayra blätterte in einigen Akten, fand jedoch keinen Hinweis darauf, dass Crow Arzt war, geschweige denn, dass ein Konzern die Experimente in Auftrag gegeben hatte. Alle Verträge waren von ihm persönlich unterzeichnet worden, sein Name der einzige, der ständig vorkam.

»Wer bist du, Miles Crow?«, formten Mayras Lippen beinahe lautlos, und sie spürte einen Stich im Herzen. Sie musste sich eingestehen, dass sie ihn mochte. Er hatte etwas an sich, das sie reizte und faszinierte. Miles war höflich und brachte sie auf sanfte Weise dazu, Dinge zu tun, die sie unter anderen Umständen nie getan hätte.

Leise sang sie einen Song von Omen: »You're hot and I'm on fire. All night we set the world ablaze«, und dann etwas lauter: »You bring out the beast in me.« Ja, das tat er. Miles weckte das Luder in ihr, und sie genoss es. Doch nun bekamen die lustvollen Versuche einen bitteren Beigeschmack. War er nur ein reicher Perverser, der ein Lustzentrum auf einer Privatinsel gebaut hatte, um sich an den vermeintlichen Forschungen aufzugeilen?

Ihr Blick fiel auf ein eingerahmtes Foto, das nur zum Teil unter den Dokumenten hervorlugte. Sie zog es heraus und betrachtete es: Miles war darauf zu sehen. Er hatte seinen Arm um eine hübsche Brünette gelegt, und beide schauten verliebt in die Kamera.

»Stell das sofort hin!«

Mayra flog herum. Crow stand hinter ihr. Die Eingangstür fiel mit einem Klacken ins Schloss. Zornig kniff er die Augen zusammen. Mit schnellen Schritten war er bei Mayra, riss ihr das Foto aus der Hand und legte es zurück an seinen Platz. Sie zuckte zusammen und wich in Richtung Fenster zurück. Miles war bisher immer freundlich gewesen. Ihn nun wütend zu sehen, machte ihr Angst.

Sie fasste sich ein Herz und fragte: »Wer ist das auf dem Bild?«

»Das geht dich nichts an!«

Mayra bemerkte Schmerz und Trauer in seinem Blick, ging aber nicht weiter darauf ein, denn es gab andere Dinge, die sie zuerst erfahren wollte. »Du bist kein Arzt. Habe ich Recht?«

»Ich habe nie behauptet einer zu sein.«

»Du ... du ... hast doch ...«

»Ich habe mich dir nicht als Doktor vorgestellt«, grollte er und machte einen Schritt auf sie zu. »Du bist davon ausgegangen, dass ich Arzt bin.«

Sie flüchtete hinter den Schreibtisch. »Das war Absicht!«

Schmunzelnd schüttelte er den Kopf. »Du solltest skeptischer gegenüber Fremden sein. Auch beim ersten Treffen mit Leah warst du überaus zutraulich, wie ein ausgehungertes Kätzchen, das nach sexuellen Exzessen giert.«

»Dann habt ihr mich also wirklich ›ausgesucht‹. Es war kein

Zufall, dass ich Leah im ›Above the clouds‹ traf.« Sie kam sich wie eine dumme Gans vor.

»Ich hasse Zufälle! Ich überlasse nichts dem Zufall«, donnerte er. Dann fügte er leiser hinzu: »Soweit es in meiner Macht liegt.«

Wieder diese Traurigkeit. Mayra spürte sie. Trauer schien Miles innerlich zu zerreißen.

Auf einmal erhellte sich sein Blick. Neckisch und gleichsam lüstern sah er Mayra an. »Du hast wunderschön ausgesehen.« Er kam um den Schreibtisch herum und trieb sie zwischen Tisch und Fenster in die Enge.

Als er mit dem Handrücken ihre Wange streifte, erschauerte sie. »Wovon redest du?«

»Nolan und du, im Badezimmer.«

»Da ist doch keine –«, begann sie und stockte.

»Die Kamera befindet sich hinter dem Spiegel. Eure Gesichter waren faszinierend. Ich konnte hemmungslose Lust beobachten. Gibt es etwas Schöneres?«

»Wieso das Ganze?« Sie zitterte leicht und wusste nicht, ob es vor Furcht oder vor Erregung war, jetzt, da Miles' Körper sich an den ihren schmiegte. »Spit Island, die Erforschung der Lust, du, der Beobachter.«

Schwer atmend neigte er sich zu ihr herunter, bis seine Nasenspitze ihren Hals berührte, und schnüffelte. »Du riechst so gut.«

Die Nähe zu Miles machte sie an, aber sie versuchte, sich zusammenzureißen. »Sag mir die Wahrheit!«

»Du hast dir doch schon eine Meinung über mich gebildet.« Tief blickte er ihr in die Augen. »Deiner Ansicht nach bin ich ein perverses Schwein, das sich an den Experimenten aufgeilt. Ist es nicht so?«

»Nach allem, was ich erlebt, gesehen und herausgefunden habe …« Sie führte den Satz nicht zu Ende, denn sie wollte nicht wahrhaben, dass Miles ein Schuft war. Er war so sanft, so behutsam und anziehend.

Miles schnaubte. »Ja, ich habe vor den Monitoren gesessen, mir die Aufzeichnungen der Versuche angeschaut und mir einen runtergeholt. Aber es hat mir nichts gebracht.«

»Was meinst du?«, fragte Mayra zaghaft. »War es nur eine kurze Befriedigung?«

Er antwortete nicht, sondern knirschte mit den Zähnen und senkte sekundenlang den Blick. Als er wieder aufschaute, war jeglicher Zorn aus seiner Miene verflogen.

Die Spannung war unerträglich. Mayra wusste nicht, ob er innerlich wie ein Häufchen Elend zusammengesackt war oder es in ihm brodelte. Daher sagte sie: »Ich habe auch schon lange keinen Freund mehr und weiß, dass Selbstbefriedigung nur ein billiger Ersatz ist. Es fehlen Zärtlichkeit und Nähe.«

»Das ist es nicht.«

Zitterte seine Unterlippe, oder bildete Mayra sich das nur ein?

Er fuhr fort und seine Worte klangen schwerfällig: »Mir fehlt die Wärme einer Partnerschaft. Gewiss! Das spüre ich umso mehr, seit du meine Probandin bist. Aber –«

Offensichtlich kämpfte er mit sich selbst. Wie grausam war es, die Erforschung der Lust mit ansehen zu müssen und selbst Single zu sein! Nur Schiedsrichter, nie Spieler. Aber war das wirklich alles?

Plötzlich keimte eine Vermutung in Mayra auf. Konnte es sein …?

»Schau mich nicht so an«, murrte er. »Ich ertrage das nicht.«

»Du bist impotent.« Kaum hatte sie es ausgesprochen, bereute sie es. Es musste ihn sicherlich hart treffen.

»Erektile Dysfunktion, so nannte mein Professor es. Ich nenne es: die Hölle.«

»Gegen Erektionsstörungen kann man etwas tun«, sprach sie

forsch, verstummte aber sofort, als er die Hand in ihren Nacken legte. War dies eine Geste der Zuneigung oder der Bedrohung?

»Meinst du etwa, ich hätte nicht schon alles versucht?« Er verzog das Gesicht. »Nichts hat geholfen, kein Mittelchen und auch keine Therapie. Ich bin ein hoffnungsloser Fall, denn mein Problem ist psychisch. Diese Sperre im Kopf, ich kann sie nicht überwinden.«

»Darum erforschst du die Lust?«

Anstatt zu antworten, zog er ihr Gesicht näher an seines heran, bis sich ihre Lippen fast berührten. »Hältst du das für eine dumme Idee? Ist es naiv, sich an den Versuchen erregen zu wollen? Bin ich ein Narr, wenn ich etwas zu entdecken hoffe, das mich meine psychische Barriere überwinden lässt?«

»Nein«, hauchte sie. Sie empfand Mitleid. Es war offensichtlich, dass er sehr litt. »Doch man sollte das Übel an der Wurzel anfassen.«

Sein Blick glitt zu dem Foto auf seinem Schreibtisch. »Das ist unmöglich, denn meine Frau verstarb vor acht Jahren ... auf dem Highway. Sie stand am Stauende, ein Truckfahrer bremste zu spät und raste in ihr Auto. Er tötete meine Geliebte und meine Lust.«

Mayra war ergriffen. »Das ist eine lange Zeit.«

»Es ist Zeit, loszulassen?«, fragte er barsch. »Willst du mir das damit sagen?«

Sie fürchtete sich vor ihm. Dieses andere Gesicht des sonst so freundlichen Miles Crow machte ihr Angst. Es mochte aber auch Verzweiflung aus ihm sprechen.

Er rieb seine Wange an ihrer und sprach leise in Mayras Ohr: »Ich habe es versucht. Keine Frau hat mich seither wirklich erregen können. Ich habe seit acht Jahren keinen Orgasmus mehr gehabt. Das Sperma brennt in meinen Hoden. Das Feuer ist niemals erloschen. Es ist eine Qual, die du dir nicht vorstellen kannst.«

»Ich habe mich während der Experimente gehen lassen, aber auch ich bin seit einem Jahr alleine«, wisperte sie. »Mir fehlte die Geborgenheit. Ich habe masturbiert, doch niemals hatte ich solche geilen Momente wie während der Versuche. Deine Anwesenheit gab mir die Kraft, mich fallen zu lassen.«

»Du brauchst mir keinen Honig um den Mund zu schmieren.« Er löste sich von ihr und stemmte seine Hände rechts und links neben ihrem Kopf gegen das Fenster.

»Ich habe die Wölbung in deinem Kittel gesehen. Es hat dich spitz gemacht, mich zu beobachten.«

»Du glaubst mir nicht, oder?«

Sie hatte tatsächlich Zweifel, sagte aber: »Ich will damit nur andeuten, dass es noch Hoffnung gibt.«

»Bei mir regt sich noch etwas. Damit hast du Recht.« Er nickte. »Jedoch kann ich mich nicht erleichtern.«

»Das tut mir leid.« Mehr brachte sie in ihrer Hilflosigkeit nicht heraus und versuchte abzulenken. »Hast du Nolan nach Hause gebracht oder …?«

»Ihn getötet?« Er runzelte die Stirn. »Er ist wohlbehalten zurück in seinem jämmerlichen Leben, und du wirst auch nach San Francisco zurückkehren, solltest du das letzte Experiment mit Bravour meistern.«

»Was willst du damit sagen?«

Neckisch schmunzelte er. Er legte die Hand an ihr Kinn und zeichnete ihre Lippen mit dem Daumen nach. »Schlafe mit mir. Sollte das Laken am Ende voller Samenflüssigkeit sein, lasse ich dich unverzüglich nach Hawaii und von dort aus nach Cisco fliegen.«

Mayra traute ihren Ohren nicht. »Was ist, wenn ich mich weigere?«

Er schwieg.

»Machst du das immer so? Die Männer werden freigelassen und Frauen genötigt?«

Zornig prustete er. Dann vergrub er seine Hand in ihren Haaren und packte zu. »Keine Frau hat mich seit dem Tod meiner Frau so erregt wie du.«

Wollte er damit ausdrücken, dass, falls jemand ihn dazu bringen konnte, einen Orgasmus zu haben, dann sie? Sie fühlte sich geschmeichelt und glaubte ihm. Trotzdem blieb eine Frage offen: Was würde mit ihr geschehen, sollte sie das Wunder nicht vollbringen? Und ging es nicht tatsächlich um ein Wunder? Sie war weder Sexualtherapeutin noch Ärztin, nicht einmal Pflegerin.

Vorsichtig meinte sie: »Es gibt Frauen, die ausgebildet sind in Liebeskünsten. Ich meine keine billigen Huren. Hast du es schon einmal mit Tantra probiert oder –«

Er verschloss ihre Lippen mit seiner Hand. »Ich will dich!«

Das war eindeutig. Sie wollte ihn auch, aber unter anderen Umständen. Doch das lag nicht in ihrer Macht, daher nickte sie wortlos. Mayra würde ihn verführen, jedoch auf der Hut sein.

Sie stemmte sich gegen seinen Oberkörper und drängte ihn nach hinten. Dann nahm sie seine Hand, führte ihn zum Bett und gab ihm einen Stupser.

Er ließ sich bereitwillig auf die Kante fallen und sah verdutzt dabei zu, wie Mayra seine Hose aufreizend langsam aufknöpfte und sie ihm dann samt Shorts, Schuhen und Strümpfen von den Beinen streifte. Sie schlüpfte aus ihrem Nachthemd, gab ihm Zeit, ihre Kurven ausgiebig zu betrachten und spreizte ihre Beine, damit er sich an ihrer Muschi erfreuen konnte, die sich dank seiner Behandlung nicht mehr hinter Schambehaarung versteckte.

Sein Blick wurde verklärt. Er starrte auf ihre Möse und sein Schwanz zuckte. Mayras Hand glitt zwischen ihre Schenkel, und amüsiert beobachtete sie die Verblüffung in Miles' Gesicht, als sie sich einige Male streichelte. Nur kurz, neckend, dennoch spürte sie bereits, dass das Spiel sie ebenfalls aufgeilte.

Schmunzelnd setzte sie sich mit gespreizten Beinen auf seinen Schoß, tauchte einen Finger in ihr Loch und malte Crow mit ihrem Saft einen Schnurrbart auf die Oberlippe.

Tief atmete er durch die Nase ein. »Du riechst gut, so verdammt gut. Ich könnte den ganzen Tag an dir schnuppern.«

»Dein Wunsch ist mir Befehl«, hauchte sie in sein Ohr, half ihm Hemd, Kittel und Brille auszuziehen und rang ihn nieder, bis er mit dem Rücken auf dem Bett lag.

Sie liebkoste mit der Nasenspitze seinen Oberkörper, der ebenso blankrasiert war wie ihre Muschi. Genießerisch räkelte sich Miles. Er bog seinen Rücken durch, krallte die Finger in die Bettdecke und seufzte.

Ja, das gefällt dir, dachte Mayra und lugte zum Kittel hinüber, in der seine Schlüsselkarte steckte. Doch was nützte ihr die Karte? Ohne Hubschrauber würde sie Spit Island nicht verlassen können. Der Einzige, der sie von der Insel fortbringen konnte, war Miles Crow. Also musste sie so gut sein, dass ihm die Sinne schwanden. Aber würde sie ihn bis zum Orgasmus bringen können?

Sie leckte über seine rechte Brustwarze. Mehrmals hintereinander nahm sie den Nippel zwischen die Zähne, zog behutsam daran und ließ wieder los. Bei jedem Mal stöhnte Miles lauter. Er hatte die Augen längst geschlossen und gab sich Mayras Verführungskünsten hin. Hatte er denn keine Angst, dass sie ihm die Lampe, die auf dem Nachttisch stand, über den Schädel schlug?

Für einen Moment legte sie die Stirn auf seinen Brustkorb und kämpfte innerlich. Je weiter das Liebesspiel voranschritt, desto mehr begehrte sie Miles. Er fühlte sich wundervoll an. Seine Haut war warm und weich. Vielleicht sollte sie aufhören zu grübeln, wie sie von der Insel fliehen konnte, denn ihr Ticket nach Hause lag bereits unter ihr. Sie sehnte sich doch auch danach, mit ihm zu schlafen. Was hielt sie davon ab, es nicht einfach zu tun?

Zärtlich küsste sie seinen Oberkörper. Ihre Lippen schlossen sich um die linke Brustwarze und saugten daran, bis Miles leise aufschrie.

»Verzeih«, sagte sie grinsend, »Jetzt hätte ich fast vergessen, dich an mir schnuppern zu lassen, weil dein Körper mich abgelenkt hat.« Ohne eine Antwort abzuwarten, kroch sie ein Stück höher und setzte sich auf seine Arme.

»Nicht.« Sein Blick war argwöhnisch.

»Traust du mir etwa nicht?« Mayra hob die Augenbrauen. »Dann hättest du dich nicht in meine Hände begeben sollen.«

Miles lachte gequält. »Schlange!«

Sie wussten beide, dass er sie mühelos beiseiteschieben konnte, doch er blieb artig liegen. Da senkte Mayra ihre Muschi, die genau über seinem Gesicht thronte, herab. Verführerisch ließ sie ihren Unterleib kreisen, streifte seine Nasenspitze mit ihren anschwellenden Lustfalten und verharrte sekundenlang auf seinem Mund.

Als sie ihr Fötzchen wieder anhob, schnellte plötzlich Miles' Zunge hervor und begann, über ihre Schamlippen zu lecken. Mayra schrie auf, gleichsam vor Schreck und Lust.

Unschuldig blickte er sie an. »Du riechst einfach zu gut.«

»Dann ändern wir die Stellung eben«, säuselte sie.

»Nein!«

Mayra ignorierte seinen Protest und stieg von ihm herunter. Sie schob seine Beine auseinander und kniete sich dazwischen, vors Bett.

Kaum hatte sich Miles aufgerichtet, begann sie seinen Schwanz abzulecken. Er zuckte lustvoll, wann immer ihre Zungenspitze über die Vorhaut strich. Mayra stemmte die Hände gegen seine Schenkel, damit er sich ihr weiter öffnete. Wie ein Kätzchen Milch aus einer Schale schlürft, leckte sie über die Hoden. Und als sie die prallen Säckchen küsste, an ihnen saugte und neckisch hineinbiss, nahm sie erfreut wahr, dass Miles'

Penis immer härter wurde. Doch das eigentliche Problem, hatte er gesagt, lag ja im Orgasmus – und der war noch in Sicht.

Ohne seinen Unterleib mit den Händen zu berühren, befriedigte Mayra ihn weiter. Sie rieb die Wange an seinem Glied, schob mit der Nase die Vorhaut zurück, so weit sie es schaffte, und nahm die Eichel in den Mund. Liebevoll nuckelte sie daran. Ihre Lippen massierten die empfindsame Schwanzspitze, während die Zunge über die Öffnung tänzelte und Miles' immer ekstatischere Wonnelaute entlockte. Mayra lockerte ihre orale Umklammerung und ging dazu über, am Penis zu lutschen. Sie spürte, wie Miles' Beinmuskulatur sich verkrampfte. Im nächsten Moment drückte er sie von sich fort.

»Ich kann nicht«, wimmerte er.

Traurig stand Mayra auf. »Warum nicht? Es klappt doch ganz gut.« Sie biss sich auf die Unterlippe, weil sie ihre Wortwahl bereute. Es ging hier nicht darum, ein Kind, das das erste Mal Fahrrad gefahren und gestürzt war, dazu zu ermuntern, es weiter zu versuchen.

Er vermied es, sie anzusehen. Schließlich robbte er höher, legte sich auf den Rücken und verschränkte die Arme unter dem Kopf. »Der Erwartungsdruck ist zu groß.«

Nicht von meiner Seite, wollte sie schon sagen, da fiel ihr ein, dass sie sehr wohl großes Interesse an seinem Abspritzen hatte. Schließlich würde es ihr die Freiheit bescheren. Aber da war noch etwas. Sie begehrte Miles und würde es als persönliche Niederlage ansehen, wenn sie ihn nicht zum Orgasmus bringen konnte.

Also sprach sie einfühlsam: »Wir haben Zeit.«

»Du willst so schnell wie möglich nach Hause.« Seine Bemerkung klang trocken.

Mayra ging ums Bett herum und legte sich neben ihn auf die Seite. Ihre Hand berührte seinen Unterbauch. »Ich habe einen Vertrag unterschrieben, und in dem steht, dass der Aufenthalt zwei Wochen dauert.« Sie war selbst erstaunt über ihre Worte. Wollte sie ihn damit besänftigen? Oder suchte sie nach einer Rechtfertigung gegenüber sich selbst, um bei ihm bleiben zu können?

Er streichelte mit der Hand ihren Nacken. »Du brauchst das nicht zu sagen. Nolan habe ich auch vorzeitig zurückgeschickt – und er hat den vollen Betrag erhalten.«

»Aber er hatte seinen Zweck erfüllt. Ich meinen noch nicht.«

Verdutzt blickte er ihr in die Augen. »Das letzte Experiment, es wird nicht funktionieren.«

»Weil du dich innerlich dagegen sträubst.« Sie kuschelte sich an ihn und legte den Kopf auf seinen Arm. »Wieso eigentlich? Es ist doch das, was du dir am meisten wünschst.«

Er blickte zur Decke. »Ich fürchte mich davor, wieder einmal zu versagen.«

»Sex ist kein Leistungssport«, warf sie ein, aber er überhörte es.

»Ich habe es so oft probiert.«

»Aber nicht mit mir.«

»Verdammt, Mayra!«

»Was?«

Als er nicht antwortete, setzte sie nach: »Es gibt noch einen anderen Grund, nicht wahr?«

Schwer atmend rieb er sich mit der Handfläche über Stirn und Augen, als wollte er die Dämonen der Vergangenheit wegwischen. »Du hast Recht.«

Sie fasste sein Kinn und zwang ihn, sie anzusehen. »Ich will die Wahrheit wissen!«

»Gut.« Sein Blick drückte Unsicherheit aus. Mit zittrigen Fingern liebkoste er ihre Wange. »Ich will dich nicht zwingen. Noch nie habe ich eine Frau zum Sex mit mir gedrängt. Das ist nicht mein Stil. Es gefällt mir nicht. Wie kann ich mich fallen lassen, wenn ich weiß, dass du nur mit mir schläfst, weil du von der Insel fort möchtest?«

Mayra war sprachlos – Miles wollte tatsächlich mit ihr zusammen sein. Sie war keine beliebige Probandin, nicht eine von vielen, die Hand an ihn legten. Mayra fühlte sich geschmeichelt und mehr denn je zu ihm hingezogen.

»Wenn ich dich jetzt darum bitten würde, mich nach Hawaii bringen zu lassen, damit ich von dort aus zum Festland fliegen kann, würdest du mich ziehen lassen?«, fragte sie.

»Ja«, brachte er gepresst heraus. Dann setzte er sich auf. Er griff nach seinem Hemd und seinem Kittel, fischte die Schlüsselkarte aus der Tasche und wollte sich erheben.

Doch Mayra hielt ihn zurück. Sie drückte ihn wieder in die Laken und grinste. »Es war nur eine hypothetische Frage.« Bevor er etwas erwidern konnte, nahm sie die Karte und warf sie in hohem Bogen fort.

Miles' bekümmerte Miene erhellte sich. Er ließ Hemd und Kittel fallen. Sanft zog er sie zu sich und küsste sie. Seine Lippen massierten die ihren und entfachten ein Feuer in ihr. Er schmeckte wundervoll und so öffnete sie den Mund, um ihn intensiver zu kosten. Seine Zunge drang in sie ein, streichelte von innen ihre Wangen und rieb an ihrer Zunge. Er leckte über ihre Zahnreihen und nuckelte an ihrer Unterlippe. Ausgiebig strich er mit der Spitze über ihre Lippen, bis diese ganz geschwollen und nass waren.

Mayra genoss es, verwöhnt zu werden. Aber eigentlich sollte Miles im Mittelpunkt ihres Liebesspiels stehen. Also schob sie ihn sanft von sich, tastete nach seinem Schwanz und öffnete den Mund.

Miles jedoch hielt sie zurück. »Ich möchte dich gleichzeitig riechen.«

Schmunzelnd nickte sie und drehte sich so, dass ihre Muschi über seinem Gesicht schwebte und ihr Gesicht über seinem Unterleib. In ›Stellung 69‹ fuhr sie fort, ihn zu verwöhnen: Sie umschloss seinen Schwanz mit der Hand ganz eng und rieb einige

Male behutsam auf und ab, bis er sich aufrichtete. Sofort nahm sie die Eichel zwischen die Lippen und begann zu lutschen. Ihre Zungenspitze drang in die winzige Öffnung ein. Miles stöhnte laut auf. Mayra musste grinsen und fing an, seine Hoden zu massieren und gleichzeitig die Vorhaut mit den Lippen zurückzudrängen. Sie imitierte den Akt mit dem Mund, Speichel lief am Schwanz herunter.

Während sie kurz nach Atem rang und ihren Lippen eine Pause gönnte, rieb sie die Spucke in die Hoden ein. Sie wollte nicht von Miles ablassen, bis dieser vor Geilheit winselte. Doch er durchkreuzte ihre Pläne.

Plötzlich stieß seine Zunge zwischen ihre Falten. Mayra schrie auf. Aber ihr Schrei ging sogleich in einen Seufzer über. Miles fühlte sich dadurch ermuntert und ließ seine Zunge so eifrig hervorschnellen, als würde er ein rasch schmelzendes Eis in der glühenden Sommersonne schlecken. Er schlängelte durch die fleischigen Schluchten und tauchte in ihr Loch ein, um von ihr zu trinken.

Zwischendurch stöhnte er: »Mach weiter.«

Mayra küsste seinen Schwanz. Ein Tropfen sammelte sich auf der Penisspitze. Sie leckte ihn ab und schmeckte Miles das erste Mal intensiv. Sein Sperma hatte einen herben Geschmack, ein wenig salzig – und das machte sie an. Sie fühlte sich ihm so nah! Erregt saugte sie kräftig an der Eichel. Miles stöhnte, packte ihre Hüften und zog sie so weit zu sich heran, bis ihre Möse auf seinem Gesicht thronte und er seine Zunge tief in sie hineinstoßen konnte. Mayra spürte, wie sie in ihrem feuchten Loch zuckte und sich wie ein Aal wand. Diese Intimität und der Gedanke an Miles' benetztes Gesicht trieben sie an, seinen Schwanz noch stärker zu bearbeiten. Schwer atmend vor Lust schob sie die Vorhaut so weit wie möglich zurück und legte die Hände fest um die Wurzel. Das Blut staute sich im Penis und machte ihn noch empfindsamer für Mayras Zungenkünste. Lasziv glitten ihre Lippen über das Glied. Mayra biss behutsam zu, nur um die Stelle gleich darauf zu küssen. Gleichzeitig fickte Miles sie weiter mit seiner Zunge.

Immer heftiger leckten sich die beiden. Mayra bemühte sich, ihre Erregung zurückzuhalten, da sie merkte, dass Miles noch Zeit brauchte. Mehr als ab und zu einen Tropfen konnte sie ihm nicht entlocken.

Schließlich hörte sie auf. Sie stieg von ihm herunter, küsste ihn auf seine von ihrem Lustsaft glänzenden Lippen und setzte sich andersherum auf ihn. Herausfordernd schaute sie auf ihn herunter. Sie spielte mit seinen Hoden und griff nach seinem erigierten Schwanz. Langsam hob sie ihr Becken, führte das Glied ein und ließ sich wieder auf Miles' Lenden sinken. Der Penis glitt problemlos bis zum Schaft in sie hinein. Er füllte sie aus, dehnte ihre Scheide ein wenig, war aber nicht unangenehm, denn Miles hatte sie gut geölt.

Mayra hob und senkte ihr Fötzchen. Zuerst ritt sie Miles langsam, um ihn zu quälen, aber auch, weil sie eben selbst schon ziemlich erregt war. Doch schon nach kurzer Zeit hielt sie es nicht mehr aus. Sie konnte sich nicht mehr zurückhalten, stützte sich auf Miles' Brustkorb ab und glitt auf seinem Schwanz auf und ab. Immer schneller ritt sie ihn, bis sie schließlich galoppierte. Die Welt um sie herum verblasste. Alles, was sie wollte, war fliegen. Sie nahm Miles, wie es ihr passte. Sie benutzte ihn, quälte ihn nicht weiter mit Gemächlichkeit, sondern ließ sich gehen, um auch ihm – mehr noch als zuvor – einzuheizen.

Mittlerweile hatte sie die Augen geschlossen. Sie stöhnte rhythmisch, Schweiß perlte von ihren Schläfen. Dann explodierte die Lust in ihrem Körper, und ihre Finger krallten sich in Miles' Schultern. Zuckend ritt sie ihn weiter, bis ihre Kräfte nachließen und sie erschöpft in seine Arme sank. Sein harter Schwanz steckte noch in ihr. Da merkte sie, was sie getan hatte.

»Es tut mir leid, dass du nicht gekommen bist«, wisperte sie schuldbewusst. »Ich war einfach nicht mehr in der Lage, mich zu bremsen. Hab' die Kontrolle verloren.«

Miles rollte sich auf sie. »Es macht mich heiß, wenn du dich gehen lässt. Das weißt du doch.«

Noch immer füllte er sie aus. Er nahm ihre Hände und drückte sie über ihrem Kopf ins Kissen. Zärtlich küsste er ihren rechten Busen. Er saugte an der Brustwarze wie ein Baby und biss dann behutsam zu, wie Mayra es zuvor bei ihm getan hatte. Dann zog er den Busen lang, indem er den Nippel zwischen den Zähnen hielt und leckte mit der Zunge über die empfindliche Brustwarze.

Mayra stöhnte genießerisch. Sie reckte Miles, der sich nun ihrem linken Busen widmete, den Brustkorb entgegen. Miles überzog das Tittchen mit sanften Bissen. Er neckte Mayra, saugte so lange an der dünnen Haut ihres Busens, bis ein Knutschfleck entstand, und hauchte dann beruhigend auf die schmerzende Stelle. Der Schmerz verflog schnell und Mayra betrachtete die grünblaue Stelle.

»Du hast mich markiert«, sagte sie und fühlte Stolz. Das Mal würde sie noch tagelang an diese wundervolle Vereinigung erinnern.

»Nun werde ich dich füllen.« Miles lächelte hoffnungsvoll.

Mit einem Ruck drehte er Mayra auf den Bauch. Er umschlang ihre Hüfte mit dem rechten Arm, hob sie an und legte das Kopfkissen unter den Unterleib. Ihr Hintern lag somit erhöht und präsentierte sich ihm auf lüsterne Weise. Zuerst streichelte Miles Mayras Rundungen, leckte durch ihre feuchte Spalte und tauchte seine Nasenspitze in ihr Arschloch. Er schnüffelte. Dann schmiegte er sich an ihren Rücken, ließ sie an seinem Daumen lutschen und rieb über ihren faltigen Ring. Und während er ihren Nacken mit Küssen bedeckte, drang er mit dem nassen, breiten Finger in ihren After ein. Er fickte sie mit dem Daumen.

Als sie sich entspannte, nahm er zuerst den Zeige- und dann auch den Mittelfinger hinzu. Vorsichtig spreizte er die Finger, dehnte den Anus und glitt hinein und wieder heraus. Immer lauter stöhnte er in Mayras Ohr, während er sie anal penetrierte und sein steifes Glied an ihrem Oberschenkel rieb.

Mayra spürte, dass ihre Lust noch nicht gänzlich befriedigt war. Aber so, wie sie lag, hatte sie keinen Einfluss auf das Liebesspiel.

Auf einmal spreizte Miles mit seinen Beinen ihre Schenkel. Er setzte seinen Schwanz an ihr Arschloch und drückte behutsam. Da er Mayra gut vorbereitet hatte, drang er mühelos in sie ein. Einige Sekunden gab er ihr Zeit, sich an die Dehnung zu gewöhnen. Dann begann er, sie zu nehmen. Am Anfang waren seine Stöße vorsichtig, aber bald raubte ihm die Erregung die Geduld und so trieb er sein Glied tiefer und schwungvoller in sie hinein.

Mein analer Reiter, dachte Mayra amüsiert.

Die Hitze in ihrer Muschi nahm zu. Durch seine Stöße rieb ihre Klitoris übers Kissen. Ihr Saft verteilte sich auf der Unterlage. Mayra glitt vor und zurück. In ihrem Fötzchen loderte erneut das Feuer der Leidenschaft. Es züngelte durch ihre Schamlippen und brannte schon bald lichterloh.

Sie hielt sich an der Bettdecke fest, reckte Miles ihren Hintern entgegen und genoss das tiefe Eindringen. Die anale Penetration und das Reiben ihres Kitzlers brachten sie schnell einem zweiten Orgasmus näher. Sie hielt kurz den Atem an, dann war es so weit. Zuckend gab sie sich dem Höhepunkt hin und stieß erlöst die Luft aus, um sich schließlich erschlafft in die Laken gleiten zu lassen.

Und als Miles einen kehligen Schrei verlauten ließ und in ihr Arschloch spritzte, breitete sich ein zufriedenes Lächeln in ihrem Gesicht aus.

Minutenlang lag er erschöpft auf ihrem Rücken, wobei er sich mit den Unterarmen auf dem Bett abstützte, aus Angst, Mayra zu erdrücken. Er küsste ihren Haaransatz und rollte sich von ihr herunter. Müde zog er sie in seine Arme.

Mayra kuschelte sich an ihn. »Die Enge meines Afters war die Lösung. Die intensive Reibung hat geholfen.«

»Nein, der Orgasmus war möglich, weil du mehr als nur meinen Körper berührt hast.« Verträumt schaute er sie an. »Du warst es, die mir gefehlt hat, in den letzten acht Jahren.«

Mayra spürte, wie Wärme sie durchflutete. Sie begehrte diesen Mann und, ja, sie verzieh ihm auch sein trügerisches Spiel. »Das Institut ...«

»Ich werde es aufgeben. Es wird keine weiteren Experimente geben. Wozu auch? Meine Forschungen sind abgeschlossen.« Er zwinkerte.

»Was wirst du jetzt tun?«

Nachdenklich runzelte er die Stirn. »Dich bitten, mit mir zusammenzuleben. Nicht hier auf Spit Island. Ich muss dringend wieder unter Menschen. – Könntest du dir das vorstellen?«

»Deine Argumente sind sehr überzeugend«, sprach sie lasziv und spreizte die Schenkel, damit er die Nässe sehen konnte.

»Das ist wundervoll. Du bist wundervoll. Doch ich muss auch mit dir schimpfen.« Seine Miene verfinsterte sich. »Du bist schon zweimal gekommen und ich nur einmal.«

»Das tut mir leid.« Sie meinte es ehrlich.

»Mir nicht«, sagte er, grinste frech und rollte sich auf sie, »denn das bedeutet, dass ich noch einmal gut habe.« Miles' Schwanz war schon wieder hart. Mit einem kraftvollen Stoß drang er in Mayra ein und begann sie erneut zu ficken.

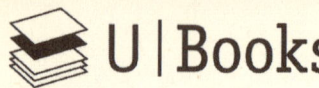

U | Books
Der Ubooks-Verlag präsentiert Cosette:

DEVOT – DAS GRANDIOSE DEBÜT

Cosette nimmt kein Blatt vor den Mund. In ihrem vielgepriesenen Debüt treibt sie ihre Heldinnen durch die Hölle, um sie himmlische, devote Höhenflüge erleben zu lassen.

«Ein gelungener Erstling, dem man sich nicht entziehen kann.» *KinKats*

«Ein Genuss für Geist und Lenden [...] einfühlsam und authentisch.» *Schlagzeilen*

«Der Titel ist Programm.» *Dark Spy*

«Phantasievoll und ordentlich devot!» *lustwandel.de*

Devot | Cosette
Vierte Auflage erhältlich
ISBN 978-3-86608-022-5

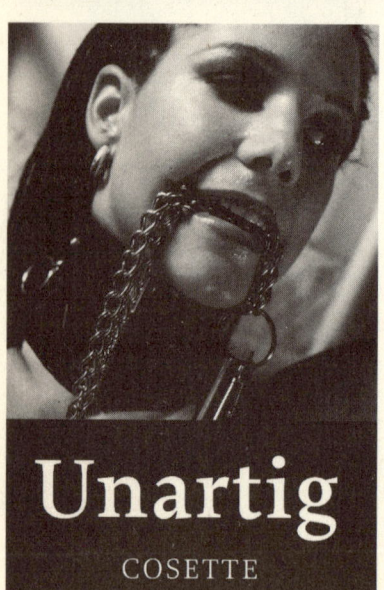

UNARTIG – AROUND THE WORLD

Egal ob in Moskau, Tokio, auf Sardinien oder Jamaika, überall findet Cosette prickelnde, erotische und hemmungslos versaute Szenarien für ihr Buch.

«Ein Vergnügen!» *Schlagzeilen*

«Cosette schreibt über Hemmungslosigkeit, Hingabe, Unterwerfung und fesselnde Lust so, dass man sich in den Geschichten verliert. Dass sie die Queen der modernen SM-Literatur ist, kommt schließlich nicht von ungefähr!» *Dark Spy*

Unartig | Cosette
Erschienen März 2009
ISBN 978-3-86608-109-3

Mehr Infos unter www.cosette-online.de oder unter www.ubooks.de